精美散文读本

（当代卷）

滕　浩　选编

收藏书坊

当代世界出版社

责任编辑：高玉琪
封面设计：蒋宏工作室

图书在版编目（CIP）数据

精美散文读本：当代卷/滕浩选编．—北京：当代世界出版社，2010.3

ISBN 978-7-5090-0621-4

Ⅰ.①精… Ⅱ.①滕… Ⅲ.①散文－作品集－中国－当代 Ⅳ.①I266

中国版本图书馆CIP数据核字（2010）第018281号

吴先生

北京版权代理有限责任公司

北京海淀区知春路23号量子银座1403室

邮编：100191

电话：86（10）82357059/58/57　　传真：86（10）82357055

网址：www.bookpod.cn

出版发行：当代世界出版社
地　　址：北京市复兴路4号（100860）
网　　址：http：//www.worldpress.com.cn
编务电话：（010）83907528
发行电话：（010）83908410（传真）
　　　　　（010）83908408
　　　　　（010）83908409
经　　销：全国新华书店
印　　刷：北京才智印刷厂印刷
印　　张：19
字　　数：310千字
版　　次：2010年5月第1版
印　　次：2010年5月第1次
书　　号：ISBN 978-7-5090-0621-4
定　　价：27.80元

目　录

宗　璞

宗璞（1928 年～），原名冯钟璞，笔名绿繁、任小哲等，北京人，著名作家。著有《弦上的梦》、《三生石》、《丁香结》等。

西湖漫笔

平生最喜欢游山逛水。这几年来，很改了不少闲情逸致，只在这山水上头，却还依旧。那五百里滇池粼粼的水波，那兴安岭上起伏不断的绿沉沉的林海，那开满了各色无名的花儿的广阔的呼伦贝尔草原，以及那举手可以接天的险峻的华山……曾给人多少有趣的思想，曾激发起多少变幻的感情。一到这些名山大川异地胜景，总会有一种奇怪的力量震荡着我，几乎忍不住要呼喊起来：“这是我的伟大的、亲爱的祖国——”

然而在足迹所到的地方，也有经过很长久的时间，我才能理解，欣赏的。正像看达文西的名画《永远的微笑》，我曾看过多少遍，看不出她美在哪里，在看过多少遍之后，一次又拿来把玩，忽然发现那温柔的微笑，那嘴角的线条，那手的表情，是这样无以名状的美，只觉得眼泪直涌上来。山水，也是这样的，去上一次两次，可能不会了解它的性情，直到去过三次四次，才恍然有所悟。

我要说的地方，是多少人说过写过的杭州。六月间，我第四次去到西子湖畔，距第一次来，已经有九年了。这九年间，我竟没有说过西湖一句好话。发议论说，论秀媚，西湖比不上长湖天真自然，楚楚有致；论宏伟，比不上太湖，烟霞万顷，气象万千——，好在到过的名湖不多，不然，不知还有多少谬论。

奇怪得很，这次却有着迥乎不同的印象。六月，并不是好时候，没有花，没有雪，没有春光，也没有秋意。那几天，有的是满湖烟雨，山光水色，俱是一片迷蒙。西湖，仿佛在半醒半睡。空气中，弥漫着经了雨的栀子花的甜香。记起东坡诗句：“水光潋滟晴方好，山色空濛雨亦奇。”便想东坡自是最了解西湖的人，实在应该仔细观赏，领略才是。

正像每次一样，匆匆地来又匆匆地去。几天中我领略了两个字，一个是“绿”，只凭这一点，已使我流连忘返。雨中去访灵隐，一下车，只觉得绿意扑眼而来。道旁古木参天，苍翠欲滴，似乎飘着的雨丝儿也都是绿的，飞来峰上层层叠叠的树木，有的绿得发黑，深极了，浓极了；有的绿得发蓝，浅极了，亮极了。峰下蜿蜒的小径，布满青苔，直绿到了石头缝里。在冷泉亭上小坐，直觉得遍体生凉。心旷神怡。亭旁溪水淙净，说是溪水，其实表达不出那奔流的气势，平稳处也是碧澄澄的，流得急了，水花飞溅，如飞珠滚玉一般，在这一片绿色的影中显得分外好看。

西湖胜景很多，各处有不同的好处，即便一个绿色，也各有不同。黄龙洞绿得幽，屏风山绿得野，九溪十八涧绿得闲。不能一一去说。漫步苏堤，两边都是湖水。远水如烟，近水着了微雨，也泛起一层银灰的颜色。走着走着，忽见路旁的树十分古怪，一棵棵树身虽然离得较远，却给人一种莽莽苍苍的感觉，似乎是从树梢一直绿到了地下。走近看时，原来是树身上布满了绿茸茸的青苔，那样鲜嫩。那样可爱，使得绿荫荫的苏堤，更加绿了几分。有的青苔，形状也很有趣，如耕牛，如牧人，如树木，如云霞，有的整片看来，布局宛然，如同一幅青绿山水。这种绿苔，给我的印象是坚忍不拔，不知当初苏公对它们印象怎样。

在花港观鱼，看到了又一种绿。那是满地的新荷，圆圆的绿叶。或亭亭立于水上，或婉转靠在水面，只觉得一种蓬勃的生机，跳跃满池。绿色，本来是生命的颜色，我最爱看初春的杨柳嫩枝，那样鲜，那样亮，柳枝儿一摆，似乎蹬着脚告诉你。春天来了。荷叶，则要持重一些，初夏，则更成熟一些，但那透过活泼的绿色表现出来的茁壮的生命力，是一样的。再加上叶面上的水珠儿滴溜溜滚着，简直好像满池荷叶都要裙袂飞扬，翩然起舞了。

从花港乘船而回，雨已停了。远山青中带紫，如同凝住了一段云霞。波平如镜，船儿在水面上滑行，只有桨声欸乃，愈增加了一湖幽静。一会儿摇船的姑娘歇了桨，喝了杯茶，靠在船舷，只见她向水中一摸，顺手便带上一条欢蹦乱跳的大鲤鱼。她自己只微笑着，一声不出，把鱼甩在船板上，同船的朋友看得入迷，连连说，这怎么可能？上岸时，又回头看那在浓重暮色中变得无边无际的白茫茫的湖水。惊叹道：“真是个神奇的湖！”

我们整个的国家，不是也可以说是神奇的么？我这次来领略到的另一个字，就是“变”。和全国任何地方一样，隔些时候去，总会看到变化，变得快，变得好。变得神奇。都锦生织锦厂在我印象中，是一个狭窄的旧式的厂子。这次去，走进一个花木葱茏的大院子，我还以为找错了地方。技术上、管理上的改进和发展，就不用说了。我看到织就的西湖风景，当然羡慕其织工精细，但却想，怎么可能把祖国的锦绣河山织出来呢？不可能的。因为河山在变，在飞跃！最初到花港时，印象中只是个小巧曲折的园子，四周是一片荒芜。这次却见变得开展了，加上好几处绿草坪，种了许多叫不上名字来的花和树，顿觉天地广阔了许多，丰富了许多。那在新鲜的活水中游来游去的金鱼们，一定会知道得更清楚吧。据说，这一处观赏地带原来只有三亩，现在已有二百一十亩。我和数字是没有缘分的，可是这次深深地记住了。这种修葺，是建设中极其次要的一部分，从它可以看出更多的东西……

更何况西湖连性情也变得活泼热闹了，星期天，游人泛舟湖上，真是满湖的笑，满湖的歌！西湖的度量，原也是容得了活泼热闹的。两三人寻幽访韵固然好，许多人畅谈畅游也极佳。见公共汽车往来运载游人，忽又想起东坡的一首江城子："老夫聊发少年狂，左牵黄，右擎苍，锦帽貂裘，千骑卷平冈。"形容他在密州出猎时的景象。想来他在杭州兴修水利，吟诗问禅之余，当有更盛的情景吧。那时是"倾城随太守"，这时是每个人在公余之暇，来休息身心，享山水之乐。这热闹，不更千百倍地有意思么？

希腊画家亚拍尔曾把自己的画放在街上，自己躲在画后，听取意见。有个鞋匠说人物的鞋子画得不对，他马上改了。这鞋匠又批评别的部分，他忍不住从画后跑出来说，你还是只谈鞋子好了。因为对西湖的印象究竟只是浮光掠影，这篇小文，很可能是鞋匠的议论，然而心到神知，想西湖不会怪我唐突吧？

陈忠实

陈忠实（1942年～），陕西西安人，著名作家。主要作品有长篇小说《白鹿原》，散文集《生命之雨》、《家之脉》，《原下集》等。

最初的晚餐

想到这件难忘的事，忽然联想到“最后的晚餐”这幅名画的名字，不过对我来说，那一次难忘的晚餐不是最后的，而是最初的一次，这就是我平生第一次陪外国人共进的晚餐。

那时候我30出头，在公社（即现今的乡政府）学大寨正学得忙活。有一天接到省文艺创作研究室（即省作协）的电话，通知我去参加接待一个日本文化访华团。接到电话的最初一瞬就愣住了，我的第一反应是我穿什么衣服呀？我便毫不犹豫地推辞，说我在乡村学大寨的工作多么多么忙。回答说接待人名单是省革委会定的，这是“政治任务”必须完成。这就意味着不许推辞更不许含糊。

我能进入那个接待作陪的名单，是因为我在《陕西文艺》（即《延河》）上刚刚发表过两个短篇小说，都是注释演绎“阶级斗争”这个“纲”的，而且是被认为演绎注释得不错的。接待作陪的人员组成考虑到方方面面，大学革委会主任、革命演员、革命工程师等，我也算革命的工农兵业余作者。陕西最具影响的几位作家几棵大树都被整垮了，我怎么也清楚我是猴子称王地被列入……

最紧迫的事便是衣服问题。我身上穿的和包袱里包的外衣和衬衣，几乎找不到一件不打补钉的，连袜子也不例外。我那时工资39元，连我在内养活着一个五口之家，添一件新衣服大约两年才能做到。为接待外宾而添一件新衣造成家庭经济的失衡。太划不来了。我很快拿定主意，借。

借衣服的对象第一个便瞄中了李旭升。他和我同龄，个头高低身材粗细也都差不多。他的人样俊气且不论，平时穿戴比较讲究，我几乎没见过他衣帽邋遢的时候。他的衣服质料也总是高一档，应该说他的衣着代表着70年代中期我们那个公社地区的最高水平。"四清"运动时，工作组对他在经济问题上的怀疑首先是由他的穿着诱发的，不贪污公款怎么能穿这么阔气的衣服？我借了一件半新的上装和裤子，虽然有点褪色却很平整，大约是哔叽料吧，我已记不清了。衬衣没有借，我的衬衣上的补丁是看不见的。

我带着这一套行头回到驻队的村子。我的三个组员（工作组）经过一番认真地审查，还是觉得太旧了点，而且再三点示我这不是个人问题，是一个"政治影响"问题，影响国家声誉的问题……其中一位老大姐第二天从家里带来了她丈夫的一套黄呢军装，硬要我穿上试试。结果连她自己也失望地摇头了，因为那套属于将军或校官的黄呢军装整个把我装饰得面目全非了，或者是我的老百姓的涣散气性把这套军装搞得不伦不类了。我最后只选用了她丈夫的一双皮鞋。稍微小了点但可以凑合。

第二天中午搭郊区公共车进西安，先到作家协会等候指令。《陕西文艺》副主编贺抒玉见了，又是从头到脚地一番审视，和我的那三位工作组员英雄所见一致：太旧。我没有好意思说透，就这旧衣服还是借来的。她也点示我不能马虎穿戴，这不是个人问题而是"国家影响政治影响"的大事。我从那时候直到现在都为这一点感动，大家都首先考虑国家面子。老贺随即从家里取来李若冰的蓝呢上衣。我换上以后倒很合身。老贺说很好，其他几位编辑都说好，说我整个儿都气派了。

接待作陪的事已经淡忘模糊了，外宾是些什么人也早已忘记，只记得有一位女作家，中年人，大约长我 10 岁。我第一眼瞧见她首先看见的是那红嘴唇。她挨我坐着，我总是由不得看她的红嘴唇，那么红啊！我竟然暗暗替她操心，如果她单个走在街上，会不会被红卫兵逮住像剪烫发砍高跟鞋一样把她的红嘴唇给割了削了？

那顿晚餐散席之后我累极了，比学大寨拉车挑担还累。

现在，因为工作的关系我常常接待外宾并作陪吃饭，自然不再为一件衣服而惶慌奔走告借了；再说，国家的面子也不需要一个公民靠借来的衣服去撑持了；还有，我也不会为那位日本女作家的红嘴被割削而操心担忧了，因为中国城市女人的红嘴唇已经灿若云霞红如海洋了。

牧　惠

牧惠（1928～），原名林颂葵，广东新会人。杂文家。杂文集有《湖滨拾翠》、《歪批水浒》、《倒爷与文祸》、《牧惠杂文随笔自选集》等。

华表的沧桑

在北京住了那么些年，经常路过天安门，也就总见着竖在金水桥前的华表。可这华表到底是代表怎么回事呢？从来也没有想到过要打听。后来读《史记》，才终于晓得，这华表原来大有来历。

据说，在唐虞盛世，“圣君”们很重视接受群众的监督，注意听取各种意见。除了在朝廷里设有史官、谏官之外，对来自民间的意见也很重视，“士传言谏过，庶人谤于道，商旅议于市”，知识分子、平民百姓、做生意的人，都可以公开议论政事。尧又是其中一个很得人心的圣君。他在治理国家的时候，有一项措施是，树一根有一条横木像个“午”字那样的“表”在外头，叫做“诽谤之木”，让人们把他在政治上的缺点写在上面。这“诽谤之木”，相当于意见箱、意见簿之类。它就是华表的前身。

这“诽谤之木”如何一步步演化成华丽的装饰品华表呢？照我看，大概同“诽谤”这个词的含义的变迁有着很密切的联系。

如果我们细心地分析一下，确实可以找到不少这样的现象：一个词，本来的意思是好的，褒的，由于种种原因，它开始同它本来的含义区别、分开甚至闹到对立起来，变成一个坏的贬的意思。例如“辩论”这个词，按照字典的解释，按照过去的理解，应当是持不同意见的各方互相讨论，分清是、非、真、假的意思。讨论问题的各方面应当是平等的，讨论的方法应当是说理的。然而，曾几何时，“辩论”这个词儿却变得有点可怕。“辩他一辩”“这个人挨辩论过”，这话给人的印象，是这个人犯了非同小可的错误，最少挨批判过。“造反”这个词，在封建社会、在解放前，等同作恶；解放后，明白“造反”其实就是革命；后来，又给林彪、“四人帮”把它搞成同捣乱、破坏一样意思。诸如此类，例子不少。“诽谤”这个词，同样有过这种经历。

现在我们讲“诽谤”，那意思，同歪曲、造谣、诬蔑之类的词义是相同或接近的。其实，在最先，“诽谤”只是非议的意思。对政事有什么非议，你就写在“诽谤之木”上头，如同今天写在意见簿上一样。既然是非议，是意见，粗分起来，最少有两种。一种是符合事实的，正确的；一种是不符合事实的，错误的。为什么后来“诽谤”就只剩下后一种含义呢？一种可能是，“诽谤之木”老是写着一些造谣诬蔑的谎言，因而慢慢把“诽谤”这个词败坏得如同造谣；一种可能是，那上头写的其实是一些实实在在的值得听听的意见，统治阶级不喜欢，把一切非议都说成是坏的，得定罪的，慢慢地也会把“诽谤”同恶毒攻击混同起来。看来，在封建社会，后一种可能性要大些。诽谤变成恶毒攻击，“诽谤之木”给塑上龙凤，成为摆设，也就是自然而然的了。

这也不纯是靠推理。大家都晓得，秦始皇那时就是不欢迎提意见的。刘邦数秦的罪状，说它“诽谤者族，偶语者弃市”，只要非议一下秦始皇，就有灭族之祸。贾山给汉文帝上书，也讲到秦所以失败得那样快，就是由于他“纵恣行诛，退诽谤之人，杀直谏之士”。从这里看，在汉那时，“诽谤”两个字还并没有等同造谣诬蔑；但是，秦始皇却早已经把它看成是很坏很坏的字眼了。也许在秦那时，“诽谤之木”就早成为阿房宫前面的华表了吧？

在封建社会，一些开国的皇帝，一些比较清醒的政治家，多少懂得设立这个意见牌之类的必要性。唐太宗李世民的纳谏且不去讲了。朱元璋也是个开国皇帝，他设了一个通政使司，就颇有点竖“诽谤之木”的味道。按规定，“凡四方陈情建言，申诉冤滞，或告不法等事”，可以密封交到通政使司，然后直接送到朱元璋那里。洪武十年，他任命曾秉正当通政使，对曾“训谕”一番。意思说，政治好比水，得经常流通，使下情容易上达，天下才得太平，所以管这个单位叫“通政司”。朱元璋让人民有机会直接向皇帝非议政事，一这个制度应当说是好的。

但是，封建帝皇到底不可能同人民群众有真正的“流通”，更多的时候是堵塞，搞“诽谤者族”。朱元璋自己当政时都未必通，他才死不久，一切更是告吹。不要说来自民间的非议他的子孙听不进，因为进谏而被皇帝下令廷杖至死的，多得难以统计。到后来，好几个皇帝索性根本不同大臣照面。当了十几年皇帝，见过一次大臣，就被歌颂为“盛事”了。仅仅因为谏阻正德皇帝老是去游玩，就有数以百计的大臣罚跪午门，关入囚狱，廷杖至死。如此这般，昏昏噩噩地过了一百六十多年。

于是，明朝永乐皇帝修建的宫殿在，华表在，而明朝的江山却被这些未必懂得华表的作用的子孙断送了。竖立在那里的华表，就成了这一切的见证。

贾平凹

贾平凹（1952年～），陕西丹凤人，著名作家。主要著作有：小说集《兵娃》、《姐妹本纪》、《山地笔》、《野火集》、《商州散记》、《腊月·正月》、《天狗》、《晚唱》、《贾平凹获奖中篇小说集》、《贾平凹自选集》，长篇小说《商州》、《浮躁》、《废都》、《白夜》，散文集《心迹》、《爱的踪迹》、《贾平凹散文自选集》，诗集《空白》及《平文论集》等。

秦　腔

山川不同，便风俗区别，风俗区别，便戏剧存异。普天之下人不同貌，剧不同腔，京，豫，晋，越，黄梅，二簧，四川高腔，几十种品类。或问：历史最悠久者，文武最正经者，是非最汹汹者？曰：秦腔也。正如长处和短处一样突出便见其风格，对待秦腔，爱者便爱得要死，恶者便恶得要命。外地人——尤其是自夸于长江流域的纤秀之士——最害怕秦腔的震撼。评论说得婉转的是：唱得有劲；说得直率的是：大喊大叫。于是，便有柔弱女子，常在戏台下以绒堵耳，又或在平日教训某人：你要不怎么怎么样，今晚让你去看秦腔！秦腔成了惩罚的代名词。所以，别的剧种可以各省走动，惟秦腔则如秦人一样，死不离窝；严重的乡土观念，也使其离不了窝。可能还在西北几个地方变腔走调的有些市场，却绝对冲不出往东南而去的潼关呢。

但是，几百年来，秦腔却没有被淘汰，被沉沦，这使多少人有大惑而不得其解。其解是有的，就在陕西这块土地上。如果是一个南方人，坐车轰轰隆隆往北走，渡过黄河，进入西岸，八百里秦川大地，原来竟是：一抹黄褐的平原；辽阔的地平线上，一处一处用木椽夹打成一尺多宽墙的土屋，粗笨而庄重；冲天而起的白杨，苦楝，紫槐，枝干粗壮如桶，叶却小似铜钱，迎风正反翻覆……你立即就会明白了：这里的地理构造竟与秦腔的旋律惟妙惟肖的一统！再去接触一下秦人吧，活脱脱的一群秦始皇兵马俑的复出：高个，浓眉，眼和眼间隔略远，手和脚一样粗大，上身又稍稍见长于下身。当他们背着沉重的三角形状的犁铧，赶着山包一样团块组合式的秦川公牛，端着脑袋般大小的耀州瓷碗，蹲在立的卧的石磙子碌碡上吃着牛肉泡馍，你不禁又要改变起世界观了：啊，这是多么空旷而实在的土地，在这块土地挖爬滚打的人群是多么“二愣”的民众！那晚霞烧起的黄昏里，落日在地平线上欲去不去的痛苦的妊娠，五里一村，十里一镇，高音喇叭里传播的秦腔互相交织，冲撞，这秦腔原来是秦川的天籁，地籁，人籁的共鸣啊！于此，你不渐渐感受到了南方戏剧的秀而无骨吗？不深深的懂得秦腔为什么形成和存在而占却时间、空间的位置吗？

八百里秦川，以西安为界，咸阳，兴平，武功，周至，凤翔，长武，岐山，宝鸡，两个专区几十个县为西府；三原，泾阳，高陵，户县，合阳，大荔，韩城，白水，一个专区十几个县为东府。秦腔，就源于西府。在西府，民性敦厚，说话多用去声，一律咬字沉重，对话如吵架一样，哭丧又一呼三叹。呼喊远人更是特殊：前声拖十二分地长，末了方极快地道出内容。声韵的发展，使会远道喊人的人都从此有了唱秦腔的天才。老一辈的能唱，小一辈的能唱，男的能唱，女的能唱；唱秦腔成了做人最体面的事，任何一个乡下男女，只有唱秦腔，才有出人头地的可能。大凡有出息的，是个人才的，哪一个何曾未登过台，起码不能哼一阵乱弹呢?!

农民是世上最劳苦的人，尤其是在这块平原上，生时落草在黄土炕上，死了被埋在黄土堆下；秦腔是他们大苦中的大乐。当老牛木犁疙瘩绳，在田野已经累得筋疲力尽，立在犁沟里大喊大叫来一段秦腔，那心胸肺腑，关关节节的困乏便一尽儿涤荡净了。秦腔与他们，是和“西凤”白酒，长线辣子，大叶卷烟，牛肉泡馍一样成为生命的五大要素。若与那些年长的农民聊起来，他们想象的伟大的共产主义生活，首先便是这五大要素。他们有的是吃不完的粮食，他们缺的是高超的艺术享受。他们教育自己的子女，不会是那些文豪们讲的，幼年不是祖母讲着动人的迷离的童话，而是一字一板传授着秦腔。他们大都不识字，但却出奇地能一本一本整套背诵出剧本，虽然那常常是之乎者也的字眼从那一圈胡子的嘴里吐出来十分别扭。有了秦腔，生活便有了乐趣，高兴了，唱“快板”，高兴得是被烈性炸药爆炸了一样，要把整个身心粉碎在天空！痛苦了，唱“慢板”，揪心裂肠的唱腔却表现了多么有情有味的美来，美给了别人的享受，美也熨平了自己心中愁苦的皱纹。当他们在收获时节的土场上，在月挂中天的庄院里大吼大叫唱起来的时候，那种难以想象的狂喜，激动，雄壮，与那些献身于诗歌的文人，与那些有吃有穿却总感空虚的都市人相比，常说的什么伟大而痛苦的爱情，是多么渺小、有限和虚弱啊！

我曾经在西府走动了两个秋冬，所到之处，村村都有戏班，人人都会清唱。在黎明或者黄昏的时分，一个人独独地到田野里去，远远看着天幕下一个一个山包一样隆起的十三个朝代帝王的陵墓，细细辨认着田埂上，荒草中那一截一截汉唐时期石碑上的残字，高高的土屋上的窗口里就飘出一阵冗长的二胡声，几声雄壮的秦腔叫板，我就痴呆了，感觉到那村口的土尘里，一头叫驴的打滚是那么有力，猛然发现了自己心胸中一股强硬的气魄随同着胳膊上的肌肉疙瘩一起产生了。

每到农闲的夜里，村里就常听到几声锣响：戏班排演开始了。演员们都集合起来，到那古寺庙里去。吹，拉，弹，奏，翻，打，念，唱，提袍甩袖，吹胡瞪眼，古寺庙成了古今真乐府，天地大梨园。导演是老一辈演员，享有绝对权威，演员是一家几口，夫妻同台，父子同台，公公儿媳也同台。按秦川的风俗：父和子不能不有其序，爷和孙却可以无道，弟与哥嫂可以嬉闹无常，兄与弟媳则无正事不能多言。但是，一到台上，秦腔面前人人平等，兄可以拜弟媳为帅为将，子可以将老父绳绑索捆。寺庙里有窗无扇，屋梁上蛛丝结网，夏天蚊虫飞来，成团成团在头上旋转，熏蚊草就墙角燃起，一声唱腔一声咳嗽。冬天里四面透风，柳木疙瘩火当中架起，一出场一脸正经，一下场凑近火堆，热了前怀，凉了后背。排演到什么时候，什么时候都有观众，有抱着二尺长的烟袋的老者，有凳子高、桌子高趴满窗台的孩子。庙里一个筋斗未翻起，窗外就哇地一声叫倒好，演员出来骂一声：谁说不好的滚蛋！他们抓住窗台死不滚去，倒要连声讨好：翻得好！翻得好！更有殷勤的，跑回来偷拿了红薯、土豆，在火堆里煨熟给演员做夜餐，赚得进屋里有一个安全位置。排演到三更鸡叫，月儿偏西，演员们散了，孩子们还围了火堆弯腰踢腿，学那一招一式。

一出戏排成了，一人传出，全村振奋，扳着指头盼那上演日期。一年十二个月，正月元宵日，二月龙抬头，三月三，四月四，五月初五过端午，六月六日晒丝绸，七月过半，八月中秋，九月初九，十月一日，再是那腊月五豆，腊八，二十三……月月有节，三月一会，那戏必是上演的。戏台是全村人的共同的事业，宁肯少吃少穿也要筹资积款，买上好的木石，请高强的工匠来修筑。村子富不富，就比这戏台阔不阔。一演出，半下午人就扛凳子去占坐位了，未等戏开，台下坐的、站的人头攒拥，台两边阶上立的卧的是一群顽童。那锣鼓就叮叮咣咣地闹台，似乎整个世界要天翻地覆了。各类小吃趁机摆开，一个食摊上一盏马灯，花生，瓜子，糖果，烟卷，油茶，麻花，烧鸡，煎饼，长一声短一声叫卖不绝。锣鼓还在一声儿敲打，大幕只是不拉，演员偶尔从幕边往下望望，下边就喊：开演呀，场子都满了！幕布放下，只说就要出场了，却又叮叮咣咣不停。台下就乱了，后边的喊前边的坐下，前边的喊后边的为什么不说最前边的立着；场外的大声叫着亲朋子女名字，问有坐处没有，场内的锐声回应快进来；有要吃煎饼的喊熟人去买一个，熟人买了站在场外一扬手，“日”地一声隔人头甩去，不偏不倚目标正好；左边的喊右边的踩了他的脚，右边的叫左边的挤了他的腰，一个说：狗年快完了，你还叫啥哩？一个说：猪年还没到，你便拱开了！言语伤人，动了手脚；外边的趁机而入，一时四边向里挤，里边向外扛，人的旋涡涌起，如四月的麦田起风，根儿不动，头身一会儿倒西，一会儿倒东，喊声，骂声，哭声一片；有拼命挤将出来的，一出来方觉世界偌大，身体胖肿，但差不多却光了脚，乱了头发。大幕又一挑，站出戏班头儿，大声叫喊要维持秩序；立即就跳出一个两个所谓“二干子”人物来。这类人物多是头脑简单，四肢发达，却十二分忠诚于秦腔，此时便拿了树条儿，哪里人挤，往哪里打去，如凶神恶煞一般。人人恨骂这些人，人人又都盼有这些人，叫他们是秦腔宪兵，宪兵者越发忠于职责，虽然彻夜不得看戏，但大家一夜满足了，他们也就满足了一夜。

终于台上锣鼓停了，大幕拉开，角色出场。但不管男的女的，出来偏不面对观众，一律背身掩面，女的就碎步后移，水上漂一样，台下就叫：瞧那腰身，那肩头，一身的戏哟！是男的就摇那帽翎，一会双摇，一会单摇，一边上下飞闪，一边纹丝不动，台下便叫：绝了，绝了！等到那角色儿猛一转身，头一高扬，一声高叫，声如炸雷豁啷啷直从人们头顶碾过，全场一个冷颤，从头到脚，每一个手指尖儿，每一根头发梢儿都麻酥酥的了。如果是演《救裴生》，那慧娘站在台中往下蹲，慢慢地，慢慢地，慧娘蹲下去了，全场人头也矮下去了半尺，等那慧娘往起站，慢慢地，慢慢地，慧娘站起来了，全场人的脖子也全拉长了起来。他们不喜欢看生戏，最欢迎看熟戏，那一腔一调都晓得，哪个演员唱得好，就摇头晃脑跟着唱，哪个演员走了调，台下就有人要纠正。说穿了，看秦腔不为求新鲜，他们只图过过瘾。

在这样的地方，这样的环境，这样的气氛，面对着这样的观众，秦腔是最逞能的。它的艺术的享受，是和拥挤而存在，是有力气而获得的。如果是冬天，那风在刮着，像刀子一样，如果是夏天，人窝里热得如蒸笼一般，但只要不是大雪，冰雹，暴雨，台下的人是不肯撤场的。最可贵的是那些老一辈的秦腔迷，他们没有力气挤在台下，也没有好眼力看清演员，却一溜一排地蹲在戏台两侧的墙根，吸着草烟，慢慢将唱腔品赏。一声叫板，便可以使他们坠入艺术之宫，“听了秦腔，肉酒不香”，他们是体会得最深。那些大一点的，脾性野一点的孩子，却占领了戏场周围所有的高空，杨树上，柳树上，槐树上，一个枝杈一个人。他们常常乐而忘了险境，双手鼓掌时竟从树杈上掉下来，掉下来自不会损伤，因为树下是无数的人头，只是招致一顿臭骂罢了。更有一些爬在了场边的麦秸垛上，夏天四面来风，好不凉快，冬日就趴个草洞，将身子缩进去，露一个脑袋。也正是有闲阶级享受不了秦腔吧。他们常就瞌睡了，一觉醒来，月在西天，戏毕人散，只好苦笑一声悄然没声儿地溜下来回家敲门去了。

当然，一次秦腔演出，是一次演员亮相，也是一次演员受村人评论的考场。每每角色一出场，台下就一片嘁嘁喳喳：这是谁的儿子，谁的女子，谁家的媳妇，娘家何处？于是乎，谁有出息，谁没能耐，一下子就有了定论。有好多外村的人来提亲说媒，总是就在这个时候进行。据说有一媒人将一女子引到台下，相亲台上一个男演员，事先夸口这男的如何俊样，如何能干，但戏演了过半，那男的还未出场，后来终于出来，是个国民党的伪兵，持枪还未走到中台，扮游击队长的演员挥枪一指，“叭”地一声，那伪兵就倒地而死，爬着钻进了后幕。那女子当下哼了一声，闭了嘴，一场亲事自然了了。这是喜中之悲一例。据说还有一例，一个老头在脖子上架了孙孙去看戏，孙孙吵着要回家，老头好说好劝只是不忍半场而去，便破费买了半斤花生，他眼盯着台上，手在下边剥花生，然后一颗一颗扬手喂到孙孙嘴里，但喂着喂着，竟将一颗塞进孙孙鼻孔，吐不出，咽不下，口鼻出血，连夜送到医院动手术，花去了七十元钱。但是，以秦腔引喜的事却不计其数。每个村里，总会有那么个老汉，夜里看戏，第二天必是头一个起床往戏台下跑。戏台下一片石头，砖头，一堆堆瓜子皮，糖果纸，烟屁股，他掀掀这块石头，踢踢那堆尘土，少不了要捡到一角两角甚至三元四元钱币来，或者一只鞋，或者一条手帕。这是村里钻刁人干的营生，而馋嘴的孩子们有的则夜里趁各家锁门之机，去地里摘那香瓜来吃，去谁家院里将桃杏装在背心兜里回来分红。自然少不了有那些青春妙龄的少男少女，则往往在台下混乱之中眼送秋波，或者就悄悄退出，相依相偎到黑黑的渠畔树林子里去了……

秦腔在这块土地上，有着神圣的不可动摇的基础。凡是到这些村庄去下乡。到这些人家去做客，他们最高级的接待是陪着看一场秦腔，实在不逢年过节，他们就会要合家唱一会乱弹，你只能点头称好，不能耻笑，甚至不能有一点不入神的表示。他们一生最崇敬的只有两种人，一是国家领导人，一是当地的秦腔名角。即是在任何地方，这些名角没有在场，只要发现了名角的父母，去商店买油是不必排队的，进饭馆吃饭是会有座位的，就是在半路上挡车，只要喊一声：我是某某的什么，司机也便要嘎地停车。但是，谁要侮辱一下秦腔，他们要争死争活地和你论理，以至大打出手，永远使你记住教训。每每村里过红白丧喜之事，那必是要包一台秦腔的，生儿以秦腔迎接，送葬以秦腔致哀，似乎这个人生的世界，就是秦腔的舞台。人只要在舞台上，生，旦，净，丑，才各显了真性，恶的夸张其丑，善的凸现其美，善的使他们获得了美的教育，恶的也在丑里化作了美的艺术。

广漠旷远的八百里秦川，只有这秦腔，也只能有这秦腔。八百里秦川的劳作农民只有也只能有这秦腔使他们喜怒哀乐。秦人自古是大苦大乐之民众，他们的家乡交响乐除了大喊大叫的秦腔还能有别的吗？

读书示小妹十八生日书

七月十七日，是你十八生日，辞旧迎新，咱们家又有一个大人了。贾家在乡里是大户，父辈那代兄弟四人，传到咱们这代，兄弟十个，姊妹七个；我是男儿老八，你是女儿最小。分家后，众兄众姐都英英武武有用于社会，只是可怜了咱俩。我那时体单力孱，面又丑陋，十三岁看去老气犹如二十，村人笑为痴傻，你又三岁不能言语，哇哇只会啼哭，父母年纪尚老，恨无人接力，常怨咱这一门人丁不达。从那时起，我就羞于在人前走动，背着你在角落玩耍；有话无人可说，言于你你又不能回答，就喜欢起书来。书中的人对我最好，每每读到欢心处，我就在地上翻着跟头，你就乐得直叫，读到伤心处，我便哭了，你见我哭了，也便趴在我身上哭。但是，更多的是在沙地上，我筑好一个沙城让你玩，自个躺在一边读书，结果总是让你尿湿在裤子上，你又是哭，我不知如何哄你，就给你念书听，你竟不哭了，我感激得抱住你，说："我小妹也是爱书人啊!"东村的二旦家，其父是老先生，家有好多藏书，我背着你去借，人家不肯，说要帮着推磨子。我便将你放在磨盘顶上，教你拨着磨眼，我就抱着磨棍推起磨盘转，一个上午，给人家磨了三升包谷，借了三本书，我乐得去亲你，把你的脸蛋都咬出了一个红牙印儿。你还记得那本《红楼梦》吗？那是你到了四岁，刚刚学会说话，咱们到县城姨家去，我发现柜里有一本书，就蹲在那里看起来，虽然并不全懂，但觉得很有味道。天快黑了，书只看了五分之一，要回去，我就偷偷将书藏在怀里。三天后，姨家人来找，说我是贼。我不服，两厢骂起来，被娘打过一个耳光，我哭了，你也哭了，娘也抱住咱们哭，你那时说："哥哥，我长大了，一定给你买书!"妹，你那一句话，给了兄多大安慰，如今我一坐在书房，看着满架书籍，我就记想那时的可怜了。

咱们不是书香门第，家里一直不曾富绰，即使现在，父母和你还在乡下，地分了，粮是不短缺了，钱却有出没入，兄虽每月寄点，也只能顾住油盐酱醋，比不得会做生意的人家。

但是，穷不是咱们的错，书却会使咱们位低而人品不微，贫困而志向不贱。这个社会，天下在振兴，民族在发奋，咱们不企图做官，以仕途之路做功于国家，但作为凡人百姓，咱们却只有读书习文才能有益于社会啊。你也立志写作。兄很高兴，你就要把书看重，什么都不要眼红，眼红读书，什么朋友都可抛弃，但书之友不能一日不交。贫困倒是当作家的准备条件，书是忌富，人富则思惰，你目下处境正好逼你静心地读书，深知书中的精义。这道理人往往以为不信，走过来了方才醒悟，小妹可将我的话记住，免得以后悔之不及。

兄在外已经十年，自不敢忘了读书，所作一、二篇文章，尽属肤浅习作，愈是读书不已。过了二月二十一日，已到了而立之年，才更知立身难，立德难，立文难。夜读《西游记》，悟出“取经唯诚，伏怪以力”，不觉怀多感激，临风而叹息。兄在你这般年纪，读书目过能记，每每是借来之书，读得也十分注重，而今桌上，几上，案上，床上，满是书籍，却常常读过十不能记下四五，这全是年龄所致也，我至今只有以抄写辅助强记，但你一定要珍惜现在年纪，多多读书啊。

既有条件，读书万万不能狭窄。文学书要读，政治书要读，哲学，历史，美学，天文，地理，医药，建筑，美术，乐理……凡能找到的书，都要读读，若读书面窄，借鉴就不多，思路就不广，触一而不能通三。但是，切切又不要忘了精读，真正的本事掌握，全在于精读。世上好书，浩如烟海，一生不可能读完，且又有的书虽好，但不能全为之喜爱，如我一生不喜食肉，但肉确实是世上好东西。你若喜欢上一本书了，不妨多读：第一遍可囫囵吞枣读，这叫享受；第二遍就静心坐下来读，这叫吟味；第三遍便要一句一句想着读，这叫深究。三遍读过，放上几天，再去读读，常又会有再新再悟的地方。你真真正正爱上这本书了，就在一个时期多找些这位作家的书来读，读他的长篇，读他的中篇，读他的短篇，或者散文，或者诗歌，或者理论，再读外人对他的评论，所写的传记，也可再读读和他同期作家的一些作品。这样，你知道他的文了，更知道他的人了，明白当时是什么社会，如何的文坛，他的经历，性格，人品，爱好等等是怎样促使他的风格的形成。大凡世上，一个作家都有自己一套写法，都是有迹而可觅寻，当然有的天分太高了，便不是一时一阵便可理得清的。兄读中国的庄子，太白，东坡诗文，读外国的泰戈尔，川端康成，海明威之文，便至今于起灭转接之间不可测识。说来，还是兄读书太少，悟觉浅薄啊！如此这番读过，你就不要理他了，将他丢开，重新进攻另一个大家。文学是在突破中前进，你要时时注意，前人走到了什么地方，同辈人走到了什么地方？任何一个大家，你只能继承，不能重复，你要在读他的作品时，就将他拉到你的脚下来读。这不是狂妄，这正是知其长，晓其短，师精神而弃皮毛啊。虚无主义可笑，但全然跪倒来读，他可以使你得益，也可能使你受损，永远在他的屁股后了。这你要好好记住。

在家时，逢小妹生日，兄总为你梳那一双细辫，亲手要为你剥娘煮熟的鸡蛋。一走十年，竟总是忘了你生日的具体时间，这你是该骂我的了。今年一入夏，我便时时提醒自己，要到时一定祝贺你成人。邻居妇人要我送你一笔大钱，说我写书，稿费易如就地俯拾，我反驳，又说我“肥猪也哼哼”，咳，邻人只知是钱！人活着不能没钱，但只要有一碗吃，钱又算个什么呢？如今稿费低贱，家岂是以稿费发得?！读书要读精品，写书要立之于身，功于天下，哪里是邻居妇人之见啊！这么多年，兄并不敢侈奢，只是简朴，唯恐忘了往昔困顿，也是不忘了往昔，方将所得数钱尽买了书籍。所以，小妹生日，兄什么也不送，仅买一套名著十册给你寄来，乞妹快活。

溪　　流

我愈来愈爱着生我养我的土地了。

就像山地里纵纵横横的沟岔一样，就像山地里有着形形色色的花木一样，我一写山，似乎思路就开了，文笔也活了。

甚至觉得，我的生命，我的笔命，就是那山溪哩。虽然在莽莽的山的世界里，它只是那么柔得可怜，细得伤感的一股儿水流。

我常常这么想：天上的雨落在地上，或许会成洪波，但它来自云里；溪是有根的，它凉凉地扎在山峰之下。人都说山是庄严的，几乎是死寂的，其实这是错了。它最有着内涵，最有着活力；那山下一定是有着很大很大的海的，永远在蕴涵感情，永远是不安宁，表现着的，恐怕便是这小溪了。

或许，是从小草的根下一个泡儿一个泡儿冒出来的。但是，太阳晒不干、黄风刮不跑的。天性是那么晶莹，气息是那么清新；它一出来，便宣告了它的生命，寻着自己的道路要流动了。

正因为寻着自己的道路，它的步伐是艰辛的。然而，它从石板上滑下，便有了自己的铜的韵味的声音；它从石崖上跌落，便有了自己白练般的颜色；

它回旋在穴潭之中，便有了自己叵不可测的深沉。

它终于慢慢地大起来了，要走更远的道儿；它流过了石川，流过了草地，流过了竹林，它要拜访所有的山岭，叩问每一块石头，有时会突然潜入河床的沙石之下去了呢。于是，轻风给了它的柔情，鲜花给了它的芬芳，竹林给了它的凉绿，那多情的游鱼，那斑斓的卵石，也给它增添了美的色彩。

它在流着，流着。它要流到哪里去呢？我想，山既然给了它的生命，它该是充实的，富有的；或许，它是做一颗露珠儿去滋润花瓣，深入到枝叶里了，使草木的绿素传送；或许，它竟能掀翻一坯污泥，拔脱了一丛腐根呢。那么，让它流去吧。山地这么大，这么复杂，只要它流，它探索，它就有了自己的路子。

我是这么想的，我提醒着我，我鼓励着我，我便将它写成了淡淡的文字．聊作这本小书的小序了。

关于父子

一个儿子酷像他的父亲，做父亲的就要得意了，世界上有了一个小小的自己的复制品，时时对着欣赏，如镜中的花水中的月，这无疑比仅仅是个儿子自豪得多。我们常常遇到这样的事，一个朋友已经去世几十年了，忽一日早上又见着了他，忍不住就呼叫了他的名字，当然知道这是他的儿子，但能不由此而企羡起这一种生生不灭、永存于世的境界吗？

做父亲的都希望自己的儿子像蛇蜕皮一样的始终是自己，但儿子却相当多愿意像蝉蜕壳似的裂变。一个朋友给我说，他的儿子小时候最高兴的是让他牵着逛大街，现在才读小学三年级，就不愿意同他一块出门了，因为嫌他胖得难看。

中国的传统里，有“严父慈母”之说，所以在初为人父时可以对任何事情宽容放任，对儿子却一派严厉，少言语，多板脸，动辄吼叫挥拳。我们在每个家庭都能听到对儿子以“匪”字来下评语和“小心剥了你的皮”的警告，他们常要把在外边的怄气回家来发泄到儿子身上，如受了领导的压制，挨了同事的排挤，甚至丢了一串钥匙，输了一盘棋。儿子在那时没力气回打，又没多少词汇能骂，经济不独立，逃出家去更得饿死，除了承接打骂外唯独是哭，但常常又是不准哭，也就不敢再哭。偶尔对儿子亲热了，原因又多是自己有了什么喜事，要把一个喜事让儿子酝酿扩大成两个喜事。在整个的少年，儿子可以随便呼喊国家主席的小名，却不敢悄声说出父亲的大号的。我的邻居名叫“张有余”，他的儿子就从不说出“鱼”来，饭桌上的鱼就只好说吃“蛤蟆”，于是小儿骂仗，只要说出对方父亲的名字就算是恶毒的大骂了。可是每一个人的经验里，却都在记忆的深处牢记着一次父亲严打的历史，耿耿于怀，到晚年说出来仍愤愤不平。所以在乡下，甚至在眼下的城市，儿子很多都不愿同父亲呆在一起，他们往往是相对无言。我们总是发现父亲对儿子的评价不准，不是说儿子“呆”，就是说他“痴相”，以至儿子成就了事业甚或成了名人，他还是惊疑不信。

可以说，儿子与父亲的矛盾是从儿子一出世就有了，他首先使父亲的妻子的爱心转移，再就是向你讨吃讨喝以至意见相悖惹你生气，最后又亲手将父亲埋葬。古语讲，男当12替父志，儿子从12岁起父亲就慢慢衰退了，所以做父亲的从小严打儿子，这恐怕是冥冥之中的一种人之生命本源里的嫉妒意识。若以此推想，女人的伟大就在于从中调和父与子的矛盾了。世界上如果只有大男人和小男人，其实就是凶残的野兽，上帝将女人分为老女人和小女人派下来就是要掌管这些男人的。

只有在儿子开始做了父亲，这父亲才有觉悟对自己的父亲好起来，可以与父亲在一条凳子上坐下，可以跷二郎腿，共同地衔一支烟吸，共同拔下巴上的胡须。但是，做父亲的在已经丧失了一个男人在家中的真正权势后，对于儿子的能促膝相谈的态度却很有几分苦楚，或许明白这如同一个得胜的将军盛情款待一个败将只能显得人家宽大为怀一样，儿子的恭敬即使出自真诚，父亲在本能的潜意识里仍觉得这是一种耻辱，于是他开始钟爱起孙子了。这种转变皆是不经意的，不会被清醒察觉的。父亲钟爱起了孙子，便与孙子没有辈分，嬉闹无序，孙子可以嘲笑他的爱吃爆豆却没牙咬动的嘴，在厕所比试谁尿得远，自然是爷爷尿湿了鞋而被孙子拔一根胡子来惩罚了。他们同辈人在一块，如同婆婆们在一块数说儿媳一样数说儿子的不是，完全变成了长舌男，只有孙子来，最喜欢的也最能表现亲近的是动手去摸孙子的“小雀雀”。这似乎成了一种习惯，且不说这里边有多少人生的深沉的感慨、失望和向往，但现在一见孩子就要去摸简直是惟一的逗乐了。这样的场面，往往使做儿子的感到了悲凉，在孙子不成体统地与爷爷戏谑中就要打罚自己的儿子，但父亲却在这一刻里凶如老狼，开始无以复加地骂儿子，把积聚于肚子里的所有的不满全要骂出来，真骂个天昏地暗。

但爷爷对孙子无论怎样地好，孙子都是不记恩的。孙子在初为人儿时实在也是贱物，他放着是爷爷的心肝不领情而偏要作父亲的扁桃体，于父亲是多余的一丸肉，又替父亲抵抗着身上的病毒。孩子没有一个永远记着他的爷爷的，由此，有人强调要生男孩能延续家脉的学说就值得可笑了。试问，谁能记得他的先人什么模样又叫什么名字呢，最了不得的是四世同堂能知道他的爷爷、老爷爷罢了，那么，既然后人连老爷爷都不知何人，那老爷爷的那一辈人一个有男孩传脉，一个没男孩传脉，价值不是一样的吗？话又说回来，要你传种接脉，你明白这其中的玄秘吗？这正如吃饭是繁重的活计，不但要吃，吃的要耕要种要收要磨，吃时要咬要嚼要消化要拉泄，要你完成这一系列任务，就生一个食之欲给你，生育是繁苦的劳作，要性交要怀胎要生产要养活，要你完成这一系列任务就生一个性之欲给你，原来上帝在造人时玩的是让人占小利吃大亏的伎俩！而生育比吃饭更繁重辛劳，故有了一种欲之快乐后还要再加一种不能断香火的意识，于是，人就这么傻乎乎地自得其乐地繁衍着。唉唉，这话让我该怎么说呀，还是只说关于父子的话吧。

我说，作为男人的一生，是儿子也是父亲。前半生儿子是父亲的影子，后半生父亲是儿子的影子。前半生儿子对父亲不满，后半生父亲对儿子不满，这如婆婆和媳妇的关系，一代一代的媳妇都在埋怨婆婆，你也是媳妇你也是婆婆你埋怨你自己。我有时想，为什么上帝不让父亲永远是父亲，儿子永远是儿子，人数永远是固定着，儿子那就甘为人儿地永远安分了呢？但上帝偏不这样，一定是认为这样一直不死的下去虽父子没了矛盾而父与父的矛盾就又太多了。所以要重换一层人，可是人换一层还是不好，又换，就反反复复换了下去。那么，换来换去还是这么些人了！可不是吗，如果不停生人死人，人死后据说灵魂又不灭，那这个世界里到处该是幽魂，我们抬脚动手就要撞碰他们或者他们撞碰了我们。不是的，绝不是这样的，一定还是那些有数的人在换着而重新排列罢了。记得有一个理论是说世上的有些东西并不存在着什么优劣，而质量的秘诀全在于秩序排列，石墨和金刚石其构成的分子相同，而排列的秩序不一，质量截然两样。聪明人和蠢笨人之所以聪明蠢笨也在于细胞排列的秩序不同。哦，不是有许多英雄和盗匪在被枪杀时大叫“20 年后又一个×××”吗？这英雄和盗匪可能是看透了人的玄机的。所以我认为一代一代的人是上帝在一次次重新排列了推到世界上来的，如果认为那怎么现在比过去人多，也一定是仅仅将原有的人分劈开来，各占性格的一个侧面一个特点罢了，那么你曾经是我的父亲，我的儿子何尝又不会是你，父亲和儿子原本是没有什么区别的。明白了这一点多好呀，现时为人父的你还能再专制你的儿子吗？现时为人儿的你还能再怨恨现时你的父亲吗？不，不，还是这一世人民主、和平、仁爱地活着为好，好！

赵丽宏

赵丽宏（1951 年～），上海人，散文家，诗人。主要作品有《日晷之影》、《诗魂》、《珊瑚》、《生命草》、《心画》等。

小鸟，你飞向何方

在黄昏的微光里，有那清晨的鸟儿来到了我的沉默的鸟巢里。

我喜欢泰戈尔的诗。还在读中学的时候，泰戈尔就把我迷住了，一本薄薄的《飞鸟集》，竟被我纤嫩的手指翻得稀烂。好些充满着光彩和幻想的诗句，曾多少次拨动我少年的心弦……

《飞鸟集》破损了，我渴望再得到一本。然而，“文化革命”一开始，这个小小的愿望，竟成了梦想。我的那本破烂的《飞鸟集》，也被人拿去投入街头烧书的熊熊烈火中。暗红色的灰烬在火光里飞舞，飘飘洒洒，纷纷扬扬。我仿佛看见老态龙钟的泰戈尔在火光里站着，烈火烧红了他的白发，烧红了他的银须，也烧红了他的朴素的白袍。他用他那冷峻而又安详的目光注视着这一切，看着，看着，他的神色变了，似有几许惊恐，几许不安，也有几许愤怒，几许嘲讽……

我还是喜欢泰戈尔。在动乱的岁月里，我默默地背诵着他的诗，以求得几分心灵的安宁。“诗人的风，正出经海洋和森林，求它自己的歌声。”我陶醉在他所描绘的大自然中了——那宁静而又浮躁的海洋，那广袤而又多变的天空，那温暖而又清澈的湖泊，那葱郁而又古老的森林……

有一天，我忽然异想天开了；到旧书店去走走，看能不能找到几本好书。结果，当然叫人失望。但，我发现，有时还会有几本“罪当火烧”的书出现在书架上，或许，这是出于店员的粗心吧。于是，我抱着几分侥幸，三天两头往旧书店跑。一个星期天的早晨，我又走进冷冷清清的旧书店。我的目光，久久地在一排排大红的书脊中扫动，突然，我的眼睛发亮了：一条翠绿色的书脊，赫然跻身在一片红色之间，呵，竟是《飞鸟集》!

该不会有另一种《飞鸟集》吧？我不相信自己的眼睛，仔细一看，果真有泰戈尔的名字。随即，我又紧张了，是的，这年头，得而复失的太多了。挤压着《飞鸟集》的一片绿色，又使我想起街头那一堆堆焚书的烈火，那漫天飞扬的纸灰……我赶紧向书架伸出手去。

几乎是同时，旁边也伸出一只手来，两只手，都紧紧地捏住了《飞鸟集》。这是一只瘦小白皙的手，一只小姑娘的手。我转过脸来，正迎上两道清亮的目光——一个中学生模样的小姑娘站在我身旁，抬起脸看着我，白圆的脸上，一双清秀的眼睛眨巴眨巴地闪动着，像一潭清澈见底的泉水，微波起伏，平静中略带点惊讶。

我愣住了，手捏着书脊，不知如何是好。还是她开了口："你也要它吗？那就给你吧。"声音，清脆得像小鸟在唱歌。

我的脑海里忽然旋起个念头：在这样的时候，她还会喜欢泰戈尔？莫非，她根本不知道这是怎样一本书？于是，我轻轻问道："你知道，这是谁的书？"

"谁的书？"小姑娘抬起头来，颇有些惊奇地看着我，秀美的眼睛睁得滚圆，转而，开心地笑起来，一边笑，一边做了个鬼脸："这是一个老爷爷的书，一个满脸白胡子的印度老爷爷。我喜欢他。"说罢，用手做着捋胡子的样子，又格格地笑了。如同平静的池塘里投进一颗石子，笑声，在静静的店堂里荡漾……

啊，还真是个熟悉泰戈尔的！我多么想和她谈谈泰戈尔，谈谈我所喜欢的那些作家，谈谈几乎已被人们遗忘了的世界呵！然而，这样的年头，这样的场合，这样的谈话肯定是不合时宜的，即使年青，我还是懂得这一点。小姑娘见我呆呆地不吭声，刷地一下把《飞鸟集》从书架上抽下来，塞到我手中："给你吧，我家里还藏着一本呢！"没等我作出任何反应，她已经转身去了。我只看见她的背影：一件浅紫色的衬衫，上面开满了白色的小花；两根垂到腰间的长辫，随着她轻快的脚步摆动……

她走了，像一缕轻盈的风，像一阵清凉的雨，像一曲优美的歌……

夏天的飞鸟，飞到我窗前唱歌，又飞去了。

旧书店里的那次邂逅，留给我的印象竟是那么强烈。真的，生活中有些偶然发生的事情，有时会深深地刻进记忆中，永远也忘记不了。我不知道那个小姑娘的名字，甚至没有看仔细她的容貌，但，她从此却常常地闯到我的记忆中来了。当我看着那些在街头吸烟，无聊，踯躅的青年，心头忧郁发闷的时候，当我读着那些大吹"知识越多越反动"的奇文，两眼茫然迷离的时候，她，就会悄悄地站到我的面前，眨着一对明亮的眼睛，莞尔一笑，把一本《飞鸟集》塞到我手中，然后。是那唱歌一般悦耳的声音："这是一个老爷爷的书，给你吧，我家里还藏着一本呢!"……

她使我惶乱的思想得到一丝欣慰，她使我空虚的心灵得到几分充实。她使我相信：并不是所有的青年人都忘记了世界，抛弃了前人创造的文化。抛弃了那些属于全体人类的美的事物!

有时，我真想再见到这位小姑娘，可是，偌大个城市，哪里找得到她呢?有时，我却又怕见到她。因为，在这些岁月里，有多少纯真的青年人变了，变得世故，变得粗俗，就像炎夏久旱之后的秧苗，失去了水灵灵的翠绿，萎缩了，枯黄了。我怕再见到她以后，便会永远丢失那段美好的回忆。

一次，我在街上走着，迎面过来几个时髦的姑娘，飘拂潇洒的波浪长发．色调深艳的喇叭裤子，高跟鞋踏得笃笃作响，香脂味随着轻风飘漾。她们指手划脚大声谈笑着，毫无顾忌，似乎故意招摇过市，引得路人纷纷投去惊奇的目光，目光中不无鄙视。对那些衣着打扮，我倒并没有多少反感，只是她们的神态……

我忽然发现，这中间有一张似曾相识的脸——呵，难道是她?是那个在书店遇见的姑娘!真有点像呀!我的心不禁一阵抽搐。我迎上去，想打招呼。她却根本不认识我，连看都不看一眼，勾着女伴的颈脖，嘻笑着从我身边走过去。哦，不是她，但愿不是她!我默默地安慰着自己，呆立在路边，闭上了眼睛……

是的，这决不会是她。然而，这件小事却给我心头重重一击。工作之余，我又打开泰戈尔的诗集。泰戈尔，这位异国的诗人，毕竟离我们遥远了，他怎么能回答我们这一代青年人的疑虑和苦恼呢!他的一些含着神秘色彩的诗句，竟使我增添许多莫名的忧愁和烦闷。"有些看不见的手指，如懒懒的微风似的，正在我的心上，奏着潺缓的乐声。"呵，"我知道我的忧伤会伸展开它的红玫瑰叶子，把心开向太阳!"

冬天的小鸟啁啾着，要飞向何方?

历尽了一场肃杀的寒冬，春天来了。经过冰雪的煎熬，经过风暴的洗礼，多少年青的心灵复苏了，他们告别了愚昧，告别了忧郁，告别了轻狂，向光明的未来迈开了脚步。就像泥土里的种子，悄悄地萌发出水灵灵的嫩芽，使劲顶出地面。在春风春雨里舒展开青翠的枝叶……

恍若梦境，我竟考上了大学，去报到之前，我清理着我的小小的书库。找几本心爱的书随身带着，第一本，就想到了《飞鸟集》。啊，她在哪里呢？那个许多年前在书店里遇见的小姑娘！此刻，即使她站到我面前，我大概也不会认识她了，可是，我多么想知道，她在哪里……

人流，长长不断的人流，浩浩荡荡涌向校门。我随着报到的人群，慢慢地向前走着。不知怎的，我仿佛有一种预感——在这重进校门的队伍中，会遇见她。于是，我频频四顾，在人群中寻找着。

一次又一次，我似乎见到了她——她背着书包走过来了，脚步，已不似当年轻盈，却稳重了，坚定了；身上，还是那一件淡紫色的衬衫，上面开满了白色的小花；两根垂到腰间的长辫，轻轻地晃动着……

这不过是幻觉而已，我找不到她。在这支源源不绝的人流里，有那么多的小伙，那么多的姑娘，哪有这样巧的事情呢。可是，我的心头还是涌起了几分惆怅，眼前，仿佛又掠过几年前在街头见到的那一幕……

有人撞到我的脚跟上，我一下子从沉思中惊醒。身边，是笑声，是歌声，是脚步声。我不禁哑然失笑，脑海中，突然跳出几行不知是谁写的诗句来：

你呀，你呀，何必那么傻，
经过一场风寒，就以为万物肃杀……
闻一闻风儿中春的芳馨呢，
生活，总要向美好转化！

我抬起头来，幽蓝的天空，辽远而又纯净——这是春天的晴空呵！一群又一群鸟儿从远方来了，它们欢叫着，抖动着翅膀，划过透明的青天，飞呵，飞呵，飞……

史铁生

史铁生（1951 年～），北京人，著名作家。主要作品有：中短篇小说集《我的遥远的清平湾》、《命若琴弦》、《老屋小记》、《往事》，长篇小说《务虚笔记》、《我的丁一之旅》，散文、随笔集《我与地坛》、《病隙碎笔》。

姻　　缘

我在陕北的一处小山村插过队。我写过那地方，叫它作“清平湾”，实际的名称是关家庄，因为村前的河叫清平河，清平河冲流淤积出的一道川叫清平川。清平川蜿蜒百余里，串联起几十个村落。在关家庄上下的几个村子插队的，差不多都是我的同学，曾在同一所中学甚至同一个班级念书。也有例外，男士 A 不是我的同学但是和我们一起来到清平川插队，他是为了和我的同学男士 B 插在一处。但是阴差阳错，到了清平川，公社知青办的干部们将我和 B 等几个同学分配在关家庄，却把 A 与我的另几个同学安置在另一个村。费几番周折也没能改变命运的意图。这样男士 A 便在另一个村中与我的同学 C 相识，在同一个灶上吃饭，在同一块地里干活，从同一眼井中担水，走同一条路去赶集，数年后二人由恋人发展成夫妻，在同一个屋顶下有了同一个家。有一回我跟他们开玩笑说：“可记得你们的媒人是谁吗？是 B!”大家愣了一下，笑道，“不，不是 B，是公社知青办那几位先生。”大家笑罢又有了进一步觉悟，说：“不不，还是不对，不是 B 也不是那几位先生，是伟大领袖毛主席，若非他老人家的战略部署，A 和 C 缘何相识呢?”思路如此推演开去，疑为 A 和 C 的媒人者纷纭而至成几何级数增长，且无止境。

我难得登高望远，坐轮椅正坐至第二十个年头，尚无终期。

某一日，电梯载我升上几十层高楼，临窗俯瞰，见城市喧嚣浩瀚比以前更大得触目惊心，楼堂房舍鳞次栉比也更多彩多姿，纵横交织的街道更宽阔美丽。唯如蚁的人群一如既往地埋头奔走，动机莫测出没无常；熙来攘往擦肩而过，就像互相绕开一棵树或一面墙；忽而也见二三位远远地扑来一处交头接耳，之后又分散融入人流再难辨认；一串汽车首尾相接飞驰向东，当中一辆不知瞬间受了什么引诱，减速出列掉头改道又急驶向西了；飘飘扬扬的一缕红裙，飘飘扬扬的分外醒目，但蓦地永远不见了，于原来的地位上顶替以一位推车的老太；老人缓缓地走，推的是一辆婴儿车，车厢里的小孩顾自酣甜地睡着……我想，这老人这小孩恰是人间亿万命运的象征，来路和去向仍是一贯的神秘。

居高而望这宏大的人间，很可能正像量子力学家们对微观世界的测验和观察吧。书上说，经典力学具有完全确定的性质，即给出力和质量以及初始位置和速度，就能够精确地预言运动客体的未来或过去的性状。但是，在量子力学中，海森伯测不准原理指出，微观粒子的位置和动量是不能同时精确测定的；因此牛顿定律不能适用于原子范围。量子力学定律并不描述粒子轨道的细节，它只能给出可能发生的事件及其在不同情况下发生的相对几率。书上说，后来，物理学家把一切物质都看作具有波粒二象性。我想，人也是这样也具有波粒二象性吧。你每一个瞬间都处于一个位置，都是一个粒子，但你每时每刻都在运动，你的历史正是一条不间断的波，因而你在任何瞬间在任何位置，都一样是运途难测，书上说，物质世界是由同时存在着的无穷大的场构成。那么人间社会料想也是如此；在几十亿条命运轨道无穷多的交织组合之间，一个人的命运真可谓朝不虑夕了。你能知道你现在正走向什么？你能知道什么命运正向你走来吗？

我坐在十几层高楼的窗前，想起往日的一个男孩。那男孩七岁时有一次问他的母亲：“什么是结婚？”母亲说：“一个男人，和一个女人，他们想要在一起生活。”七岁的男孩于是问父亲：“你结婚了吗？”父亲说：“如果我是你的父亲。我肯定是结过婚了。”男孩迷茫地想了一会，说：“我不结婚。”母亲笑道：“你现在当然不要结，但将来你会结。”“为啥？”“因为，一般来说，所有的人都要结婚。”为此男孩郑重其事地想了一下午，晚上他又问母亲：“那我和谁结婚呢？”母亲说：“这现在谁也不知道。不过那个女孩可能正在向你走来。”男孩于是独自到阳台上去，俯看街上埋头奔走的人流，很想辨出那个女孩，他想看见她从哪走来……

这时我忽然想起问我妻子：“我七岁那年，你在哪？”她正在读一本书，抬头望了望我，说：“下次别再忘了——又过了三年我才出生。”她笑了。可我没笑。“那么那时你的父母，他们在哪？”“很可能那时，”她一边重新埋下头去，“我的父母还不相识。”

从上海来的一位朋友对我说，夏夜的外滩，情侣的密度当属世界之最。骄阳落去，皎月初升，江风习习吹开熏蒸的溽热之时你瞧吧，沿江的栅栏边，情男恋女伏栏面水倾诉衷肠，一条大队直排出几里，仿佛对黄浦江夹道的欢迎与欢送；一对紧挨一对，一对一对一对甚至互相不能留出间隙，一男一女一男一女一男一女，倘忽略每一颗头的扭向让你猜哪两个是一对，你有 50％ 的可能错点了鸳鸯。我对他的描述略表怀疑，“怎么你不信?”我的这位富于想象力的朋友笑道：“这么说吧，要是这时有谁下一道命令，譬如喊一二三，或者吹一声口哨，情男恋女们无须移动位置只要一齐转头 180 度，便可在全新的组合中继续谈情说爱。”

“很可能，”我说，“这样的命令已经下过了。”

“下过了?”这一回轮到他怀疑。

“下过了，但是你没听见。”

“你听见了?”

“我有时感到我听见了。在你去外滩之前很久上帝的哨子已经吹过了，因此你看见了你所看到的情景，你看见了你只能看到的一种组合。”

不久前我读一本书，书上说到洗牌。一局牌开始，首先要洗牌。连续的输家抱怨手气不好，尤其要洗牌，别人洗过了他还不放心，一定要自己再洗，一面把牌打乱一面心中祈祷好运的来临。那本书的作者说，当然这会改变他的牌运，但是，到底是改变得更好了还是更坏了却永远不能知道。被你洗掉了的种种排列，未及存在就已消逝，上帝只取其中一种与你遭遇。

我与地坛

一

我在好几篇小说中都提到过一座废弃的古园，实际就是地坛。

许多年前旅游业还没有开展，园子荒芜冷落得如同一片野地，很少被人记起。

地坛离我家很近。或者说我家离地坛很近。总之，只好认为这是缘分。

地坛在我出生前四百多年就坐落在那儿了，而自从我的祖母年轻时带着我父亲来到北京，就一直住在离它不远的地方——五十多年间搬过几次家，可搬来搬去总是在它周围，而且是越搬离它越近了。我常觉得这中间有着宿命的味道：仿佛这古园就是为了等我，而历尽沧桑在那儿等待了四百多年。

它等待我出生，然后又等待我活到最狂妄的年龄上忽地残废了双腿。四百多年里，它一面剥蚀了古殿檐头浮夸的琉璃，淡褪了门壁上炫耀的朱红。坍塌了一段段高墙又散落了玉砌雕栏，祭坛四周的老柏树愈见苍幽，到处的野草荒藤也都茂盛得自在坦荡。

这时候想必我是该来了。十五年前的一个下午，我摇着轮椅进入园中。它为一个失魂落魄的人把一切都准备好了。那时，太阳循着亘古不变的路途正越来越大，也越红。在满园弥漫的沉静光芒中，一个人更容易看到时间，并看见自己的身影。

自从那个下午我无意中进了这园子，就再没长久地离开过它。

我一下子就理解了它的意图。正如我在一篇小说中所说的："在人口密聚的城市里，有这样一个宁静的去处，像是上帝的苦心安排。"

两条腿残废后的最初几年，我找不到工作，找不到去路，忽然间几乎什么都找不到了，我就摇了轮椅总是到它那儿去，仅为着那儿是可以逃避一个世界的另一个世界。我在那篇小说中写道："没处可去我便一天到晚耗在这园子里。跟上班下班一样，别人去上班我就摇了轮椅到这儿来。园子无人看管，上下班时间有些抄近路的人们从园中穿过，园子里活跃一阵，过后便沉寂下来。"

"园墙在金晃晃的空气中斜切下一溜阴凉，我把轮椅开进去，把椅背放倒，坐着或是躺着，看书或者想事，撅一杈树枝左右拍打，驱赶那些和我一样不明白为什么要来这世上的小昆虫。""蜂儿如一朵小雾稳稳地停在半空；蚂蚁摇头晃脑捋着触须，猛然间想透了什么，转身疾行而去；瓢虫爬得不耐烦了，累了祈祷一回便支开翅膀，忽悠一下升空了；树干上留着一只蝉蜕，寂寞如一间空屋；露水在草叶上滚动，聚集，压弯了草叶轰然坠地摔开万道金光。"

"满园子都是草木竞相生长弄出的响动，窸窸窣窣片刻不息。"这都是真实的记录，园子荒芜但并不衰败。

除去几座殿堂我无法进去，除去那座祭坛我不能上去而只能从各个角度张望它，地坛的每一棵树下我都去过，差不多它的每一米草地上都有过我的车轮印。无论是什么季节，什么天气，什么时间，我都在这园子里呆过。有时候呆一会儿就回家，有时候就呆到满地上都亮起月光。记不清都是在它的哪些角落里了。我一连几小时专心致志地想关于死的事，也以同样的耐心和方式想过我为什么要出生。这样想了好几年，最后事情终于弄明白了：一个人，出生了，这就不再是一个可以辩论的问题，而只是上帝交给他的一个事实；上帝在交给我们这件事实的时候，已经顺便保证了它的结果，所以死是一件不必急于求成的事，死是一个必然会降临的节日。这样想过之后我安心多了，眼前的一切不再那么可怕。比如你起早熬夜准备考试的时候，忽然想起有一个长长的假期在前面等待你，你会不会觉得轻松一点？并且庆幸并且感激这样的安排？剩下的就是怎样活的问题了，这却不是在某一个瞬间就能完全想透的、不是一次性能够解决的事，怕是活多久就要想它多久了，就像是伴你终生的魔鬼或恋人。所以，十五年了，我还是总得到那古园里去，去它的老树下或荒草边或颓墙旁，去默坐，去呆想，去推开耳边的嘈杂理一理纷乱的思绪，去窥看自己的心魂。

十五年中，这古园的形体被不能理解它的人肆意雕琢，幸好有些东西是任谁也不能改变它的。譬如祭坛石门中的落日，寂静的光辉平铺的一刻，地上的每一个坎坷都被映照得灿烂；譬如在园中最为落寞的时间，一群雨燕便出来高歌，把天地都叫喊得苍凉；譬如冬天雪地上孩子的脚印，总让人猜想他们是谁，曾在哪儿做过些什么、然后又都到哪儿去了；譬如那些苍黑的古柏，你忧郁的时候它们镇静地站在那儿，你欣喜的时候它们依然镇静地站在那儿，它们没日没夜地站在那儿从你没有出生一直站到这个世界上又没了你的时候；譬如暴雨骤临园中，激起一阵阵灼烈而清纯的草木和泥土的气味，让人想起无数个夏天的事件；譬如秋风忽至，再有一场早霜，落叶或飘摇歌舞或坦然安卧，满园中播散着熨贴而微苦的味道。味道是最说不清楚的。味道不能写只能闻，要你身临其境去闻才能明了。味道甚至是难于记忆的，只有你又闻到它你才能记起它的全部情感和意蕴。所以我常常要到那园子里去。

二

现在我才想到，当年我总是独自跑到地坛去，曾经给母亲出了一个怎样的难题。

她不是那种光会疼爱儿子而不懂得理解儿子的母亲。她知道我心里的苦闷，知道不该阻止我出去走走，知道我要是老呆在家里结果会更糟，但她又担心我一个人在那荒僻的园子里整天都想些什么。我那时脾气坏到极点，经常是发了疯一样地离开家，从那园子里回来又中了魔似的什么话都不说。母亲知道有些事不宜问，便犹犹豫豫地想问而终于不敢问，因为她自己心里也没有答案。她料想我不会愿意她跟我一同去，所以她从未这样要求过，她知道得给我一点独处的时间，得有这样一段过程。她只是不知道这过程得要多久，和这过程的尽头究竟是什么。每次我要动身时，她便无言地帮我准备，帮助我上了轮椅车，看着我摇车拐出小院；这以后她会怎样，当年我不曾想过。

有一回我摇车出了小院，想起一件什么事又返身回来，看见母亲仍站在原地，还是送我走时的姿势，望着我拐出小院去的那处墙角，对我的回来竟一时没有反应。待她再次送我出门的时候，她说："出去活动活动，去地坛看看书。我说这挺好。"许多年以后我才渐渐听出，母亲这话实际上是自我安慰，是暗自的祷告，是给我的提示，是恳求与嘱咐。只是在她猝然去世之后，我才有余暇设想。当我不在家里的那些漫长的时间，她是怎样心神不定坐卧难宁。兼着痛苦与惊恐与一个母亲最低限度的祈求。现在我可以断定，以她的聪慧和坚忍。在那些空落的白天后的黑夜，在那不眠的黑夜后的白天，她思来想去最后准是对自己说："反正我不能不让他出去，未来的日子是他自己的，如果他真的要在那园子里出了什么事．这苦难也只好我来承担。"在那段日子里——那是好几年长的一段日子，我想我一定使母亲做过了最坏的准备了，但她从来没有对我说过："你为我想想。"事实上我也真的没为她想过。那时她的儿子，还太年轻，还来不及为母亲想。他被命运击昏了头，一心以为自己是世上最不幸的一个，不知道儿子的不幸在母亲那儿总是要加倍的。她有一个长到二十岁上忽然截瘫了的儿子，这是她唯一的儿子：她情愿截瘫的是自己而不是儿子，可这事无法代替；她想，只要儿子能活下去哪怕自己去死呢也行，可她又确信一个人不能仅仅是活着，儿子得有一条路走向自己的幸福；而这条路呢，没有谁能保证她的儿子终于能找到。——这样一个母亲。注定是活得最苦的母亲。

有一次与一个作家朋友聊天，我问他学写作的最初动机是什么？他想了一会说："为我母亲。为了让她骄傲。"我心里一惊，良久无言。回想自己最初写小说的动机，虽不似这位朋友的那般单纯，但如他一样的愿望我也有，且一经细想，发现这愿望也在全部动机中占了很大比重。这位朋友说："我的动机太低俗了吧？"我光是摇头，心想低俗并不见得低俗，只怕是这愿望过于天真了。他又说："我那时真就是想出名，出了名让别人羡慕我母亲。"我想，他比我坦率。我想。他又比我幸福，因为他的母亲还活着。而且我想，他的母亲也比我的母亲运气好，他的母亲没有一个双腿残废的儿子，否则事情就不这么简单。

在我的头一篇小说发表的时候，在我的小说第一次获奖的那些日子里，我真是多么希望我的母亲还活着。我便又不能在家里呆了，又整天整天独自跑到地坛去，心里是没头没尾的沉郁和哀怨，走遍整个园子却怎么也想不通：母亲为什么就不能再多活两年？为什么在她儿子就快要碰撞开一条路的时候，她却忽然熬不住了？莫非她来此世上只是为了替儿子担忧，却不该分享我的一点点快乐？她匆匆离我去时才只有四十九呀！有那么一会儿，我甚至对世界对上帝充满了仇恨和厌恶。后来我在一篇题为"合欢树"的文章中写道："我坐在小公园安静的树林里，闭上眼睛，想，上帝为什么早早地召母亲回去呢？很久很久，迷迷糊糊的我听见了回答：'她心里太苦了，上帝看她受不住了，就召她回去。'我似乎得了一点安慰，睁开眼睛，看见风正从树林里穿过。"小公园，指的也是地坛。

只是到了这时候，纷纭的往事才在我眼前幻现得清晰，母亲的苦难与伟大才在我心中渗透得深彻。上帝的考虑，也许是对的。

摇着轮椅在园中慢慢走，又是雾罩的清晨，又是骄阳高悬的白昼，我只想着一件事：母亲已经不在了。在老柏树旁停下，在草地上在颓墙边停下，又是处处虫鸣的午后，又是鸟儿归巢的傍晚，我心里只默念着一句话：可是母亲已经不在了。把椅背放倒，躺下，似睡非睡挨到日没，坐起来，心神恍惚，呆呆地直坐到古祭坛上落满黑暗然后再渐渐浮起月光，心里才有点明白，母亲不能再来这园中找我了。

曾有过好多回，我在这园子里呆得太久了，母亲就来找我。她来找我又不想让我发觉，只要见我还好好地在这园子里，她就悄悄转身回去，我看见过几次她的背影。我也看见过几回她四处张望的情景，她视力不好，端着眼镜像在寻找海上的一条船，她没看见我时我已经看见她了，待我看见她也看见我了我就不去看她，过一会儿我再抬头看她就又看见她缓缓离去的背影。我单是无法知道有多少回她没有找到我。有一回我坐在矮树丛中，树丛很密，我看见她没有找到我：她一个人在园子里走，走过我的身旁，走过我经常呆的一些地方，步履茫然又急迫。我不知道她已经找了多久还要找多久，我不知道为什么我决意不喊她——但这绝不是小时候的捉迷藏，这也许是出于长大了的男孩子的倔强或羞涩？但这倔只留给我痛悔，丝毫也没有骄傲。我真想告诫所有长大了的男孩子，千万不要跟母亲来这套倔强，羞涩就更不必，我已经懂了可我已经来不及了。

儿子想使母亲骄傲，这心情毕竟是太真实了，以致使“想出名”这一声名狼藉的念头也多少改变了一点形象。这是个复杂的问题，且不去管它了罢。随着小说获奖的激动逐日暗淡，我开始相信，至少有一点我是想错了：我用纸笔在报刊上碰撞开的一条路，并不就是母亲盼望我找到的那条路。年年月月我都到这园子里来，年年月月我都要想，母亲盼望我找到的那条路到底是什么。

母亲生前没给我留下过什么隽永的哲言，或要我恪守的教诲，只是在她去世之后，她艰难的命运，坚忍的意志和毫不张扬的爱，随光阴流转，在我的印象中愈加鲜明深刻。

有一年，十月的风又翻动起安详的落叶，我在园中读书，听见两个散步的老人说：“没想到这园子有这么大。”我放下书，想，这么大一座园子，要在其中找到她的儿子，母亲走过了多少焦灼的路。多年来我头一次意识到，这园中不单是处处都有过我的车辙，有过我的车辙的地方也都有过母亲的脚印。

三

如果以一天中的时间来对应四季，当然春天是早晨，夏天是中午，秋天是黄昏，冬天是夜晚。如果以乐器来对应四季，我想春天应该是小号，夏天是定音鼓。秋天是大提琴，冬天是圆号和长笛。要是以这园子里的声响来对应四季呢？那么，春天是祭坛上空飘拂着的鸽子的哨音，夏天是冗长的蝉歌和杨树叶子哗啦啦地对蝉歌的取笑，秋天是古殿檐头的风铃响，冬天是啄木鸟随意而空旷的啄木声。以园中的景物对应四季，春天是一径时而苍白时而黑润的小路，时而明朗时而阴晦的天上摇荡着的串串杨花；夏天是一条条耀眼而灼人的石凳，或阴凉而爬满了青苔的石阶，阶下有果皮，阶上有半张被坐皱的报纸；秋天是一座青铜的大钟。在园子的西北角上曾丢弃着一座很大的铜钟，铜钟与这园子一般年纪，浑身挂满绿锈，文字已不清晰；冬天，是林中空地上几只羽毛蓬松的老麻雀。以心绪对应四季呢？春天是卧病的季节，否则人们不易发觉春天的残忍与渴望；夏天，情人们应该在这个季节里失恋，不然就似乎对不起爱情；秋天是从外面买一棵盆花，回家的时候，把花搁在阔别了的家中，并且打开窗户把阳光也放进屋里，慢慢回忆慢慢整理一些发过霉的东西；冬天是伴着火炉和书，一遍遍坚定不死的决心。写一些并不发出的信。还可以用艺术形式对应四季，这样春天就是一幅画，夏天是一部长篇小说，秋天是一首短歌或诗，冬天是一群雕塑。以梦呢？以梦对应四季呢？春天是树尖上的呼喊，夏天是呼喊中的细雨，秋天是细雨中的土地，冬天是干净的土地上的一只孤零的烟斗。

因为这园子，我常感恩于自己的命运。

我甚至现在就能清楚地看见，一旦有一天我不得不长久地离开它，我会怎样想念它，我会怎样想念它并且梦见它，我会怎样因为不敢想念它而梦也梦不到它。

四

现在让我想想，十五年中坚持到这园子来的人都是谁呢？好像只剩了我和一对老人。

十五年前，这对老人还只能算是中年夫妇，我则货真价实还是个青年。他们总是在薄暮时分来园中散步，我不大弄得清他们是从哪边的园门进来。一般来说他们是逆时针绕这园子走。男人个子很高，肩宽腿长，走起路来目不斜视。胯以上直至脖颈挺直不动；他的妻子攀了他一条胳膊走，也不能使他的上身稍有松懈。

女人个子却矮，也不算漂亮，我无端地相信她必出身于家道中衰的名门富族；她攀在丈夫胳膊上像个娇弱的孩子，她向四周观望似总含着恐惧，她轻声与丈夫谈话，见有人走近就立刻怯怯地收住话头。我有时因为他们而想起冉阿让与柯赛特，但这想法并不巩固，他们一望即知是老夫老妻。两个人的穿着都算得上考究，但由于时代的演进，他们的服饰又可以称为古朴了。他们和我一样，到这园子里来几乎是风雨无阻，不过他们比我守时。我什么时间都可能来．他们则一定是在暮色初临的时候。刮风时他们穿了米色风衣，下雨时他们打了黑色的雨伞。夏天他们的衬衫是白色的，裤子是黑色的或米色的，冬天他们的呢子大衣又都是黑色的，想必他们只喜欢这三种颜色。他们逆时针绕这园子一周，然后离去。

他们走过我身旁时只有男人的脚步响，女人像是贴在高大的丈夫身上跟着漂移。我相信他们一定对我有印象，但是我们没有说过话，我们互相都没有想要接近的表示。十五年中，他们或许注意到一个小伙子进入了中年，我则看着一对令人羡慕的中年情侣不觉中成了两个老人。

曾有过一个热爱唱歌的小伙子，他也是每天都到这园中来，来唱歌，唱了好多年，后来不见了。他的年纪与我相仿，他多半是早晨来，唱半小时或整整唱一个上午，估计在另外的时间里他还得上班。我们经常在祭坛东侧的小路上相遇。我知道他是到东南角的高墙下去唱歌，他一定猜想我去东北角的树林里做什么。我找到我的地方，抽几口烟，便听见他谨慎地整理歌喉了。他反反复复唱那么几首歌。文化革命没过去的时候，他唱“蓝蓝的天上白云飘，白云下面马儿跑……”我老也记不住这歌的名字。“文革”后，他唱《货郎与小姐》中那首最为流传的咏叹调。“卖布——卖布嘞，卖布——卖布嘞!”我记得这开头的一句他唱得很有声势，在早晨清澈的空气中，货郎跑遍园中的每一个角落去恭维小姐。

“我交了好运气．我交了好运气，我为幸福唱歌曲……”然后他就一遍一遍地唱，不让货郎的激情稍减。依我听来，他的技术不算精到，在关键的地方常出差错，但他的嗓子是相当不坏的，而且唱一个上午也听不出一点疲惫。太阳也不疲惫，把大树的影子缩小成一团，把疏忽大意的蚯蚓晒干在小路上，将近中午，我们又在祭坛东侧相遇，他看一看我，我看一看他，他往北去，我往南去。日子久了，我感到我们都有结识的愿望，但似乎都不知如何开口，于是互相注视一下终又都移开目光擦身而过；这样的次数一多，便更不知如何开口了。终于有一天——一个丝毫没有特点的日子，我们互相点了一下头。他说：“你好。”我说：“你好。”他说：“回去啦?”我说：“是，你呢?”他说：“我也该回去了。”我们都放慢脚步（其实我是放慢车速），想再多说几句，但仍然是不知从何说起，这样我们就都走过了对方，又都扭转身子面向对方。

他说："那就再见吧。"我说："好，再见。"便互相笑笑各走各的路了。但是我们没有再见。那以后，园中再没了他的歌声，我才想到，那天他或许是有意与我道别的。也许他考上了哪家专业文工团或歌舞团了吧？真希望他如他歌里所唱的那样，交了好运气。

还有一些人，我还能想起一些常到这园子里来的人。有一个老头，算得一个真正的饮者；他在腰间挂一个扁瓷瓶，瓶里当然装满了酒，常来这园中消磨午后的时光。他在园中四处游逛，如果你不注意你会以为园中有好几个这样的老头，等你看过了他卓尔不群的饮酒情状，你就会相信这是个独一无二的老头。他的衣着过分随便，走路的姿态也不慎重，走上五六十米路便选定一处地方，一只脚踏在石凳上或土埂上或树墩上，解下腰间的酒瓶，解酒瓶的当儿眯起眼睛把一百八十度视角内的景物细细看一遭，然后以迅雷不及掩耳之势倒一大口酒入肚，把酒瓶摇一摇再挂向腰间。平心静气地想一会儿什么，便走下一个五六十米去。还有一个捕鸟的汉子，那岁月园中人少，鸟却多，他在西北角的树丛中拉一张网，鸟撞在上面，羽毛戗在网眼里便不能自拔。他单等一种过去很多但现在非常罕见的鸟，其它的鸟撞在网上他就把它们摘下来放掉，他说已经有好多年没等到那种罕见的鸟。他说他再等一年看看到底还有没有那种鸟，结果他又等了好多年。早晨和傍晚，在这园子里可以看见一个中年女工程师，早晨她从北向南穿过这园子去上班，傍晚她从南向北穿过这园子回家。事实上我并不了解她的职业或者学历，但我以为她必是学理工的知识分子，别样的人很难有她那般的素朴并优雅。当她在园子穿行的时刻，四周的树林也仿佛更加幽静，清淡的日光中竟似有悠远的琴声，比如说是那曲《献给艾丽丝》才好。我没有见过她的丈夫，没有见过那个幸运的男人是什么样子，我想象过却想象不出，后来忽然懂了想象不出才好，那个男人最好不要出现。她走出北门回家去。

我竟有点担心，担心她会落入厨房，不过，也许她在厨房里劳作的情景更有另外的美吧，当然不能再是《献给艾丽丝》，是个什么曲子呢？还有一个人，是我的朋友，他是个最有天赋的长跑家，但他被埋没了。他因为在"文革"中出言不慎而坐了几年牢，出来后好不容易找了个拉板车的工作，样样待遇都不能与别人平等，苦闷极了便练习长跑。那时他总来这园子里跑，我用手表为他计时。他每跑一圈向我招下手，我就记下一个时间。每次他要环绕这园子跑二十圈，大约两万米。他盼望以他的长跑成绩来获得政治上真正的解放，他以为记者的镜头和文字可以帮他做到这一点。第一年他在春节环城赛上跑了第十五名，他看见前十名的照片都挂在了长安街的新闻橱窗里，于是有了信心。第二年他跑了第四名，可是新闻橱窗里只挂了前三名的照片，他没灰心。第三年他跑了第七名，橱窗里挂前六名的照片，他有点怨自己。第四年他跑了第三名，橱窗里却只挂了第一名的照片。第五年他跑了第一名——他几乎绝望了，橱窗里只有一幅环城赛群众场面的照片。那些年我们俩常一起在这园子里呆到天黑，开怀痛骂，骂完沉默着回家。分手时再互相叮嘱：先别去死，再试着活一活看。现在他已经不跑了，年岁太大了，跑不了那么快了。最后一次参加环城赛，他以三十八岁之龄又得了第一名并破了纪录，有一位专业队的教练对他说："我要是十年前发现你就好了。"他苦笑一下什么也没说，只在傍晚又来这园中找到我，把这事平静地向我叙说一遍。不见他已有好几年了，现在他和妻子和儿子住在很远的地方。

这些人现在都不到园子里来了，园子里差不多完全换了一批新人。十五年前的旧人，现在就剩我和那对老夫老妻了。有那么一段时间，这老夫老妻中的一个也忽然不来，薄暮时分唯男人独自来散步，步态也明显迟缓了许多.我心悬了很久，怕是那女人出了什么事。幸好过了一个冬天那女人又来了，两个人仍是逆时针绕着园子走，一长一短两个身影恰似钟表的两支指针；女人的头发白了许多，但依旧攀着丈夫的胳膊走得像个孩子。"攀"这个字用得不恰当了，或许可以用"搀"吧，不知有没有兼具这两个意思的字。

五

我也没有忘记一个孩子——一个漂亮而不幸的小姑娘。十五年前的那个下午，我第一次到这园子里来就看见了她，那时她大约三岁，蹲在斋宫西边的小路上捡树上掉落的"小灯笼"。那儿有几棵大栾树，春天开一簇簇细小而稠密的黄花，花落了便结出无数如同三片叶子合抱的小灯笼，小灯笼先是绿色，继而转白。再变黄，成熟了掉落得满地都是。小灯笼精巧得令人爱惜，成年人也不免捡了一个还要捡一个。小姑娘咿咿呀呀地跟自己说着话，一边捡小灯笼；她的嗓音很好，不是她那个年龄所常有的那般尖细，而是很圆润甚或是厚重，也许是因为那个下午园子里太安静了。我奇怪这么小的孩子怎么一个人跑来这园子里？我问她住在哪儿？她随便指一下，就喊她的哥哥，沿墙根一带的茂草之中便站起一个七八岁的男孩，朝我望望，看我不像坏人便对他的妹妹说："我在这儿呢"，又伏下身去，他在捉什么虫子。他捉到螳螂、蚂蚱、知了和蜻蜓，来取悦他的妹妹。有那么两三年，我经常在那几棵大栾树下见到他们，兄妹俩总是在一起玩，玩得和睦融洽，都渐渐长大了些。之后有很多年没见到他们。我想他们都在学校里吧，小姑娘也到了上学的年龄，必是告别了孩提时光，没有很多机会来这儿玩了。这事很正常，没理由太搁在心上，若不是有一年我又在园中见到他们，肯定就会慢慢把他们忘记。

那是个礼拜日的上午。那是个晴朗而令人心碎的上午，时隔多年，我竟发现那个漂亮的小姑娘原来是个弱智的孩子。我摇着车到那几棵大栾树下去，恰又是遍地落满了小灯笼的季节；当时我正为一篇小说的结尾所苦，既不知为什么要给它那样一个结尾，又不知何以忽然不想让它有那样一个结尾，于是从家里跑出来，想依靠着园中的镇静，看看是否应该把那篇小说放弃。我刚刚把车停下，就见前面不远处有几个人在戏耍一个少女，做出怪样子来吓她，又喊又笑地追逐她拦截她，少女在几棵大树间惊惶地东跑西躲，手却不松揪卷在怀里的裙裾，两条腿袒露着也似毫无察觉。

我看出少女的智力是有些缺陷，却还没看出她是谁。我正要驱车上前为少女解围，就见远处飞快地骑车来了个小伙子，于是那几个戏耍少女的家伙望风而逃。小伙子把自行车支在少女近旁，怒目望着那几个四散逃窜的家伙，一声不吭喘着粗气。脸色如暴雨前的天空一样，一会儿比一会儿苍白。这时我认出了他们，小伙子和少女就是当年那对小兄妹。我几乎是在心里惊叫了一声，或者是哀号。世上的事常常使上帝的居心变得可疑。小伙子向他的妹妹走去。少女松开了手，裙裾随之垂落了下来，很多很多她捡的小灯笼便洒落了一地，铺散在她脚下。她仍然算得漂亮，但双眸迟滞没有光彩。她呆呆地望那群跑散的家伙，望着极目之处的空寂，凭她的智力绝不可能把这个世界想明白吧？大树下，破碎的阳光星星点点，风把遍地的小灯笼吹得滚动，仿佛暗哑地响着的无数小铃铛。哥哥把妹妹扶上自行车后座，带着她无言地回家去了。

无言是对的。要是上帝把漂亮和弱智这两样东西都给了这个小姑娘。就只有无言和回家去是对的。

谁又能把这世界想个明白呢？世上的很多事是不堪说的。你可以抱怨上帝何以要降许多苦难给这人间，你也可以为消灭种种苦难而奋斗。并为此享有崇高与骄傲，但只要你再多想一步你就会坠入深深的迷茫了：假如世界上没有了苦难，世界还能够存在么？要是没有愚钝，机智还有什么光荣呢？要是没了丑陋。漂亮又怎么维系自己的幸运？要是没有了恶劣和卑下，善良与高尚又将如何界定自己又如何成为美德呢？要是没有了残疾，健全会否因其司空见惯而变得腻烦和乏味呢？我常梦想着在人间彻底消灭残疾，但可以相信，那时将由患病者代替残疾人去承担同样的苦难。如果能够把疾病也全数消灭，那么这份苦难又将由（比如说）相貌丑陋的人去承担了。就算我们连丑陋，连愚昧和卑鄙和一切我们所不喜欢的事物和行为，也都可以统统消灭掉，所有的人都一样健康、漂亮、聪慧、高尚。结果会怎样呢？怕是人间的剧目就全要收场了，一个失去差别的世界将是一条死水，是一块没有感觉没有肥力的沙漠。

看来差别永远是要有的。看来就只好接受苦难——人类的全部剧目需要它，存在的本身需要它。看来上帝又一次对了。

于是就有一个最令人绝望的结论等在这里：由谁去充任那些苦难的角色？又由谁去体现这世间的幸福、骄傲和快乐？只好听凭偶然，是没有道理好讲的。

就命运而言，休论公道。

那么，一切不幸命运的救赎之路在哪里呢？设若智慧的悟性可以引领我们去找到救赎之路，难道所有的人都能够获得这样的智慧和悟性吗？我常以为是丑女造就了美人。我常以为是愚氓举出了智者。我常以为是懦夫衬照了英雄。我常以为是众生度化了佛祖。

六

设若有一位园神，他一定早已注意到了，这么多年我在这园里坐着，有时候是轻松快乐的，有时候是沉郁苦闷的，有时候优哉游哉，有时候凄惶落寞，有时候平静而且自信，有时候又软弱，又迷茫。其实总共只有三个问题交替着来骚扰我，来陪伴我。第一个是要不要去死？第二个是为什么活？第三个，我干嘛要写作？现在让我看看，它们迄今都是怎样编织在一起的吧。

你说，你看穿了死是一件无需乎着急去做的事，是一件无论怎样耽搁也不会错过的事，便决定活下去试试？是的，至少这是很关健的因素。为什么要活下去试试呢？好像仅仅是因为不甘心，机会难得，不试白不试，腿反正是完了，一切仿佛都要完了，但死神很守信用，试一试不会额外再有什么损失。说不定倒有额外的好处呢是不是？我说过，这一来我轻松多了，自由多了。为什么要写作呢？作家是两个被人看重的字，这谁都知道。为了让那个躲在园子深处坐轮椅的人，有朝一日在别人眼里也稍微有点光彩，在众人眼里也能有个位置，哪怕那时再去死呢也就多少说得过去了，开始的时候就是这样想，这不用保密，这些现在不用保密了。

我带着本子和笔，到园中找一个最不为人打扰的角落，偷偷地写。那个爱唱歌的小伙子在不远的地方一直唱。要是有人走过来，我就把本子合上把笔叼在嘴里。我怕写不成反落得尴尬。我很要面子。可是你写成了，而且发表了。人家说我写得还不坏，他们甚至说：真没想到你写得这么好。我心说你们没想到的事还多着呢。我确实有整整一宿高兴得没合眼。我很想让那个唱歌的小伙子知道，因为他的歌也毕竟是唱得不错。我告诉我的长跑家朋友的时候，那个中年女工程师正优雅地在园中穿行；长跑家很激动，他说好吧，我玩命跑，你玩命写。这一来你中了魔了，整天都在想哪一件事可以写，哪一个人可以让你写成小说。是中了魔了，我走到哪儿想到哪儿，在人山人海里只寻找小说，要是有一种小说试剂就好了，见人就滴两滴看他是不是一篇小说，要是有一种小说显影液就好了，把它泼满全世界看看都是哪儿有小说，中了魔了，那时我完全是为了写作活着。结果你又发表了几篇，并且出了一点小名，可这时你越来越感到恐慌。我忽然觉得自己活得像个人质，刚刚有点像个人了却又过了头，像个人质，被一个什么阴谋抓了来当人质，不定哪天被处决，不定哪天就完蛋。你担心要不了多久你就会文思枯竭，那样你就又完了。凭什么我总能写出小说来呢？凭什么那些适合作小说的生活素材就总能送到一个截瘫者跟前来呢？人家满世界跑都有枯竭的危险，而我坐在这园子里凭什么可以一篇接一篇地写呢？你又想到死了。我想见好就收吧。当一名人质实在是太累了太紧张了，太朝不保夕了。我为写作而活下来，要是写作到底不是我应该干的事，我想我再活下去是不是太冒傻气了？你这么想着你却还在绞尽脑汁地想写。我好歹又拧出点水来，从一条快要晒干的毛巾上。恐慌日甚一日，随时可能完蛋的感觉比完蛋本身可怕多了，所谓不怕贼偷就怕贼惦记，我想人不如死了好，不如不出生的好，不如压根儿没有这个世界的好。可你并没有去死。我又想到那是一件不必着急的事。可是不必着急的事并不证明是一件必要拖延的事呀？你总是决定活下来，这说明什么？是的，我还是想活。人为什么活着？因为人想活着，说到底是这么回事，人真正的名字叫作：欲望。可我不怕死，有时候我真的不怕死。有时候，——说对了，不怕死和想去死是两回事，有时候不怕死的人是有的，一生下来就不怕死的人是没有的。我有时候倒是怕活。可是怕活不等于不想活呀？可我为什么还想活呢？因为你还想得到点什么，你觉得你还是可以得到点什么的，比如说爱情，比如说，价值之类，人真正的名字叫欲望。这不对吗？我不该得到点什么吗？没说不该。可我为什么活得恐慌，就像个人质？后来你明白了，你明白你错了，活着不是为了写作，而写作是为了活着。你明白了这一点是在一个挺滑稽的时刻。那天你又说你不如死了好，你的一个朋友劝你：你不能死，你还得写呢，还有好多好作品等着你去写呢。这时候你忽然明白了，你说：只是因为我活着，我才不得不写作。或者说只是因为你还想活下去，你才不得不写作。是的，这样说过之后我竟然不那么恐慌了。就像你看穿了死之后所得的那份轻松？一个人质报复一场阴谋的最有效的办法是把自己杀死。我看出我得先把我杀死在市场上，那样我就不用参加抢购题材的风潮了。你还写吗？还写。你真的不得不写吗？人都忍不住要为生存找一些牢靠的理由。你不担心你会枯竭了？我不知道，不过我想，活着的问题在死前是完不了的。

这下好了，您不再恐慌了不再是个人质了，您自由了。算了吧你，我怎么可能自由呢？别忘了人真正的名字是：欲望。所以您得知道，消灭恐慌的最有效的办法就是消灭欲望。可是我还知道，消灭人性的最有效的办法也是消灭欲望。那么，是消灭欲望的同时也消灭恐慌呢？还是保留欲望的同时也保留人生？我在这园子里坐着，我听见园神告诉我，每一个有激情的演员都难免是一个人质。每一个懂得欣赏的观众都巧妙地粉碎了一场阴谋。

每一个乏味的演员都是因为他老以为这戏剧与自己无关。每一个倒霉的观众都是因为他总是坐得离舞台太近了。

我在这园子里坐着，园神成年累月地对我说：孩子，这不是别的，这是你的罪孽和福祉。

七

要是有些事我没说，地坛，你别以为是我忘了，我什么也没忘，但是有些事只适合收藏。不能说，也不能想，却又不能忘。它们不能变成语言，它们无法变成语言，一旦变成语言就不再是它们了。它们是一片朦胧的温馨与寂寥，是一片成熟的希望与绝望，它们的领地只有两处：心与坟墓。比如说邮票，有些是用于寄信的，有些仅仅是为了收藏。

如今我摇着车在这园子里慢慢走，常常有一种感觉，觉得我一个人跑出来已经玩得太久了。有一天我整理我的旧像册，一张十几年前我在这园子里照的照片——那个年轻人坐在轮椅上，背后是一棵老柏树，再远处就是那座古祭坛。我便到园子里去找那棵树。我按着照片上的背景找很快就找到了它，按着照片上它枝干的形状找，肯定那就是它。但是它已经死了，而且在它身上缠绕着一条碗口粗的藤萝。有一天我在这园子碰见一个老太太，她说："哟，你还在这儿哪？"她问我："你母亲还好吗？"

"您是谁？""你不记得我，我可记得你。有一回你母亲来这儿找你，她问我您看没看见一个摇轮椅的孩子？……"我忽然觉得，我一个人跑到这世界上来真是玩得太久了。有一天夜晚，我独自坐在祭坛边的路灯下看书，忽然从那漆黑的祭坛里传出一阵阵唢呐声；四周都是参天古树，方形祭坛占地几百平米空旷坦荡独对苍天，我看不见那个吹唢呐的人，唯唢呐声在星光寥寥的夜空里低吟高唱，时而悲怆时而欢快，时而缠绵时而苍凉，或许这几个词都不足以形容它，我清清醒醒地听出它响在过去，响在现在，响在未来，回旋飘转亘古不散。

必有一天，我会听见喊我回去。

那时您可以想象一个孩子，他玩累了可他还没玩够呢。心里好些新奇的念头甚至等不及到明天。也可以想象是一个老人，无可质疑地走向他的安息地，走得任劳任怨。还可以想象一对热恋中的情人，互相一次次说"我一刻也不想离开你"，又互相一次次说"时间已经不早了"，时间不早了可我一刻也不想离开你，一刻也不想离开你可时间毕竟是不早了。

我说不好我想不想回去。我说不好是想还是不想，还是无所谓。我说不好我是像那个孩子，还是像那个老人，还是像一个热恋中的情人。很可能是这样：我同时是他们三个。我来的时候是个孩子，他有那么多孩子气的念头所以才哭着喊着闹着要来，他一来一见到这个世界便立刻成了不要命的情人，而对一个情人来说，不管多么漫长的时光也是稍纵即逝，那时他便明白，每一步每一步，其实一步步都是走在回去的路上。当牵牛花初开的时节，葬礼的号角就已吹响。

但是太阳，他每时每刻都是夕阳也都是旭日。当他熄灭着走下山去收尽苍凉残照之际，正是他在另一面燃烧着爬上山巅布散烈烈朝辉之时。那一天，我也将沉静着走下山去，扶着我的拐杖。

有一天，在某一处山洼里，势必会跑上来一个欢蹦的孩子，抱着他的玩具。

当然。那不是我。

但是，那不是我吗？宇宙以其不息的欲望将一个歌舞炼为永恒。这欲望有怎样一个人间的姓名，大可忽略不计。

张　洁

张洁（1937年～），原籍辽宁抚顺，生于北京，著名女作家。主要作品有：小说散文集《爱是不能忘记的》、《方舟》，小说集《祖母绿》，长篇小说《沉重的翅膀》、《只有一个太阳》，以及《张洁集》、《张洁小说剧本选》等。

拣麦穗

在农村长大的姑娘，谁不熟悉拣麦穗的事呢？

我要说的，却是几十年前拣麦穗的那段往事。

月残星疏的清晨，挎着一个空荡荡的篮子，顺着田埂上的小路走去拣麦穗的时候，她想的是什么呢？

在那夜雾腾起的黄昏，趟着沾着露水的青草，挎着装满麦穗的篮子，走回破旧的窑洞的时候，她想的是什么呢？

唉，她能想什么呢！

假如你没在那种日子里生活过，你永远不能想象，从这一粒粒丢在地里的麦穗上，会生出什么样的幻想。

她拼命地拣呐，拣呐，一个收麦子的季节，能拣上一斗？她把这麦子换来的钱积攒起来，等到赶集的时候，扯上花布，买上花线，然后她剪呀，缝呀，绣呀……也不见她穿，也不见她戴。谁也没和谁合计过，谁也没找谁商量过，可是等到出嫁的那一天，她们全会把这些东西，装进新嫁娘的包裹里去。

不过当她们把拣麦穗时所伴的幻想，一同包进包裹里去的时候，她们会突然感到那些幻想全部变了味儿，觉得多少年来她们拣呀、缝呀、绣呀实在是多么傻啊！她们要嫁的那个男人，和她们在拣麦穗、扯花布、绣花鞋的时候所幻想的那个男人，有着多么大的不同啊！但是，她们还是依依顺顺地嫁了出去，只不过在穿戴那些衣物的时候，再也找不到做它、缝它时的那种心情了。

这算得了什么呢？谁也不会为她们叹一口气，表示同情。谁也不会关心她们还曾经有过幻想。连她们自己也甚至不会感到过分的悲伤，顶多不过像是丢失了哪一个美丽的梦。有谁见过哪一个人会死乞白赖地寻找一个梦呢？

当我刚刚能够歪歪咧咧地提着一个篮子跑路的时候，我就跟在大姐姐身后拣麦穗了。那篮子显得太大，总是磕碰着我的腿和地面。闹得我老是跌跤。我也很少有拣满一个篮子的时候，我看不见田里的麦穗，却总是看见蚂蚱和蝴蝶，而当我追赶它们的时候，拣到的麦穗，还会从篮子里重新掉回地里去。

有一天，二姨看着我那盛着稀稀拉拉几个麦穗的篮子说："看看，我家大雁也会拣麦穗了。"然后，她又戏谑地问我："大雁，告诉二姨，你拣麦穗做啥？"我大言不惭地说："我要备嫁妆哩！"

二姨贼眉贼眼地笑了，还向围在我们周围的姑娘、婆姨们眨了眨她那双不大的眼睛："你要嫁谁嘛！"

是呀，我要嫁谁呢？我忽然想起那个卖灶糖的老汉。我说："我要嫁那个卖灶糖的老汉！"

她们全都放声大笑，像一群鸭子一样嘎嘎地叫着。笑啥嘛！我生气了。难道做我的男人，他有什么不体面的地方吗？

卖灶糖的老汉有多大年纪了？我不知道。他脸上的皱纹一道挨着一道。顺着眉毛弯向两个太阳穴，又顺着腮帮弯向嘴角。那些皱纹，给他的脸上增添了许多慈祥的笑意。当他挑着担子赶路的时候，他那剃得像半个葫芦样的后脑勺上的长长的白发，便随着颤悠悠的扁担一同忽闪着。

我的话，很快就传进了他的耳朵。

那天，他挑着担子来到我们村，见到我就乐了。说："娃呀，你要给我做媳妇吗？"

"对呀！"

他张着大嘴笑了，露出了一嘴的黄牙。他那长在半个葫芦样的头上的白发，也随着笑声一齐抖动着。"你为啥要给我做媳妇呢？"

"我要天天吃灶糖哩！"

他把旱烟锅子朝鞋底上磕着："娃呀，你太小哩。"

"你等我长大嘛！"

他摸着我的头顶说："不等你长大。我可该进土啦。"

听了他的话，我着急了。他要是死了，那可咋办呢？我那淡淡的眉毛，在满是金黄色的茸毛的脑门上，拧成了疙瘩。我的脸也皱巴得像个核桃。

他赶紧拿块灶糖塞进了我的手里。看着那块灶糖。我又咧着嘴笑了："你别死啊，等着我长大。"

他又乐了。答应着我："我等你长大。"

"你家住哪哒呢?"

"这担子就是我的家。走到哪哒，就歇在哪哒!"

我犯愁了："等我长大，去哪哒寻你呀!"

"你莫愁，等你长大，我来接你!"

这以后，每逢经过我们这个村子，他总是带些小礼物给我。一块灶糖，一个甜瓜，一把红枣……还乐呵呵地对我说："看看我的小媳妇来呀!"

我呢，也学着大姑娘的样子——我偷偷地瞧见过——要我娘找块碎布，给我剪了个烟荷包，还让我娘在布上描了花。我缝呀，绣呀……烟荷包缝好了，我娘笑得个前仰后合，说那不是烟荷包，皱皱巴巴，倒像个猪肚子。我让我娘给我收了起来，我说了，等我出嫁的时候，我要送给我男人。

我渐渐地长大了。到了知道认真地拣麦穗的年龄了。懂得了我说过的那些个话，都是让人害臊的话。卖灶糖的老汉也不再开那玩笑——叫我是他的小媳妇了。不过他还是常带些小礼物给我。我知道，他真疼我呢。

我不明白为什么，我倒真是越来越依恋他，每逢他经过我们村子，我都会送他好远。我站在土坎坎上，看着他的背影，渐渐地消失在山坳坳里。

年复一年，我看得出来，他的背更弯了，步履也更加蹒跚了。这时，我真的担心了，担心他早晚有一天会死去。

有一年，过腊八的前一天，我约摸着卖灶糖的老汉，那一天该会经过我们村。我站在村口上一棵已经落尽叶子的柿子树下，朝沟底下的那条大路上望着，等着。那棵柿子树的顶梢梢上，还挂着一个小火柿子。小火柿子让冬日的太阳一照，更是红得透亮。那个柿子多半是因为长在太高的树梢上，才没有让人摘下来。真怪，可它也没让风刮下来，雨打下来，雪压下来。

路上来了一个挑担子的人。走近一看，担子上挑的也是灶糖。人可不是那个卖灶糖的老汉。我向他打听卖灶糖的老汉，他告诉我，卖灶糖的老汉老去了。

我仍旧站在那棵柿子树下，望着树梢上的那个孤零零的小火柿子。它那红得透亮的色泽，依然给人一种喜盈盈的感觉。可是我却哭了，哭得很伤心。哭那陌生的，却疼爱我的卖灶糖的老汉。

后来，我常想，他为什么疼爱我呢？无非我是一个贪吃的，因为生得极其丑陋而又没人疼爱的小女孩吧？等我长大以后。我总感到除了母亲以外，再也没有谁能够像他那样朴素地疼爱过我——没有任何希求，没有任何企望的。

我常常想念他，也常常想要找到我那个像猪肚子一样的烟荷包。可是，它早已不知被我丢到哪里去了。

梁晓声

梁晓声（1949年～），祖籍山东荣城，生于哈尔滨，著名作家。主要作品有：小说集《天若有情》，短篇小说《父亲》，中篇小说《今夜有暴风雪》、《这是一片神奇的土地》、《人间烟火》、《白桦树皮灯罩》、《黑纽扣》，长篇小说《雪城》、《年轮》等。

北京人速写

这一个北京人，是北影人。青年时期就进北影厂了，现在快六十了。究竟多大年龄了，其实我不清楚。因为在我与他交谈中，他曾说过他是穿长衫上完小学的。我想解放以后的小学生不作兴穿长衫了，便断他起码比我大五六岁。那可不就快六十了么。

他在北影也算是名人。不认识他的人很少。尽管他非什么“大腕”，只不过是“老灯光”或“老剧务”。嗨，我连他具体是干哪一行的都不知道。

但我们的关系竟特别的好。

是土城的小树林使我们的关系亲密了。近年中国电影业处于低谷，我每天早晨散步就常遇见他了。我倒是希望不常遇见他。那也许证明他又上戏了。那我将多么为他高兴。

他是那类看去不太容易猜出年龄的男人。中等偏高的身材，一张国字脸棱角分明，脸有豪侠之气。证明他骨子里有与众不同的男人血性。如今神貌中有此特征的中国男人不多了。肯定和他少年时练过摔跤，习过拳脚功夫有关。如今的他肩宽胸阔的。从哪个角度看都仍是个强壮汉子……

起先我们遇见，只不过客气地彼此点点头。后来就一块儿散步。再后来稔熟了，每是我挽着他臂。因为他步子大，那样可使他走慢点儿。

关于他。有些事儿特好玩儿。

比如有次，他和另一个北影人在早市上被卖狐皮的吸引了。自然是假狐皮，假得比真的还让人动心。要将以假乱真的东西卖出手，“托儿”是少不了的。我也每被吸引，不是准备上当，而是看“托儿”们的“表演”。他们有时“表演”得相当投入。都是“演技派”，像拍街头戏。我想他之被吸引，也肯定是出于对表演的职业兴趣。

那另一个北影人则不同。真的被骗迷糊了。不但要买，且要买两条。身上没带钱，竟邀卖假狐皮的跟随家里去取钱……

于是他就不能袖手旁观了。将对方扯到一旁劝阻：“哎，你不能买啊。那明明是假的呀！”

人家说：“我看是真的。”

他说：“我有看皮的经验，那是碎狗皮角拼对成的。”

人家说：“你别管！”

而卖的人，包括“托儿”们，皆不拿好眼色瞪他。分明地恨极了。

倘我，该说的说了，必会转身而去的。他则不。他不是我啊。他显然是个不能眼看着别人上当的人。他的北影同仁“率领”一干人等往北影自己的家走；他则抄近道一路跑回北影，跑至那位的家里，那位的夫人不在。在班上。又一路跑去车间，找到了相告：“快回家，你那口子要买两条假狐皮，正将些个骗子往家领。多不安全！”

于是为妻的匆匆赶回家，在家门口将丈夫和些个骗子们堵个正着——那丈夫挨了夫人一顿狠训，一桩买卖眼瞅着成了，因他而没成。

为妻的女人自然特感激他；为夫的男人却老大不悦，几天不理他。

他呢，很欣慰。仿佛，使骗子们的骗局没有得逞，使就要上当的人没有上当，是他的第二职业，有成就感似的。

多可爱的“大老爷们儿”！

还有一次，两个正当年的扒手，发现了他兜里揣着的手机，遂将他当成伺机下手的目标。暗暗跟踪他到一菜摊前，一左一右挤住他，开始作案。

他呢，早有察觉。实际上是他不动声色地将两个扒手引到了菜摊前。

扒手之手刚入他兜儿，他忽然伸展双臂两厢里紧紧搂住了两个扒手的肩。也是仗着自身的强壮，他一点儿都不怕两个正当年的扒手。

两个扒手难免心虚，其中一个说：“大哥，这是干什么呀?”

他冷冷地说：“不干什么。喜欢你俩。”

又对摆菜摊的外地小姑娘说：“买菜。十斤黄瓜、十斤柿子、十斤蒜苗，十斤荷兰豆……”

专捡时令贵菜，各要十斤。

摆菜摊儿的外地小姑娘看着他那“严肃”的样子，呆，怯。

他催促：“别发愣，称啊!”

两个扒手挣扭了几次身子，又哪里能摆脱他“亲爱”的臂膀！并从他的搂势中领教到了他这个男人的强壮，乖乖不敢造次。

菜一一秤好了。

他命令两个扒手：“掏钱。”

一个扒手说：“大哥，别开我们玩笑。”

另一个扒手说：“大哥您看，兜里钱都掏出来了，不够一样菜买十斤啊!”

他说：“钱放摊儿上。”

又对小姑娘说：“点点。可着这些钱买!”

小姑娘被搞蒙了，几乎要哭。

他笑了：“你怕的什么劲儿啊？没听他俩都叫我大哥么？这个主我能做。”

于是菜被重新称过，装了满满的两大塑料袋儿。加起来至少也有十五六斤。而两个扒手兜里，是一个钢镚儿也没有了……

望着两个扒手各拎一袋儿菜走远的背影，他笑了。他一笑，就变成另一类男人了，特随和的那一类。

他最后说：“这么冷的天，也卖出了不少，收摊吧！再不收摊，一会儿拥摊儿的人来了，你该赔了。”

望着小姑娘也收摊儿走远，他才从容踱开，悠然散步，似乎什么异常之事也没发生……

某天我看到他在与人聊天，就站在不远处等他。我几乎已习惯了与他结伴散步。

不料他虽也看到了我，却说起来没完。

我就冲他喊：“嗨，汇报工作哪?!”

他朝我望一眼，仍不走来。

我只好自己识趣儿地离开。

片刻他赶上了我，我问：“什么人?”

他说：“咱们北影的。”

一副心事凝重的样子，还长叹。

我说："什么要紧的话，聊个没完？"

他说："那人好哇。"

久未听过这种话了——如今仿佛是个流行说"那人很坏"的时代。仿佛通过说一切的人都很坏，才能间接地证明唯自己好。而且，对于某些人，几乎是只剩下了这么一种能证明自己好的方法。

我不由问："怎么个好法儿？"

他说："他年轻时妻子就瘫痪了。他服侍了妻子三十余年，无怨无悔。他为此上戏很少，业务成就也没什么积累……前几天他妻子去世了，我在安慰他……"

我真没想到他那么样的一个"大老爷们儿"竟会安慰别人。可惜我一句也没听到他是怎么安慰的。连想象也想象不出。

我不由又问："你们是朋友？"

他回答："谈不上是朋友。同一茬的北影人而已。"

分明的，他对自己的回答不满意。沉默片刻，又说："他是好人。像他这样的丈夫不多。我愿意安慰一个好人。"

我站住了，凝视他。

轮到他问我了："你这么看着我干什么？"

我当时很想对他说："你也是一个好人。"

但却没说。

……

看到被晨练的人们攀压断了的树，他心疼；看到早市管理人员粗暴地对待摆摊人，他说情；他竟兜里装了小米，撒在林间喂麻雀，怕新出生的"一代"小麻雀营养不良……

今天早晨，我们又一起散步。

我说："我出新书了，想送你一本。"

他从未开口向我要过书。但我知道他是个喜欢看书的人。

他说："不用。我去买。我买过你不少书。"

我说："不许买。以后出一本送你一本。"

我之对人有好感，也只有送书表达而已。

我想，我该背地里打听一下他姓甚名谁了，好写在书上。

……

现实生活中因有了一些大人物，名人，而热闹，而喧嚣，而忽风忽雨的；也因有了他这样一些普普通通，个性可爱的人，而有不矫饰的真情，而暖意，甚至，而有意思……

路　遥

路遥（1949～1992年），原名王卫国，陕西清涧人，著名作家。主要作品有：小说《平凡的世界》、《人生》、《惊心动魄的一幕》、《月夜静悄悄》等，杂文集《早晨从中午开始》等。

土地的寻觅

我和谷溪最初相识在文化革命这幕戏剧的尾声部分。而在这幕社会戏剧中，我所扮演的角色原来是属于两个相互敌视的“营垒”。漫长而无谓的争斗，耗尽了所有人的热情，带来的是精神上的死一般的寂寥。文化革命作为没有胜利者的战争结束了，但可悲的是，失败者之间的对立情绪仍然十分强烈，意外的是，我和谷溪却在这个时候成了朋友。把我们联系起来的是文学（这是一个久违了的字眼）。在那时之前，谷溪已经是省内有些名气的青年诗人，早在一九六五年就出席过全国青年业余文学创作积极分子代表大会。共同的爱好使我抛弃了派别的偏见。一起热心地投入到一个清风习习的新天地里，忘却了那场多年做不完的噩梦。尽管那时候的作品甚至连一篇也不能编入现在的结集里，但它在人生的篇章中永远占有不可磨灭的一面——那是在干枯的精神土地上长出的几棵稀有的绿草，至今仍然在记忆中保持着鲜活。在此期间，谷溪和朋友们编辑出版了诗集《延安山花》。当时在国内外行销几十万册，可以说这是文化革命后期中国大陆上第一本有泥土气息和文学意识的诗歌集子，不能不引起社会广泛的注意。后来，谷溪又和大家奔波着出了一张文艺小报《山花》（一九九二年将庆祝它诞生二十周年）。今天国内许多有影响的作家和诗人当年都在这张小报上发表过他们最初的作品，有的甚至是处女作。一时间，我们所在的陕北延川县文艺创作为全国所瞩目，几乎成了个“典型”。所有这一切，都和谷溪分不开，他热情组织了这些有意义的活动。以后，我感到诗歌这碗诱人的汤水不适合我的脾胃，就改行涂抹起了小说，但谷溪一直痴心不改，始终热恋着他的缪斯，以至今天有了这本凝聚着他几十年心血的诗集。

诗人谷溪最初的职业是位火夫。那时他刚刚告别了少年。

贫困的家境使他勉强读完高中后，便开始自谋生路；和油盐酱醋打起了交道，无论在此之前还是之后，他都饱尝了生活的酸甜苦辣。作为陕北农民的儿子，他继承了劳动者那种顽强不息和百折不挠的精神品质，几十年里，一边应付着生存的窘迫与尴尬。同时以童稚般的执拗在他心爱的黄土地上寻觅和采摘诗歌的花朵。

谷溪前期诗歌创作的风格，几乎完全是在学习陕北民歌（主要是信天游）的基础上形成的。他对陕北民歌的迷恋甚至到了有意或无意排斥其他诗歌形式的程度。他是吸吮着陕北民歌丰富的奶汁长大的。在运用这一形式方面，谷溪达到了很不一般的境界，有些诗作给人留下了强烈的印象，只是在内容方面受到了当时社会生活的某些局限，影响了作品的深度，因此编入这本集子中的寥寥无几，不能不使人感到一种历史性的缺憾。

读谷溪最初的诗作，你常常感到，那些诗不是用笔在纸上写出来的，而是用老镢头从地下挖出来的。有人就称他的诗是“老镢头诗”。当然，如果硬要把绣花针在绸缎上绣出来的诗和这种老镢头诗作比较，这种诗可能认为粗俗了一些，似难登大雅之堂。但我认为，面包和窝窝头各有各的味道，正如一句陕北乡谚所说：清油调苦菜，各取心里爱。

一副知识分子派头的谷溪，血管里流的是农民的血液，即使西装革履加上宽边眼镜也掩饰不住这种本质。他的劳动状态首先就像个陕北的庄稼汉，而且每有收获，第一个大受感动的常常是诗人自己。每逢有新作出笼，总要醉心地不厌其烦地给亲朋好友朗诵。在外人看来，他甚至有点过分地珍视自己的劳动果实，知情的当然是理解他的，因为他的每首得意之作，都几乎是洒尽汗水以至绞尽脑汁的产物。这个人没有上过大学，写作不可能凭深厚的学识功底，他也不属于那种脑瓜灵得不弹也响的才子，诗情经常能像自来水一样流个没完，谷溪在很大程度上不是靠天赋写诗，有时甚至要等到诗神明白无误地暗示后，似乎才“恍然大悟”，而且农民式的拙朴常常造成逮一只蜻蜓，也用了捕捉飞鹰的大网，其艰难困苦，就不是雅兴之人们所能知晓的了，即使如此费尽心机，他也不是每次都能逮住那只美丽的蜻蜓。从诗人几十年的作品来看，他收获的数量并不是很多。但毋容置疑，在他所有的这些收获中，的确有许多掷地有声的货色，足以使我们对诗人的劳动产生敬意。我们可以猜想他在两次收获之间，常常面对的是大片的空白。他又是一个天性不安生的人，没有守株待兔的耐心，一旦失去诗的灵性，就忙乱而狂热地将自己投身于各种社会性的文学活动之中，指导初学写作者的创作直至其他的琐碎事务，即使出力不讨好也从不回心转意，这种热忱的付出也影响了他自己的创作。当然，他从未中断过对诗的执著追求，有时甚至毫无收获的指望，他也在辛勤耕种。这一点上，再一次体现出了他的农民本色，对一个农民来说，即使面对一个纯粹没有收获的秋天，他也绝不会为春播夏耘所付出的艰辛而生出丝毫的悔意来。

由此而论，我们觉得，谷溪在人生奋斗方面的收获可能要大于他在诗歌创作方面的收获。我们又很难评判其间的哪一种收获于人更为宝贵。也许人生奋斗过程中所得到的欢乐，要远比所得到的那个具体结果更为美好。这不仅对谷溪而言，大概对我们所有的人都是如此。

谷溪后期的诗作变化很大，进步也很大，他显然不满足于初期的山歌野调，试图用自己宽阔的歌喉唱出对生活更丰富的感受，溪水奔涌出狭小的山谷，开始在较为宽阔的河床上流淌。我们甚至有一种河流突然改道的感觉，听见某种宏大的声势在他诗歌的河流中喧响。尽管某些地方显出了一种生硬或勉强，就总体而言，他后期的诗作表露出明显成熟的人生态度。对谷溪来说，这是一个飞跃。尽管这飞跃带着实验和探索的性质，这本诗集主要收编的是诗人这一时期的作品。可以看出，他显然在刻意追求一种深度，追求一种哲理意识，在展示现实生活的多棱镜面时，他尽量用冷静的手指拨亮历史的烛光给予其旷远的观照。而笼罩在这一切之上的，是诗人对陕北这块厚土的深深挚爱和杜鹃啼血般的眷恋。并以此唤起我们所共有的那种乡恋之情。这些都在很大程度上弥补了诗人在技巧方面的缺陷。另外，我们还觉得，在追求一种新形式、新表现的时候，并不意味着一定要以牺牲和抛弃原有的东西作为代价。谷溪深厚的民歌素养应该在创作追求中得到体现——当然应该是一种升华的体现。

冯骥才

冯骥才（1942年～），原籍浙江慈溪，生于天津，著名作家、画家。代表作有小说《高女人与她的矮丈夫》、《三寸金莲》、《炮打双灯》等。

葡萄美酒夜光杯

一千二百年前，葡萄刚刚传入中国时，它鲜亮如珠的果实及其甘甜美酒，曾使唐人欣喜若狂。一时女人们梳妆用的铜镜上，也出现了美丽的“海兽葡萄”图案；而王瀚《凉州词》中那千古名句“葡萄美酒夜光杯”，更是对葡萄酒的激情赞美。

在卡伦堡山脚下，维也纳森林边缘，一条弯曲幽静的小路两边，一家家小酒店，看似山间别墅，门前却挂着式样古老的酒店招牌。倘若这些酒店门首悬挂起青翠的松枝，当年的新酒就拿出来卖了。这便是奥地利人人喜爱的“当年酒家”。

新果新酿，鲜美芬芳，很像西湖的龙井村，新茶新采，沏了便喝，带着茶田里的清香。家家酒店各有酿造绝招，味道又是千差万别。

这之中，最著名的要数“哥灵精酒店”。相传它曾是一座修道院，但已无迹可寻。因为歌灵精酒店本身已有三百年历史了。它气息十分古老，格局又很有趣。

进门小小的院落，布置成一个微型的古代造酒业博物馆。一间地下室展出一架历经数百年的榨酒机和各种造酒器具，院内摆着的大橡木酒桶，都是那些过往不复的岁月的遗物；几个大橱窗陈列着上千种开酒瓶的“起子”，样子千奇百怪，显示了不同时代的风韵，颇令人玩味。这一来，便把人们带入悠远深厚的酒文化中去。

穿过食品间，后院是个依山开辟的葡萄园。饮酒的桌椅就设在园中，酿酒用的葡萄也是在这园中摘采的。四周串串绿珠，化为杯中琼汁，这感觉美妙之极。酒都是大杯斟满的，可以干喝，也可以买些炸鸡烤肉、煎肠腌蒜，边吃边喝，地道的农家风味。只要开口饮，便有琴手到身边来演奏。这些琴手曾经都是著名乐团的乐师，年岁大了，到酒店来拉琴。别以为他们仅仅赚钱糊口。你给他们钱，他们顺手把钱摺成小方块，很优雅地别在琴柄上端。他们只想把音乐融入你饮酒的乐趣里，维也纳称这种音乐为“施拉梅林音乐”。这个音乐之国退休乐师的演奏水平，决不亚于一般国家大乐团中的领衔高手。他们说，到这儿来拉琴，主要是为了享受。他们这样说，是不是因为这家酒店曾是施特劳斯经常光顾的地方？施特劳斯坐过哪个座位？留下哪些轶事？无人能说。但这位圆舞曲之王写过一支优美动听的歌，居然叫做《在哥灵精如同在家一样》。哥灵精究竟什么样呢？

黄昏后，你穿过重重叠叠的树影，踏着铺石板小径，进入这家老店。在后院的葡萄架下，寻一个好座位。长条的木板桌椅都漆成淡绿色，带着此地农舍由来已久的风格。挂在葡萄藤上的旧式风灯，将密密实实的巴掌似的葡萄叶照得深深浅浅，饶有画意。你刚坐定，殷勤的酒家便送上一杯当日新酿的葡萄酒；这芬芳、透亮，似有魔法的液体尚未使你入醉，琴手在身边拉出的美妙的华尔滋旋律就叫你心醉了。在《两颗心的四分之三》、《最后盛开的玫瑰》、《维也纳的春天》那些撩动人心的乐曲声中，酒杯在你激动的手中一晃，杯中酒液宝石般晶莹闪光，这不正是“葡萄美酒夜光杯”那瑰丽光华的诗意么？

一九八八年春天，我和一群朋友去奥地利的葡萄谷参观多瑙河航船博物馆。出来便被一个热情的大胖子拦住，拉进他的院子，打开酒窖沉重的门，一股清冷之气混同醉人的酒香扑面而来。他请我们钻进这石头砌成的酒窖。里面全是橙色大木酒桶，形状酷似这红皮肤的胖子，摞得很高，他笨拙却熟练地爬上去，用一根长而弯的玻璃吸管插入酒桶，立即吸上酒来。他先饮一杯，大喊：“好酒！全奥地利最好的酒！”然后给我们每人一大杯。酒色清亮，喝入身体觉得浑身都清亮了；醇美的酒香弄得满口芬芳。尽管我们都不擅喝酒，也止不住再要上一大杯。胖胖的主人兴奋起来，站在酒桶上放声歌唱。我们也情不自禁，一同合唱。奥地利人把歌曲和音乐当做最好的酒茶。愈喝愈唱，愈唱愈喝，直到脸颊发烫，脑袋热烘烘，分不清是酒醉还是心情高涨。

这时，同来的一位奥地利朋友悄悄对我们说：如果你们把酒杯偷偷掖进口袋，这胖子会更高兴。这是奥地利人的习惯。

我们这样做了，胖主人果然兴高采烈，赠给我们一人一瓶他窖藏的自制葡萄酒，一直把我们送上路。走了好远，他还远远站在那里，举杯、喝酒、唱歌，为我们祝福……

唐 敏

唐敏（1954～），原籍山东，生于上海，散文家、小说家。散文集有《女孩子的花》、《纯净的落叶》、《屋檐水滴》、《美味佳肴的受害者》等。

女孩子的花

相传水仙花是由一对夫妻变化而来的。丈夫名叫金盏，妻子名叫百叶。因此水仙花的花朵有两种，单瓣的叫金盏，重瓣的叫百叶。

百叶的花瓣有四重，两重白色的大花瓣中夹着两重黄色的短花瓣。看过去既单纯又复杂，像闽南善于沉默的女子，半低着头，眼睛向下看的。悲也默默，喜也默默。

金盏由六片白色的花瓣组成一个盘子，上面放一只黄花瓣团成的酒盏。这花看去一目了然，确有男子干脆简单的热情。特别是酒盏形的花芯，使人想到死后还不忘饮酒的男人的豪情。

要是他们在变成花朵之前还没有结成夫妻，百叶的花一定是纯白的，金盏也不会有洁白的托盘。世间再也没有像水仙花这样体现夫妻互相渗透的花朵了吧？常常想象金盏喝醉了酒来亲昵他的妻子百叶，把酒气染在百叶身上，使她的花朵里有了黄色的短花瓣。百叶生气的时候，金盏端着酒杯，想喝而不敢，低声下气过来讨好百叶。这样的时候，水仙花散发出极其甜蜜的香味，是人间夫妻和谐的芬芳，弥漫在迎接新年的家庭里。

刚刚结婚，有没有孩子无所谓。只要有一个人出差，另一个就想方设法跟了去。炉子灭掉，大门一锁，无论到多么没意思的地方也是有趣的。到了有朋友的地方就尽兴地热闹几天，留下愉快的记忆。没有负担的生活，在大地上遛来逛去，被称作“游击队之歌”。每到一地，就去看风景，钻小巷走大街，袭击眼睛看得到的风味小吃。

可是，突然地、非常地想要得到惟一的“独生子女”。冬天来临的时候，开始养育水仙花了。从那一刻起，把水仙花看作是自己孩子的象征了。

像抽签那样，在一堆价格最高的花球里选了一个。

如果开金盏的花，我将有一个儿子；

如果开百叶的花，我会有一个女儿。

用小刀剖开花球，精心雕刻叶茎。一共有六个花苞。看着包在叶膜里像胖乎乎婴儿般的花蕾，心里好紧张。到底是儿子还是女儿呢？

我希望能开出金盏的花。

从内心深处盼望的是男孩子。

绝不是轻视女孩子，而是无法形容地疼爱女孩子。

爱到根本不忍心让她来到这个世界。

因为我不能保证她一生幸福，不能使她在短暂的人生中得到最美的爱情。尤其担心她的身段、容貌不美丽而受到轻视，假如她奇丑无比却偏偏又聪明又善良，那就注定了她的一生将多么痛苦。

而男孩就不一样，男人是泥土造的，苦难使他们坚强。

上帝用泥土创造了男人，却用男人的肋骨造出了女人。肋骨上有新鲜的血和肉，只要轻轻一碰就会痛彻心肠，因此，女人连最微小的伤害也是不能忍受的。

从这个意义来说，女人是一种极其敏锐和精巧的昆虫。她们的触角、眼睛、柔软无骨的躯体，还有那艳丽的翅膀，仅仅是为了感受爱、接受爱和吸引爱而生长的。她们最早预感到灾难，又最早在灾难的打击下夭亡。

一天，和朋友在咖啡座小饮。这位比我多了近10年阅历的朋友说：

“男人在爱他喜欢的女人的过程中感到幸福。他感到美满是因为对方接受他为她做的每件事。女人则完全相反，她只要接受爱就是幸福。如果女人去爱去追求她喜欢的男子，那是顶痛苦的事，而且被她爱的男人也就没有幸福的感觉了。这是非常奇妙的感觉。”

在茫茫的暮色中，从座位旁的窗口望下去，街上行人如水，许多各种各样身世的男人和女人在匆匆走动。

“一般来说，男子的爱比女子长久。只要是他寄托过一段情感的女人，在许多年之后向他求助，他总是会尽心地帮助她的。男人并不太计较那女的从前对自己怎样。”

那一刹间我更加坚定了要生儿子的决心。男孩不仅仅天生比女孩能适应社会、忍受困苦，而且是女人幸福的源泉。我希望我的儿子至少能以善心厚待他生命中的女人，给她们短暂人生中永久的幸福感觉。

“做男人最大的缺点就是，没有办法珍惜他不喜欢的女人对他的爱慕。这种反感发自真心，一点不虚伪，他们忍不住要流露出对那女子的轻视。轻浮的少年就更加过分，在大庭广众之下伤害那样的姑娘。这是男人邪恶的一面。”

我想到我的女儿，如果她有幸免遭当众的羞辱，遇到了一位完全懂得尊重她感情的男人，却把尊重当成了对她的爱，那样的悲哀不是更深吗？在男人，追求失败了并没有破坏追求时的美感；在女人，则成了一生一世的耻辱。

怎么样想，还是不希望有女孩。

用来占卜的水仙花却迟迟不开放。

这棵水仙花长得从未有过地结实，从来没晒过太阳，也绿葱葱的，虎虎有生气。

后来，花蕾冲破包裹的叶膜，像孔雀的尾巴一样张开来，六只绿孔雀停在一块。

每一个花骨朵都胀得满满的，但是却一直不肯开放。到底是金盏，还是百叶呢？

弗洛伊德的学说已经够让人害怕了，婴儿在吃奶的时期起就有了爱欲，而一生的行为都受着情欲的支配。

偶然听佛学院学生上课，讲到佛教的“缘生”说。关于十二因缘，就是从受胎到死的生命的因果律，主宰一切有形和无形的生命与精神变化的力量是情欲。不仅是活着的人对自身对事物感受着情欲的支配，就连还没有获得生命形体的灵魂，也受着同样的支配。

生女儿的，是因为有一个女的灵魂爱上了做父亲的男子，投入他的怀抱，化做了他的女儿。

生儿子的，是因为有一个男的灵魂爱上了做母亲的女子，投入她的怀抱，化做了她的儿子。

如果我到死也没有听到这种说法，脑子里就不会烙下这么骇人的火印。如今却怎么也忘不了。

回家，我问我的郎君：“要男孩还是女孩？”

“女孩！”他毫不犹豫地回答。

“男孩！”我气极了！

“为什么？”他奇怪了。

我却无从回答。

就这样，在梦中看见我的水仙花开放了。

无比茂盛，是女孩子的花，满满地开了一盆。

我失望得无法形容。

开在最高处的两朵并在一起的花说：

“妈妈不爱我们，那就去死吧！”

她们俩向下一倒，浸入一盆滚烫的开水中。

等我急急忙忙把她们捞起来，并表示愿意带她们走的时候，她们已经烫得像煮熟的白菜叶子一样了。

过了几天，果然是女孩子的花开放了。

在短短的几天内，她们拼命地怒放开所有的花朵。也有一枝花茎抽得最高的，在这簇花朵中，有两朵最大的花并肩开放着。和梦中不同的，她们不是抬着头的，而是全部低着头，像受了风吹，花向一个方向倾斜。抽得最长的那根花茎突然立不直了，软软地东倒西歪。用绳子捆，用铅笔顶，都支不住。一不小心，这花茎就啪地倒了下来。

不知多么抱歉，多么伤心。终日看着这盆盛开的花。

她们发出一阵阵锐利的芬芳，香气直钻心底。她们无视我的关切，完全是为了她们自己在努力地表现她们的美丽。

每朵花都白得浮悬在空中，云朵一样停着。其中黄灿灿的花瓣，是云中的阳光。她们短暂的花期分秒流逝。

她们的心中鄙视我。

我的郎君每天忙着公务，从花开到花谢，他都没有关心过一次，更没有谈到过她们。他不知道我的鬼心眼。

于是这盆女孩子的花就更加显出有多么的不幸了。

她们的花开盛了，渐渐要凋谢了，但依然美丽。

有一天停电，我点了一支蜡烛放在桌上。

当我从楼下上来时，发现蜡烛灭了，屋内漆黑。

我划亮火柴。

是水仙花倒在蜡烛上，把火压灭了。是那支抽得最高的花茎倒在蜡烛上。和梦中的花一样，她们自尽了。

蜡烛把两朵水仙花烧掉了，每朵烧掉一半。剩下的一半还是那样水灵灵地开放着，在半朵花的地方有一条黑得发亮的墨线。

我吓得好久回不过神来。

这就是女孩子的花，刀一样的花。

在世上可以做许多错事，但绝不能做伤害女孩子的事。

只剩下养水仙的盆。

我既不想男孩也不想女孩，更不做可怕的占卜了。

但是我命中的女儿却永远不会来临了。

张承志

张承志（1948～），山东济南人。著名作家。主要作品：小说《北方的河》、《黑骏马》等，散文集《绿风土》、《荒芜英雄路》、《清洁的精神》、《大地散步》等。

静夜功课

子夜清时，匀如池水的夜静谧地等待着，悄悄拍了拍，知道小女儿这回真的睡熟了。

蹑脚摸索，漆黑不见门壁。摸索着突然踢了椅子一下，轰隆砰然的炸响惊得自己晕眩了刹那。屏息听听，暗幕中流响着母亲女儿的细微鼾息——心中松了一下。

摸至椅子坐下，先静静停了一停。

读书么？没有一个读的方向。

写么？不。

清冷四合。肌肤上滑着一丝触觉，清晰而神秘。我突然觉察到今夜的心境，浮凸微明的窗棂上星光如霜粉。

我悄悄坐下了，点燃一支莫合烟。

黑暗中晃闪着的一星红点，仿佛是一个异外的谁。或者那才是我。窗外阴云，室内沉夜；黑暗充斥般流溢着，不知是乌云正在浸入，还是浓夜正在漾出。其中那一点红灼是我的魂么，我觉得双目之下的自己的肉躯，已经半溶在这暗寂中了。

我觉得那红亮静止了，仿佛不愿扰乱此界的消溶。于是我坐得牢些，不再去想书籍或纸笔。

这样，有生以来第一次看见了真正的夜。我惊奇一半感叹一半地看着，黑色在不透明的视野中撕絮般无声裂开，浪头泛潮般淹没。黑的粒子像溶了但未溶匀的染料，趁夜深下着暗力染晕着。溶散有致，潮伏规矩，我看见这死寂中的一种沉默的躁力，如一场无声无影的角斗。

手痉挛了一下，触着的硬硬边缘是昨夜读着的书，高渐离的故事。

远处窗外，遥遥有汽笛凄厉地撕裂黑布般的夜，绝叫着又隐入窗外沉夜。高渐离的盲眼里，不知那永恒黑暗比这一个怎样；而那杀人呼救似的汽笛嘶叫，为什么竟像是高渐离的筑声呢。

我视界中的黑暗慢慢涌来，在我注视中闭合着这一抹余空——若是王侯根本不懂音乐呢——黑潮涨满了，思路断了。

我在暗影里再辨不出来，满眼丰富变幻的黑色里，没有一支古雅的筑。

那筑是凶器……

我决心这样任意遐想一回。应该有这样的夜：独自一人闭锁黑暗中思索的夜。如墨终于染透了，晕匀了六合的纸，我觉得神清目明，四体休憩了。我静静地顺从地等着，任墨般的黑夜一寸寸浸透我这一具肉躯。

墨书者，我冥冥中信任的只有鲁迅。

但这夜阵中不见他，不见他的笔。渐离毁筑，先生失笔，黑夜把一切利器都吞掉了。是的，我睁大双眼辨了许久，黑色的形形色色中并不见那支笔。只有墨，读不破的混沌溶墨。春秋王公显然是会欣赏音乐的，而到了民国官僚们便读不懂鲁迅的墨书。古之士子奏雅乐而行刺，选的是一种美丽的武道；近之上了咯热血而著书，上的是一种壮烈的文途——但毕竟是丈夫气弱了。

因为乌云般的黑暗在浸漫淹没，路被黑夜掩蔽得毕竟窄了。

我心中残存着一丝惊异，仍然默默坐在黑暗的闭室之中。黑暗温暖，柔曼轻抚，如墨的清黑涤过心肺，渐渐淹上来，悄然地没了我的顶。

近日爱读两部书，一是《史记·刺客列传》，一是《野草》。可能是因为已经轻薄为文，又盼添一分正气弥补吧，读得很细。今夜暗里冥坐，好像在复习功课。黑暗正中，只感到黑分十色，暗有三重，心中十分丰富。秦王毁人眼目，尚要夺人音乐，这不知怎么使我想着觉得战栗。高渐离举起灌铅的筑扑向秦王时，他两眼中的黑暗是怎样的呢？鲁迅一部《野草》，仿佛全是在黑影下写成，他沉吟抒发时直面的黑暗，又是怎样的呢？

这静夜中的功课，总是有始无终。

慢慢地我习惯了这样黑夜悄坐。

我觉得，我深深地喜爱这样。

我爱这启示的黑暗。

我宁静地坐着不动，心里不知为什么在久久地感动。

黑暗依然温柔，涨满后的深夜里再也没有远处闯来的汽笛声。我身心溶尽，神随浪摇，这黑暗和我已经出现了一种深深的默许和友谊。

它不再是以前那种封闭道路的围困了。此刻，这凌晨的黑暗正像一个忠实的朋友，把我和我的明日默默地联系在一起。

邵燕祥

邵燕祥（1933～），浙江绍兴人。诗人、杂文家。杂文集有《蜜和刺》、《忧乐百篇》、《绿灯小集》、《改写圣经》等。

大题小做

有了钱，造坟造庙，而且有的还占了耕地。小学校的危房，说是无钱修缮。

让神鬼向人争地盘，让死人抢活人的饭碗，让过去堵了未来的路。

造坟造庙者，其无后乎!?

韩愈写碑记赚“谀墓”钱，吹捧死人，自觉有愧。他越觉得写来有愧的，人家越是夸好，“小愧小好，大愧大好”。

今世有替活人说话的，却只听称好，脸上毫无愧色。不如韩愈，还是胜于韩愈？

外祖母的箱底，翻出来变成时装。

“大清国”的龙旗重见天日，又成时髦；在北海与中南海间团城的女墙间林立，呼啦啦地飘响。明年倘照逢五逢十之例，国庆四十年大典，龙旗也要同五星红旗相映成趣吗？

二十多年前京郊某县一位爽直的耿书记说：“搞文学的？文学就是捏造。”他指的是虚构。

文学创作离不开虚构。但虚构又不能离开真实。纪实的文字一夹上哪怕是合乎逻辑的虚构，也立即成了不折不扣的捏造。

被神化的并不是神。被鬼化的也并不就是鬼。这才叫真实。

甲说甲占有真理，乙说乙占有真理，还都是百分之百。此乃非此即彼的“两分法”。

丙出来说：你也不对，他也不对，惟我“允执厥中”，百分之百的真理的化身。此“三分法”也，但不过是把原告被告各打五十大板的七品县官看家本事。

然而，真理并不是豆腐，可以这般切分的。

“群众闹事”，多少会影响社会秩序。

细察三十年来历史，国之祸，民之殃，安定团结的破坏，倒大抵来自“领导闹事”的多。

“领导闹事”于前，“群众闹事”于后。“十年动乱”，就是一例。自然，“群众闹事”是个别人，“领导闹事”也以冠上“个别”二字才妥帖。

有政治生活就要有人从政，有政府就要有官员。政治民主化，意味着对“官”的优化选择。

官与官不同：我们要政治家而不要政客；要能“管理众人之事”的现代管理人才而不要官僚。

清官总比贪官好，“好人政府”总比“坏人政府”强。

关于人和制度的关系，请问政治学家。而关于官之怎么叫好、怎么叫坏，请问选民。

鲁迅的《论雷峰塔的倒掉》和《再论雷峰塔的倒掉》，传诵半个多世纪，但不仅山脚乱挖，造成山崩，大砍森林，导致水旱成灾，而且如鲁迅所说的各样“奴才式的破坏”愈演愈烈，这不是说明杂文的无用吗？

鲁迅慨叹在寇盗掠夺的同时，日日偷挖国家柱石的奴才们“现在正不知有多少”？杂文是无用的，但我们在杂文之外能做些什么，又做了些什么？

常恐文化教育不亡于“文革”中的政治手段，而在经济手段行时的今天不能调适以致凋残。友人有同忧，写七言古歌，结尾说：“饮鸩止渴渴未消，画饼充饥饥益肆。一卵之求竟杀鸡，卵尽何从觅鸡饲。逼良为娼诚足怜，伤心娼已生机匮。十年树木欺人语，文化沙漠飘然至。”危言耸听，然而危言可鉴。倘若我们终于解决了文化教育危机之后，再以牢骚太盛、愤激偏颇见责，我这位老友必定会欣然认错的。

赵 玫

赵玫（1954～），河北乐亭人。小说家、散文家。散文集有《以爱心 以沉静》、《从这里到永恒》、《以血书者》等。

以爱心 以沉静

有一个雪的夜晚——

我们停泊在京城故宫城外河边的短壁旁，脚下是积雪。他解开外衣的纽扣，把冰冻的我收进去，他吻我清冷的脸颊。在那个热烈的夜晚到来之前，我们先是走在红墙下的积雪的便道上。大街变得清冷，慢慢稀少了行人，而宁静的恋情飘散。我们曾在街头的电话机投进硬币。在风中。硬币被顺畅地吞进去电话却永远不动声色。便不再去看他的朋友，我们创造我们自己的夜晚。雪依旧下。脚下是雪声。我们在很冷的风中，在那片冰冻的湖的栏杆上，看湖对岸的那明灭最后的灯会。远的灯火就闪烁在那绛红色的落雪的低矮的天空中。我们在风中亲吻。我们的心充满力量。然后我们沿着石阶的小路在黑暗中走上白塔挺立的山顶。小路空无一人。在这雪的夜晚中。那一切久违着。而我们终于再抵达。四野的松发出低而深的呻吟。静寂到恐怖。他握紧我的手。我们环绕着白塔。那拱型的石门下，有一对男女接吻。他们不管我们从他们身边走过。他们已到了他们的极致。绛红色的天空伸手可触。和他在一起。我们停泊在护城河边的矮墙边。我们接近着。我们面对面。激情。忘记一切的世界也不复存在。连明天也不会有的。只有这个瞬间。眼前茫茫一片。我知道那是个被实践的梦想。当梦醒来。我们就听到远处河上传来的那遥远而空洞的砸冰声。

当那一切景象消失。当那一切留在了震颤的远方之后，我写了《一个有雪的夜晚》。那应是一首宁静的诗是如泣如诉的歌。

这样在北方的那个寒冷的冬季降临的时候，我第一次看到了他谜样的目光。他只是那样默默地看着我，却隐藏了他心里的欲望。

是我吗？为什么？

我们曾经相识。

我们在荒寒的街心花园中等待。

我们不知道那就要降临的是什么。是什么呢？我们接近着。我们突然就伸开了那臂膀。就任那热情如野马般在荒野中奔跑。我们奔跑我们疼痛。在惊惧里在恐怖中。如此艰辛如此漫漫的旅程。在那些没有人迹的林中空地上，在那些飘落着枯败落叶的杂草中，想丢弃掉这艰辛而漫长的找到之后的理想。那么疼痛。宁可疼痛而摆脱掉这更为疼痛的困境。

能停住那奔跑的脚步吗？我这样望着他。

当那个夜晚到来的时候，他还是敲响了那扇木门。我们迟疑着，在那个周末，在那温暖的火炉旁。我听到了木门在寒冷中被敲响的轻轻的声音。那震颤。他走进来就疯狂搂紧我的身体。没有语言。那晚我们不再有语言。白色的壁。夜空。他抓紧我湿淋淋的手。他折断我的肢体。那大火在燃烧在蔓延。没有止境。也没有思想。像一只摇荡的小船在承受大海的风暴。男人和女人的美丽故事。在荒寒中。夜空下。已无处不在。我们追逐。我们不能承受那被丢弃的现实。不堪那断绝，宁可走永无尽头的迷蒙的路。我瑟瑟颤抖穿着蓝色的毛衣在寒风中送走他。我让他吻别我冰冷的脸颊。我关上木门的时候百感交集而淌下热泪。

我们有整整一个冬天在一起。那个冬天我们疯狂相爱。几乎每一分钟每一秒钟。我们彼此寻找。彼此叩响木门。不管落雪还是不落雪。哪怕跋涉几十里。哪怕相见只有几分钟。只要在一起。他在心里的每一个时刻等待我。在等待和送别中交替。整整一个冬天。他推开医院的玻璃门去看那病中的我。我们一道过那一个一个难关。下着雪。有风。总是有风。有风的夜晚。整整一个冬天。一个冬天的疯狂、寒冷的热情。我走过去，抬起头，让他看到我的眼睛。于是，当春天来临的时候，我们终于弄懂了我们根本分不开。最终一切都归于了那苦痛中的宁静。终于爱依然强烈而温暖。终于在春天再度降临的时候，我们仍不能离开彼此的拥抱和亲吻。每一寸每一寸肌肤。每一次短暂的分离。我将这些都写进了浸着忧伤的小说里。

但我依然还忧伤。

慢慢接近的现实——

一个女人在那个男人身边哭泣。因为那个男人要远行。因为绘画比女人和女人的诗更重要。因为女人是过于温暖的牵绊。所以那男人走了。他宁可在冈底斯山脉的一个峰顶折断头颅。便没有了怨恨没有了嗔怪。女人慢慢变得成熟。生命无法挽回。女人选择献身公益。无所谓改悔；因为无所谓过错。他们之间的连结所产生的那价值、那意义。还有《阿冬的选择》所讲述的那个真实的故事。

那个忧伤的思绪一直漫延着。

从任何男人和女人的故事中，其实都证明了精神绝非万能的惨痛真理。连做爱也是物质，那么，人怎么能不吃不喝只是诗只是歌只是画呢?

真正艺术的男人和女人往往做不成纯粹的男人和女人。艺术终归是要在生存的限和度中，这是个无以改变的现实。女人不能没有温柔就像男人不能没有体贴。如果家庭中的男人和女人只生活在思想中，那么，将会是一幅怎样的景象?

我没有拒绝过做琐碎的家务。

当又一个寒冷的冬天到来的时候，他病了。他发着高烧，躺在床上，我包下所有的杂事。我要管好炉火。我要买菜。我要洗衣服。我要做饭。我还要按时给他吃药。当那些所有的事情都压在我一个人的肩头时，我才知一个家倘单由一个人来支撑有多么艰辛。我在做完那些事情后再写作时，我的两条胳膊都在发抖。

我总是弯下腰在床边不停地吻他的额头。用脸颊触着他脸颊看他是不是退烧了。我强迫他喝水。我把我的手伸进他的被子里，抓紧他的手。我轻声在他耳边说，我太累了。而你是个最好的男人。

我做那琐碎的一切的时候心中充满柔情。

生活中不能只有艺术。最终也会是乏味的。这是我成年后慢慢明白的那个最简单的道理。一切变得宁静。他给了我一个最为博大的丰富而美丽的空间，他让我把精神与生存的全部潜能调动出来。他让我爱生活。爱生活中事无巨细的一切。爱他。于是，生活在梦想中成了昨日的事情。岁月是现实。流走的时间是现实。男人和女人是现实。坐在他的身边守护着他，也是现实。

有轻的风从窗前掠过。我们低声诉说。生命中不再有秘密。我们彼此。

在从未有过的感动中，阳光就从你身边流过。

黑森林——

那一片一片的枯红的落叶。静悄悄铺满了那片林中的空地。最后的阳光依稀从树的枝杈上投下来斑驳而微弱的斑点。黑色的森林。黑色的森林神秘而深邃地向远的后方伸展。我们看到了那情景。很多次。离别。他不说永久。

我们有很多张在这样的忧伤与惆怅中的照片。那照片上的落叶记述了我们每一次告别。那照片上没有我。那么空旷的一片神情。只有黑森林集结着存在过的往事，把夏季的青绿和秋季的衰黄，无声地透露出来。那黑森林。鸣响着忧伤并隐藏着。在林的最深处在那个最隐秘的地方。当往事随着岁月亡失而亡失。当伤心的故事已成为昨天的永远。我喜欢把那些照片拿出来，就摆在桌上我的面前。依然还是那张照片。什么都有。林、枝杈、草丛、蛛丝、露水、阳光透过密集的叶、七彩光斑、钢琴声，在远方。什么都有。而惟一没有我们。没有我和他。和那个看不清的流失的岁月。

我对他说我不想离开他。

那是个雾很浓重的夜晚。

因为了一些并不十分重要的事情但我必须离开。

我说我并不愿离开这温暖，一个人走进冷的夜晚的大雾中。

那么孤单。

而他在生病。

他的嘴唇干裂，偶尔发出低声的呻吟。

但我必须走。

他知道这一切。

他不说留下吧。

他不讲话。

我走近他亲吻他，但他把他的脸扭开了。

为什么？我说你知道吗其实我也不想走不想离开你也不想在这温暖的夜晚一个人走进大雾中。我愿意每一分每一秒都不离开你都守护着你你懂吗我有时心里也很苦也想哭。

这样他用他滚烫的手臂搂住了我弯向他的身体。这样我在他的颈窝中哭了起来。哭了很久。眼泪一滴一滴地在他的肩膀上。他搂紧我轻轻拍着我的背。等我哭够了。然后他轻轻地推开我。他说，好吧，去洗洗脸。然而还是眼泪不停地流下来流下来。我开始穿外套。他看着我。他始终看着我。我们不说话。我默默离开他。这就是那些在林的深处隐藏的默默的忧伤。那么浓郁。我们彼此都不会忘记。

夜晚从大地上来回游走。树上的叶在一个看不见的时刻就全部消失掉了。就像是消褪了的昨日的梦境。

那一天我们又默默伫立街头。来来去去的人流。像滑动的水。天空总是亡失了太阳。我们该暂时分手了。该说的话早已经说完该叮嘱的早已经叮嘱。再没有什么了。只是暂时的分别，几个夜晚或是几个白昼。但我们仍默默伫立街头。我们彼此望着。任行人和车辆流走。我们才知道目光所及的地方是绝对的宁静和完美。没有人声没有鸣笛也没有红绿灯。我们不讲话。我们彼此望着。时间一刻钟又一刻钟地流走。那时候我知道他是多么喜欢我。

坐进那辆出租车的时候，我躲过了那张反光镜。我找到了暗影中的他的手，我让他攥紧我。我一直以为那就是最后的时刻了，我说就算是一场梦。我说让我们共同努力结束那密林深处的故事。他默默听着。他不讲话。他更紧地攥住我的手，他说让我们耐心等待。

那只温驯的鹿就从那黑森林的深处蹒跚走来。它睁大善良的眼睛来寻觅我们手中的绿叶。我已决心结束那伤感的旅程了，那林中的空地是我们最后停泊的地方。在森林公园幽静的小路上。在枯藤缠绕的浓密的杂树丛中。我们谈着一切不相干的话题。听不到天堂的歌声。我们满心忧郁。不愿离去。在那个时刻，我说我们告别吧。那鹿无忧地走近我们。像我们彼此是熟悉的朋友。心在流泪。却无以诉说。南方的黄昏，是浓郁而沉着的棕红色。那么温暖的色彩那么温暖的情调。一切是浓重的。像悲伤而深情的大提琴。我说就让我们分手吧，那鹿张大惊恐的眼睛。他总是沉默。永不回答。路没有尽头，而他的眼睛里是没有尽头的坚定。

你是一块可以依靠的石。

就坐在那片空地上。

那是一张充满了忧郁充满了秋天色彩的照片。温暖的季节。那最后的茂密的黑森林。那一张张卷起的深红色的落叶，铺满了那片青黄的草坪。一种不知道什么树上落下的硕大的叶。枯萎了凋谢了却不减却那深重的红色。已无路可逃。一切等待着。他就站在我的对面用那个日本镜头凝视我。我坐在叶中张大那无望的眼睛。我看着一个看不见的前方。我知道我还是想哭。永远的哭泣。他就在那里那里近在咫尺，却咫尺天涯。我伸出我的手臂向着他。

落叶有多少我心中的忧伤就有多少。连流泻的阳光连空气都是浓郁的深重的。没有小鸟歌唱。温驯的鹿悄悄走回那黑色的密林。

我的嘴微张着。

我喜欢他为我拍下的这张照片。

后来他为我剪短了长发。

他告诉我，你生存着应当以爱心，以沉静。爱心是一种本质，沉静是一种基调。

林，因为浓密就变成黑色的遥远了。

我于是用文字编织我所经历的故事。

没有辉煌，但是是真实的四季。

杜拉说，没有爱情，留下来的不走，是不可能的。

杜拉还说，最坏的是没有爱，我认为那是存在的。

余秋雨

余秋雨（1946年～），浙江余姚人，著名学者、散文家。代表作有《笛声何处》、《一个王朝的背影》、《行者无疆》、《千年一叹》、《山居笔记》、《文化苦旅》、《文明的碎片》、《霜冷长河》、《出走十五年》等。

一个王朝的背影

1

我们这些人，对清代总有一种复杂的情感阻隔。记得很小的时候，历史老师讲到“扬州十日”、“嘉定三屠”时，眼含泪花，这是清代的开始；而讲到“火烧圆明园”、“戊戌变法”时又有泪花了，这是清代的尾声。年迈的老师一哭，孩子们也跟着哭。清代历史，是小学中惟一用眼泪浸润的课程。从小种下的怨恨，很难化解得开。

老人的眼泪和孩子们的眼泪拌和在一起，使这种历史情绪有了一种最世俗的力量。我小学的同学全是汉族，没有满族，因此很容易在课堂里获得一种共同语言，好像汉族理所当然是中国的主宰，你满族为什么要来抢夺呢？抢夺去了能够弄好倒也罢了，偏偏越弄越糟，最后几乎让外国人给瓜分了。于是，在闪闪泪光中，我们懂得了什么是汉奸、什么是卖国贼、什么是民族大义、什么是气节。我们似乎也知道了中国之所以落后于世界列强，关键就在于清代，而辛亥革命的启蒙者们重新点燃汉人对满清的仇恨，提出“驱除鞑虏，恢复中华”的口号，又是多么有必要，多么让人解气。清朝终于被推翻了，但至今在很多中国人心里，它仍然是一种冤孽般的存在。

年长以后，我开始对这种情绪产生警惕。因为无数事实证明，在我们中国，许多情绪化的社会评判规范，虽然堂而皇之地传之久远，却包含着极大的不公正。我们缺少人类普遍意义上的价值启蒙，因此这些情绪化的社会评判规范大多是从封建正统观念逐渐引申出来的，带有很多盲目性。先是姓氏正统论，刘汉、李唐、赵宋、朱明……，在同一姓氏的传代系列中所出现的继承人，哪怕是昏君、懦夫、色鬼、守财奴、精神失常者，都是合法而合理的，而外姓人氏若有觊觎，即便有一千条一万条道理，也站不住脚，真伪、正邪、忠奸全由此划分。由姓氏正统论扩而大之，就是民族正统论。这种观念要比姓氏正统论复杂得多，你看辛亥革命的闯将们与封建主义的姓氏正统论势不两立，却也需要大声宣扬民族正统论，便是例证。民族正统论涉及到几乎一切中国人都耳熟能详的许多著名人物和著名事件，是一个在今后仍然要不断争论的麻烦问题。在这儿请允许我稍稍回避一下，我需要肯定的仅仅是这样一点：满族是中国的满族，清朝的历史是中国历史的一部分；统观全部中国古代史，清朝的皇帝在总体上还算是比较好的，而其中的康熙皇帝甚至可说是中国历史上最好的皇帝之一，他与唐太宗李世民一样使我这个现代汉族中国人感到骄傲。

既然说到了唐太宗，我们又不能不指出，据现代历史学家考证，他更可能靠近于鲜卑族的血统。

如果说先后在巨大的社会灾难中迅速开创了“贞观之治”和“康雍乾盛世”的两位中国历史上最杰出帝王都不是汉族，如果我们还愿意想一想那位虽未执掌中原却至今还在被全世界历史学家惊叹的建立了赫赫武功的元太祖成吉思汗，那么我们的中华历史观一定会比小学里的历史课开阔得多，放达得多。

汉族当然非常伟大，汉族当然没有理由要受到外族的屠杀和欺凌，当自己的民族遭受危难时当然要挺身而出进行无畏的抗争，为了个人的私利不惜出卖民族利益的无耻之徒当然要受到永久的唾弃，这些都是没有异议的。问题是，不能由此而把汉族等同于中华，把中华历史的正义、光亮、希望，全部押在汉族一边。与其他民族一样，汉族也有大量的污浊、昏聩和丑恶，它的统治者常常一再地把整个中国历史推入死胡同。在这种情况下，历史有可能作出超越汉族正统论的选择，而这种选择又未必是倒退。

《桃花扇》中那位秦淮名妓李香君，身份低贱而品格高洁，在清兵浩荡南下、大明江山风雨飘摇时节保持着多大的民族气节！但是，她万万没有想到，就在她和她的恋人侯朝宗为抗清扶明不惜赴汤蹈火、奔走呼号的时候，恰恰正是苟延残喘而仍然荒淫无度的南明小朝廷，作践了他们。那个在当时当地看来既是明朝也是汉族的最后代表的弘光政权，根本不要她和她的姊妹们的忠君泪、报国心，而只要她们作为一个女人最可怜的色相。李香君真想与恋人一起为大明捐躯流血，但叫她恶心的是，竟然是大明的官僚来强逼她成婚而使她血溅纸扇，染成“桃花”。“桃花扇底送南朝”，这样的朝廷就让它去了吧，长叹一声，气节、操守、抗争、奔走，全都成了荒诞和自嘲。《桃花扇》的作者孔尚任是孔老夫子的后裔，连他，也对历史转折时期那种盲目的正统观念产生了深深的怀疑。他把这种怀疑，转化成了笔底的灭寂和苍凉。

对李香君和侯朝宗来说，明末的一切，看够了，清代会怎么样呢？不想看了。文学作品总要结束，但历史还往前走，事实上，清代还是很可看看的。

为此，我要写写承德的避暑山庄。清代的史料成捆成扎，把这些留给历史学家吧，我们，只要轻手轻脚地绕到这个消夏的别墅里去偷看几眼也就够了。这种偷看其实也是偷看自己，偷看自己心底从小埋下的历史情绪和民族情绪，有多少可以留存，有多少需要校正。

2

承德的避暑山庄是清代皇家园林，又称热河行宫、承德离宫，虽然闻名史册，但久为禁苑，又地处塞外，历来光顾的人不多，直到这几年才被旅游者搅得有点热闹。我原先并不知道能在那里获得一点什么，只是今年夏天中央电视台在承德组织了一次国内优秀电视编剧和导演的聚会，要我给他们讲点课，就被他们接去了。住所正在避暑山庄的背后。刚到那天的薄暮时分，我独个儿走出住所大门，对着眼前黑黝黝的山岭发呆。查过地图，这山岭便是避暑山庄北部的最后屏障，就像一张罗圈椅的椅背。在这张罗圈椅上，休息过一个疲惫的王朝。奇怪的是，整个中华版图都已归属了这个王朝，为什么还要把这张休息的罗圈椅放到长城之外呢？清代的帝王们在这张椅子上面南而坐的时候都在想一些什么呢？月亮升起来了，眼前的山壁显得更加巍然怆然。北京的故宫把几个不同的朝代混杂在一起，谁的形象也看不真切，而在这里，远远的、静静的、纯纯的、悄悄的，躲开了中原王气，藏下了一个不羼杂的清代。它实在对我产生了一种巨大的诱惑，于是匆匆讲完几次课，便一头埋到了山庄里边。

山庄很大，本来觉得北京的颐和园已经大得令人咋舌了，它竟比颐和园还大整整一倍，据说装下八九个北海公园是没有问题的。我想不出国内还有哪个古典园林能望其项背。山庄外面还有一圈被称之为“外八庙”的寺庙群，这暂不去说它，光说山庄里面，除了前半部有层层叠叠的宫殿外，主要是开阔的湖区、平原区和山区。尤其是山区，几乎占了整个山庄的八成左右，这让游惯了别的园林的人很不习惯。园林是用来休闲的，何况是皇家园林，大多追求方便平适，有的也会堆几座小山装点一下，哪有像这儿的，硬是圈进莽莽苍苍一大片真正的山岭来消遣？这个格局，包含着一种需要我们抬头仰望、低头思索的审美观念和人生观念。

山庄里有很多楹联和石碑，上面的文字大多由皇帝们亲自撰写。他们当然想不到多少年后会有我们这些陌生人闯入他们的私家园林，来读这些文字，这些文字是写给他们后辈继承人看的。朝廷给别人看的东西很多，有大量刻印广颁的官样文章，而写在这里的文字，尽管有时也咬文嚼字，但总的说来是说给儿孙们听的体己话，比较真实可信。我踏着青苔和蔓草，辨识和解读着一切能找到的文字，连藏在山间树林中的石碑都不放过，读完一篇，便舒松开筋骨四周看看。一路走去，终于可以有把握地说，山庄的营造，完全出自一代政治家在精神上的强健。

首先是康熙。山庄正宫午门上悬挂着的“避暑山庄”四个字就是他写的，这四个汉字写得很好，撇捺间透露出一个胜利者的从容和安详，可以想见他首次踏进山庄的步履也是这样的。他一定会这样，因为他是走一条艰难而又成功的长途才走进山庄的，到这里来喘口气，应该。

他一生的艰难都是自找的。他的父辈本来已经给他打下了一个很完整的华夏江山，他八岁即位，十四岁亲政，年轻轻的一个孩子，坐享其成就是了，能在如此辽阔的疆土、如此兴盛的运势前做些什么呢？他稚气未脱的眼睛，竟然疑惑地盯上了两个庞然大物，一个是朝廷中最有权势的辅政大臣鳌拜，一个是自恃当初做汉奸领清兵入关有功、拥兵自重于南方的吴三桂。平心而论，对于这样与自己的祖辈、父辈都有密切关系的重要政治势力，即便是德高望重的一代雄主也未必下得了决心去动手，但康熙却向他们，也向自己挑战了，十六岁上干净利落地除了鳌拜集团，二十岁开始向吴三桂开战，花八年时间的征战取得彻底胜利。他等于把到手的江山重新打理一遍，使自己从一个继承者变成了创业者。他成熟了，眼前几乎已经找不到什么对手，但他还是经常骑着马，在中国北方的山林草泽间徘徊，这是他祖辈崛起的所在，他在寻找着自己的生命和事业的依托点。

他每次都要经过长城，长城多年失修，已经破败。对着这堵受到历代帝王切切关心的城墙，他想了很多。他的祖辈是破长城进来的，没有吴三桂也绝对进得了，那么长城究竟有什么用呢？堂堂一个朝廷，难道就靠这些砖块去保卫？但是如果没有长城，我们的防线又在哪里呢？他思考的结果，可以从一六九一年他的一份上谕中看出个大概。那年五月，古北口总兵官蔡元向朝廷提出，他所管辖的那一带长城“倾塌甚多，请行修筑”，康熙竟然完全不同意，他的上谕是：

> 秦筑长城以来，汉、唐、宋亦常修理，其时岂无边患？明末我太祖统大兵长驱直入，诸路瓦解，皆莫能当。可见守国之道，惟在修德安民。民心悦则邦本得，而边境自固，所谓“众志成城”者是也。如古北、喜峰口一带，朕皆巡阅，概多损坏，今欲修之，兴工劳役，岂能无害百姓？且长城延袤数千里，养兵几何方能分守？

说得实在是很有道理。我对埋在我们民族心底的“长城情结”一直不敢恭维，读了康熙这段话，简直找到了一个远年知音。由于这样说，清代成了中国古代基本上不大修长城的一个朝代，对此我也觉得不无痛快。当然，我们今天从保护文物的意义上去修理长城完全是另外一回事了。

康熙希望能筑起一座无形的长城。“修德安民”云云说得过于堂皇而蹈空，实际上他有硬的一手和软的一手。硬的一手是在长城外设立“木兰围场”，每年秋天，由皇帝亲自率领王公大臣、各级官兵一万余人去进行大规模的“围猎”，实际上是一种声势浩大的军事演习，这既可以使王公大臣们保持住勇猛、强悍的人生风范，又可顺便对北方边境起一个威慑作用。“木兰围场”既然设在长城之外的边远地带，离北京就很有一点距离，如此众多的朝廷要员前去秋猎，当然要建造一些大大小小的行宫，而热河行宫，就是其中最大的一座。软的一手是与北方边疆的各少数民族建立起一种常来常往的友好关系，他们的首领不必长途进京也有与清廷彼此交谊的机会和场所，而且还为他们准备下各自的宗教场所，这也就需要有热河行宫和它周围的寺庙群了。总之，软硬两手最后都汇集到这一座行宫、这一个山庄里来了，说是避暑，说是休息，意义却又远远不止于此。把复杂的政治目的和军事意义转化为一片幽静闲适的园林，一圈香火缭绕的寺庙，这不能不说是康熙的大本事。然而，眼前又是道道地地的园林和寺庙，道道地地的休息和祈祷，军事和政治，消解得那样烟水葱茏、慈眉善目，如果不是那些石碑提醒，我们甚至连可以疑惑的痕迹都找不到。

避暑山庄其实就是康熙的“长城”，与蜿蜒千里的秦始皇长城相比，哪个更高明些呢？

康熙几乎每年立秋之后都要到“木兰围场”参加一次为期二十天的秋猎，一生参加了四十八次。每次围猎，情景都极为壮观，先由康熙选定逐年轮换的狩猎区域（逐年轮换是为了生态保护），然后就搭建一百七十多座大帐篷为“内城”，二百五十多座大帐篷为“外城”，城外再设警卫。第二天拂晓，八旗官兵在皇帝的统一督导下集结围拢，在上万官兵的齐声呐喊下，康熙首先一马当前，引弓射猎，每有所中便引来一片欢呼，然后扈从大臣和各级将士也紧随康熙射猎。康熙身强力壮，骑术高明，围猎时智勇双全，弓箭上的功夫更让王公大臣由衷惊服，因而他本人的猎获就很多。晚上，营地上篝火处处，肉香飘荡，人笑马嘶，而康熙还必须回到帐篷里批阅每天疾驰送来的奏章文书。康熙一生身先士卒打过许多著名的仗，但在晚年，他最得意的还是自己打猎的成绩，因为这纯粹是他个人生命力的验证。一七一九年康熙自“木兰围场”行猎后返回避暑山庄时曾兴致勃勃地告谕御前侍卫：

> 朕自幼至今已用鸟枪弓矢获虎一百五十三只，熊十二只，豹二十五只，猞二十只，麋鹿十四只，狼九十六只，野猪一百三十三只，哨获之鹿已数百，其余围场内随便射获诸兽不胜记矣。朕于一日内射兔三百一十八只，若庸常人毕世亦不能及此一日之数也。

这笔流水账，他说得很得意，我们读得也很高兴。身体的强健和精神的强健往往是连在一起的，须知中国历史上多的是有气无力病恹恹的皇帝，他们即便再“内秀”，也何以面对如此庞大的国家。

由于强健，他有足够的精力处理挺复杂的西藏事务和蒙古事务，解决治理黄河、淮河和疏通漕运等大问题，而且大多很有成效，功泽后世。由于强健，他还愿意勤奋地学习，结果不仅武功一流，“内秀”也十分了得，成为中国历代皇帝中特别有学问，也特别重视学问的一位。这一点一直很使我震动，而且我可以肯定，当时也把一大群冷眼旁观的汉族知识分子震动了。

谁能想得到呢，这位满清帝王竟然比明代历朝皇帝更热爱和精通汉族传统文化！大凡经、史、子、集、诗、书、音律，他都下过一番功夫，其中对朱熹哲学钻研最深。他亲自批点《资治通鉴纲目大全》，与一批著名的理学家进行水平不低的学术探讨，并命他们编纂了《朱子大全》、《性理精义》等著作。他下令访求遗散在民间的善本珍籍加以整理，并且大规模地组织人力编辑出版了卷帙浩繁的《古今图书集成》、《康熙字典》、《佩文韵府》、《大清会典》，文化气魄铺地盖天。直到今天，我们研究中国古代文化还离不开这些极其重要的工具书。他派人通过对全国土地的实际测量，编成了全国地图《皇舆全览图》。在他倡导的文化气氛下，涌现了一大批在整个中国文化史上都可以称得上第一流大师的人文科学家，在这一点上，几乎很少有哪个朝代能与康熙朝相比肩。

以上讲的还只是我们所说的“国学”，可能更让现代读者惊异的是他的“西学”。因为即使到了现代，在我们印象中，国学和西学虽然可以沟通，但在同一个人身上深潜两边的毕竟不多，尤其对一些官员来说更是如此。然而早在三百年前，康熙皇帝竟然在北京故宫和承德避暑山庄认真研究了欧几里德几何学，经常演算习题，又学习了法国数学家巴蒂的《实用和理论几何学》，并比较它与欧几里德几何学的差别。他的老师是当时来中国的一批西方传教士，但后来他的演算比传教士还快。他亲自审校译成汉文和满文的西方数学著作，而且一有机会就向大臣们讲授西方数学。以数学为基础，康熙又进而学习了西方的天文、历法、物理、医学，与中国原有的这方面知识比较，取长补短。在自然科学问题上，中国官僚和外国传教士经常发生矛盾，康熙不袒护中国官僚，也不主观臆断，而靠自己发愤学习，真正弄通西方学说，几乎每次都作出了公正的裁断。他任命一名外国人担任钦天监监副，并命令礼部挑选一批学生去钦天监学习自然科学，学好了就选拔为博士官。西方自然科学著作《验气图说》、《仪象志》、《赤道南北星图》、《穷理学》、《坤舆图说》等等被一一翻译过来，有的已经译成汉文的西方自然科学著作如《几何原理》前六卷他又命人译成满文。

这一切，居然与他所醉心的“国学”互不排斥，居然与他一天射猎三百十八只野兔互不排斥，居然与他一连串重大的政治行为、军事行为、经济行为互不排斥！我并不认为康熙给中国带来了根本性的希望，他的政权也做过不少坏事，如臭名昭著的“文字狱”之类，我想说的只是，在中国历代帝王中，这位少数民族出身的帝王具有异乎寻常的生命力，他的人格比较健全。有时，个人的生命力和人格，会给历史留下重重的印记。与他相比，明代的许多皇帝都活得太不像样了，鲁迅说他们是“无赖儿郎”，确有点像。尤其让人生气的是明代万历皇帝（神宗）朱翊钧，在位四十八年，亲政三十八年，竟有二十五年时间躲在深宫之内不见外人的面，完全不理国事，连内阁首辅也见不到他，不知在干什么。没见他玩过什么，似乎也没有好色的嫌疑，历史学家们只能推断他躺在烟榻上抽了二十多年的鸦片烟！他聚敛的金银如山似海，但当清军起事，朝廷束手无策时问他要钱，他死也不肯拿出来，最后拿出一个无济于事的小零头，竟然都是因窖藏太久变黑发霉、腐蚀得不能见天日的银子！这完全是一个失去任何人格支撑的心理变态者，但他又集权于一身，明朝怎能不垮？他死后还有儿子朱常洛（光宗）、孙子朱由校（熹宗）和朱由检（思宗）先后继位，但明朝已在他的手里败定了，他的儿孙们非常可怜；康熙与他正相反，把生命从深宫里释放出来，在旷野、猎场和各个知识领域挥洒，避暑山庄就是他这种生命方式的一个重要吐纳口站，因此也是当时中国历史命运的一所“吉宅”。

3

康熙与晚明帝王的对比，避暑山庄与万历深宫的对比，当时的汉族知识分子当然也感受到了，心情比较复杂。

开始大多数汉族知识分子都坚持抗清复明，甚至在赳赳武夫们纷纷掉头转向之后，一群柔弱的文人还宁死不屈。文人中也有一些著名的变节者，但他们往往也承受着深刻的心理矛盾和精神痛苦。我想这便是文化的力量。一切军事争逐都是浮面的，而事情到了要摇撼某个文化生态系统的时候才会真正变得严重起来。一个民族、一个国家、一个人种，其最终意义不是军事的、地域的、政治的，而是文化的。当时江南地区好几次重大的抗清事件，都起之于“削发”之事，即汉人历来束发而清人强令削发，甚至到了“留头不留发，留发不留头”的地步。头发的样式看来事小却关及文化生态，结果，是否“毁我衣冠”的问题成了“夷夏抗争”的最高爆发点。这中间，最能把事情与整个文化系统联系起来的是文化人，最懂得文明和野蛮的差别，并把“鞑虏”与野蛮连在一起的也是文化人。老百姓的头发终于被削掉了，而不少文人还在拼死坚持。著名大学者刘宗周住在杭州，自清兵进杭州后便绝食，二十天后死亡；他的门生，另一位著名大学者黄宗羲投身于武装抗清行列，失败后回余姚家乡事母著述；又一位著名大学者顾炎武比黄宗羲更进一步，武装抗清失败后还走遍全国许多地方图谋复明，最后终老陕西……这些一代宗师如此强硬，他们的门生和崇拜者们当然也多有追随。

但是，事情到了康熙那儿却发生了一些微妙的变化。文人们依然像朱耷笔下的秃鹰，以“天地为之一寒”的冷眼看着朝廷，而朝廷却奇怪地流泻出一种压抑不住的对汉文化的热忱。开始大家以为是一种笼络人心的策略，但从康熙身上看好像不完全是。他在讨伐吴三桂的战争还没有结束的时候，就迫不及待地下令各级官员以“崇儒重道”为目的，向朝廷推荐“学问兼优、文词卓越”的士子，由他亲自主考录用，称作“博学鸿词科”。这次被保荐、征召的共一百四十三人，后来录取了五人。其中有傅山、李颙等人被推荐了却宁死不应考。傅山被人推荐后又被强抬进北京，他见到“大清门”三字便滚倒在地，两泪直流，如此行动康熙不仅不怪罪反而免他考试，任命他为“中书舍人”。他回乡后不准别人以“中书舍人”称他，但这个时候说他对康熙本人还有多大仇恨，大概谈不上了。

李颙也是如此，受到推荐后称病拒考，被人抬到省城后竟以绝食相抗，别人只得作罢。这事发生在康熙十七年，康熙本人二十六岁，没想到二十五年后，五十余岁的康熙西巡时还记得这位强硬的学人，召见他，他没有应召，但心里毕竟已经很过意不去了，派儿子李慎言作代表应召，并送自己的两部著作《四书反身录》和《二曲集》给康熙。这件事带有一定的象征性，表示最有抵触的汉族知识分子也开始与康熙和解了。

与李颙相比，黄宗羲是大人物了，康熙更是礼仪有加，多次请黄宗羲出山未能如愿，便命令当地巡抚到黄宗羲家里，把黄宗羲写的书认真抄来，送入宫内以供自己拜读。这一来，黄宗羲也不能不有所感动。与李颙一样，自己出面终究不便，由儿子代理，黄宗羲让自己的儿子黄百家进入皇家修史局，帮助完成康熙交下的修《明史》的任务。你看，即便是原先与清廷不共戴天的黄宗羲、李颙他们，也觉得儿子一辈可以在康熙手下好生过日子了。这不是变节，也不是妥协，而是一种文化生态意义上的开始认同。既然康熙对汉文化认同得那么诚恳，汉族文人为什么就完全不能与他认同呢？政治军事，不过是文化的外表罢了。

黄宗羲不是让儿子参加康熙下令编写的《明史》吗？编《明史》这事给汉族知识界震动不小。康熙任命了大历史学家徐元文、万斯同、张玉书、王鸿绪等负责此事，要他们根据《明实录》如实编写，说“他书或以文章见长，独修史宜直书实事”，他还多次要大家仔细研究明代晚期破败的教训，引以为戒。汉族知识界要反清复明，而清廷君主竟然亲自领导着汉族的历史学家在冷静研究明代了。这种研究又高于反清复明者的思考水平，那么，对峙也就不能不渐渐化解了。《明史》后来成为整个二十四史中写得较好的一部，这是直到今天还要承认的事实。

当然，也还余留着几个坚持不肯认同的文人。例如康熙时代浙江有个学者叫吕留良的，在著书和讲学中还一再强调孔子思想的精义是“尊王攘夷”，这个提法，在他死后被湖南一个叫曾静的落第书生看到了，很是激动，赶到浙江找到吕留良的儿子和学生几人，筹划反清。这时康熙也早已过世，已是雍正年间，这群文人手下无一兵一卒，能干成什么事呢？他们打听到川陕总督岳钟琪是岳飞的后代，想来肯定能继承岳飞遗志来抗击外夷，就派人带给他一封策反的信，眼巴巴地请他起事。这事说起来已经有点近乎笑话，岳飞抗金到那时已隔着整整一个元朝、整整一个明朝。清朝也已过了八九十年，算到岳钟琪身上都是多少代的事啦，还想着让他凭着一个“岳”字拍案而起，中国书生的昏愚和天真就在这里。岳钟琪是清朝大官，做梦也没有想到过要反清，接信后虚假地应付了一下，却理所当然地报告了雍正皇帝。雍正下令逮捕了这个谋反集团，又亲自阅读了书信、著作，觉得其中有好些观念需要自己写文章来与汉族知识分子辩论，而且认为有过康熙一代，朝廷已有足够的事实和勇气证明清代统治者并不差，为什么还要对抗清廷？于是这位皇帝亲自编了一部《大义觉迷录》颁发各地，而且特免肇事者曾静等人的死罪，让他们专到江浙一带去宣讲。

雍正的《大义觉迷录》写得颇为诚恳。他的大意是：不错，我们是夷人，我们是“外国”人，但这是籍贯而已，天命要我们来抚育中原生民，被抚育者为什么还要把华、夷分开来看？你们所尊重的舜是东夷之人，文王是西夷之人，这难道有损于他们的圣德吗？吕留良这样著书立说的人，连前朝康熙皇帝的文治武功、赫赫盛德都加以隐匿和诬蔑，实在是不顾民生国运只泄私愤了。外族入主中原，可能反而勇于为善，如果著书立说的人只认为生在中原的君主不必修德行仁也可享有名分，而外族君主即便励精图治也得不到褒扬，外族君主为善之心也会因之而懈怠，受苦的不还是中原百姓吗？

雍正的这番话，带着明显的委屈情绪，而且是给父亲康熙打抱不平，也真有一些动人的地方。但他的整体思维能力显然比不上康熙，口口声声说自己是“外国”人、“夷人”，尽管他所说的“外国”只是指外族，而且也仅指中原地区之外的几个少数民族，与我们今天所说的外国不同，但无论如何在一些前提性的概念上把事情搞复杂了，反而不利。他的儿子乾隆看出了这个毛病，即位后把《大义觉迷录》全部收回，列为禁书，杀了被雍正赦免了的曾静等人，开始大兴文字狱。康熙、雍正年间也有丑恶的文字狱，但来得特别厉害的是乾隆，他不许汉族知识分子把清廷看成是“夷人”，连一般文字中也不让出现“虏”、“胡”这类字样，不小心写出来了很可能被砍头。他想用暴力抹去这种对立，然后一心一意做个好皇帝。除了华夷之分的敏感点外，其他地方他倒是比较宽容、有度量，听得进忠臣贤士们的尖锐意见和建议，因此在他执政的前期，做了很多好事，国运可称昌盛。这样一来，即便存有异念的少数汉族知识分子也不敢有什么想头，到后来也真没有什么想头了。其实本来这样的人已不可多觅，雍正和乾隆都把文章做过了头。真正第一流的大学者，在乾隆时代已不想做反清复明的事了。乾隆靠着人才济济的智力优势，靠着康熙、雍正给他奠定的丰厚基业，也靠着他本人的韬略雄才，做起了中国历史上福气最好的大皇帝。承德避暑山庄，他来得最多，总共逗留的时间很长，因此他的踪迹更是随处可见。乾隆也经常参加“木兰秋猎”，亲自射获的猎物也极为可观，但他的主要心思却放在边疆征战上，避暑山庄和周围的外八庙内，记载这种征战成果的碑文极多。这种征战与汉族的利益没有冲突，反而弘扬了中国的国威，连汉族知识界也引以为荣，甚至可以把乾隆看成是华夏圣君了，但我细看碑文之后却产生一个强烈的感觉：有的仗迫不得已，打打也可以，但多数边界战争的必要性深可怀疑。需要打得这么大吗？需要反复那么多次吗？需要这样强横地来对待邻居吗？需要杀得如此残酷吗？

好大喜功的乾隆把他的所谓“十全武功”雕刻在避暑山庄里乐滋滋地自我品尝，这使山庄回荡出一些燥热而又不祥的气氛。在满、汉文化对峙基本上结束之后，这里洋溢着的是中华帝国的自得情绪。江南塞北的风景名胜在这里聚会，上天的惟一骄子在这里安驻，再下令编一部综览全部典籍的《四库全书》在这里存放，几乎什么也不缺了。乾隆不断地写诗，说避暑山庄里的意境已远远超过唐宋诗词里的描绘，而他则一直等着到时间卸任成为“林下人”，在此间度过余生。在山庄内松云峡的同一座石碑上，乾隆一生竟先后刻下了六首御制诗表述这种自得情怀。

是的，乾隆一朝确实不算窝囊，但须知这已是18世纪（乾隆正好死于18世纪最后一年），19世纪已经迎面而来，世界发生了多大的变化！乾隆打了那么多仗，耗资该有多少？他重用的大贪官和坤，又把国力糟蹋到了何等地步？事实上，清朝，乃至于中国的整体历史悲剧，就在乾隆这个貌似全盛期的皇帝身上，在山水宜人的避暑山庄内，已经酿就。但此时的避暑山庄，还完全沉湎在中华帝国的梦幻之中，而全国的文化良知，也都在这个梦幻的边沿或是陶醉、或是喑哑。

一七九三年九月十四日，一个英国使团来到避暑山庄，乾隆以盛宴欢迎，还在山庄的万树园内以大型歌舞和焰火晚会招待，避暑山庄一片热闹。英方的目的是希望乾隆同意他们派使臣常驻北京，在北京设立洋行，希望中国开放天津、宁波、舟山为贸易口岸，在广州附近拨一些地方让英商居住，又希望英国货物在广州至澳门的内河流通时能获免税和减税的优惠。本来，这是可以谈判的事，但对居住在避暑山庄、一生喜欢用武力炫耀华夏威仪的乾隆来说却不存在任何谈判的可能。他给英国国王写了信，信的标题是《赐英吉利国王敕书》，信内对一切要求全部拒绝，说“天朝尺土俱归版籍，疆址森然，即使岛屿沙洲，亦必划界分疆各有专属”、“从无外人等在北京城开设货行之事”、“此与天朝体制不合，断不可行！”也许至今有人认为这几句话充满了爱国主义的凛然大义，与以后清廷签订的卖国条约不可同日而语，对此我实在不敢苟同。

本来康熙早在一六八四年就已开放海禁，在广东、福建、浙江、江苏分设四个海关欢迎外商来贸易，过了七十多年乾隆反而关闭其他海关只许外商在广州贸易，外商在广州也有许多可笑的限制，例如不准学说中国话、买中国书，不许坐轿，更不许把妇女带来等等。我们闭目就能想象朝廷对外国人的这些限制是出于何种心理规定出来的。康熙向传教士学西方自然科学，关系不错，而乾隆却把天主教给禁了。自高自大、无视外部世界，满脑天朝意识，这与以后的受辱挨打有着必然的逻辑联系。乾隆在避暑山庄训斥外国帝王的朗声言词，就连历史老人也会听得不太顺耳了。这座园林，已掺杂进某种凶兆。

4

我在山庄松云峡细读乾隆写了六首诗的那座石碑时，在碑的西侧又读到他儿子嘉庆的一首。嘉庆即位后经过这里，读了父亲那些得意洋洋的诗作后不禁长叹一声：父亲的诗真是深奥，而我这个做儿子的却实在觉得肩上的担子太重了！（“瞻题蕴精奥，守位重仔肩”）嘉庆为人比较懦弱宽厚，在父亲留下的这副担子前不知如何是好。他一生都在面对内忧外患，最后不明不白地死在避暑山庄。

道光皇帝继嘉庆之位时已四十多岁，没有什么才能，只知艰苦朴素，穿的裤子还打过补钉。这对一国元首来说可不是什么佳话。朝中大臣竞相摹仿，穿了破旧衣服上朝，一眼看去，这个朝廷已经没有多少气数了。父亲死在避暑山庄，畏怯的道光也就不愿意去那里了，让它空关了几十年。他有时想想也该像祖宗一样去打一次猎，打听能不能不经过避暑山庄就可以到“木兰围场”，回答说没有别的道路，他也就不去打猎了。像他这么个可怜巴巴的皇帝，似乎本来就与山庄和打猎没有缘分，鸦片战争已经爆发，他忧愁的目光只能一直注视着南方。

避暑山庄一直关到一八六〇年九月，突然接到命令，咸丰皇帝要来，赶快打扫。咸丰这次来时带的银两特别多，原来是来逃难的，英法联军正威胁着北京。咸丰这一来就不走了，东走走西看看，庆幸祖辈留下这么个好地方让他躲避。他在这里又批准了好几份丧权辱国的条约，但签约后还是不走，直到一八六一年八月二十二日死在这儿，差不多住了近一年。

咸丰一死，避暑山庄热闹了好些天，各种政治势力围着遗体进行着明明暗暗的较量。一场被历史学家称之为“辛酉政变”的行动方案在山庄的几间屋子里制定，然后，咸丰的灵柩向北京启运了，刚继位的小皇帝也出发了，浩浩荡荡。避暑山庄的大门又一次紧紧地关住了，而就在这支浩浩荡荡的队伍中间，很快站出来一个二十七岁的青年女子，她将统治中国数十年。

她就是慈禧，离开了山庄后再也没有回来，不久又下了一道命令，说热河避暑山庄已经几十年不用，殿亭各宫多已倾圮，只是咸丰皇帝去时稍稍修治了一下，现在咸丰已逝，众人已走，“所有热河一切工程，着即停止”。

这个命令，与康熙不修长城的谕旨前后辉映。康熙的“长城”也终于倾坍了，荒草凄迷，暮鸦回翔，旧墙斑剥，霉苔处处，而大门却紧紧地关着。关住了那些宫殿房舍倒也罢了，还关住了那么些苍郁的山，那么些晶亮的水。在康熙看来，这儿就是他心目中的清代，但清代把它丢弃了，被丢弃了的它可怜，丢弃了它的清代更可怜，连一把罗圈椅也坐不到了，凄凄惶惶，丧魂落魄。慈禧在北京修了一个颐和园，与避暑山庄对抗，塞外朔北的园林不会再有对抗的能力和兴趣，它似乎已属于另外一个时代。康熙连同他的园林一起失败了，败在一个没有读过什么书，没有建立过什么功业的女人手里。热河的雄风早已吹散，清朝从此阴气重重、劣迹斑斑。

当新的一个世纪来到的时候，一大群汉族知识分子向这个政权发出了毁灭性声讨，民族仇恨重新在心底燃起，三百年前抗清志士的事迹重新被发掘和播扬。避暑山庄，在这个时候是一个邪恶的象征，老老实实躲在远处，尽量不要叫人发现。

5

清朝灭亡后，社会震荡，世事忙乱，人们也没有心思去品咂一下这次历史变更的苦涩厚味，匆匆忙忙赶路去了。直到一九二七年六月一日，大学者王国维先生在颐和园投水而死，才让全国的有心人肃然沉思。

王国维先生的死因众说纷纭，我们且不管它，只知道这位汉族文化大师拖着清代的一条辫子，自尽在清代的皇家园林里，遗嘱为“五十之年，只欠一死；经此世变，义无再辱”。他不会不知道明末清初为汉族人是束发还是留辫之争曾发生过惊人的血案，他不会不知道刘宗周、黄宗羲、顾炎武这些大学者的慷慨行迹，他更不会不知道按照世界历史的进程，社会巨变乃属必然，但是他还是死了。我赞成陈寅恪先生的说法，王国维先生并不死于政治斗争、人事纠葛，或仅仅为清廷尽忠，而是死于一种文化：

> 凡一种文化值衰落之时，为此文化所化之人，必感苦痛，其表现此文化之程量愈宏，则其所受之苦痛亦愈甚；迨既达极深之度，殆非出于自杀无以求一己之心安而义尽也。
>
> （《王观堂先生挽词并序》）

王国维先生实在无法把自己为之而死的文化与清廷分割开来。在他的书架里，《古今图书集成》、《康熙字典》、《四库全书》、《红楼梦》、《桃花扇》、《长生殿》、乾嘉学派、纳兰性德等等都把两者连在一起了，于是对他来说，衣冠举止、生态心态，也莫不两相混同。我们记得，在康熙手下，汉族高层知识分子经过剧烈的心理挣扎已开始与朝廷产生某种文化认同，没有想到的是，当康熙的政治事业和军事事业已经破败之后，文化认同竟还未消散。为此，宏才博学的王国维先生要以生命来祭奠它。他没有从心理挣扎中找到希望，死得可惜又死得必然。知识分子总是不同寻常，他们总要在政治、军事的折腾之后表现出长久的文化韧性。文化变成了他们的生命，只有靠生命来拥抱文化了，别无他途；明末以后是这样，清末以后也是这样。但清末又是整个中国封建制度的末尾，因此王国维先生祭奠的该是整个中国传统文化。清代只是他的落脚点。

王国维先生到颐和园这也还是第一次，是从一个同事处借了五元钱才去的。颐和园门票六角，死后口袋中尚余四元四角，他去不了承德，也推不开山庄紧闭的大门。

今天，我面对着避暑山庄的清澈湖水，却不能不想起王国维先生的面容和身影。我轻轻地叹息一声，一个风云数百年的朝代，总是以一群强者英武的雄姿开头，而打下最后一个句点的，却常常是一些文质彬彬的凄怨灵魂。

信　客

一

我国广大山区的邮电网络是什么年代健全起来的，我没有查过，记得早年在乡间，对外的通信往来主要依靠一种特殊职业的人：信客。

信客是一种私人职业，不受任何机构管理。这个地方外出谋生的人多了，少不了要带几封平安家信、带一点衣物食品的，方圆几十里又没有邮局，那就用得着信客了。信客要有一点文化，知道各大码头的情形，还要有一副强健的筋骨，背得动重重的行李。

细想起来，做信客实在是一件苦差事。乡间外出的人数量并不太多，他们又不集中在一个城市，因此信客的生意不大，却很费脚力。如果交通方便也就用不着信客了，信客常走的路大多七转八拐，换车调船，听他们说说都要头昏。信客如果把行李交付托运也就赚不了什么钱，他们一概是肩挑、背驮、手提、腰缠，咬着牙齿走完坎坷长途。所带的各家各户信件货物，品种繁多，又绝对不能有任何散失和损坏，一路上只得反复数点，小心翼翼。当时大家都穷，托运费十分低廉，有时还抵不回来去盘缠，信客只得买最差的票，住最便宜的舱位，随身带点冷馒头、炒米粉充饥。

信客为远行者们效力，自己却是最困苦的远行者。一身破衣旧衫，满脸风尘，状如乞丐。

没有信客，好多乡人就不会出远门了。在很长的时期中，信客沉重的脚步，是乡村和城市的纽带。

二

我家邻村，有一个信客，年纪不小了，已经长途跋涉了二三十年。

他读过私塾，年长后外出闯码头，碰了几次壁，穷落潦倒，无以为生，回来做了信客。他做信客还有一段来由。

本来村里还有一个老信客。一次，村里一户人家的姑娘要出嫁，姑娘的父亲在上海谋生，托老信客带来两匹红绸。老信客正好要给远亲送一份礼，就裁下窄窄的一条红绸扎礼品，图个好看。没想到上海那位又托另一个人给家里带来口信，说收到红绸后看看两头有没有画着小圆圈，以防信客做手脚。这一下老信客就栽了跟头，四乡立即传开他的丑闻，以前叫他带过东西的各家都在回忆疑点，好像他家的一切都来自克扣。但他的家，破烂灰黯，值钱的东西一无所有。

老信客声辩不清，满脸凄伤，拿起那把剪红绸的剪刀直扎自己的手。第二天，他揣着那只伤痕累累的手找到了同村刚从上海落魄回来的年轻人，进门便说："我名誉糟践了，可这乡间不能没有信客。"

整整两天，老信客细声慢气地告诉他附近四乡有哪些人在外面，乡下各家的门怎么找，城里各人的谋生处该怎么走。说到几个城市里的路线时十分艰难，不断在纸上画出图样。这位年轻人连外出谋生的人也大半不认识，老信客说了又说，比了又比，连他们各人的脾气习惯也作了介绍。

把这一切都说完了，老信客又告诉他沿途可住哪几家小旅馆。旅馆里哪个茶房可以信托。还有各处吃食，哪一个摊子的大饼最厚实，哪一家小店可以光买米饭不买菜。

从头至尾，年轻人都没有答应过接班。可是听老人讲了这么多，讲得这么细，他也不再回绝。老人最后的嘱咐是扬了扬这只扎伤了的手，说："信客信客就在一个信字。千万别学我。"

年轻人想到老人今后的生活，说自己赚了钱要接济他。老人说："不。我去看坟场，能糊口。我臭了，你挨着我也会把你惹臭。"

老信客本来就单身一人，从此再也没有回村。

年轻信客上路后，一路上都遇到对老信客的问询。大半辈子的风尘苦旅。整整一条路都认识他。流落在外的游子，年年月月都等着他的脚步声。现在。他正躲在山间坟场边的破草房里，夜夜失眠，在黑暗中睁着眼，迷迷乱乱地回想着一个个码头，一条条船只，一个个面影。

刮风下雨时，他会起身，手扶门框站一会，暗暗嘱咐年轻的信客一路小心。

三

年轻的信客也渐渐变老。他老犯胃病和风湿病，一犯就想到老信客，老人什么都说了，怎么没提起这两宗病？顺便，关照家人抽空带点吃食到坟场去。他自己也去过几次，老人逼着他讲各个码头的变化和新闻。历来是坏事多于好事，他们便一起感叹唏嘘。他们的谈话，若能记录下来，一定是历史学家极感兴趣的中国近代城乡的变迁史料，可惜这儿是山间，就他们两人，刚刚说出就立即飘散。茅屋外只有劲厉的山风。

信客不能常去看老人。他实在太忙，路上花费的时间太多，一回家就忙着发散信、物，还要接收下次带出的东西。这一切都要他亲自在场，亲手查点，一去看老人，会叫别人苦等。

只要信客一回村，他家里总是人头济济。多数都不是来收发信、物的，只是来看个热闹，看看各家的出门人出息如何，带来了什么稀罕物品。农民的眼光里，有羡慕，有嫉妒；比较得多了，也有轻蔑，有嘲笑。这些眼神，是中国农村对自己的冒险家们的打分。这些眼神，是千年故土对城市的探询。

终于有妇女来给信客说悄悄话："关照他，往后带东西几次并一次。不要鸡零狗碎的"；"你给他说说，那些货色不能在上海存存？我一个女人家。来强盗来贼怎么办"……信客沉稳地点点头，他看得太多，对这一切全能理解。都市里的升沉荣辱，震颤着长期迟钝的农村神经系统，他是最敏感的神经末梢。

闯荡都市的某个谋生者突然得了一场急病死了。这样的事在那样的年月经常发生。信客在都市同乡那里听到这个消息，就会匆匆赶去，代表家属乡亲料理后事、收拾遗物。回到乡间，他就挟上一把黑伞，伞柄朝前，朝死者家里走去。乡间报死讯的人都以倒挟黑伞为标记，乡人一看就知道，又有一个人客死他乡。来到死者家里，信客满脸戚容，用一路上想了很久的委婉语气把噩耗通报。可怜的家属会号啕大哭，会猝然昏厥，他都不能离开，帮着安慰张罗。更会有一些农妇听了死讯一时性起，咬牙切齿地憎恨都市，憎恨外出，连带也憎恨信客，把他当作了死神冤鬼，大声喝斥，他也只能低眉顺眼、听之忍之、连声诺诺。

下午，他又要把死者遗物送去，这件事情更有危难。农村妇女会把这堆简陋的遗物当作丈夫生命的代价，几乎没有一个相信只有这点点。红红的眼圈里射出疑惑的利剑，信客浑身不自在，真像做错了什么事一般。他只好柔声地汇报在上海处置后事的情况，农村妇女完全不知道上海社会，提出的诘问每每使他无从回答。

直到他流了几身汗，赔了许多罪，才满脸晦气地走出死者的家。他能不干这档子事吗？不能。说什么我也是同乡，能不尽一点乡情乡谊？老信客说过，这乡间不能没有信客。做信客的，就得挑着一副生死祸福的重担，来回奔忙。四乡的外出谋生者，都把自己的血汗和眼泪，堆在他的肩上。

四

信客识文断字，还要经常代读、代写书信。没有要紧事带个口信就是了，要写信总是有了不祥的事。妇女们一把眼泪、一把鼻涕在信客家里诉说，信客铺纸磨墨，琢磨着句子。他总是把无穷的幽怨和紧迫的告急调理成文缛缛的语句，郑重地装进信封，然后，把一颗颗破碎和焦灼的心亲自带向远方。

一次，他带着一封满纸幽怨的信走进了都市的一间房子，看见发了财的收信人已与另一个女人同居。他进退两难，犹豫再三，看要不要把那封书信拿出来。发了财的同乡知道他一来就会坏事，故意装作不认识，厉声质问他是什么人。这一下把他惹火了，立即举信大叫："这是你老婆的信!"

信是那位时髦女郎拆看的，看完便大哭大嚷。那位同乡下不了台，硬说他是私闯民宅的小偷，拿出一封信来只是脱身伎俩。为了平息那个女人的哭闹，同乡狠狠打了他两个耳光，并把他扭送到了巡捕房。

他向警官解释了自己的身份，还拿出其他许多同乡的地址作为证明。传唤来的同乡集资把他保了出来，问他事由，他只说自己一时糊涂，走错了人家。他不想让颠沛在外的同乡蒙受阴影。

这次回到家，他当即到老信客的坟头烧了香，这位老人已死去多年。他跪在坟头请老人原谅：从此不再做信客。他说："这条路越来越凶险。我已经支持不住了。"

他向乡亲们推说自己腿脚有病，不能再出远门。有人在外的家属一时陷入恐慌，四处物色新信客，怎么也找不到。

只有这时。人们才想起他的全部好处，常常给失去了生活来源的他端来几碗食物点心，再请他费心想想通信的办法。

也算这些乡村劫数未尽，那位在都市里打了信客耳光的同乡突然发了善心。此公后来更发了一笔大财，那位时髦女郎读信后立即离他而去，他又在其他同乡处得知信客没有说他任何坏话，还听说从此信客已赋闲在家，如此种种，使他深受感动。他回乡来了一次，先到县城邮局塞钱说项，请他们在此乡小南货店里附设一个代办处，并提议由信客承担此事。

办妥了这一切，他回到家里慰问邻里，还亲自到信客家里悄悄道歉，请他接受代办邮政的事务。信客对他非常恭敬，请他不必把过去了的事情记在心上。至于代办邮政，小南货店有人可干，自己身体不济，恕难从命。同乡送给他的钱，他也没拿，只把一些礼物收下。

此后，小南货店门口挂出了一只绿色的邮箱，也办包裹邮寄，这些乡村又与城市接通了血脉。

信客开始以代写书信为生，央他写信的实在不少，他的生活在乡村中属于中等。

五

两年后，几家私塾合并成一个小学，采用新式教材。正缺一位地理教师，大家都想到了信客。

信客教地理绘声绘色，效果奇佳。他本来识字不多，但几十年游历各处，又代写了无数封书信，实际文化程度在几位教师中显得拔尖，教起国文来也从容不迫。他眼界开阔，对各种新知识都能容纳。更难能可贵的是，他深察世故人情。很能体谅人，很快成了这所小学的主心骨。不久，他担任了小学校长。

在他当校长期间，这所小学的教学质量，在全县属于上乘。毕业生考上城市中学的比例，也很高。

他死时，前来吊唁的人非常多，有不少还是从外地特地赶来的。根据他的遗愿，他的墓就筑在老信客的墓旁。此时的乡人已大多不知老信客是何人，与这位校长有什么关系。为了看着顺心，也把那个不成样子的坟修了一修。

垂　钓

去年夏天我与妻子买票参加了一个民间旅行团，从牡丹江出发，到俄罗斯的海参崴游玩。海参崴的主要魅力在于海，我们下榻的旅馆面对海，每天除了在阳台上看海，还要一次次下到海岸的最外沿，静静地看。

海参崴的海与别处不同，深灰色的迷蒙中透露出巨大的恐怖。我们眯缝着眼睛，把脖子缩进衣领，立即成了大自然凛冽威仪下的可怜小虫。其实岂止是我们，连海鸥也只在岸边盘旋，不敢远翔，四五条猎犬在沙滩上对着海浪狂吠，但才吠几声又缩脚逃回。逃回后又回头吠叫，呜呜的风声中永远夹带着这种凄惶的吠叫声，直到深更半夜。只有几艘兵舰在海雾中隐约，海雾浓了它们就淡，海雾淡了它们就浓，有时以为它们驶走了，定睛一看还在，看了几天都没有移动的迹象，就像一座座千古冰山。我们在海边说话，尽量压低了声音，怕惊动了冥冥中的什么。

在一个小小的弯角上，我们发现，端坐着一胖一瘦两个垂钓的老人。

胖老人听见脚步声朝我们眨了眨眼算是打了招呼。他回身举起钓竿把他的成果朝我们扬了一扬，原来他的钓绳上挂了六个小小的钓钩，每个钓钩上都是一条小鱼。他把六条小鱼摘下来放进身边的水桶里，然后再次下钩，半分钟不到他又起竿，又是六条挂在上面。就这样，他忙忙碌碌地下钩起钩，我妻子走近前去一看，水桶里已有半桶小鱼。

奇怪的是，只离他两米之远的瘦老人却纹丝不动。为什么一条鱼也不上他的钩呢？正纳闷，水波轻轻一动，他缓缓起竿，没有鱼，但一看钓钩却硕大无比，原来只想钓大鱼。在他眼中，胖老人忙忙碌碌地钓起那一大堆鱼，根本是在糟践钓鱼者的取舍标准和堂皇形象。伟大的钓鱼者是安坐着与大海进行谈判的人类代表，而不是在等待对方琐碎的施舍。

胖老人每次起竿摘鱼都要用眼角瞟一下瘦老人，好像在说："你就这么熬下去吧，伟大的谈判者！"而瘦老人只以泥塑木雕般的安静来回答。

两人都在嘲讽对方，两人谁也不服谁。

过了不久，胖老人起身，提起满满的鱼桶走了，快乐地朝我们扮了一个鬼脸，却连笑声也没有发出，脚步如胜利者凯旋。瘦老人仍然端坐着，夕阳照着他倔强的身躯，他用背影来鄙视同伴的浅薄。暮色苍茫了，我们必须回去。走了一段路回身，看到瘦小的身影还在与大海对峙。此时的海，已经更加狰狞昏暗。狗吠声越来越响，夜晚开始了。

妻子说："我已经明白，为什么一个这么胖，一个这么瘦了。一个更加物质，一个更加精神。人世间的精神总是固执而瘦削的，对吗？"

我说："说得好。但也可以说，一个是喜剧美，一个是悲剧美。他们天天在互相批判，但加在一起才是完整的人类。"

确实，他们谁也离不开谁。没有瘦老人，胖老人的丰收何以证明？没有胖老人，瘦老人固守有何意义？大海中多的是鱼，谁的丰收都不足挂齿；大海有漫长的历史，谁的固守都是一瞬间。因此，他们的价值都得由对手来证明。可以设想，哪一天，胖老人见不到瘦老人，或瘦老人见不到胖老人，将会是何等惶恐。在这个意义上，最大的对手也就是最大的朋友，很难分开。

两位老人身体都很好，我想此时此刻，他们一定还坐在海边，像两座恒久的雕塑，组成我们心中的海参崴。

韩少功

韩少功（1953年～），湖南长沙人，著名作家。主要作品有：小说集《月兰》、《飞过蓝天》、《诱惑》、《空城》、《谋杀》，评论集《面对空洞而神秘的世界》。

夜行者梦语

一

人类常常把一些事情做坏，比如把爱情做成贞节牌坊，把自由做成暴民四起，一谈起社会均富就出现专吃大锅饭的懒汉，一谈起市场竞争就有财迷心窍惟利是图的铜臭。思想的龙种总是在黑压压的人群中一次次收获现实的跳蚤。或者说，我们的现实本来太多跳蚤，却被思想家们一次次说成龙种，让大家听得悦耳和体面。

如果让耶稣遥望中世纪的宗教法庭，如果让爱因斯坦遥望广岛的废墟，如果让弗洛伊德遥望红灯区和三级片，如果让欧文、傅立叶、马克思遥望苏联的古拉格群岛和中国的“文革”，他们大概都会觉得尴尬以及无话可说的。

人类的某些弱点与生俱来，深深根植于我们的肉体，包括脸皮、肠胃、生殖器。即使作最乐观的估计，这种状况也不会因为有所谓后现代潮出现就会得到迅速改观。

二

有一个著名的寓言：两个人喝水，都喝了半杯水，一位说：“我已经喝了半杯。”另一位说：“我还有半杯水没有喝。”他们好像说的是一回事，然而聪明人都可以听出，他们说的是一回事又不是一回事。

一个概念，常常含注和载负着各种不同的心绪、欲念、人生经验，如果不细加体味，悲观主义者的半杯水和乐观主义者的半杯水，就常常混为一谈。

蹩脚的理论家最常见的错误，就是不懂得哲学差不多不是研究出来的，而是从生命深处涌现出来的。他们不能感悟到概念之外的具象指涉，不能将概念读解成活生生的生命状态，跃然纸页，神会心胸。即使有满房子辞书的佐助，他们也不可能把任何一个概念真正读懂。

说说虚无。虚无是某些现代人时髦的话题之一，宏论虚无的人常被划为一党，被世人攻讦或拥戴。其实，党内有党，至少可以二分。一种是建设性执著后的虚无，是呕心沥血艰难求索后的困惑和茫然；一种是消费性执著后的虚无，是声色犬马花天酒地之后的无聊和厌倦。圣者和流氓都看破了钱财，但前者可能是首先看破了自己的钱财，我的就是大家的。而后者首先看破了别人的钱财，大家的就是我的。圣者和流氓也都可以怀疑爱情。但前者可能从此节欲自重，慎于风月；而后者可能从此纵欲无忌，见女人就上。

尼采说：上帝死了。对于有些人来说，上帝死了，人有了更多的责任。对另外一些人来说，上帝死了，人就不再承担任何责任。我们周围拥挤着的这些无神论者，其实千差万别。

观念总是大大简化了的，表达时有大量信息渗漏，理解时有大量信息潜入，一出一入，观念在运用过程中总是悄悄质变。对于认识丰富复杂的现实来说，观念总是显得有点不堪重用。它无论何其堂皇，从来不可成为价值判断标准，不是人性的质检证书。正因为如此，观念之争除了作为某种智力保健运动，没有太多的意义。道理讲不通也罢，讲通道理不管用也罢，都很正常，我们不妨微笑以待。

三

虚无之外，还有迷惘，绝望，焦虑，没意思，荒诞性，反道德，无深度，熵增加，丧失自我，礼崩乐坏，垮掉的一代，中心解构，过把瘾就死，现在世界上谁怕谁……人们用很多新创的话语来描述上帝死了之后的世界。上帝不是一个，连罗马天主教会最近也不得不训示了这一点。上帝其实是代表一种价值体系，代表摩西十诫及各种宗教中都少不了的道德律令，是人类行为美学的一种民间通俗化版本。上帝的存在，是因为人类这种生物很脆弱，也很懒惰，不愿承担对自己的责任，只好把心灵一股脑交给上帝托管。这样，人在黑夜里的时候，上帝说，要有光，于是便有了光，人就前行得较为安全。

上帝最终死于奥斯维辛集中营。这个时候，一个身陷战俘营的法国教书匠，像他的一些前辈一样，苦苦思索，想给人类再造出一个上帝，这个人就是萨特。萨特想让人对自己的一切负责，把价值立法权从上帝那里夺回来，交给每个人的心灵。指出他与笛卡尔、康德、黑格尔的差别是很容易的，指出他们之间的相同之处更是容易的。他们大胆构筑的不管叫理性，叫物自体，还是叫存在，其实还是上帝的同位语和替代品，一种没商量的精神定向，一种绝对信仰。B. J. 蒂利希评价他的存在主义同党时说："存在的勇气最终源于高于上帝的上帝……""他是这样的上帝，一旦他在怀疑的焦虑中消失，他就显现。"

尼采也并没有摆脱上帝的幽灵。他的名言之一是："人为自己的不道德行为羞愧，这是第一阶段，待到终点，他也要为自己的道德行为羞愧。"问题在于，那时候为什么还要羞愧？根据什么羞愧？是什么在冥冥上天决定了这种羞而且愧？

人类似乎不能没有依恃，不能没有寄托。上帝之光熄灭之后，萨特们这支口哨吹出来的小曲子，也能凑合着来给夜行者壮壮胆子。

四

一个古老的传说是，人是半神半兽的生灵，每个人的心中都活着一个上帝。

人在谋杀上帝的同时，也就悄悄开始了对自己的谋杀。非神化的胜利，直接通向了非人化的快车道。这是"人本论"严肃学者们大概始料未及的讽刺性结果。

20世纪的科学，从生物学到宇宙论，进一步显示出人是宇宙中心这一观念，和神是宇宙中心的观念一样，同样荒唐可笑。人类充其量只是自然界一时冲动的结果，没有至尊的特权。一切道德和审美的等级制度都被证明出假定性和暂时性，是几个书生强加于人的世界模式，随便来几句刻薄或穷究，就可以将其拆解得一塌糊涂——逻辑对信仰无往不胜。到解构主义的时候，人本的概念干脆已换成了文本，人无处可寻，人之本原已成虚妄，世界不过是一大堆一大堆文本，充满着伪装，是可以无限破译的代码和能指，破译到最后，洋葱皮一层层剥完了，也没有终极和底层的东西。万事皆空，不余欺也。解构主义的刀斧手们，最终消灭了人的神圣感，一切都被允许，好就是坏，坏就是好。达达画派的口号一次次被重提："怎样都行。"

圣徒和流氓，怎样都行。

惟一不行的。就是反对怎样都行之行。在这一方面，后现代逆子常常表现出一些怒气冲冲的争辩癖。

真理的末日和节日就这样终于来到了。这一天，阳光明媚，人潮拥挤，大街上到处流淌着可口可乐的气味和电子音乐，人们不再为上帝而活着，不再为国家而活着，不再为山川和邻居而活着，不再为古人和子孙而活着，不再为任何意义任何法则而活着。萨特们的世界已经够破碎了，然而像一面破镜，还能依稀将焦灼成像。而当今的世界则像超级商场里影像各异色彩纷呈的一大片电视墙，让人目不暇接，脑无暇思，什么也看不太清，一切都被愉悦地洗成空白。这当然也没什么，大脑既然是个欺骗我们已久的赘物和祸根，消灭思想便成为时尚，让我们万众一心跟着感觉走。这样，肠胃是更重要的器官，生殖器是更重要的器官。罗兰·巴特干脆用"身体"一词来取代"自我"。人就是身体，人不过就是身体。"身体"一词意味着人与上帝的彻底决裂，物人与心人的彻底决裂，意味着人对动物性生存的向往与认同——你别把我当人。

这一天，叫做"后现代"。

"后现代"正在生物技术领域中同步推进着。鱼与植物的基因混合，细菌吃起了石油，猪肾植入了人体，混有动物基因或植物基因的半人，如男猪人或女橡人，可望不久面世，正在威胁着天主教义和联合国人权宣言。到那时候，你还能把我当人？

五

欧洲是一片人文昌荣，物产丰饶的大陆。它的盛世不仅归因于科学与工业革命，还得助于民主传统，也离不开几个世纪之内广阔殖民地的输血——源源不断的黄金，钻石，石油，黑奴。这样的机遇真是千载难逢。与中国不同的是，欧洲的现代精神危机不是产生于贫穷，而是产生于富庶。叔本华，尼采，萨特，差不多都是一些衣食不愁的上流或中流富家公子。他们少年成长的背景不是北大荒和老井，而是巴洛克式的浮华和维多利亚时代的锦衣玉食，是优雅而造作的礼仪，严密而冷酷的法律，强大而粗暴的机器，精深而繁琐的知识。这些心性敏感的学人，就是在这种背景下开始了追求精神自由的造反，宣示种种盛世危言。

他们的宣示在中国激起回声，只是大多被人们用政治、农业文明的生存经验……而不是用金钱、工业文明的生存经验……来悄悄给予译解。同样是批判，他们不言自明的对象是资本社会之伪善，而中国同志们不言自明的对象很可能是忠字舞。他们对金钱的失望，在中国通常用来表示对没有金钱的失望。一些中国学子夹着一两本哲学，积极争当“现代派”，从某种意义上来说，差不多就是穷人想有点富人的忧愁，要发点富人脾气，差不多就是把富人的减肥药，当成了穷人的救命粮。

个人从政治压迫下解放出来，最容易投入金钱的怀抱。中国的萨特发烧友们玩过哲学和诗歌以后，最容易成为狠宰客户的生意人，成为卡拉OK的常客和豪华别墅的新住户。他们向往资产阶级的急迫劲头，让他们的西方同道略略有些诧异。而个人从金钱的压迫下解放出来，最容易奔赴政治的幻境，于是海德格尔赞赏纳粹，萨特参加共产党，陀斯妥耶夫斯基支持王权，让他们的一些中国同道们觉得特傻冒。这样看来，西方人也可能把穷人的救命粮，当成富人的减肥药。

当然，穷人的批判并不比富人的批判低档次，不一定要学会了发富人的脾气，才算正统，才可高价，才不叫伪什么派。在生存这个永恒的命题面前，穷人当然可以与富人谈心，可以与富人交上朋友，可以当上富人的老师。只是谈话的时候，首先要听懂对方说的是什么，也必须知道，自己是很难完全变成对方的。

六

请设想一下这种情况，设想一个人只面对自己，独处幽室，或独处荒原，或独处无比寂冷的月球。他需要意义和法则吗？他可以想吃就吃，想拉就拉，崇高和下流都没有对象，连语言也是多余，思索历史更是荒唐。他随心所欲无限自由，一切皆被允许，怎样做——包括自杀——也没有什么严重后果。这种绝对个人的状态，无疑是反语言反历史反文化反知识反权威反严肃反道德反理性的状态，一句话，不累人的状态。描述这种状态的成套词语，我们在后现代哲学那里似曾相识耳熟能详。

但只要有第二个人出现，比如鲁滨逊身边出现了星期五，事情就不一样了。累人的文明几乎就会随着第二个人的出现而产生。鲁滨逊必须与星期五说话，这就需要约定词义和逻辑。鲁滨逊不能随便给星期五一耳光，这就需要约定道德和法律。鲁滨逊如若要让星期五接受自己的指导（比如分工和讲点卫生），这就需要建立权威和组织……于是，即便在这个最小最小的社会里，只要他们还想现实地生存下去，就不可能做到“怎样都行”了。

暂时设定这种秩序的，不是上帝，是生存的需要，是肉体。在一切上帝都消灭之后，肉体最终呈现出上帝的面目，如期地没收了自己的狂欢，成了自己的敌人。当罗兰·巴特用“身体”取代“自我”时，卡勒尔先生已敏感到这一先兆，他认为这永远产生着一种神话化的可能，自然的神话行将复辟。

可以看出，后现代哲学是属于幽室、荒原、月球的哲学，是独处者的哲学，不是社会哲学；是幻想者的哲学，不是行动哲学。

物化的消费社会使我们越来越容易成为独处的幻想者，人际关系冷淡而脆弱，即便在人海中，也不常惦记周围的星期五。电视机，防盗门，离婚率，信息过量，移民社会，认钱不认人……对于我们来说，个人越来越是更可靠的世界。一个个商业广告暗示我们不要亏待自己，一个个政治家暗示你的利益正被他优先考虑。正如我们曾经在忠字舞的海洋中，接受过个人分文不值的信条，现在，我们也及时接受着个人至高无上的时代风尚，每个人都是自己最大的明星，都被他人爱得不够。

七

时旷日久的文化空白化和恶质化，产生了这样一代人：没读多少书，最能记起来的是政治游行以及语录歌，多少有点不良纪录，当然也没有吃过太多苦头，比如当“右派”或参加战争。他们被神圣的口号戏弄以后谁也不来负责，身后一无所有。权力炙手可热的时候他们远离权力，苦难可赚荣耀的时候他们掏不出苦难，知识受到尊重的时候他们只能怏怏沉默。他们没有任何教条，生存经验自产自销，看人看事决不迂阔一眼就见血。他们是文化的弃儿，因此也必然是文化的逆子——他们别无选择。

这一些人是后现代思潮的天然沃土。他们几乎不需要西方学人们来播种，就野生出遍地的冷嘲和粗痞话。

其实也是一种文化，虽然没有列于文化谱系，也未经培植，但天然品质正是它的活力所在。它是思想统治崩溃的必然果实。反过来，它的破坏性，成为一剂清泻各种伪道学的毒药。

“后现代”将会留下诗人——包括诗人型的画家、作家、歌手、批评家等等。真正的诗情是藐视法则的，直接从生命中分泌出来。诗人一般都具有疯魔的特性，一次次让性情的烈焰，冲破理法的层岩喷薄而出。他们觉得自己还疯魔得不够时，常常让酒和梦来帮忙。而后现代思潮是新一代的仿酒和仿梦制品，是高效制幻剂，可以把人们引入丰富奇妙的生命景观。它恢复了人们的个人方位，展开了感觉的天地，虽然它有时可能失于混沌无序，但潜藏在作品中的革命性、独创精神和想像力的解放显而易见，连它的旁观者和反对者也总是从中受益。

“后现代”将会留下流氓。对于有心使坏的人来说，“怎样都行”当然是最合胃口的理论执照。这将大大鼓舞一些人，以直率来命名粗暴，以超脱来命名懒惰，以幽默来命名欺骗，以法无定法来命名无恶不作，或者干脆以小人自居，也没有什么不可以。如果说，在社会管制严密的情况下，人人慎行，后现代主义只能多产于学院，成为一种心智游戏；那么在管制松懈之地，这种主义便更多流行于市井，成为一种物身的操作。这当然很不一样。前者像梦中杀人，像战争片，能提供刺激、乐趣、激动人心，而后者则如同向影剧院真扔上一颗炸弹——你受得了？因此，对后现代主义配置的社会条件不够，就必有流氓的结果。

诗人总是被公众冷淡，流氓将会被社会惩治。最后，当学院型和市井型的叛逆都受到某种遏制，很多后现代人可能会与环境妥协，回归成社会主流人物，给官员送礼，与商人碰杯，在教授的指导下攻读学位，要儿女守规矩。至于主义，只不过是今后的精神晚礼服之一，偶尔穿上出入某种沙龙，属于业余爱好。他们既然不承认任何主义，也就无所谓对主义的背叛，没有许诺任何责任。最虚无的态度，总是特别容易与最实用的态度联营。事实上，在具体的人那里，后现代主义通常是短暂现象，它对主流社会的对抗，一直被忧心忡忡的正人君子估计过高。

在另一方面，权势者对这些人的压制，也往往被人们估计过高。时代不同了，众多权势者都深谙实用的好处，青春期或多或少的信念，早已日渐稀薄，对信仰最虚无的态度其实在他们内心中深深隐藏。只要是争利的需要，他们可与任何人亲和与勾结，包括接纳各种晚礼服。不同之处在于，主义不是他们的晚礼服，而是他们某种每日必戴的精神假面。他们是后现代主义在朝中或市中的潜在盟友。

这是“后现代”最脆弱之点，最喜剧化的归宿。

从某种意义上来说，后现代主义是现代主义的分解和破碎，是现代主义猛烈燃烧的尾声，它对金灿灿社会主流的批判性，正在被妥协性和认同倾向所悄悄质变。它挑剔和逃避了任何主义的缺陷，也就有了最大的缺陷——自己成不了什么主义，不能激发人们对真理的热情和坚定，一开始就隐伏了世俗化的前景，玩过了就扔的前景。它充其量只是前主义的躁动和后主义的沮丧，是夜行者短时的梦影。

八

如果“后现代”又被我们做坏，那也是没法子的事。

夜天茫茫，梦不可能永远做下去。我睁开了眼睛。我宁愿眼前一片寂黑，也不愿意当梦游者。何况，光明还是有的。上帝说，要有光。

岁末恒河

出访印度之前，新德里烧了一次机场，又暴发登格热，几天之内病死者已经过百，入院抢救的人则数以千计，当局不得不腾出一些学校和机关来当临时的医院。电视里好几次出现印度军警紧急出动在市区喷洒药物的镜头，有如临大敌的气氛。

我被这些镜头弄得有些紧张，急忙打听对登什么热的预防办法。好在我居住的海南岛以前也流行过这种病，只到近十来年才差不多绝迹。但对这种病较有经验的医生还算不少。一位姓凌的医生在电话里告诉我。登格热至今没有疫苗，因此既不可能打预防针，也没有什么预防药品可言。考虑到这种病主要是靠一种蚊虫传染的，那么唯一的预防之法，就是长衣长裤长袜，另外多带点防蚊油。

新德里的深秋，早晚的气温转凉，长衣长裤长袜已可以接受。但我没有料到，紧紧包裹全身再加上随身携带的各种防蚊药剂，用来对付印度的蚊子仍是防不胜防。星级宾馆里一切都很干净，只要多给点小费，男性侍者的微笑也应有尽有。但不管有多少笑脸，嗡嗡蚊声仍然不时可闻，令人心惊肉跳，令人心里“登格”。有时，几位同行者正在谈笑，一些可疑的尖声不知从何处飘忽而近，众人免不了脸色骤变手忙脚乱地四下里招架，好端端的一个话题不得不中止和失散。出于一种中国式的习惯，我对眼前的飞蚊当然决不放过。有意思的是，我出手的动作总是引来身旁印度人惊讶和疑惑的目光，似乎我做错了什么。

中国使馆的官员也给我们准备了防蚊油。他们后来才告诉我，印度是一个宗教的国度，大多数人都持守戒杀的教规，而且将这种大慈大悲惠及蚊子。蚊子也是生命，故可以驱赶，但断断不可打杀。对于我两手拍出巨响的血腥暴行，他们当然很不习惯。

我这才明白了他们一次次惊讶和疑惑的回头。

也才明白了登格热的流行。

生活在印度的蚊子真是幸福。但是，蚊子们幸福了，那一百多条死于登格热的人命怎么说呢？人类当然可以悲怀，悲怀一切植物、动物乃至蚊子，但人类有什么理由不悲怀自己的同类？为什么可以把自己积善的记录看得比同类的生命更为重要？

在印度，不仅蚊子们幸福，人类以外的其他各种活物也很幸福。新德里街头常有呼啦啦的猴群从你身边跳踉而过，爬到树上或墙上悠闲嬉耍。每一片绿阴里也都有松鼠在道上来回奔窜，有时居然大摇大摆爬入你伸出的手掌。还有潮水般的鸦鸣雀噪，似乎从泰戈尔透明而梦幻的散文里传来，一浪又一浪拍打着落霞，与你的惊喜相遇。你无论走到哪里，都似乎置身于一个天然的动物园，置身于童话。你周围的一些公共服务场所也常有这样一些童话式的公告牌："本展览馆日出开门，日落关门。"这种拒绝钟表的时间表达方式早已与新闻、法律、教材以及商务文件久违，大有一种童话里牧羊人或者王子的口吻。

地球本来是各种动物杂处的乐园，后来人类独尊，人类独强，很多地方的景观才日渐单调。我在中国已经很少听到鸟叫。那些儿时的啁啁啾啾一一熄灭。当然是流失到食客们的肠胃里去了，到中国人花样百出的冷盘或火锅、蒸笼或烤炉里去了，到遍布城乡灯红酒绿热火朝天的各色餐馆里去了。中国人真是能吃。除了人肉不吃，什么都敢吃，什么都要吃。一个宗教薄弱的世俗国家，一个没有素食传统的嗜向性大众，红光满面大快朵颐成了人际交往的普遍表情。人们正在吃得一个又一个物种几近绝迹，随着食文化的发达繁荣，眼看着连泥鳅、青蛙一类也难于幸免。我一位亲戚的女儿，长到八岁，至今也只能在画册上认识蝌蚪。

印度也是一个人口大国，但决无中国这么多对于动物来说恐怖万分的餐馆。这当然让刚到此地的中国人不大习惯。有时候搜寻了几条街，好容易饥肠辘辘地找到了一家有烟火味的去处，菜谱也总是简单得让中国食客们颇不甘心。牛是印度教中的圣物，不论野外有多少无主的老牛或肥牛，牛肉是不可能入厨的。由于受伊斯兰教的影响，猪肉也是绝大多数餐馆的禁忌。菜谱上甚至极少见到鱼类，这使我想起了西藏人也不大吃鱼，两地的习俗不知是否有些关联。可以想见，光是有了这几条，餐桌上就已经风光顿失，乏善可陈，更不可能奢望其他什么珍奇的荤腥了。在这一个斋食和节食几乎成为日常习惯的国家里，我和朋友们不得不忍受着千篇一律的面饼和面饼和面饼，再加上日复一日拿来聊塞枯肠的鸡肉。半个月下来，我们一直处在半饥饿状态，减肥的状态，眼球也叭哒叭哒似乎扩张了几分。

咽下面饼的时候，不得不生出一个疑问：印度的军队是不是也素食？如果是，他们冲锋陷阵的时候是否有点力不从心？印度的运动员们是不是也素食？如果是，如何能保证他们必要的营养和热量？如何能保证他们的体能，足以抗衡其他国家那些牛排和猪排喂养出来的虎狼之师？难怪，就在最近的一次世界奥运会上，偌大一个印度居然只得了一块奖牌。这一可悲的纪录原来让我百思不得其解，现在倒让我觉得顺理成章。也许，素食者自然素心——相当多数的印度人与竞技场上的各种争夺和搏杀，一开始就没有缘分。

他们看来更合适走进印度教、伊斯兰教、佛教的寺庙，在那里平心静气，无欲无念，从神主那里接受关切和家园。当他们年迈的时候，大概就会像所有我所见到的印度老人，成为一座座哲学家的雕像，散布在城乡各地的檐下或路口。无论他们多么贫穷，无论他们的身体多么枯瘦衣着多么褴褛，无论他们在乞讨还是在访问邻居，他们都有自尊、从容、仁慈、睿智、深思而且十分了解熟悉你的表情。他们的目光里有一种对世界洞悉无余的明亮。

一块奖牌的结局在印度引起争论，引起了一些印度人对体育政策、管理体制、文化传统的分析和批评。果然，也有一位印度朋友对我不无自豪地说："我们不需要金牌。"

"为什么?"

"金牌是体育的堕落。这样的体育，以巨额奖金为动力，以很多运动员的伤残为代价，越来越新闻化和商业化了，不是堕落是什么?"他再一次强调，"我们不需要金牌，只需要健康和谐的生活。"

说这些话的时候，我们正在班加罗尔一个剧院门口，等待着一个地方传统剧目的演出开始。由于 1996 年度的世界小姐选美正在这个城市举行，他们也七嘴八舌抗议着这种庸俗的西方闹剧。

我们用英语交谈。说实话，英语在这里已经印度化，很不好懂，清辅音全都硬邦邦地浊化，与英美式英语的差别，大概不会小于普通话与湖南话的差别，我们代表团的译员姓纽，英语科班出身，又在西北边陲与巴基斯坦人和印度人打过多年交道，听这种英语也有些紧张，脸上不时有茫然之态。我比起小纽来说当然更加等而下之。幸好印度人听我们的英语毫无障碍，收支失衡的语言交流大体还可以进行下去。更大的问题是，我们没有印度语译员，很难深入这里的社会底层，很难用手势知道得更多。英语在这里仅仅是官方语言之一，只属于上流人士以及高学历者，普通百姓则多是讲印度语或其他本土民族的语言——这样的"普通话"在印度竟多达二十几种。这个国家一直处在语言的四分五裂之中，既有民族的分裂，也有阶级的分裂。他们历史上没有一个秦始皇，主体社会至今人不同种，书不同文。他们也没有诸如1949年的革命大手术，贵族与贱民的分离制度至今存留如旧。这就是说，他们没有经历过文化的大破坏，也没有文化的大一统。我没法知道，是社会的裂痕，阻碍了他们语言的统一？还是语言的裂痕，阻碍着他们阶级的铲除和民族的融合？

循着英语的引导，你当然只能进入某种英国化的印度：议会、报馆、博物馆、公务员的美满家庭、世界一流的科研基地和大学，还有独立、博学、优雅并且每天都在直接收看英国电视和阅读美国报纸的知识阶层。但就在这些英语岛屿的周围，就在这些精英们的大门之外，却是残破不堪的更广阔现实。街道衰老了，汽车衰老了，栅栏和港口衰老了，阳光和落叶也衰老了，连警察也大多衰老了。这些白发苍苍的老人抄着木棍，活得没什么脾气，看见哪一辆汽车大胆违章，也只是照着车屁股打一棍就算完事。很多时候，他们搂着木棍或者掉牙的套筒枪，在树阴下昏昏大睡。任街面上汽车乱窜尘土蔽天日月无光。所有的公共汽车居然干脆拆掉了门。里面的乘客们挤不下了，便一堆堆挤在车厢顶上去，迎风远眺，心花怒放。乘着这样自由甚至是太自由的汽车驶入加尔各答市恒河大桥广场，你可能会有世界轰地一声塌下来的感觉。你可以想象眼前的任何房子都是废墟，想象街上涌动着的不是市民，而是百万游牧部落正在浩浩荡荡地开进了城市并且到处安营扎寨。这些部落成员在路旁搭棚而居，垒石而炊，借雨而浴，黑黝黝的背脊上沉积着太多的阳光。他们似乎用不着穿什么，用不着吃什么，随便塞一点面渣子入口。似乎就可以混过一天的时光，就可以照样长出身上的皮肉。他们当然乞讨，而且一般来说总是成功地乞讨。他们的成功不是因为印度有很多餐馆，而是因为印度有很多寺庙。他们以印度人习惯施舍的道德传统为生存前提，以宗教的慈悲心为自己衣食的稳定来源。

面对着这些惊心动魄的景象，老警察们不睡觉又能怎么样？再多几倍或几十倍的警察又能怎么样？幸好，一切还没有理由让人们绝望。交通虽混乱，但乱中有序；街市虽破旧，但破中无险。他们的门窗都没有铁笼子一般的防盗网，足以成为治安状况良好的标志，并且足以让中国人惭愧。外人来到这里，不仅不会见到三五成群贼眉鼠眼的人在街头滋事，不仅不会遭遇割包和抢项链，不仅不会看到色情业和强买强卖，甚至连争吵的高声也很难找到。

印度人眼里有出奇的平和与安详，待人谦谦有礼。最后，人们几乎可以相信，这里的老警察们睡一睡甚至也无关要紧。

一个不需要防盗门的民族，是一个深藏着尊严的民族。也许，印度教的和平传统，还有甘地的非暴力主义，最可能在这个民族的清洁和温和里生长。我看过一部名为《甘地传》的电影，一直将甘地视为我心中谜一般的人物。这个干瘦的老头，总是光头和赤脚，自己纺纱，自己种粮，为了抗议不合理的盐税，他有一次还曾经带着男女老少拒食英国盐，一直步行到海边，自己动手晒盐和滤盐。他推翻英帝国殖民统治的历史性壮举，不需要军队也不需要巨资，一旦拿定主意，剩下的事就是默默走出家门就行。和平大进军。他从一个村子走到另一个村子，从一片平原走向另一片平原，他身后的队伍滚雪球一样越来越壮大直至覆盖在整个地平线上，几乎是整整一个民族。碰到军队的封锁线，碰到刺刀和大棒，他们宁愿牺牲也决不反抗，只是默默地迎上前去，让自己在刺刀和大棒下鲜血淋淋地倒下。第一排倒下了，第二排再上；第二排倒下了，第三排再上……直至所有在场的新闻记者都闭上了眼睛，直至所有镇压者的目光和双手都在发抖，直至他们惊恐万状地逃离这些手无寸铁的人并且最终交出政权。

甘地最终死于同胞的暗杀。他的一些亲人和后继者也死于暗杀。从某种意义上来说，这些频频得手的暗杀并不能说明别的什么，倒是恰恰证明了这个民族缺乏防止暴力的经验和能力。他们既然不曾反抗军警，那么也就不大知道如何对付暗杀。

作为印度之魂，甘地不似俄国的列宁、中国的毛泽东、南斯拉夫的铁托以及拉丁美洲的格瓦拉，他一弹不发地完成了印度的独立，堪称20世纪的政治奇迹和政治神话之一。也许，这种政治的最不可理解之处，恰恰是印度人最可理解之处：这是一种印度教的政治，一种素食者和流浪者的政治，来自甘地对印度的深切了解。这种“非暴力不合作”运动的理论与实践，不过是天才性地给一个贫困和散弱到极致的民族，找到了一种最可能强大的存在形式，找到了一种最切合民情也最易操作的斗争方法——比方在军警面前一片片地坐下来或躺下来就行。在尚武习兵的其他民族看来，这简直不是什么斗争，甚至不过是丐群的日常习惯。

现在，他们还坐在或躺在街头，抗议危及民族工业的外国资本进入，抗议旧城区的拆迁。抗议水灾和风灾以及任何让人不高兴的事，或者他们也无所谓抗议，并没有什么意思，只是不知道要如何把自己打发，坐着或躺着已成了习惯。时过境迁，他们面对的已不再是英国军警，而是一项项举步艰难的现代化计划。这些缺衣少食者被一个伟大的目标所点燃的时候，他们个个都成了赤脚长衫的圣雄。个个都强大无比。而这种坐着或躺着的姿态继续向未来延伸的时候，也许便成为历史的沉重，甚至会轮到一届届印度政府头痛不已。20 世纪末的全球一体化经济正在铁壁合围。没有一个大陆可以逃避挑战。那么，哪一个政府能把眼前这个非暴力不合作的黑压压人海组织起来、管理起来并且向他们提供足够的住房、食品以及教育和工作的机会？从更基本的一点来说，哪一个政府能使素食者投入竞逐而流浪者都服从纪律？如果不能的话，他能否像创造当年的政治神话一样，再一次创造出经济神话？也就是说，他能否找到一种印度教的经济，一种素食者和流浪者的物质繁荣，并且再一次让全世界大吃一惊？

我们将要离开印度的时候，正赶上加尔各答地区某个民族的新年日，即这个国家很多新年日中的一个。一排排点亮的小油灯排列台阶，零星礼花不时在远方的空中闪烁。节日的女人很漂亮，裹身的沙丽五彩缤纷，一朵朵在节日的暗香中游移和绽放。只是这种沙丽长于遮盖，缠结繁复，是一种女神而非女色的装束，有一种便于远观而拒绝亲近的意味，不似某些西式女装那样求薄求露求透甚至以“易拉罐”的风格来引诱冲动。

这里的节日也同中国的不一样：街上并无车水马龙，倒有点出奇的灯火阑珊和人迹寥落；也没有杯觥交错，倒是所有的餐馆和各家各户的厨房一律关闭——人们以禁食一天的传统习俗来迎接新的岁月。他们不是以感官的放纵而是以欲望的止息来表示欢庆。他们的饥饿是神圣，是幸福，也是缅怀。这种来自漫长历史的饥饿，来自漫长历史中父亲为女儿的饥饿、兄长为妹妹的饥饿、儿子为母亲的饥饿、妻子为丈夫的饥饿、主人为客人的饥饿、朋友为朋友的饥饿、人们为树木和土地的饥饿，成为他们世世代代的神秘仪礼，成为了他们的隆重的节日。

母亲，你回来吧，回来吧，

你从恒河的滚滚波涛里回来吧，

你从树上的每一片叶子里回来吧，

你从路上的每一个脚印里回来吧，

你从我的睡梦里和眼泪里回来吧。

……

河岸上歌潮迭起。这就是恒河，在印度语里发音“刚嘎”，浩浩荡荡地流经加尔各答。这使我联想起西藏的“贡嘎”机场，与之声音相近，就依傍着恒河的上游，即雅鲁藏布江。司机给我翻译着歌词的大意，引我来到这里观看人们送别嘉丽——这位恒河两岸人们的母亲，是他们每一个新年都必须供奉的女神。她差不多裸着身子，年轻而秀丽，在神位上的标准造型倒有点怪：惊讶地张嘴悬舌，一手举剑，一手提着一个血淋淋的人头，这样的人头在她的脚下还有一大串。由于语言的障碍。我没法弄明白关于这些人头的全部复杂情节。我只知道，在一次为人间扫除魔鬼的著名战斗中，她杀掉二十几个敌手，也杀掉了自己的丈夫——她手中那颗人头。

直到这个时候，她才如梦初醒地伸长了舌头。

从那一刻起，她便凝固成永远的惊讶和孤独。

已经是新年的第二天了，民间庆典即将结束。人们拍着鼓，吹着号，从城市的各个角落载歌载舞结队而来，在恒河岸边汇成人海，把他们各自制作的嘉丽女神送入河水，让那一次次大小不等色彩纷呈的永恒惊讶和永恒孤独随水而下，一一漂逝在夜的深处。这是他们与恒河年复一年的约定。看得出来，这些送别者都是穷人，衣衫不整，尘土仆仆，头发大多结成了团，或散成了草窝。他们紧张甚至恐慌地两眼圆睁手忙脚乱大喊大叫，一旦乱了脚步，抬在肩上的女神就摇摇晃晃。他们发出呼啸，深一脚浅一脚踩得水花四溅，从河里返回时便成了一个个癫狂的水鬼，浑身水滴如注，在火光下闪着光亮。但他们仍然迷醉在鼓声之中，和着整齐或不整齐的声浪大唱，混在认识或不认识的人中间狂舞——与其说这是跳舞，倒不如说他们正在折磨着自己的每一个骨节，一心要把自己粉碎和熔化于鼓声。

一个撑着拐杖的跛子也在跳跃，拐杖在地下戳出密密的泥眼。

你从路上的每一个脚印里回来吧，母亲；

你从我的睡梦里和眼泪里回来吧，母亲。

……

恒河的那一边，几柱雪亮的射灯正照亮着巨大的可口可乐广告牌，照亮了那个风靡全球的红色和巨大的瓶子。在那一刻，我突然觉得，远去的嘉丽高扬血刃回眸一瞥，她伸长舌头永远所惊讶的，不是丈夫的人头落地，而是一个我们完全无法预知的世纪正在悄悄来临。

我抬起头来看彼岸急速地远退，留给我无限宽阔的河面。

谢　冕

谢冕（1932～），福建福州人。文学评论家。散文集有《流向远方的水》等。

永远的校园

一颗蒲公英小小的种子，被草地上那个小女孩轻轻一吹，神奇地落在这里便不再动了——这也许竟是夙缘。已经变得十分遥远的那个八月末的午夜，车子在黑幽幽的校园里林丛中旋转终于停住的时候，我认定那是一生中最神圣的一个夜晚：命运安排我选择了燕园一片土。

燕园的美丽是大家都这么说的，湖光塔影和青春的憧憬联系在一起，益发充满了诗意的情趣。每个北大学生都会有和这个校园相联系的梦和记忆。尽管它因人而异，而且也并非一味的幸福欢愉，会有辛酸烦苦，也会有无可补偿的遗憾和愧疚。

我的校园是永远的。因偶然的机缘而落脚于此，终于造成决定一生命运的契机。青年时代未免有点虚幻和夸张的抱负，由于那个开始显得美丽、后来愈来愈显得严峻的时代，而变得实际起来。热情受到冷却，幻想落于地面，一个激情而有些飘浮的青年人，终于在这里开始了实在的人生。

匆匆五个寒暑的学生生活，如今确实变得遥远了，但师长那些各具风采但又同样严格的治学精神影响下的学业精进，那些由包括不同民族和不同国籍同学组成的存在着差异又充满了友爱精神的班级集体，以及战烟消失后渴望和平建设的要求促使下向科学进军的总体时代氛围，给当日的校园镀上一层光环。友谊的真醇、知识的切磋、严肃的思考、轻松的郊游，甚至失魂落魄的考试，均因它的不曾虚度而始终留下充实的记忆。

燕园其实不大，未名不过一勺水。水边一塔，并不可登；水中一岛，绕岛仅可百余步；另有楼台百十座，仅此而已。但这小小校园却让所有在这里住过的人终生梦绕魂牵。其实北大人说到校园，潜意识中并不单指眼下的西郊燕园，他们大都无意间扩展了北大特有的校园的观念：从未名湖到红楼，从蔡元培先生铜像到民主广场。或者说，北大人的校园观念既是现实的存在，也是历史的和精神的存在。在北大人的心目中，校园既具体又抽象，他们似乎更乐于承认象征性的校园的精魂。

我同样拥有精神上的一座校园。我的校园回忆包蕴了一段不平常的记忆。时代曾给予我们那一代青年以特殊的际遇，及今思来，可说是痛苦多于欢愉。我们曾有个充满期待也充满困惑的春天。一个预示着解放的早春降临了，万物因严冬的解冻而萌动。北大校园内传染着悄悄的激动，年青的心预感于富有历史性转折时期的可能到来而不安和兴奋。白天连着夜晚，关于中国前途和命运、关于人民的民主和自由的辩论，在课堂、在宿舍、在湖滨，也在大、小膳厅、广场上激烈地进行。

这里有向着习惯思维和因袭势力的勇敢抗争。那些富有历史预见和进取的思想，在那个迷蒙的时刻发出了动人的微光。作为时代的骄傲，它体现北大师生最敏感、也最有锐气的品质。与此同时，观念的束缚、疑惧的心态、处于矛盾的两难境地的彷徨，更有年轻的心因沉重的负荷而暗中流血。随后而来的狂热的夏季，多雨而湿闷。轰然而至的雷电袭击着这座校园，花木为风雨所摧折。激烈的呼喊静寂以后，蒙难的血泪默默唤醒沉睡的灵魂。他们在静默中迎接肃杀的秋季和苍白而漫长的冬日。

那颗偶然落下的种子不会长成树木，但因特殊的条件被催化而成熟。都过去了，湖畔走不到头的花荫曲径；都过去了，宿舍水房灯下午夜不眠的沉思，还有轻率的许诺，天真的轻信。告别青春，告别单纯，从此心甘情愿地跋涉于泥泞的长途而不怨尤。也许即在此时，忧患与我们同在，我们背上了沉重的人生十字架。曼妙的幻想，节日的狂欢，天真的虔诚，随着无可弥补的缺憾而远逝。我们有自己的青春祭。从这个意义上说，这校园与我们青春的希望与失望相连，它永远。

燕园的魅力在于它的不单纯。就我们每个人说，我们把青春时代的痛苦和欢乐、追求和幻灭，投入并消融于燕园，它是我们永远的记忆。未名湖秀丽的波光与长鸣的钟声、民主广场上悲壮的呐喊，混成了一代人又一代人的校园记忆。一种眼前的柔美与历史的雄健的合成；一种朝朝夕夕的弦诵之声与岁岁年年的奋斗呐喊的合成；一种勤奋的充实自身与热情的参与意识的合成；这校园的魅力多半产生于上述那些复合丰富的精神气质的合成。

燕园有一种特殊的气氛：总是少有闲暇的急匆匆的脚步，总是思考着的皱着的眉宇，总是这样没完没了的严肃和沉郁。当然也不尽然，广告牌上那些花花绿绿的招贴，间或也露出某些诙谐和轻松，时不时地出现一些令人震惊的举动，更体现出北大自由灵魂的机智和聪慧。北大又是洒脱的和充满了活力的。

这真是一块圣地。数十年来这里成长着中国几代最优秀的学者。丰博的学识，闪光的才智，庄严无畏的独立思想，这一切又与先于天下的严峻思考，耿介不阿的人格操守以及勇锐的抗争精神相结合。这更是一种精神合成的魅力。科学与民主是未经确认却是事实上的北大校训。二者作为刚柔结合的象征，构成了北大的精神支柱。把这座校园作为一种文化和精神现象加以考察，便可发现科学民主作为北大精神支柱无所不在的影响。正是它，生发了北大恒久长存的对于人类自由境界和社会民主的渴望与追求。

这里是我的永远的校园，从未名湖曲折向西，有荷塘垂柳、江南烟景，从镜春园进入朗润园，从成府小街东迤，入燕东园林阴曲径，以燕园为中心向四面放射性扩张，那里有诸多这样的道路。年复一年，日复一日，那里行进着一些衣饰朴素的人。从青年到老年，他们步履稳健、仪态从容，一切都如这座北方古城那样质朴平常。但此刻与你默默交臂而过的，很可能就是科学和学术上的巨人。当然，跟随在他们身后的，有更多他们的学生，作为自由思想的继承者，他们默默地接受并奔涌着前辈学者身上的血液——作为精神品质不可见却实际拥有的伟力。

这圣地绵延着不会熄灭的火种。它不同于父母的繁衍后代，但却较那种繁衍更为神妙，且不朽。它不是一种物质的遗传，而是灵魂的塑造和远播。生活在燕园里的人都会把握到这种恒远同时又是不具形的巨大的存在，那是一种北大特有的精神现象。这种存在超越时间和空间成为北大永存的灵魂。

北大学生以最高分录取，往往带来了优越感和才子气。与表层现象的骄傲和自负相联系的，往往是北大学生心理上潜在的社会精英意识：一旦佩上北大校徽，每个人顿时便具有被选择的庄严感。北大人具有一种外界人很难把握的共同气质，他们为一种深沉的使命感所笼罩。今日的精英与明日的栋梁，今日的思考与明日的奉献，被无形的力量维系在一起。青春曼妙的青年男女一旦进入这座校园，便因这种献身精神和使命感而变得沉稳起来。

这是一片自由的乡土。从上个世纪末叶到如今，近百年间中国社会的痛苦和追求，都在这里得到集聚和呈现。沉沉暗夜中的古大陆，这校园中青春的精魂曾为之点燃昭示理想的火炬。一代又一代的中国学者，从这里眺望世界，用批判的目光审度漫漫的封建长夜，以坚毅的、顽强的、几乎是前仆后继的精神，在这片落后的国土上传播文明的种子。近百年来这种奋斗无一例外地受到阻扼。这里生生不息地爆发抗争。北大人的呐喊举世闻名。这呐喊代表了民众的心声。阻扼使北大人遗传了沉重的忧患。于是，你可以看到一代又一代人的沉思的面孔总有一种悲壮和忧愤。北大魂——中国魂在这里生长，这校园是永远的。

怀着神圣的皈依感，一颗偶然吹落的种子终于不再移动。它期待并期许一种奉献，以补偿青春的遗憾，并至诚期望冥冥之中不朽的中国魂永远绵延。

苇 岸

苇岸（1960～1999），原名马建国，北京人。散文家。散文集有《大地上的事情》、《太阳升起以后》、《上帝之子》。

大地上的事情

一

我观察过蚂蚁营巢的三种方式。小型蚁筑巢，将湿润的土粒吐在巢口，垒成酒盅状、灶台状、坟冢状、城堡状或松疏的蜂房状，高耸在地面；中型蚁的巢口，土粒散得均匀美观，围成喇叭口或泉心的形状，仿佛大地开放的一只黑色花朵；大型蚁筑巢像北方人的举止，随便、粗略、不拘细节，它们将颗粒远远地衔到什么地方，任意一丢，就像大步奔走撒种的农夫。

二

下雪时，我总想到夏天，因成熟而褪色的榆荚被风从树梢吹散。雪纷纷扬扬，给人间带来某种和谐感，这和谐感正来自于纷纭之中。雪也许是更大的一棵树上的果实，被一场世界之外的大风刮落。它们漂泊到大地各处，它们携带的纯洁，不久即蕃衍成春天动人的花朵。

三

写《自然与人生》的日本作家德富芦花，观察过落日。他记录太阳由衔山到全然沉入地表，需要三分钟。我观察过一次日出，日出比日落缓慢。观看落日，大有守侍圣哲临终之感；观看日出，则像等待伟大英雄辉煌的诞生。仿佛有什么阻力，太阳艰难地向上跃动，伸缩着挺进。太阳从露出一丝红线，到伸缩着跳上地表，用了约五分钟。

世界上的事物在速度上，衰落胜于崛起。

四

这是一具熊蜂的尸体，它是自然死亡，还是因疾病或敌害而死，不得而知。它偃卧在那里，翅零乱地散开，肢蜷曲在一起。它的尸身僵硬，很轻，最小的风能将它推动。我见过胡蜂巢、土蜂巢、蜜蜂巢和别的蜂巢，但从没有见过熊蜂巢。熊蜂是穴居者，它们将巢筑在房屋的立柱、檩木、横梁、椽子或枯死的树干上。熊蜂从不集群活动，它们个个都是英雄，单枪匹马到处闯荡。熊蜂是昆虫世界当然的王，它们身着的黑黄斑纹，是大地上最怵目的图案，高贵而恐怖。老人们告诉过孩子，它们能蜇死牛马。

五

麻雀在地面的时间比在树上的时间多。它们只是在吃足食物后，才飞到树上。它们将短硬的喙像北方农妇在缸沿砺刀那样，在枝上反复擦拭。麻雀蹲在枝上啼鸣，如孩子骑在父亲的肩上高声喊叫，这声音蕴含着依赖、信任、幸福和安全感。麻雀在树上就和孩子们在地上一样，它们的蹦跳就是孩子们的奔跑。而树木伸展的愿望，是给鸟儿送来一个个广场。

六

穿越田野的时候，我看到一只鹞子。它静静地盘旋，长久浮在空中。它好像看到了什么，径直俯冲下来，但还未触及地面又迅疾飞起。我想象它看到一只野兔，因人类的扩张在平原上已近绝迹的野兔，梭罗在《瓦尔登湖》中预言过的野兔："要是没有兔子和鹧鸪，一个田野还成什么田野呢？它们是最简单的土生土长的动物，与大自然同色彩、同性质，和树叶、和土地是最亲密的联盟。看到兔子和鹧鸪跑掉的时候，你不觉得它们是禽兽，它们是大自然的一部分，仿佛飒飒的木叶一样。不管发生怎么样的革命，兔子和鹧鸪一定可以永存，像土生土长的人一样。不能维持一只兔子的生活的田野一定是贫瘠无比的。"

看到一只在田野上空徒劳盘旋的鹞子，我想起田野往昔的繁荣。

七

在我的住所前面，有一块空地，它的形状像一只盘子，被四周的楼群围起。它盛过田园般安详的雪。盛过赤道般热烈的雨，但它盛不住孩子们的欢乐。孩子们把欢乐撒在里面，仿佛一颗颗珍珠滚到我的窗前。我注视着男孩和女孩在一起做游戏，这游戏是每个从他们身边匆匆走过的大人都做过的。大人告别了童年，就将游戏像玩具一样丢在了一边。但游戏在孩子们手里，依然一代代传递。

八

在一所小学教室的墙壁上，贴着孩子们写自己家庭的作文。一个孩子写道：他的爸爸是工厂干部，妈妈是中学教师，他们很爱自己的孩子。星期天常常带他去山边玩，他有许多玩具，有自己的小人书库，他感到很幸福。但是妈妈对他管教很严，命令他放学必须直接回家，回家第一件事是用肥皂洗手。为此他感到非常不幸，恨自己的妈妈。

每一匹新驹都不会喜欢给它套上羁绊的人。

九

黎明，我常常被麻雀的叫声唤醒。日子久了，我发现它们总在日出前二十分钟开始啼叫。冬天日出较晚，它们叫的也晚；夏天日出早，它们叫的也早。麻雀在日出前和日出后的叫声不同，日出前它们发出“鸟、鸟、鸟”的声音，日出后便改成“喳、喳、喳”的声音。我不知它们的叫法和太阳有什么关系。

十

在山岗的小径上，我看到一只蚂蚁在拖蜣螂的尸体。蜣螂可能被人踩过，尸体已经变形，渗出的体液黏着两粒石子，使它更加沉重。蚂蚁紧紧咬住蜣螂，它用力扭动身躯，想把蜣螂拖走。蜣螂微微摇晃，但丝毫没有向前移动。我看了很久，直到我离开时。这个可敬的勇士仍在不懈地努力。没有其他蚁来帮它，它似乎也没有回巢去请援军的想法。

十一

麦子是土地上最优美、最典雅、最令人动情的庄稼。麦田整整齐齐摆在辽阔的大地上，仿佛一块块耀眼的黄金。麦田是五月最宝贵的财富，大地蓄积的精华。风吹麦田，麦田摇荡，麦浪把幸福送到外面的村庄。到了六月，农民抢在雷雨之前，把麦田搬走。

十二

在我窗外阳台的横栏上，落了两只麻雀。那里是一个阳光的海湾，温暖、平静、安全。这是两只老雀，世界知道它们为它哺育了多少雏鸟。两只麻雀蹲在辉煌的阳光里，一副丰衣足食的样子。它们眯着眼睛，脑袋转来转去。毫无顾忌。它们时而啼叫几声，声音朴实而亲切。它们的体态肥硕，羽毛蓬松，头缩进厚厚的脖颈里，就像冬天穿着羊皮袄的马车夫。

十三

下过雪许多天了，地表的阴面还残留着积雪。大地斑斑点点，仿佛一头在牧场垂首吃草的花斑母牛。

积雪收缩，并非因为气温升高了，而是大地的体温在吸收它们。

十四

冬天，一次在原野上，我发现了一个奇异的现象，它纠正了我原有的关于火的观念。我没有见到这个人，他点起火走了。火像一头牲口，已将枯草吞噬很大一片。北风吹着，风头很硬，火紧贴在地面上，火首却逆风而行，这让我吃惊。为了再次证实，我把火种引到另一片草上，火依旧溯风烧向北方。

十五

我时常忆起一个情景，它发生在午后时分。如大兵压境，滚滚而来的黑云，很快占据了整面天空。随后，闪电迸绽，雷霆轰鸣，分币大的雨点砸在地上，烟雾四起。骤雨像是一个丧失理性的对人间复仇的巨人。就在这万物偃息的时刻，我看到一只衔虫的麻雀从远处飞回，雷雨没能拦住它，它的窝在雨幕后面的屋檐下。在它从空中降落飞进檐间的一瞬，它的姿势和蜂鸟在花丛前一样美丽。

十六

五月，在尚未插秧的稻田里，闪动着许多小鸟。我叫不出它们的名字，它们神态机灵，体型比麻雀娇小。它们走动的样子，非常庄重。麻雀行走用双足蹦跳，它们行走像公鸡那样迈步。它们飞得很低，从不落到树上。它们是田亩的精灵。它们停在田里，如果不走动，便认不出它们。

十七

秋收后，田野如新婚的房间，已被农民拾掇得干干净净。一切要发生的，一切已经到来的，它都将容纳。在人类的身旁，落叶正悲壮地诀别它们的母亲。我忽然想，树木养育了它们，仿佛只是为了此时大地上呈现的勇士形象。

十八

在冬天空旷的原野上，我听到过啄木鸟敲击树干的声音。它的速度很快，仿佛弓的颤响，我无法数清它的频率。冬天鸟少，鸟的叫声也被藏起。听到这声音，我感到很幸福。我忽然觉得，这声音不是来自啄木鸟，也不是来自光秃的树木，它来自一种尚未命名的鸟，这只鸟，是这声音创造的。

十九

1988年1月16日，我看到了日出。我所以记下这次日出，因为有生以来我从没有见过这样大的太阳。好像发生了什么奇迹，它使我惊得目瞪口呆，久久激动不已。哥伦比亚作家加西亚·马尔克斯在《百年孤独》中这样描述马贡多连续下了四年之久的雨后日出："一轮憨厚、鲜红、像破砖碎末般粗糙的红日照亮了世界，这阳光几乎像流水一样清新。"我所注视的这次日出，我不想用更多的话来形容它，红日的硕大，让我首先想到乡村院落的磨盘。如果你看到了这次日出，你会相信。

二十

已经一个月了，那窝蜂依然伏在那里，气温渐渐降低，它们似乎已预感到什么，紧紧地挤在一起，等待最后一刻的降临。只有太阳升高，阳光变暖的时候，它们才偶尔飞起。它们的巢早已失去，它们为什么不在失去巢的那一天飞走呢？每天我看见它们，心情都很沉重。在它们身上，我看到了某种大于生命的东西。那个一把火烧掉蜂巢的人，你为什么要捣毁一个无辜的家呢？显然你只是想借此显示些什么，因为你是男人。

二十一

太阳的道路是弯曲的。我注意几次了。在立夏前后，朝阳能够照到北房的后墙，夕阳也能够照到北房的后墙。其他时间，北房拖着变深的影子。

二十二

立春一到，便有冬天消逝、春天降临的迹象和感觉。整整过了一冬的北风，到达天涯后已经返回，它们告诉站在大路旁的我：春天已被它们领来。看着旷野，我有一种庄稼满地的幻觉。踩在松动的土地上，我感到肢体在伸张，血液在涌动。我想大声喊叫或疾速奔跑，想拿起锄头拼命劳动一场。我常常产生这个愿望：一周中，在土地上至少劳动一天。爱默生认为，每一个人都应当与这世界上的劳作保持着基本关系。劳动是上帝的教育，它使我们自己与泥土和大自然发生基本的联系。

但是，在这个世界上，有一部分人，一生从未踏上土地。

二十三

捕鸟人天不亮就动身，鸟群天亮开始飞翔。捕鸟人来到一片果园，他支起三张大网，呈三角状。一棵果树被围在里面。捕鸟人将带来的鸟笼，挂在这棵树上，然后隐在一旁。捕鸟人称笼鸟为“繇子”，它们的作用是呼喊。繇子在笼里不懈地转动，每当鸟群从空中飞过，它们便急切地扑翅呼应。它们凄怆的悲鸣，使飞翔的鸟群回转。一些鸟撞到网上，一些鸟落在网外的树上，稍后依然扑向鸟笼。鸟像木叶一般，坠满网片。

丰子恺先生把诱引羊群走向屠场的老羊，称作“羊奸”。我不称这些繇子为“鸟奸”，人类制造的任何词语，都仅在它自己身上适用。

二十四

平常，我们有“北上”和“南下”的说法。向北行走，背离光明，称作向上；向南行走，接近光明，称作向下。不知这种上下之分依据什么而定(纬度或地势?)。在大地上旅行时，我们的确有这种内心感觉。像世间称做官为上，还民为下一样。

二十五

麻雀和喜鹊，是北方常见的留鸟。它们的存在，使北方的冬天格外生动。民间有“家雀跟着夜猫子飞”的说法，它的直接意思，指小鸟盲目追随大鸟的现象。我留意过麻雀尾随喜鹊的情形，并由此发现了鸟类的两种飞翔方式。它们具有代表性。喜鹊飞翔，姿态镇定、从容，两翼像树木摇动的叶子，体现着在某种基础上的自信。麻雀敏感、慌忙，它们的飞法类似蛙泳，身体总是朝前一耸一耸的，并随时可能转向。

这便是小鸟和大鸟的区别。

二十六

一次，我穿越田野。一群农妇，蹲在田里薅苗。在我凝神等待远处布谷鸟再次啼叫时，我听到了两个农妇的简短对话：

农妇甲："几点了?"

农妇乙："该走了，十二点多了。"

农妇甲："十二点了，孩子都放学了，还没做饭呢。"

无意听到的两句很普通的对话，竟震撼了我。认识词易，比如"母爱"或"使命"，但要完全懂得它们的意义难。原因在于我们不常遇到隐在这些词后面的，能充分体现这些词涵义的事物本身；在于我们正日渐远离原初意义上的"生活"。我想起曾在美术馆看过的美国女画家爱迪娜·米博尔画展，前言有画家这样一段话，我极赞同："美的最主要表现之一是，肩负着重任的人们的高尚与责任感。我发现这一特点特别地表现在世界各地生活在田园乡村的人们中间。"

二十七

栗树大都生在山里。秋天，山民爬上山坡，收获栗实。他们先将树下杂草，刈除干净。然后环树刨出一道道沟垄，为防敲下的栗实四处滚动。栗实包在毛森森的壳里，像蜷缩一团的幼小刺猬。栗实成熟时，它们黄绿色壳斗便绽开缝隙，露出乌亮的栗核。如果没有人采集，栗树会和所有植物一样，将自己漂亮的孩子自行还给大地。

二十八

进入冬天，便怀念雪。一个冬天，迎来几场大雪，本是平平常常的事情，如今已成为一种奢求（谁剥夺了我们这个天定的权利?）。冬天没有雪，就像土地上没有庄稼，森林里没有鸟儿。雪意外地下起来时，人间一片喜悦。雪赋予大地神性；雪驱散了那些平日隐匿于人们体内，禁锢与吞噬着人们灵性的东西。我看到大人带着孩子在旷地上堆雪人，在我看不到的地方，一定同样进行着许多欢乐的与雪有关的事情。

可以没有风，没有雨，但不可以没有雪。在人类美好愿望中发生的事情，都是围绕雪进行的。

二十九

一只山路上的蚂蚁，衔着一具比它大数倍的蚜虫尸体，正欢快地朝家走去。它似乎未费太多的力气，从不放下猎物休息。在我粗暴地半路打劫时，它并不惊慌逃走。它四下寻着它的猎物，两只触角不懈地探测。它放过了土块，放过了石子和瓦砾，当它触及那只蚜虫时，便再次衔起。仿佛什么事情也未发生，它继续去完成自己庄重的使命。

三十

我把麻雀看作鸟类中的"平民"，它们是鸟在世上的第一体现者。它们的淳朴和生气，散布在整个大地。它们是人类卑微的邻居，在无视和伤害的历史里，繁衍不息。它们以无畏的献身精神，主动亲近莫测的我们。没有哪一种鸟，肯与我们建立如此密切的关系。在我对鸟类作了多次比较后，我发现我还是最喜爱它们。我刻意为它们写过这样的文字：

> 它们很守诺言　每次都醒在太阳前面　它们起得很早　在半道上等候太阳　然后一块儿上路　它们仿佛是太阳的孩子　每天在太阳身边玩耍　它们习惯于睡觉前聚在一起　把各自在外面见到的新鲜事情讲给大家听听　由于不知什么叫秩序　它们给外人的印象　好像在争吵一样
> 它们的肤色使我想到土地的颜色　它们的家族　一定同这土地一样古老　它们是留鸟　从出生起　便不远离自己的村庄（《麻雀》）

三十一

下面的内容，是我在一所小学见到的，为众多的学生保证书之一。原文抄录如下：

1、老师留的作业要认真按时完成。

2、下课不追跑打闹。

3、不管是不是低声日都不大声说话。

4、不管什么时候都不能骂人。

5、学校举行什么活动都要听老师的。

6、老师提问要积极举手发言。

7、不逃学，积极参加课外活动为班争光。

8、不管上什么课都不搞小动作，在考试上得到九十分以上。

9、自己的事要自己做。

（三〈四〉班　孙蕊）

我把这 20 世纪末中国少年的誓言记在这里，但不想多说什么。惟愿我们的少年长大后，不再写出类似鲁迅先生曾写过的话：“长辈的训诲于我是这样的有力，所以我也很遵从读书人家的家教。屏息低头，毫不轻举妄动。两眼下视黄泉，看天就是傲慢，满脸装出死相，说笑就是放肆。”（鲁迅《忽然想到》）

三十二

一架直升飞机，从小镇的上空呼啸而过。我看到街上三个孩子蹦跳着高喊：“飞机、飞机，你下来，带我们上动物园。”

孩子们不说去别的什么地方，这是缘于生命的，在因袭与指导之外的选择。

三十三

世界上的事物，往往有两种以上的称呼。

这里讲的，不指西方分类学上物种的“二名法”（用两个拉丁字构成某一物种名称的命名法，第一字是属名，第二字是种加词），或“三名法”（用三个拉丁字表示生物亚种或变种的命名法，由属名、种加词和变种加词构成）。而指我们认识的事物，大多拥有数个名称，分别称作学名、别名和俗名。它们各自有着神秘的来历，在不同的场所，体现自己独特的作用。比如太阳，亦称日，我还知道北方的农民称之“老爷儿”；鸱鸮，亦称枭，民间则称之“猫头鹰”或“夜猫子”。

学名是文明的、科学的、抽象的，它们用于研究和交流，但难于进入生活。它们由于在特征和感性上与其所指示的事物分离。遭到泥土和民间的抵触；它们由于缺少血液和活力，而死在学者与书卷那里。

别名是学名的变称，与学名具有同一命运。

俗名是事物的乳名或小名，它们是祖先的、民间的、土著的、亲情的。它们出自民众无羁的心，在广大土地上自发地世代相沿。它们既体现事物自身的原始形象或某种特性，又流露出一地民众对故土百物的亲昵之意与随意心理。如车前草，因其叶子宽大，在我的故乡，称作“猪耳朵”；地黄，花冠钟状，甘甜，可摘下吮吸，故称“老头喝酒”。俗名和事物仿佛与生俱来，诗意，鲜明，富于血肉气息。它们在现代文明不可抵御的今天，依然活跃在我们的庭院和大地。它们的蕴意，丰富、动人，饱含情感因素。无论什么时候，无论走到哪里，只要我们听到这样的称呼，眼前便会浮现我们遥远的童年、故乡与土地。那里是我们的母体和出发点。

俗名对人类，永远具有“情结”意义。

三十四

在北方的林子里，我遇到过一种彩色蜘蛛。它的罗网，挂在树干之间，数片排列，杂乱联结。这种蜘蛛，体大，八足纤长，周身浅绿与橘黄相间，异常艳丽。在我第一次猛然撞见它的时候，我感觉它刹那带来的恐怖，超过了世上任何可怕的事物。

相同的色彩，在一些事物那里，令我们赞美、欢喜；在另一些事物那里，却令我们怵目、悚然，成了我们的恐怖之源。

三十五

每次新月出现，只要你注意，你会在它附近看到一颗亮星。有时它们挨得极近，它们各自的位置，身处的背景，密切的情形，都让我将它们看作大海上的船与撑船人。可是不久，撑船人便会弃船而去。后来，我查阅了天文方面的书，始知这个撑船人原来是大名鼎鼎的金星，我们熟悉的太阳系第二位行星，地球最近的邻居。由于金星是地内行星，因而它的行踪往往漂泊不定。黄昏在西方最早显现；凌晨在东方最迟隐去的星，就是这个活跃的“撑船人”。在古代，中国人给它起了很优雅的名字：黄昏称它“长庚”，凌晨称它“启明”。希腊人比较粗爽，他们本能地、形象地、诗化地、亲昵地、直截了当地叫它“流浪者”。

三十六

尽管我很喜欢鸟类，但我无法近距离观察它们。每当我从鸟群附近经过。无论它们在树上，还是在地面，我都不能停下来，不能盯着它们看，我只能侧耳听听它们兴高采烈的声音。否则，它们会马上警觉，马上做出反应，终止议论或觅食，一哄而起，迅即飞离。

我的发现，对我，只是生活的一个普通认识；鸟的反应，对鸟，则是生命的一个重要经验。

三十七

在樗树（臭椿）上，有一种甲虫，体很小，花背，象形，生物学称它为象鼻虫或象甲，乡下的孩子叫它“老锁”。它们通常附在樗树的干上，有时很低，伸手可及。只要有人轻轻一碰，它们便迅速蜷起六足，象鼻状的长喙紧贴胸前，全身抱在一起。此时，孩子们抓起一只，对着它不断呼唤：“老锁，老锁，开门!”情真意切，永不生厌。仿佛精诚所至，它最终总会松开肢身，然后谨慎地，像一头小象，开始在孩子们的手上四下走动。

三十八

秋天，大地上到处都是果实，它们露出善良的面孔，等待着来自任何一方的采取。每到这个季节，我便难于平静，我不能不为在这世上永不绝迹的崇高所感动，我应当走到土地里面去看看，我应该和所有的人一道去得到陶冶和启迪。

太阳的光芒普照原野，依然热烈。大地明亮，它敞着门，为一切健康的生命。此刻，万物的声音都在大地上汇聚，它们要讲述一生的事情，它们要抢在冬天到来之前，把心内深藏已久的歌全部唱完。

第一场秋风已经刮过去了，所有结满籽粒和果实的植物都把丰足的头垂向大地，这是任何成熟者必至的谦逊之态，也是对孕育了自己的母亲一种无语的敬祝和感激。手脚粗大的农民再次忙碌起来，他们清理了谷仓和庭院，他们拿着家什一次次走向田里，就像是去为一头远途而归的牲口卸下背上的重负。

看着生动的大地，我觉得它本身也是一个真理。它叫任何劳动都不落空，它让所有的劳动者都能看到成果，它用纯正的农民暗示我们：土地最宜养育勤劳、厚道、朴实、所求有度的人。

三十九

人类与地球的关系，很像人与他的生命的关系。在无知无觉的年纪，他眼里的生命是一口取之不尽用之不竭的井，可以任意汲取和享用。当他有一天觉悟，突然感到生命的短暂和有限时，他发现，他生命中许多宝贵的东西已被挥霍一空。面对未来，他开始痛悔和恐惧，开始锻炼和保健。

不同的是，人类并不是一个人，它不是具有一个头脑的整体。今天，各国对地球的掠夺，很大程度上已不仅仅为了满足自己国民的生活。如同体育比赛已远远超出原初的锻炼肌体的意义一样，不惜牺牲的竞争和较量，只是为了获得一项冠军的荣誉。

四十

我的祖父、祖母，两个年逾八十的老人。一次在我回乡下去看望他们时，他们向我讲了这样一件事：

一天深夜，他们突然被响动的院门惊醒。借着微弱的月光，他们看到进来一个人，推着自行车。这个人来到屋前，拍着屋门，含混地叫着："大爷您开开门！大爷您开开门！"他的叫声不断，声音可怜。听着这陌生而又哀求的叫声，起来的祖父给他打开了门。这是一个壮年汉子，喝了酒，自称走错了门，说了几句什么，不久便退出去了。

有着一生乡村经验与阅历的祖父、祖母，依然保持着人的最初的心和他们对人的基本信任。

四十一

与其他开端相反，第一场雪大都是零乱的。为此我留意好几年了。每次遇到新雪，我都想说："看，这是一群初进校门的乡下儿童。"雪仿佛是不期而至的客人，大地对这些客人的进门，似乎感到一种意外的突然和无备的忙乱。没有收拾停当的大地，显然还不准备接纳它们。所以，尽管空中雪迹纷纷，地面依旧荡然无存。新雪在大地面前的样子，使我想象一群临巢而不能栖的野蜂，也想象历史上那些在祖国外面徘徊的流亡者。

四十二

在生命世界，一般来讲，智慧、计谋、骗术大多出自弱者。它们或出于防卫，或出于猎取。

假死是许多逃避无望的昆虫及其他一些弱小动物，灾难当头拯救自己的惟一办法。地巢鸟至少都要具备两种自卫本领：一是能使自身及卵的颜色随季节变化而改变；二是会巧设骗局引开走近己巢的强敌。蛛网本身就是陷阱，更有一种绝顶聪明的蜘蛛，会分泌带雌蛾气味的小球，它先把小球吊在一根丝上，然后转动，引诱雄蛾上钩。在追捕上低能的蛇，长于无声地偷袭；澳大利亚还有一种眼镜蛇，能以尾尖伪装小虫，欺骗蛙鼠。强者是不屑于此的。非洲的猎豹出猎时，从不使用伏击。动物学家说，鲨鱼一亿年来始终保持着它们原初的体型。没有对手的强大，使它抵制了进化。

看历史与现实，人类的状况，大体也是这样。

四十三

命名，是一种前科学的事情。在科学到来之前，每个事物都有它们自己土生土长的名称。这些名称身世神秘，谁也无法说清它们的来历，它们体现着本土原始居民的奇异智力、生动想象、无羁天性和朴素心声，与事物亲密无间地结为一体。科学是一个强大的征服者，它的崛起，令所有原生事物惊恐。它一路无所顾忌的行径，改变了事物自体进程。科学的使命之一，就是统一天下事物的名称。它以一种近似符号的新名，取代了与事物有着血肉联系的原始名称。比如，美洲印第安人所称的“饮太阳血的鸟”，被科学定名为蜂鸟；西方农夫所称的“魔鬼的信使”，被科学定名为狐蝠；非洲部落猎人们所称的“黄色的闪电”，被科学定名为猎豹。

科学的使命还远远没有完成，而各地的“原生力量”，也从未放弃过抵抗。

四十四

《百年孤独》的第一页，有这样一个细节。在表演了磁铁的魔力后，神秘的吉卜赛人墨尔基阿德斯，对老布恩地亚讲：“任何东西都有生命，一切在于如何唤起它们的灵性。”

季节也是有生命的。为了感受这一点，需要我们悉心体验，也许还需要到乡村生活一年。以冬天为例，在北方，在北京，每年一进入公历一月，我就会感受到它显著的变化。此时的冬天，就像一个远途跋涉后终于到达目的地的、开始安顿下来的旅人。它让我想象乡村的失去光泽和生气，不再驾车的马和三年以上的公鸡。一个活泼的、冲动的、明朗的、敏感的、易变的冬天，已一去不返。而另一个迂缓的、安稳的、沉郁的、灰暗的、阴冷的冬天，已经来到我们身边。这是生命悲哀的转折。由此开始的，是冬天的一段让我们最难耐的时期。它给我们造成的心境，与我们从手上不再有书籍，心中不再有诗歌，已获取了一定财富或权力的人那里，领略的大体相同。

四十五

自从出现了精神分析学家，人类似乎便彻底改变了对自己的看法。20 世纪的现代主义作家们笔下的人，更让读者害怕。德国女作家沃尔夫在她的小说《一只公猫的新生活观》中，借公猫麦克斯之口说："有些人希望使自己心地善良，乐于助人，忘记自己是动物的后裔，这是同他们缺乏生理知识有关。"

其实，这是对动物的污蔑和曲解。在影视上或书本里或生活中，人们知道了多少动物互助和利他的感人事迹！最近我从科教片《燕子》里知道，燕子在喂雏期，为了觅食，每天要飞出去二百多次，如果你想帮帮它，它回来也会将你放在巢边的昆虫叼走。雏燕出巢后，在野外，会受到任何一只成燕照顾。这仅是一个简单的例子。新闻中不是也有关于"狼孩"和"熊孩"的报道吗？最近它还告诉人们，一群骆驼抚养了死于沙暴中的阿拉伯牵驼人的两个婴儿。

在这则随笔中我是想说，如果人抱定人类的本性就是动物，从而做任何事情都心安理得，原谅自己，那么他其实是应验了中国民间的一个说法：禽兽不如！

四十六

1991 年元旦，一个神异的开端。这天阳光奇迹般恢复了它的本色，天空仿佛也返回到了秋天。就在这一天，在旷野，我遇见了壮观的迁徙的鸟群。在高远的天空上，在蓝色的背景下，它们一群群从北方涌现。每只鸟都是一个点，它们像分巢的蜂群。在高空的气流中，它们旋转着，缓慢地向南推进。一路上，它们的叫声传至地面。

我没有找到关于鸟类迁徙的书籍，也不认识鸟类学家。这是我有生以来第一次遇到鸟类冬季迁徙，我不明白这是什么原因，也不知道这是些什么鸟。在新年的第一天，我遇见了它们，我感到我是得到了神助的人。

四十七

一次，我乘公共汽车，在我的邻座上，是一位三十几岁带小孩的母亲。小孩还很小，正处在我们所说的咿呀学语时期。一个漂亮的、机灵的小男孩。在车里，母亲不失时机地教他认识事物，发音说话。他已经会说些什么了，一路上我都听着他初始的声音。忽然他兴奋地高喊：“卖鱼的！卖鱼的!”原来在自行车道上，有两个蹬平板三轮车的小贩。两个三轮车上驮的都是囤形的盛着水的大皮囊，与我们在自由市场常见的一样。

到站下车时，我问那位母亲：“您的小孩有一岁吗?”答：“一岁多了。”

四十八

三月是远行者上路的日子，他们从三月出发，就像语言从表达出发，歌从欢乐出发。三月连羔羊也会大胆，世界温和，大道光明，石头善良。三月的村庄像篮子。装满阳光，孩子们遍地奔跑，老人在墙根下走动。三月使人产生劳动的欲望，土地像待嫁的姑娘。三月，人们想得很远，前面有许许多多要做的事情。三月的人们满怀信心，仿佛远行者上路时那样。

四十九

梭罗说，文明改善了房屋，却没有同时改善居住在房屋中的人。关于这个问题，我这样想过：根本原因也许就在于孩子们与成人混在了一起（这里暂不涉及人性因素）。

可以打个比方：孩子们每天在课堂精心编织着他们的美丽的网，但当他们放学后，这张网即遭到社会蚊蚋的冲撞。孩子们置身在学校中，实际就是一个不断修复他们破损了的网的过程，直至某一天他们发现这种努力的徒劳性。

成人世界是一条浊浪滚滚的大河，每个孩子都是一支欢乐地向它奔去的清澈小溪。孩子们的悲哀是，仿佛他们在世上的惟一出路，便是未来的同流合污。

五十

我看过一部美国影片，片名已想不起来了。影片这样开的头，一个在学校总挨欺负的男孩，仿佛被神明选定，得到了一部巨大的书。这是一部童话，讲的是一个名叫“虚无”的庞然怪物，吞噬幻想国的故事。当最后的毁灭逼近，女王即将死亡时，书告诉这个男孩，拯救幻想国和女王的惟一办法，是由他大声为女王起一个新名。

这是一部寓意很深的影片，它让我想到泰戈尔讲的一句话：“每一个孩子出生时所带的神示说：上帝对于人类尚未灰心失望呢。”

马　莉

马莉（1959～），生于广东湛江。诗人、散文家。散文集有《爱是一件旧衣裳》、《怀念的立场》、《温柔的坚守》、《夜间的事物》等。

黑夜与呼吸

在每一次不知不觉的呼吸之中，黑夜降临了。黑夜的降临意味着一张美丽脸庞的复苏和目光的清晰。欲望在这样的时刻伴随着持续而来的呼吸使我们惊讶。在这日常经验的日子里，一切非同寻常地寂静，亲爱的，你是否如我一样被一再地感知？

哦，在黑夜以外，在黑夜以外的以外，是你疲倦的呼吸飘散在冰凉的月光下。你是我从前遇到过的一个人……而现在，我在这里……这儿是我的卧室。露台那巨大的窗子垂下深长的帷幕。仿佛是为了某种许诺，坚决地挡住白天，守住黑夜。

守住黑夜是为了守住什么？

很久以来我就有某种渴望。这种渴望在黑夜里疯长像黑夜一样无边无际。随之而来的是一声尖叫，心被深深地刺痛。守住黑夜是为了守住什么？

很久很久以来，我们究竟被什么一次次地诱惑着？一次次，仿佛魔鬼上身。在我们的周围或者在我们的身上，究竟发生了什么事情？“你的手离我很远”，我在我的诗中这样写道，“是因为黑夜离我很远”……

在神思漫游的日子里，在我的周围，我想象着那些美妙而抒情的日子。可我已经看不见真正的黑夜了——城市的街道延长着白天的距离，它长而且直，垂直的灯火彻夜不眠，摩天楼宇刺破黑夜的光芒，不夜城切割着无边的黑夜。你在反抗。你用呼吸在反抗。然而，黑夜是离我们远了……

我们不自由主地摩肩接踵。我无法这样向你描述被日子裹挟的目的。我每天像所有人一样疾走如飞。为一个我所无法担当的努力。我看见我的身体正被它刺戳和吹散。这究竟是为什么？重要的是我们究竟被什么诱惑着？

你每一次作画，我都看清了你所调制的黑夜的色彩，就像我所喜爱的这样的诗句："在黑暗的空间中/午夜抖动着记忆/仿佛疯子抖动着一棵死天竺葵。"这样的诗句是属于艾略特个人的。正如黑夜，它是具有神性的，可是我们还仰望神性吗？

昨天在一个画家的工作作坊里看见他制作的木灯，很漂亮，古色古香，我就想起了这些。想起了我渴望着在黑夜之中有这样一个小灯的伴随。但这又有什么用处呢？黑夜已远离了我们，我们的祖先和覆盖在他们身体之上的黑夜早已在白天还未到来的时刻就已消逝了。就像那漫长的部落迁徙……

难道是为了过去？难道是为了未来？在今夜，在此刻，只有你在喁喁独语。你这个渴望黑夜永远降临的小女人，你究竟为了什么？难道是为了未来？难道是为了过去？

难道、难道是为了你的爱者？

此刻的黑夜是如此沉重，就像爱者的心。而此刻，我的爱者在哪里？我从安乐椅上站起来，走到窗前，拉开那巨大的落地窗帘，心，便已开始按捺不住了。我站在那里。我把手臂向前伸出去。伸向窗以外的地方。那是黑夜的地方。我感到了黑夜的存在。我感到了夜。它的起伏和呼吸。我并拢手指，让黑夜沿着我的手指走进我的卧室和我的身体里……

这是一个冬夜。

一辆小轿车在大街上急驶而过的声音。所有的窗子都在颤动中格格作响。瞬刻即转入宁静。夜啊夜，它安抚着我们。

我按捺不住。真的按捺不住。黑夜敞开着胸怀。我感到了它宽厚而仁爱的呼吸。如此温柔而强烈。月光抚触月光。抚触大地和地上每一片树叶的闪光。也抚触我。那是非同寻常的夜的光芒。

我感到了爱者的呼吸。

此刻我在安静地想象着爱者澄明的目光和清晰的面庞。

不。我应当去把一卷书拿来。这是一本我喜欢的书，它有一个我十分迷恋的名字：《旁边的花园》。一开始我以为这本书的作者是女性。何塞·多诺索。这个名字也可以是女性。然而却是男性。我翻开随便一页，这样的句子便呈现在我的眼前："宁静没有被打破的那座花园中的每一棵树，每一朵鲜花，每一条长凳都有其各自的含义和位置，特别是，它们都具有生命……返回故里的梦想就是指某一扇朝花园敞开的窗户，指编织过许多私人故事的绿茵。这些私事使一些人和一些地方充满光辉。"哦，天哪，我的这本书就在此刻掉在了地上！

是不是渴望得太久因而产生了痛心疾首的思念？像思念一本书的名字？

夜渐渐地凉上来了。

一种呼吸。一种由呼吸而来的压迫感。一种缠绵的耳语和欲望。一种由欲望而来的颤栗。我坐在黑夜里感知着这一切。我有些吃惊。这偌大的天地和发生在其中的事与物居然一直在我们的不知不觉中延续着。在黑夜中延续着。

我们？

我们是谁？

有好一会儿我想起了友人。想起了他。还有他。想起了一个人的诗歌和另一个人的诗歌。一些声音和手势。想起了劫数和事件。我呼吸着他的呼吸——我们。我呼吸着这黑夜。爱者，此刻你在哪里？你可感知到了我？你可在黑夜里如我一样不去睡眠？你可在黑夜里感知黑夜？如同我感知你一样感知我对你的感知？哦，爱者，因为有了黑夜你才格外美丽。

让我此刻呼吸你。如果黑夜有雾，如果还有一座大花园，那么浓稠的阴影是会格外地跃动的呵。

世界，因为有了黑夜才如此美丽。让我呼吸它。

可是……黑夜，已离我们越来越远了。人类，只剩下了睡眠。

“我们是空心人
我们是稻草人……
我们干涩的声音
毫无起伏，毫无意义
像风吹在干草上
或像老鼠走在我们干燥的
地窖中的碎玻璃上……”

诗人艾略特以诗歌的形式完成了哲学，他很早就预见到未来的人类是以一种空心的方式存在于这个世界上，他与伟大的马尔库塞殊途同归。

有一种声音传来。是从黑夜的深处传来的。因为有了声音，夜才格外宁静。而那所有的宁静都来自那夜的深处。不仅仅是一种声音。还有气息。那些来自黑夜体内的气息。是一些弥漫于空气深处的爱者的芳香气息。是来自爱者体内的气息。它在隐蔽之中敞开。又在敞开之中隐蔽。它是来自精神深处的精神。是爱者的精神。

黑夜的呼吸是爱者的呼吸。爱者是谁？在这偌大的黑夜里我几乎不可以做任何事情。只有倾听。在这偌大的与爱者不能相会的黑夜里倾听。

而此刻。我竟意外地听到了一只玻璃盘子碰碎了黑夜的声音。清脆。漂亮。或许是为了忘却。或许是为了想念。它一不留神竟然掉在了地上。忧郁得像一首雪莱的小诗。比一只波斯壶更古典和雅致。像白色的曳地长裙那徐徐的脚步。那丁丁当当地响在花园深处的一只银色的手镯……

它使得我视而不见。只有倾听。倾听这偌大的黑夜对于人类的叙述……

爱者的声音来自那偌大的黑夜。来自一个沉思者的精神空间。那是一座在空中翱翔的偌大花园。落叶缤纷。无限静寂。爱者在花园深处徘徊不已。及至午夜来临。

我还应该做些什么呢？我还应该想些什么呢？或许，没有什么比依偎在窗前阅读黑夜更诱人的了。是的。阅读——黑夜。

月朗风清。

黑夜的影子趴在我的露台和我的窗前。此起彼伏。我的白色长裙在黑色的光芒中飞舞不息。那黑色的光芒四下里跳跃。躲在我的书页里。那白纸黑字之间。躲在我的手指缝间。忽左忽右。忽明忽暗。像一只飞行在夜间的巨鸟。

黑夜便是一只飞行的巨鸟。

我什么都不愿去想了……闭上眼睛坐在黑夜里感受着你。感受着你的呼吸。你的呼吸是爱者的呼吸。爱者的呼吸是痛苦的等待。

爱者是神。神只有在黑夜中飞翔。

有一句话永远不能启齿。对你。不能。是关于神性和向往。是关于黑夜与呼吸。是关于爱者。黑夜启迪了人类的神性，才有了爱者，才有了渴望和等待，以及，孜孜不倦的寻求。

才有了向往……

黑夜不是黑暗。也不是绝望。它的黑色的光芒直抵人类心灵。只有在黑夜里才显现那一切。黑夜绝不是黑暗。

此刻我站在黑夜里。长裙被夜风飘拂着。我一直在注视着你那弥漫的深处。注视着你。

一个黑色的影子忽然出现在我视野的一端。

是一只猫儿。它正从对面楼的露台蹿到对面的房顶上面。它是灰色的。悄然而且迅速。那一个瞬间构成了黑夜的永恒的细节。

谁在黑夜里幽怨地叹息？

是黑夜。

谁在黑夜里执著地倾听？

只有爱者。

可是……黑夜已远离我们而去。已不再具有神性，人类的浮躁使得黑夜消失。黑夜已不再是黑夜。黑夜已被喧嚣充斥。没有了黑夜就没有了形而上。人类已不再祈祷和忏悔。人类已不再需要黑夜了。

> “我们是空心人
> 我们是稻草人
> 我们干涩的声音
> 毫无起伏，毫无意义……”

在这个时代，在这个黑夜，有谁还在期待？

有谁还会像达吉娅娜热恋奥涅金那样祈盼黑夜的君临？一切都被物质化了。连同那智者的爱。

曾经在许多个诗意盎然的黑夜里诞生的人类呵，如今，有谁——哪一位诗人还会在黑夜里苦吟？诗人不再消瘦。不再悲天悯人。诗人的心灵不再对细小事物发生兴趣。诗人不再有一颗敏感的心。哦，那最后的一点儿浪漫的影子早被吞没在一片喧嚣和刺眼的汪洋大海之中了。

人类已经没有漫长的如诗如画如爱者的心灵一样苦苦等待的黑夜了。

人类只关注白天。而黑夜仅仅成为了白天的过渡。人类只关注白天一如肉身只渴望得到。得到什么呢？

黑夜是虚无的黑夜。黑夜是承载人类灵魂的黑夜。人类远离黑夜意味着远离诗意远离神圣和忏悔。人类似乎已经不再需要这些使自己觉悟的痛苦了。

然而，人类能够逃离罪恶和劫数么？

在一个“上帝死了”的世纪里，黑夜的气息正在周围飘拂，人类在黑夜中祈祷并在黑夜虚无的光芒中想起一位叙述者冰凉的前额。然而，黑夜——这灵魂的避难所正远离我们而去。没有一个存在是不为世界所需的。而黑夜，除了它的黑夜之外，还有什么别的目的使它成为这黑夜的样子么？黑夜在黑夜中高傲地思索，所有的叙述便从这里开始。一切比以往更富于意义。

而你，爱者，就是我要叙述主人之一。

爱者在黑夜里呼吸。那迷惘、低沉而又伤感的语言。

那卷书从我的手中跌落至我的怀里最终跌落在了地上……

我蹲下来小心地拾起来。我把书放回到书架上。

我又抽出另外一本书。

而你……

人类一旦只剩下睡眠呼吸也就停止了。

守住黑夜就是守住永恒。守住沉思。守住热爱与诗。守住你。

我翻开这本书。夜风正在吹拂，它的诱惑是黑夜的诱惑，是充满欲望的全面的诱惑。

这本书我读了很久。断断续续。还没有读完。这是友人翻译的海德格尔。书页里面竟夹着一张弗吉尼亚·伍尔芙的照片。她那美丽智慧的眼睛。我吃惊。怎么会夹着这样一张照片呢？是在什么时候，哪一个夜晚夹进去的？我忘记了。在这样的黑夜——南方的冬夜里，陪伴着我的只有这两位伟大的爱者。

他们都是黑夜中沉思的精神巨人。

我在黑夜里呼吸着他们。

我真心地热爱他们。

他们是黑夜中作永恒追问的人。

一个是女人。一个是男人。

伍尔芙是月亮。海德格尔是太阳。

黑夜，黑夜则是我精神的家园。

孙绍振

孙绍振（1936～），江苏盐城人。文艺理论家、诗人、散文家。散文集有《面对陌生人》、《美女危险论》、《灵魂的喜剧》、《孙绍振幽默文集》等。

说不尽的狗论

歌德曾作著名散文《说不尽的莎士比亚》，竟然引发我的灵感，作《说不尽的狗论》。事非亵渎，实出无奈。香港岭南大学翻译系的陈德鸿博士请我为他们系作报告，我实在心怀惴惴。因为，在我看来，世界上的事除了中六合彩，翻译最难。不是难在字面上找不到适当的对应，而是难在字面以外的文化意味，那几乎是不可言传、又很难意会的。比如说，英语中的dog，粗看觉得很好翻，狗也。但在英语中，狗是人的朋友，骂人的意思是很少的。“dog-like”并不像汉语“狗样的”那般难听，倒是有忠实于主人的意思。“lucky-dog”并不是“走狗运”，而是幸运儿的意思。1990年我在德国看到有报道说，他们前一年全国增加两万人口，就认为是一伟大成就，乃大肆庆祝。原因是他们那里的人口老有负增长的纪录。我和一个德国教授探讨，他讲了一大车子话。怪新一代德国青壮年缺乏家庭责任感，根本懒得生孩子。我反驳说，他们看来还是有责任感的。

我看到许多德国家庭都有一条以上的狗，每天早上都把狗屎盆上的小石粒倒掉，晚上要带着狗去河边遛。他们还像香港人孝顺孩子一样，挖空心思选择贵族化的名校，训练它们做各种乖巧动作，并且还有考试成绩。我的房东西蒙夫妇的狗菲力克斯戴着颈圈皮带的考试成绩是2分（最高分是1分），不带皮带也是2分。最后，它以优异的成绩毕业，获得贵族狗校文凭一张，不过封面上的照片不是狗的，而是西蒙先生的。西蒙太太很为菲力克斯的文凭而骄傲，把它和自己的结婚证书一起放在一只镶满珍珠的古董盒子中。我大为惊异，突然想起一个波恩大学法津系的中国女留学生告诉我的一句话：“德国人养的狗比他们养的孩子还多。”我脱口而出复述了这句话后，深深为自己失言而脸红。然而西蒙太太不但没有嗔怪之情，反而颇为自豪地说：“这就是德国人可爱的地方。”后来我到了美国，也是到处是狗。我颇有雄心地想探究一下美国人养的狗是不是比他们的孩子更多，但查不到统计数字。雄心失落之后，跟着而来的是恶心，因为美国的狗更骄宠，你一进门，它就扑过来，对你显示那西方美人般的热情，把柔软然而腻得发黑的前爪伸给你握，完全是一派古典浪漫主义的诗人风范。有时还不以用冰凉的鼻子摩擦你的脸颊为满足，还要像契诃夫在《文学教师》中所写的一只狗那样，在你吃饭的时候把头搁在你的膝盖上，并且把它的馋涎毫不吝啬地留在你特为做客而买的名牌西服裤上。最令人恼火的是，你不能粗暴地一脚把它踢开，因为早有彼国的同事告诫过你，做客讨好女主人最好的办法是夸奖她家的狗比她家的孩子更聪明。好容易把饭吃完了，摆脱了狗的浪漫友情，逃到沙发上喝咖啡。狗对你的热情大概已经表现过分，也许为了对女主人一碗水端平，乃去“猴”在女主人的大腿上。女主人也乘势将它如婴儿、如情人一般搂在怀中，做包括亲吻在内的爱抚。我此时一身轻松，狗吐唾也好，狗腥味也好，反正是远观他人嗜痂，陡增自身爱洁之优越感，同时却又不无虚伪地称赞她家的狗很“热情”。回家以后隐隐感觉到自己身上有种可疑的狗腥气，虽把沾有狗唾沫的裤子换了，仍然无效。仔细钻研之后，乃明白原来那天做客时，我不幸穿的是毛衣，竟把朋友家沙发上的许多狗毛沾带了回来，花了几个小时才把毛衣上的狗毛肃清。

由于我虚伪地称赞了朋友的狗，此家美国朋友便真诚地又来我的住处邀请我去做客。我出于礼貌把先生、太太让上我的沙发后，就感到恐怖，惟恐他们身上带着的狗毛留在沙发上，但又不得不做出心花怒放的表情，欣然应允；然后绞尽脑汁，到临去前两天声称感冒。然而美国朋友说，可以开车来接我。我急中生智，即兴胡诌说我侄儿的未婚妻与一印度的妇人同居，印度发生可怕鼠疫，此种病通过空气传染，得赶紧帮她去检查消毒。自此以后，看见那美国朋友就更虚伪地微笑，不过比较费劲就是了。

在虚伪的内疚被时间淡化以后，就不免狐疑起来。为什么爱洁成癖的德国、美国的漂亮女人抱着狗亲吻而不觉其脏，而我这个被柏杨先生斥为脏乱酱缸中“丑陋的中国人”竟然天生拥有一种身如菩提、心如明镜的洁净感！

细想起来，这可能是出于一种汉民族的集体无意识的历史积淀。狗在汉语的原始意味中就包括着卑贱的意思。用不着什么形容，只要说“你这条狗！”就是很带侮辱性的。至于说“狗东西”、“狗家伙”、“狗儿子”，那就更狠毒了。若是说“狗×的”，那就足够引起武装斗争了。在汉人潜意识中，不管什么东西，只要跟狗一发生联系就坏了，至少贬值了，比如说你的脸长得慈眉善目的，头部像神佛一样，可是一旦和狗有一点点相似，就叫做“神头狗面”，那就很叫人自卑的了，比獐头鼠目还低一等。汉人不知为什么那么恨狗，有时恨得专横，只要是不赞成的事加上个“狗”字，就能把香的变臭：“狗主意”、“狗德性”。有时则恨到狗的每一个部分，从头到脚：狗头军师，狗腿子。从眼到嘴：狗眼看人，狗嘴里吐不出象牙。从脑到肺：狗头狗脑、狼心狗肺。中国古代解剖学并不发达，但在诅咒狗方面却是大放异彩。庖丁解牛，世称绝技，而以狗骂人，没有一个不是天才。人们把狗的每一个零件都拿来损人，连狗尾也逃不过：“狗尾续貂”。最不堪提及的是，小时候曾见狗在街头巷角交尾，竟有人用竹竿把它们从中间抬起来，像听摇滚乐一样听其惨叫。

同为家畜，牛的名誉就好得多了，“牛脾气”说的是耿直，“狗脾气”说的是蠢劣。狗咬人，当然是该谴责的，却被叫做“狗咬吕洞宾”。为什么老天注定狗咬的一定是吕洞宾呢？明明有许多警犬咬的不都是贩毒分子、车匪路霸吗？就算你一个个都是翩翩风度的吕洞宾吧，也不见得是什么好东西，他的拿手好戏就是性骚扰，有《三戏白牡丹》为证。退一万步说，这不算性骚扰，白牡丹是和他自由而公开地恋爱吧，对狗的态度也不公平。马咬吕洞宾、蛇咬吕洞宾、狼咬吕洞宾，不也是妨碍自由恋爱，难道就应该给以诺贝尔奖金吗？

善良的汉人对狗实在成见太深，而且毫无道理，完全忘了孔夫子的“忠恕”之道。就算是狗有《圣经》上强调的“原罪”，也该允许救赎吧？不，偏偏有一句话，“狗性不改”；这还算是文雅的，还有一句粗俗的叫做“狗改不了吃屎”。哪怕狗抓了兔子，立了大功，其结果还是被放在锅里煮，叫做“狡兔死，走狗烹”。据第一个说出此话的人称，这是规律，那就是活该遭烹！一旦碰巧，狗发了财，中了六合彩之类，却没人赞它走了鸿运，而骂走了狗运。其实，鸿运的鸿，并没有什么光彩。鸿，不过是大鸟的意思，这个鸟字，按《水浒》上的读音，是男人与女人最有明显区别的一部分，非到不得已，绝上不了口的。

至于狗倒了霉被主人家赶出了门，就被嘲笑为“丧家狗”。弄到了走投无路落了水，够惨的了，该可怜它一下了，但是还不能饶恕。对于落水狗不能手软，要打，而且要痛打。这是有现代文学经典文献作根据的。

这实在是中国的特殊国情。要是在欧美看到湿淋淋的、发抖的狗，如不把它抱起来亲吻送到“动物流浪中心”去，不但要受到道德的谴责，而且可能受到动物保护法官的追查。我猜想，不管中国的什么人，如果跑到德国莱茵河上去打落水的狗，不管他有多大名气，也是要被罚款，甚至坐洋牢的。不要说狗，就是对被钓起来的鱼，如果有什么中国人在德国开饭馆，像在台湾、上海那样去活活的刮鳞，慢慢破肚，以至于放在油锅里还在跳，那肯定是非被动物保护者把你的房子烧了不可的。德国的法令规定，凡钓到的鱼只许一锤子打死再处理，不许仿效《水浒传》中的阳谷县太爷处死为潘金莲、西门庆拉皮条的王婆那样，用凌迟法，亦即一片肉、一片肉地割到死。

话虽如此，可汉人对孔夫子的“中庸”之道还是虔诚的，因而对于狗也不那么绝对地深恶痛绝。也许在汉语语义形成初期，狗不但和鸡鸭，而且和龙马都是平等的，很受到宠爱。它和德国人痛恨的龙同属十二生肖之一，即为雄辩的证据。全中国 12 亿人口，平均有 1 亿属狗。有多少属狗的当了大官，发了大财！有多少属狗的为国捐躯、为民请命！有多少属狗的是大慈善家！1994 年为狗年，这一年有 1000 多万中国孩子出生，其中将要出现多少英雄豪杰，这是谁也不敢妄断的。正因为这样，不走极端的中国人，有时对狗比西方人更宠爱，比如把自己的孩子称为“阿狗”之类，存心超英赶美。你把狗当朋友，我却把它当骨肉。最为突出的是张贤亮的《男人的一半是女人》中的一个看守所长，他对一切惹他喜爱的、令他高兴的人都称为“狗儿子”，连他自己的孙子也不例外。这一点很令我惊异，但这种惊异也并不太持久，因为我后来想起自己也曾把自己视若命根子的惟一的女儿叫做“小狗”，有时还叫做“小笨狗”，以示特别亲热。这样一叫就是 6 年，直到第 7 年，我女儿突然反抗曰：“我是小狗，你是什么?”我这才如五雷轰顶，由此想到自己身为教授，而且钻研过因果律，居然不知道自己犯了差不多 2000 天的逻辑错误，也就是说，骂了自己 2000 天，而且骂得乐滋滋的。由此我也体会到一点：自己骂自己得有点如痴如醉，如同白痴，才有人伦之乐，一旦清醒了，因果律明确了，就只能像《水浒传》英雄初吃蒙汗药那样：“心中暗暗叫苦。”

话回到本题上来，光翻译一个“狗”字，就足以折腾半条命，还敢谈什么比较文学。钱钟书先生曾有浪漫之言：“戈培尔博士说：‘谁要在我面前讲文化，我就拔出手枪来。’我要说，许多人连中国语言、西方文字都没有弄清楚，就弄什么比较文学，对于这种人，我也要拿出枪来。”在场的杨绛女士顺手拿了一把裁纸刀给他说：“没有枪，用这个也凑合。”

当陈德鸿博士请我去讲比较文学时，我立刻想到钱先生的话，本想带刀去会场自裁的。但是，转而一想，我这么一死，就没有人在这个世界上大讲比较文学、比较文化之难了。

于是我决定，还是活着，不过要把风度弄得比较悲壮一点。但既不能像王朔那样装痞子，也不能像某些一捞几十万金的歌星那样玩深沉。

刘亮程

刘亮程（1962～），新疆沙湾人。诗人、散文家。散文集有《一个人的村庄》、《风中的院门》等。

寒风吹彻

雪落在那些年雪落过的地方，我已经不注意它们了。比落雪更重要的事情开始降临到生活中。三十岁的我，似乎对这个冬天的来临漠不关心，却又好像一直在倾听落雪的声音，期待着又一场雪悄无声息地覆盖村庄和田野。

我静坐在屋子里，火炉上烤着几片馍馍，一小碟咸菜放在炉旁的木凳上，屋里光线暗淡。许久以后我还记起我在这样的一个雪天，围抱火炉，吃咸菜啃馍馍想着一些人和事情，想得深远而入神。柴火在炉中啪啪地燃烧着，炉火通红，我的手和脸都烤得发烫了，脊背却依旧凉飕飕的。寒风正从我看不见的一道门缝吹进来。冬天又一次来到村里，来到我的家。我把怕冻的东西一一搬进屋子，糊好窗户，挂上去年冬天的棉门帘，寒风还是进来了。它比我更熟悉墙上的每一道细微裂缝。

就在前一天，我似乎已经预感到大雪来临。我劈好足够烧半个月的柴火，整齐地码在窗台下；把院子扫得干干净净，无意中像在迎接一位久违的贵宾——把生活中的一些事情扫到一边，腾出干净的一片地方来让雪落下。下午我还走出村子，到田野里转了一圈。我没顾上割回来的一地葵花杆，将在大雪中站一个冬天。每年下雪之前，都会发现有一两件顾不上干完的事而被搁一个冬天。冬天，有多少人放下一年的事情，像我一样用自己那只冰手，从头到尾地抚摸自己的一生。

屋子里更暗了，我看不见雪。但我知道雪在落，漫天地落。落在房顶和柴垛上，落在扫干净的院子里，落在远远近近的路上。我要等雪落定了再出去。我再不像以往，每逢第一场雪，都会怀着莫名的兴奋，站在屋檐下观看好一阵，或光着头钻进大雪中，好像有意要让雪知道世上有我这样一个人，却不知道寒冷早已盯住了自己活蹦乱跳的年轻生命。

经过许多个冬天之后，我才渐渐明白自己再躲不过雪，无论我蜷缩在屋子里，还是远在冬天的另一个地方，纷纷扬扬的雪，都会落在我正经历的一段岁月里。当一个人的岁月像荒野一样敞开时，他便再无法照管好自己。

就像现在，我紧围着火炉，努力想烤热自己。我的一根骨头，却露在屋外的寒风中，隐隐作疼。那是我多年前冻坏的一根骨头，我再不能像捡一根牛骨头一样，把它捡回到火炉旁烤热。它永远地冻坏在那段天亮前的雪路上了。那个冬天我十四岁，赶着牛车去沙漠里拉柴火。那时一村人都是靠长在沙漠里的一种叫梭梭的灌木取暖过冬。因为不断砍挖，有柴火的地方越来越远。往往要用一天半夜时间才能拉回一车柴火。每次拉柴火，都是母亲半夜起来做好饭，装好水和馍馍，然后叫醒我。有时父亲也会起来帮我套好车。我对寒冷的认识是从那些夜晚开始的。

牛车一走出村子，寒冷便从四面八方拥围而来，把你从家里带出的那点温暖搜刮得一干二净，让你浑身上下只剩下寒冷。

那个夜晚并不比其他夜晚更冷。

只是这次，是我一个人赶着牛车进沙漠。以往牛车一出村，就会听到远远近近的雪路上其他牛车的走动声，赶车人隐约的吆喝声。只要紧赶一阵路，便会追上一辆、或好几辆去拉柴的牛车，一长串，缓行在铅灰色的冬夜里。那种夜晚天再冷也不觉得。因为寒风在吹好几个人，同村的、邻村的、认识和不认识的好几架牛车在这条夜路上抵挡着寒冷。

而这次，一夜的寒风吹着我一个人。似乎寒冷把其他一切都收拾掉了。现在全部地对付我。

我掖着羊皮大衣，一动不动爬在牛车里，不敢大声吆喝牛，免得让更多的寒冷发现我。从那个夜晚我懂得了隐藏温暖——在凛冽的寒风中，身体中那点温暖正一步步退守到一个隐秘的有时连我自己都难以找到的深远处——我把这点隐深的温暖节俭地用于此后多年的爱情和生活。我的亲人们说我是个很冷的人，不是的，我把仅有的温暖全给了你们。

许多年后有一股寒风，从我自以为火热温暖的从未被寒冷浸入的内心深处阵阵袭来时，我才发现穿再厚的棉衣也没用了。生命本身有一个冬天，它已经来临。

天亮后，牛车终于到达有柴火的地方。我的一条腿却被冻僵了，失去了感觉。我试探着用另一条腿跳下车，拄着一根柴火棒活动了一阵，又点了一堆火烤了一会儿，勉强可以行走了。腿上的一块骨头却生疼起来。是我从未体验过的一种疼，像一根根针刺在骨头上又狠命往骨髓里钻——这种疼感一直延续到以后所有的冬天以及夏季里阴冷的日子。

太阳落地时，我装着半车柴火回到家里，父亲一见就问我：怎么拉了这点柴，不够两天烧的。我没吭声。也没向家里说腿冻坏的事。

我想很快会暖和过来。

那个冬天要是稍短些，家里的火炉要是稍旺些，我要是稍把这条腿当回事些，或许我能暖和过来。可是现在不行了。隔着多少个季节，今夜的我，围抱火炉，再也暖不热那个遥远冬天的我；那个在上学路上不慎掉进冰窟窿，浑身是冰往回跑的我；那个踩着冻僵的双脚，捂着耳朵在一扇门外焦急等待的我……我再不能把他们唤回到这个温暖的火炉旁。我准备了许多柴火，是准备给这个冬天的。我才三十岁，肯定能走过冬天。

但在我周围，肯定有个别人不能像我一样度过冬天。他们被留住了。冬天总是一年一年地弄冷一个人，先是一条腿、一块骨头、一副表情、一种心情……尔后整个人生。

我曾在一个寒冷的早晨，把一个浑身结满冰霜的路人让进屋子，给他倒了一杯热茶。那是个上了年纪的人，身上带着许多个冬天的寒冷，当他坐在我的火炉旁时，炉火须臾间变得苍白。我没有问他的名字，在火炉的另一边，我感到迎面逼来的一个老人的透骨寒气。

他一句话不说。我想他的话肯定全冻硬了，得过一阵才能化开。

大约坐了半个时辰，他站起来，朝我点了一下头，开门走了。我以为他暖和过来了。

第二天下午，听人说村西边冻死了一个人。我跑过去，看见这个上了年纪的人躺在路边，半边脸埋在雪中。

我第一次看到一个人被冻死。

我不敢相信他已经死了。他的生命中肯定还深藏着一点温暖，只是我们看不见。一个人最后的微弱挣扎我们看不见；呼唤和呻吟我们听不见。

我们认为他死了。彻底地冻僵了。

他的身上怎么能留住一点点温暖呢？靠什么去留住。他的烂了几个洞、棉花露在外面的旧棉衣？底磨得快通、一边帮已经脱落的那双鞋？还有他的比多少个冬天加起来还要寒冷的心境……

落在一个人一生中的雪，我们不能全部看见。每个人都在自己的生命中，孤独地过冬。我们帮不了谁。我的一小炉火，对这个贫寒一生的人来说，显然微不足道。他的寒冷太巨大。

我有一个姑妈，住在河那边的村庄里，许多年前的那些个冬天。我们兄弟几个常手牵手走过封冻的玛河去看望她。每次临别前，姑妈总要说一句：天热了让你妈过来喧喧。

姑妈年老多病，她总担心自己过不了冬天。天一冷她便足不出户，偎在一间矮土屋里，抱着火炉，等待春天来临。

一个人老的时候，是那么渴望春天来临。尽管春天来了她没有一片要抽芽的叶子，没有半瓣要开放的花朵。春天只是来到大地上，来到别人的生命中。但她还是渴望春天，她害怕寒冷。

我一直没有忘记姑妈的这句话，也不只一次地把它转告给母亲。母亲只是望望我，又忙着做她的活。母亲不是一个人在过冬，她有五六个没长大的孩子，她要拉扯着他们度过冬天，不让一个孩子受冷。她和姑妈一样期盼着春天。

……天热了，母亲会带着我们，趟过河，到对岸的村子里看望姑妈。姑妈也会走出蜗居一冬的土屋，在院子里晒着暖暖的太阳和我们说说笑笑……多少年过去了，我们一直没有等到这个春天。好像姑妈那句话中的“天”一直没有热。

姑妈死在几年后的一个冬天。我回家过年，记得是大年初四，我陪着母亲沿一条即将解冻的马路往回走。母亲在那段路上告诉我姑妈去世的事。她说：“你姑妈死掉了。”

母亲说得那么平淡，像在说一件跟死亡无关的事情。

“咋死的?”我似乎问得更平淡。

母亲没有直接回答我。她只是说：“你大哥和你弟弟过去帮助料理了后事。”

此后的好一阵，我们再没说这事，只顾静静地走路。快到家门口时，母亲说了句：天热了。

我抬头看了看母亲，她的身上正冒着热气，或许是走路的缘故，不过天气真的转热了。对母亲来说，这个冬天已经过去了。

“天热了过来喧喧。”我又想起姑妈的这句话。这个春天再不属于姑妈了。

她熬过了许多个冬天还是被这个冬天留住了。我想起爷爷奶奶也是分别死在几年前的冬天。母亲还活着。我们在世上的亲人会越来越少。我告诉自己，不管天冷天热，我们都常过来和母亲坐坐。

母亲拉扯大她的七个儿女。她老了。我们长高长大的七个儿女，或许能为母亲挡住一丝的寒冷。每当儿女们回到家里，母亲都会特别高兴，家里也顿时平添热闹的气氛。

但母亲斑白的双鬓分明让我感到她一个人的冬天已经来临，那些雪开始不退、冰霜开始不融化——无论春天来了，还是儿女们的孝心和温暖备至。

随着三十年的人生距离，我感受着母亲独自在冬天的透心寒冷。我无能为力。

雪越下越大。天彻底黑透了。

我围抱着火炉，烤热漫长一生的一个时刻。我知道这一时刻之外，我其余的岁月，我的亲人们的岁月，远在屋外的大雪中，被寒风吹彻。

潘向黎

潘向黎（1966～），福建南安人。散文家、小说家。散文集有《红尘白羽》、《相信爱的年纪》、《纯真年代》、《局部有时有完美》等。

独立花吹雪

“您赏过樱花了吗？”

“樱花真美呀！”

街头巷尾，处处可以听见这样的语声。多少年来，日本人一成不变地爱恋着樱花，老年人也总像第一次看见这种花似的，惊喜地发出赞叹。

学校附近有个“染井墓园”，芥川龙之介的墓地也在其中，在东京小有名气。这儿是最有代表性、种植最广的樱花名种“染井吉野”的发祥地。园中遍植樱花，漫步小径，抬头便是云霞，低头又是落雪，叫人恍若掉进一个半透明的、粉色的梦幻之中。

禁不住风花雪月的旧病复发，我一得空便在樱花下流连。遇上几个人，都用那么善解人意的眼光看我。有个须发皆白的老者，拄杖立定，和我一样抬起头，然后说：“真美啊！是不是？”说完径自走了。望着他蹒跚的步态，我心里竟冒出这样一句诗：年年岁岁花相似，岁岁年年人不同。

樱花开始飘谢了。在寂静的小径上，轻轻地，叹息似的飘落。那一声声叹息，该是从千百年前一个明艳绝伦的少女微启的樱唇中滑出的吧。一阵风过，枝上的樱花猛地一片疾雪，簌簌而下，地上的花瓣也被卷起，重新在空中飞舞，顿时天地间一片迷茫、凄丽。叫人且喜且叹，等到风住也不知如何举步。

这景象在日文中叫“花吹雪”，意思是“花的风雪”。我觉得很美，颇耐咀嚼品味，不亚于“粉泪”、“花雨”等中国的字眼儿。

樱花啊，樱花，你这娇柔明艳又脆弱易凋的花呀！你能否告诉我，究竟是你的美使人格外惋惜你的短暂，还是你的短暂格外衬托出你的美，叫人更加怜惜、不忍辜负呢？

回答我的，只是一阵又一阵的花吹雪。

不过两天工夫，枝上已是嫩绿的世界了。只剩下暗红色的花萼在向路人低诉，这儿曾经上演过多么优美迷人的一幕。赏樱结束了吗？不。请低下头——在你面前是一片粉色的地毯，花儿们在向你作最后的谢幕呢。环顾四周，不少茶花正在开放。茶花的花期怕是有好几个星期，开过了也不轻易谢，就在枝头渐渐地褪去红颜，泛出锈色，与新蕾高下相映，有些不甚谐调。

我们习惯于将“长久”、“永恒”当成好的、崇高的，将短暂的叫做“昙花一现”、“一闪即逝”，总有些贬意在其中。其实，短暂的美就不是真正的美吗？樱花，将一生的美丽与柔情，拼作一时的绚烂夺目，然后毫不迟疑地飘然离去，叫人留恋于一瞬，回味良久。甚至，正因为它谢得快而干脆，反而平添了几分空灵、飘逸的风韵。降临尘凡的仙子，不都是惊鸿一瞥、翩然而去的吗？

樱花下是墓地，容易使人产生生死无常、人生苦短之类的联想。尤其像我这样，读了几本破书在肚子里，又不曾真正悟道的人，很自然地想到“人生的终极意义”、“文章千古事”等愁不完的命题。看完樱花从盛开到凋尽的一幕，我忽然有了一点感触：人哪，何必自恃万灵之长而自苦不已呢？像这樱花一样，当开时开，当谢时谢，能灿烂时灿烂，该寂寞时寂寞，何其超然，何其潇洒。有许多“永恒”、“千古”的事，不是我等芥草般的人担当得起的，今生今世，但求不错过自己的花期，吾愿足矣。

吾心安处是故乡。心安理得地过自己的日子，便可以和樱花一样坦然地回到大自然的怀中了。

想到这儿，长舒一口气。挟好书，自向来时的路走去。身畔樱花树上却又传来一声清脆的鸟啼。

周晓枫

周晓枫（1969～），北京人。散文家。散文集有《上帝的隐语》、《鸟群》、《斑纹》、《收藏》等。

它　　们

在上帝眼里，人绝不是他惟一的子民，因为禀赋智慧，在自然的家园中，人近乎长子的角色，担当着某种家族主脉的承递及抚饲幼小的责任。那所有盛纳着生命的，都是人类血缘意义的亲人。

西直门外大街137号，多少年来这都是全北京我最热爱的地方。动物园，几乎介入每个城市孩子的童年，直到他们长大以后把它迅速遗忘。在成长过程中，人总是不断牺牲一些情感为代价来证实他的成熟。毕竟身处“人”的社会，不是动物的国度，我们对同宗都不免伤害，何谈对异类的关爱？已是多年的习惯，我至今常去动物园，带上水果、面包之类，这让我有种错觉——仿若探视病床上的家人，我去看望铁栅后的它们。

我选择一些平常的工作日独自前往，刻意避开节假日。我和它们都向往着相对的安静。公园里有一些幼童，被父母怀抱着、带领着，许多动物的名字将第一次从他们的嘴里发音。更大的孩子们正在学校中，在识字课本的威严面孔下，开始学习抽象的文字来代替这些具体的动物，就像犯人囚服上的数字将代替他们真正的姓氏。城市中的动物原本就形同犯人，是被关押的对象。

有时候我去得很早，夜晚的潮气还没有散尽。孔雀收藏着一把绝代华丽的扇子，它们喜欢在这个时刻把它打开。阳光的丝线在扇羽上编织着，光影变幻，璀璨夺目。孔雀是世袭的贵族。收藏善的人是安详的，收藏真的人是刚强的，所有收藏美的人都是高贵的。

鸟类是我喜欢的动物群落，飞翔使它们接近天国，鸟是神所允许的离自己最近的动物。在鸣禽馆中，不大的笼内集中了几十种绚丽的鸟儿，那种美太奢侈了。坐在鸣禽馆的湖边，看着那些天鹅、鹈鹕、绿头鸭和雁，我有时离开得很晚。禽鸟有的站在岛上，有的游在水里，整个天空就那么空着。鸟儿本是种植在天空的花朵，现在它们落了一地。

和大多数动物一样，鸟类的雄性比雌性漂亮得多。那色彩缤纷、尾羽飘逸的堂堂伟男子旁边，是它毫无姿色可言的糟糠之妻。只为雌鸟可以生蛋繁衍后代（一些鸟的孵蛋工作是由雌雄双方甚至是雄鸟来完成的），这位集力量、外貌、勇气于一身，并以宗族利益为重的男子向它的配偶歌唱着、开屏着，营建巢穴。与竞争者展开决斗……我们身边的男人们不停地抱怨立身处世的艰难、义务责任的沉重，可想想看，如果你们在动物界里做男人会比现在累得多呢！在这种要什么有什么就是没有怨言的榜样面前，你们还有什么可说的?！不过，动物须眉的独当一面虽精神可嘉，但显然不如人类的做法狡猾。由男人来掌握力量和勇气，由女人来掌握容貌和柔情，不仅调动了双方潜能，此种均匀用力的方式也推动了社会进步。如果动物采取另一种方式的女权主义，哼哼，试看那时的动物文明！

很多人认为动物园的焦点在大熊猫身上。这当然是由于数量的稀少，如果多得像草原上的马，熊猫掌会像猪蹄一样成为菜肴，就决不允许它每天穿着双色皮袄躺在豪华套间里睡大觉。

我从小就对熊猫感情泛泛，不觉得喜欢熊猫就表现了爱国情操。这种臃肿、单调又懒散的动物，被人们称为“活化石”。的确，当今时代，人们忙碌、疾捷又多变，熊猫的品性显然是古代习惯的侥幸存留。

熊猫面临灭种的危险，我积极赞成对其给予特别保护，就如同对一个身患绝症的人进行最大的救治努力。熊猫的处境与它低效的繁殖能力有关，它少动寡欲，好不容易受精产下幼仔又极易夭折。动物的繁殖能力在很大程度上已决定了它们在世间的比例和数量。神在造物时做了诸种精细的安排，流露出他的偏袒：一枚桃核可以结出满树茂盛的桃子，而男人在性爱中难以计数的一次精子排量只产生一个孩子。尽管如此，人还是像细菌一样肆意繁殖了起来，可见人是上苍的逆子。

即使灭顶之灾迫在眉睫，熊猫依然从容。据说它在野外的奔跑速度并不像我们想象得那么慢，可惜在动物园里十有八九看到的是它可掬的睡态。许多动物都在紧张的生存环境中进化着、变异着，熊猫还是不紧不慢地行走、睡觉、计划生育。因为迟缓数量才少，因为少才得以保护，因为得以保护熊猫可以延续着它的迟缓——如斯循环，熊猫仿佛从起点就明白了终点。再看熊猫的“无为而治”，它简直成了参悟佛道的高人。

当然，任何生物不可能绝对“以不变应万变”，熊猫的饮食结构曾由肉食改为草食。我主观上觉得不是由于食物的短缺，因为几乎在任何时候，可以成为肉的东西都比某种特别类型的植物要容易寻找得多。熊猫好像突然厌恶了杀生，转变为非暴力主义者。

我的确对素食动物有格外的偏爱。我们习于把人的道德标准认定为放之四海的原则，比如，把肉食动物狮、虎、狼、豹视为凶恶残暴的代表，把草食动物鹿、羊、兔、牛视为温和良善的象征。以食物的选取来判定品质有偏颇之处，动物的天性不该武断地分割为善恶两派，但其中又的确存在某种对位关系，所以人有些好恶也是可以原谅的。

肉食动物以草食动物为食粮，就像恶以善为营养。善滋育着恶的蓬勃生长，同时抑制着恶的无边蔓延，这奇特的二律背反关系埋藏在道德法则的深处。当狼吃掉羔羊，它揭示了善恶的两种走向：善是以牺牲自己的方式来成就善的，恶是以壮大自己的方式来成就恶的。有时我觉得善的传播依靠一种基因关系，只有血亲意义上的温良之辈才能继承和传递；而恶近乎传染病症，它的扩散不需要苛刻的条件。这就易于推导出令人沮丧的结论：恶在力量上强于善。

可是仅凭力量能够决定最后的输赢吗？我记得小时候读过泰戈尔的一句诗：“那使鹅卵石臻于完美的，并非槌的捶打，乃是水的轻歌曼舞。”

我对大象的热爱由此而来。人的性格易于被自己的体积所左右，魁梧高大的人果敢刚猛，瘦小孱弱的人难有等量的勇气。象是陆地上体形最大的动物，但它却是草食动物。为了维持庞大身体的热量，它长途奔走，花费数倍的精力和时间来寻找食物——相等的热量本来可以从一只动物的身体上轻易得到提供。相反，象群在野外常会庇护被追逐的鹿麂。在动物园的说明牌上，有一句话这样说：“它不畏任何强敌”，其中的情感成分已逾出说明的范畴。亚洲象的心律每分钟在二十到五十次之间，这低缓、有力的心跳令人深受感动，因为其中包含着伟大善者面对世界的坦白与从容。

提到肉食动物，我首先想到的总是豹子。博尔赫斯在小说中曾写道：“我想象着时间的第一个早晨，想象我的神把他的信息委化于豹子生动的皮毛上……”豹纹的规律和形状代表着神的一个永恒无垠的秘密，它简直是不可释读的，因为“神只讲一个词，而这个词兼容并包。神说出的任何词不能次于宇宙，少于时间的总和。这个词等于一种语言和语言包含的一切，人类狂妄又贫乏的词，诸如整体、世界、宇宙等等，都是这个词的影子或表象”。

豹子是长得最精简的一种动物，它的肌肉布置、组织结构都是为了速度设计的，除此之外的一切都被剔除了。豹子甚至克制食量以保证身材、维持速度。

正如废墟的成立是仰赖时间的，一些词语的建立包含着浓重的速度因素，比如激情和安详。发展与衰落。速度决定了很多事物的性质。悲伤在低速时只是不悦，在高速时才发展成绝望。情感速度的骤增，使友谊裂变成爱欲。由于速度的关系，脆弱的蛋卵成了人们相互攻击时抛掷出去的有力武器。弱小驯良的动物没有任何攻击手段，只能依靠速度作为自身的解救。

静物也是有着速度的，它们与时间等速。水果的皮肤匀速地出现了皱纹，这就是时间速度的外在显示。任何事物都具有自身与时间的双重速度。当我们把豹关在笼子里，剥除了它的外在速度，就等于剥除了一切，因为豹子的生命就在于体现速度精神。笼里的豹子只剩下内心的速度，这是静物的速度，是时间的速度，也是死亡的速度。

如果说豹子是速度骄傲的持有者，乌龟就在它的对立面上缓缓爬行。龟与龙、凤、麒麟同为中国古代四种吉祥动物，但龟有独特之处。龙、凤和麒麟都隐身于虚妄之中，它们依据绘画、文字和传说建立真实感，受到人们的尊崇和膜拜。温钝的龟由于衷情人间而在生活中显了形，并由此带来了恶劣的后果——“乌龟”、“王八”成为人们相互辱骂和诅咒的最常用的代名词。除此之外，它还被奴役为重体力劳动者——我们经常看到石龟背着碑碣的景象，在传说中它们被称为赑屃。别人的荣光沉重地压住龟的自由，它坚硬的背甲永久充当无奈的盾牌。这就是吉祥显形的代价。中国人早就得出“大智若愚”的论断，不错，对于优秀于众类的人来说，应在人群中谨慎收藏自己的光芒，而不要轻易显示出锋利，否则将支付昂贵的代价。

乌龟是两栖动物，听起来似乎比别人多了一种生活的路数和可能，实际上乌龟减损了沉浸于中的双重快乐。并且，乌龟既不能一直待在陆地上远离水，也不能一直扎在水里不上岸呼吸。被困在任何一种景况里都会导致乌龟的死亡。有仙风道骨、神话血统的龟尚不能在水与陆、人间与仙境之间从容往返，何况人呢？所以在物质与精神之间、在现实与梦想之间、在俗世与佛界之间，人的过渡也往往面临危险。

与用乌龟作为骂词类同，我们还可以发现一些有趣的成语现象。在这些成语中，人和动物的地位高低、秩序前台被鲜明地排列出来。语言是人类的专利，他当然有机会“近水楼台先得月”，把一些美好的形容词贿赂到自己名下。

比如说“低人一等”。且撇开它的实义，当注意力着眼于字表的时候，人类的沾沾自喜就跃然纸上。但事实上，人在体能与技巧方面恰恰常“低动物一等”。有一种鱼被训练来觉察石炭酸，并把石炭酸跟P—氯苯酸区别开来，两者的浓度差仅为十亿分之五；啄木鸟可持续以每小时两千公里的速度冲击树干；假如一只雌蛾一下子喷放出液囊中的全部蚕蛾醇，理论上它能够立即吸引来一万亿只雄蛾……人的优势在于他的智慧，他可以用工具、机械来增补感官、体力和技能，但如果离开这些技术武器，人和动物站在同一起跑线上，其劣势显而易见。

“禽兽不如”表面上看是对人的唾弃，实际上是把禽兽行为作为极低的比较标准来看待，暗含一种欲扬先抑的修辞效果。“禽兽不如”表现了兽性对人性的污染和侵害，这里的“兽性”和“人性”采用的都是流行学和世俗意义上的概念。此种对词性的褒贬局部反映了人对自己的歌功颂德和对动物的羞辱污蔑。我的一个热爱动物的朋友在他的书里列举了大量真实的例证：雏燕出巢后，在野外会受到任何一只成燕的照顾；一群骆驼抚养了死于沙暴中的阿拉伯牵驼人的两个婴儿……

关于这点，我不会忘记一只长颈鹿给予我的细腻温情。我喜欢喂饲一些我喜欢的动物，我知道这是非法的。有一次，我带了苹果给长颈鹿。它的笼子太高了，我无法投递，只好把苹果切成块，从网笼下面扔进去。这种天生没有声带、受了伤也永不呻吟的高大动物，以优美的弧度垂下它的头颅。因为苹果紧贴地皮，它必须困难地劈开双腿、尽力低头才能吃到。长颈鹿的心脏约十公斤左右，血压是人的三倍。我为这位高血压患者能这样费力地接受我的食物而感动。在它吃完苹果以后，我又送进去一小块巧克力。这次它在地上反复寻找着，但很长时间都没有发现所需要的食物，原来巧克力的香味并不适合它的胃口。但它相信我的确为它送来了某种食物，最后它捡起了一根干树杈儿。这根树杈儿干枯已久，几乎呈直角，上面布满了坚硬的树疤和棘条，但它以为这就是我最后递过来的食物。长颈鹿把它放在柔软的舌头上吃力地咀嚼着，而它温柔的眼睛始终感激地望着我！我的眼睛忍不住潮湿了……

我们对动物常常不能给予对应的体恤。在动物园随处可见人们拍打着铁栅或玻璃，以惊醒那些沉睡的动物，使他们得到一番动态的欣赏。人们啊，你们每个星期都享有两个假日，而这里的动物日复一日、年复一年、几年、几十年……从来没有一天休息过，请理解它们的疲惫，请不要打扰它们可怜的合理睡眠。

有的动物在猛烈的声响中依然沉睡，也许它们太累了，也许它们早已习以为常。这麻木里埋藏着迁徙的悲哀。在野外生存环境中，它们视野开阔、听觉敏锐、奔跑迅速，它们时时保持着警觉和灵动，因为它们在面对着食品的匮乏、气候的骤变、天敌的追剿、同类的竞争……在动物园里外在危险被消解了，它们在良好的环境、营养的食品、精细的照料中被取走了天性。就像许多亚裔移民已变成“香蕉人”，他们的外表是黄的，内心已是白的了，数代之后的移民已难以代表他的籍贯民族。那么，这些在人工繁殖和饲养下长大的动物还是正宗的和本原的吗？

海豹游泳在小号的水池里，好像缠足里的脚趾。把身姿灵巧的梅花鹿关起来，它们修长的腿是四根拐杖。熊本是相当凶猛的动物，现在它们作揖、鞠躬、旋转笨重的身体，为了赢得游人两个手指头捏住的一点点面包。去动物园这么多年，我几乎没听过虎啸，我想即使有，也近于呻吟。

当然，动物园不可能是动物的乐园。我们需要建立这样一个集中营，让孩子们反向地从中建立对动物乃至整个生物界的知识与爱心，但我始终觉得放养相对更人道一些。动物园里，它们在孩子们的快乐中安置自己一生的被囚时光，不论主观上是否愿意，对于它们的种属群落来讲，它们这些“人质”已形同朴素的英烈。

在真正的死亡到来之前，它们以漫长的一生时间在动物园里预演着死亡。动物似乎都有这样的本能：寻找隐蔽的地点独自死去。可惜动物园里的动物不享有死亡的隐私权，它们所谓的隐私全暴露在橱窗里。

天堂有那么多可爱的飞鸟，除非使用了枪，否则我们谁也不会看到它们飞着飞着栽下来。鸟禽告别生命之前，要留出足够的时间寻找背静的石堆或植物丛，来掩藏自己的遗体。医学家、生物学家刘易斯·托马斯在《细胞生命的礼赞》一书中这样记述：“即使体积最庞大、最令人注意的动物死亡之前也设法隐蔽自己。假如一头大象失检死在明处，象群不会让它留在那儿。它们会把它抬起，一直找到一个神秘的地方再把它放下。大象如遇到遗落在明处的同类骸骨，它们会有条不紊地一块块将它们捡起来，在哀思绵绵的纪念仪式中，疏散到邻近的大片荒野中。”

动物对死亡理智妥善的处理方式，使我们有理由相信面对死亡它们并不恐慌——而同样的问题，几乎是人类与生俱来的忧惧。动物的行为似乎说明，在绵延无限的生命诗章中，死亡只是小小的标点，在朗诵的时候是一个换气的位置。动物体面的自我匿尸，传达出保持个人隐私时应有的内心羞涩，也是它在其他鲜活命体前的善意辞呈——死者安静地消失，不劫持我们的缅怀，它希望生者的视线里依然是欣欣向荣，而非满目疮痍。这是它留给生者的最后祝福。

越来越多的动物的死亡被侵权，因为人借穿了死神的外衣，好像披着羊皮的狼。人是世界上最可怕的杂食动物，他对食物几乎不加选择，他的嘴是世界上最大的陷阱，门齿是最小最利的刨刀。所有动物都陈列在一只硕大无朋的餐盘中，因为它们的芳名早就上了菜谱的黑名单。整个自然仿佛就是人类饲养家禽的后院，他随时会像拎出母鸡一样把几种物种送上断头台。

百年前，旅行鸽是世界上数量最多的鸟类之一。据说，鸟群飞翔时可以形成长五公里、宽两公里的方阵，曾是美国富饶的一种象征。而它的肉质鲜美，这最终改变了它的命运。旅行鸽被大量猎杀，仅密执安州的猎人就曾在一年内为城市提供了三百万只鸟尸。这种背部有花纹、腹羽为红色的可爱鸟儿遭到了彻底灭绝。西蒙娜·薇依曾说："也许，邪恶、堕落和罪恶的本质上几乎就是诱惑人们去吃掉美，吃掉只应当看的东西。"

人是物类的强者。吃的行为里显示了强者对弱者的征服力量，那被吃的一定是回合中的败北者。我们不能对人一律贬斥，对动物一律讴歌，因为要想在这个分配不均的世界实现绝对的平等是不可能的，提倡平等精神不过是期待对强者的感化和对弱者的安慰。在近似的平等状态下，已涵盖了强者对弱者的宽囿和让步。聪敏的人类虽是世界的灵物，得到神的格外垂青，但我仍然觉得，人的任何骄傲都应维持在有限的量内，当他滥用着某种特权，他实际上正在违背着天恩。

我想起了我的朋友、散文作家苇岸，他心地良善，品德干净，以身体力行的方式来贯彻着他的理想。苇岸不沾烟酒，是个素食主义者，他有着最纯洁无辜的牙齿。苇岸，我也想成为天使，虽然我长满罪恶的牙。

几个月前，我在报纸上看到一则报道和相关图片，据称尼斯湖怪兽已被捕获。新闻说，人们用水下雷达搜寻水怪的踪迹，发现水怪共有三头，人们用一枚一米多长的麻醉镖打进了水怪的身体，成功地制服了最大的一头。我不知道这则消息的准确性，但这的确是人类的习惯作风。那是在夏天，我却感到由衷的凉意和忧伤。

水怪曾躲过百万年时间的大劫，最终躲不过人类的眼睛。三只水怪或许是一个家庭，仅存的维持最低数限的家庭，而今我们非法逮捕家庭中的父亲，这可能造成种族的灭绝。"一米多长的麻醉镖"是我们使用的科学凶器——有时科学就像一种伪正义，另一种形式的暴君，它吞噬仁爱，如同钢铁葬送麦田，工业抹杀温情。难道我们与动物的联系只剩下科学？更何况某类科学不过就是庄严化的好奇心，有多少动物为这点好奇心付出了惨痛的代价。

在动物园西侧的鸟笼中，有一只体态稍小的八哥，经过"科学"的剪舌和训练，它习语的速度和准确性令人惊讶。我问它："你是谁呀？"它会回答："八哥。"它的发音永远是降调的，因为不能摆脱被俘的命运，它有难以抑制的自卑和悲苦。它也说"欢迎"，"迎"字在几个音调之间颤抖不定。八哥未必诚挚，这言不由衷的"欢迎"是一个弱小个体在暴力面前只能采取的被迫态度。

动物在多大程度上介入了我的生活？当我回到隔绝于世的书斋，我依然没有离开它们：怀特笔下的韦伯猪和蜘蛛夏洛，希梅内斯的可爱驴子小银，儒勒·列那尔的那些鸡鸭、鸟雀以及数不清的有趣动物……

秋日的阳光淡淡照耀着，树叶缓缓飘逝下来。我穿着一件熨帖的羊毛衫，坐在动物园的长椅上冥想着。我不知道动物是怎么看待我这个披着羊皮的人，但我知道，我此刻的温暖是动物给予的，是它们脱下了惟一的衣裳，披在了我的肩上。

于　坚

于坚（1954～），四川资阳人。诗人、散文家。散文集有《棕皮手记》、《人间笔记》、《棕皮手记·活页夹》等。

火车记

心虚悬着，处于古汉语所谓“惴惴”、“忐忑”之中，像断了线的气球，落不在实处。因为，将乘坐火车。

距离火车还有48小时，3000米之遥，日常话语就更换为与火车有关的词汇，诸如：购票、方便面、硬座软座、正点晚点、小偷、抢劫、流窜犯以及肮脏、混乱、拥挤、小心、警惕之类的动词、名词、形容词。家人设身处地、经验十足地预见忠告着一切：“父母在，不远游。”“出门靠朋友，一个朋友都没有，就不要出门了。”“带那么多包，挤不上火车怎么办?”“提前一小时去就行了。”“钱放在哪里呢，万一被偷掉，你回都回不来。”“我缝在短裤上啦!”“半夜怎么办，睡不睡呢?”“不睡，半醒半睡，包和箱子全用软锁锁住，隔半小时检查一次。”“可谁是你的下铺呢，万一是个坏蛋乘黑捅你一刀?”“我只带了两百块钱，抢也抢不到哪去。”“他怎么知道你是带钱不带钱啊，他捅你就捅。”“万一他是好人呢?”“万一不是呢?”“只有豁出去了，他捅我一刀，我捅他两刀!”“又何苦啊，得不偿失啊，真叫人担心啊!”还有吃饭怎么办？上厕所怎么办？谁替你看守箱子？生病怎么办？万一翻车怎么办？万一……如果……假如………云云。习惯于在家里闭上眼睛待着的家人把出门乘火车这件事描述得危机四伏、兵荒马乱。仿佛将要去闯龙潭虎穴。仿佛是置身动乱时代的前夜，平静熟悉的生活将结束，火车上充满的是陌生、不安全的动词。火车并非第一次坐，但每次都会心情紧张，心不会像散步时那样落在实处。

车站就不是个好去处，同样是有墙，有门的建筑，却可以容纳成千上万的人自由进出，光这一点就相当凶险，哪有四合院来得安全。人处在车站，没有任何屏障，正面、侧面、背后、左右都为陌生人所包围。孤立无援，到处是人而没有熟人，没有熟悉的声音，没有靠惯的老墙；什么都不能靠，只能自己依附自己。大不了蹲下来，依偎自家那几个藏着私人财产的箱包。混乱无序的地带，活动、喧嚣、摩擦、碰撞，来自中国各省各州县的气味混杂成一种车站特有的气味，令人窒息憋闷。处于陌生人的集中营，满脑子里“小心、谨防、提高警惕、不能讲真话”之类的诫条，连自己是谁都忘却了，脑袋和神经全副武装，像战争动员令中的国家，随时准备对付一切破坏活动；人人如此，因此车站时常会发生争吵、打斗之类与人性不合的动态。没有档案的地段，全是身份不明的人物，底细隐私绰号无法掌握，政治面目、婚姻状况、经济收入、血型、手相、前科、气质一概不清楚。生存的安全感靠的就是对上述方面的收集和掌握。车站是可怕的，可怕的陌生，永远是陌生在乱动、变化，经验报废了，陌生是一条到手就滑的泥鳅。分不清左中右，分不清是与非，看不见事件的本质，好人说话，坏人也说话，好话坏话分不清楚。只有各种各样的身体、面目、衣着在动。看不出动机。心怀鬼胎，心怀不轨，心怀叵测，心地善良，心胸磊落，心血来潮，心情复杂，心思单纯，心烦技痒，心急火燎，心神不定，以至心事浩茫连广宇，谁又看得出呢！真正是所谓人心难测。心不可见，却人人是乘客，个个一样平等，无论贫富贵贱，都大摇大摆进进出出。公然与你挨在一起，挡前跟后，在左在右，却不必对你将一切和盘托出；你得忍受他傲慢的陌生，你得忍受他在你周围动作，却不能对一切究根问底；你无法将他的档案调来细究，一切都靠不住，一切都非常可疑，不能信任。并且这些身份不明的人全都活动频繁，公开的活动，活动口舌，活动四肢，活动车票，活动食宿。旅行的、买卖的、打工的、盲流的、调动的、出远门的，都是活动。活着就要动，在车站是真理中的真理。但活动可不是个好字眼，以前不是常说吗，某某最近“活动频繁”、“地下活动”警惕“一举一动”。车站是一个城市活动最频繁的地区，因此“打击”、“警惕”、“严防”一类的动词也使用得最频繁，贴在墙上，写了挂在大红布标上，通过大喇叭高音量覆盖下来。它们决不会弄到活着不动，安生守分的好人家里。这个地方再杂以无数专治梅毒、腋臭、脚癣等等与活动有关的细菌的广告，真正是令一个好人一进去就发痒、流汗、生疮化脓的场所。车站并非归宿，它只是人类出发与抵达的中转站，成千上万的人集合在此，并非为了一个共同的目标，大家全是个人主义者，自由主义者，各有各的去处，各有各的心事，各有各的方言；每个人都是暂时的，偶然的，过眼云烟的。一见如故，很可能是骗局的开始；志同道合，难说有否扒窃的嫌疑；促膝谈心，讲的全是弥天大谎；人由于互相不知底细，也就比平时更大胆，更自由，不再注意风度，不再拘泥于表面的敷衍，实实在在，痛痛快快。这是一个没有本质的混乱的表面，因为没有本质，所以警察们安然自得，如巡视鱼群的鲨鱼，他知道这种表面不会发生动乱。但一个多年不动的人进入这里，安全感就消失了，经验不再适用，对策全是下策，面对活动，面对陌生，面对变化，面对种种可能性，他感到孤立无援，只有自己帮助自己应付一切了，心落不在实处。

拎着几大包财产和一颗绷紧的心，像一条警惕的蛇那样穿过陌生人的墙壁，向火车靠近。火车比车站安全，它面积小，封闭、牢固、稳定，各人有各人的一隅。站在车厢口的女乘务员给乘客换票，车票递过去，就换给你一个硬牌，上面用钢印打着号码。一瞬，人的安全感又回来了，仿佛得到了一本工作证，一个户口册，有了档案编号，但心还是落不下来。自己的铺位是中铺，上面和下面都是生人，“看不见的手”，心里一紧；而对铺也是三个生人，心里再一紧；隔壁还有七八十个生人，心完全收缩，如捆上了绳子。自己已将自己捆起来，交流开放已断了路，这将是一趟戒备、寂寞、漫长的旅途。铺位没有门，没有帘子，你的任何活动、姿态、言语都将自动处于不设防状态，陌生人的目光可以随时粗暴地侵犯你。你必须当着这些生活习性、世界观、审美方式、幽默感完全不同的人进行私人生活；你不可能为了一点面子就不吃饭、不睡觉、不洗脸、不放屁。一切风度都完蛋了，大家像是置身于一个洗澡池，彼此心照不宣。处于陌生中，处于偶然中，处于不可预测中，谁知道那个穿红衬衣的男子的一瞥意味着什么？很可能就是一次凶杀的序曲；谁知道那个女人微笑暗示着什么？说不定有一段韵事在所难免；而为什么最后上车的这个男子要一直戴着墨镜？他非常像电影里的坏蛋……满脑袋的念头、心眼，这个为什么才落下去，那个为什么又拱起来，一心往深处、秘处去揣测、分析、捉摸。完全不顾眼下、当场的事实，其实如果当时车窗外有局外人瞥见这场景，他会觉得这儿充满和平、安全，像某大学的集体宿舍。可是一旦置身其中就不同了。一个包厢 6 个人，凭着看麻衣相的经验先得给他们分分类，凡有人群的地方都有左中右。我上面这个厚嘴唇、愣乎乎的乡下佬，也许可以归为憨厚老实一类。下铺这个三角眼的四川小子，颇像古典小说描写的偷鸡摸狗的角色，要小心。我对面的中铺，是一个黑大汉，穿着军装、军裤，没有领章帽徽，但是有安全感。上铺，是一个美女，徐娘半老，风韵犹存，对她不必担心，女人嘛，怕什么。下铺，一个衣冠楚楚、在墨镜里看周围的人物，这种人特别令人反感——伪君子，自以为了不起，不就是当个小官嘛，何不坐软卧去，资格还不到吧？肯定是见死不救的自私鬼——此人被我归纳在档案中有问题的不可信任一类。再次不动声色地将五张素昧平生的面孔暗视一遍觉得自己判断基本可靠，才找个地方安顿自己行李。当然这些心理活动比我这些文字写下来的时间快得多，那么一瞥并分析、整理、归类、下判断，只是一分钟左右的时间。这种功能在这个古老的国家可以说是一种遗传了，我当时根本意识不到我的这些个内心活动。内心的设防完成了，现在的任务是把自己私人的财产储存妥当，要将它在行李架上安置成某种想象中的八卦阵，以最大的限度防偷防破坏。最重要而又不怕压的一个包要放在最底下，用软锁锁在架子上。然后才是相对次要的包。其他人也忙着抢滩夺地，建筑自己的八卦阵，彼此寸土必争，但也会互相妥协，因为都是陌生人，没有领导，出了麻烦告谁去？所以得忍着点儿，不得罪为好，在车上还要相处许多时间。最终大家的八卦阵都调整得稳妥、坚固，彼此防备又彼此依赖，从整体来看，这个行李架可以看成是一个由6个人的私人财产堡垒组成的一个更大的对付外来侵犯的共同防护圈。这也正是这个包厢6个乘客这个旅次的真正关系，关系一旦确定，彼此才稍稍放松，但在这个旅途中，完全的放松是不可能的了。彼此进一步察言观色，我被厚嘴唇的人归为心狠手毒的一类，而黑大汉又视我为傻冒；四川三角眼将我划为一旦有危险时的依靠对象；戴墨镜的男人则将我在生意人一栏下归档；那个美女对我有好感，考虑了私奔的可能性和后果。我还是我这一个，却在其他5个人潜意识中成了5种角色。而6个人各有6种分类法，在B省被视为正派的外表在G省却视为傻冒，在南方被视为好汉的活动在北方却是淫荡之举。所以6个人的车厢，六六三十六，实际上是36种角色在活动。

火车动了。载着陌生的人向陌生的地方驶去。心里并不踏实，像进入黑暗的隧道一样，整个人处于日本兵侵入中国村庄的状态，似乎随时随地会有什么爆炸。女人最先打破沉默，一一问每个人要去的方位，就像问您吃过饭吗一样，无非缓和一下气氛，却立即引起了众人的怀疑。我发现至少有4个人谎报了他将要下车的车站。人人都说去的是终点站，却有4个人在中途就下了车。但谈话还是终于蒸发了起来，先是试探性地，如猫的触须，但碰到的全是墙。没有人会傻乎乎的“敞开心扉”，谎言成为交流的最佳工具。谎言保护着每一个人，要获得保护就必须杜撰，杜撰是合法的，犹如一种集体创作，每个人都杜撰了自己梦想中的自己，而不会有人来揭穿你的梦。因为不存在事实，你的说法就是你的事实。于是每个人都变得像诗人一样，靠传奇来征服别人。在座的每一个人都是天真的、烂漫的、勇敢的、经历丰富的，大家像初恋时代一样，全把自己往美丽动人的方面描绘。于是车厢里开始愉快起来，一种建立在美丽的谎言之上的新型关系开始建立，甚至有了一种家的氛围，它体现在彼此之间的谦让和照顾；轮流去打开水，把一个鸭蛋分成6份，一包花生米大家传递着吃等等。开始有了安全感，这就是大家一致将本车厢之外的世界都看成危险，看成世界以外的最初形式。世界以外指的是什么？如果他占据的是一张桌子，那么桌子以外就是丢垃圾的地方；如果他占据的是一个铺位，那么铺位以外就是丢垃圾的地方；如果此时他的脚正占据着一片地皮，那么，地皮之外就是；如果他们占据的是一个包厢，那么包厢以外就是；如果他们是在一节行进的列车中，那么列车以外的辽阔地带就都是这列火车的垃圾场。基于对这种关于世界以外的共同认识，这6个人组成了一个族党或山寨之类的小集团，其公认的原则是所有的污物都可以朝车窗外丢（这些人中后来有人躺在卧铺上开始阅读散文选集，他们从未意识到，那个被他们当做天然垃圾场的“车窗外”，正是这些散文所赞美的那些“美丽无比”的原野、山岗、河流）。在每个车站都要把窗子关上，对每个闯进寨子的“陌生人”都要盘问。这些个公认的原则并未讨论过，而是大家自觉默认的。人们虽然素昧平生，但对事物和世界的基本认识却源于一个传统。正是这种传统，使陌生人彼此产生了安全感。如果有人公然无视这种安全感的保护，拒绝加入这6个人的党，自命清高，那么该人立即会成为公敌，被孤立起来；中午卖饭的车来了，不提醒他，由他饿着肚子呼呼大睡；有人翻弄他的财产，装着没看见；他上厕所，得提着财产去，没人愿意替他代眼。更可怕的是，他会成为众人闲着没事时的品头论足的焦点，他的一举一动都被从精神病的角度去理解、分析、研究、观察。在一个远离同乡、熟人、同事、领导并且永不固定、永远在流动的场合，人本来可以自行其事，却发现他仍然不能放任自流，他在任何地方脱离群众都会带来灾难性的后果，这就是车站和车厢的不同。车站也是流动的，但它难以封闭；车厢也是流动的，但它相对封闭，容易建立起固定的关系，人们往往害怕车站，而信任火车。

内心有了安全感，身体才可能休息，往往要在开车之后一两个小时，身体的僵硬状态才会解除。现在，炯炯的目光可以转入暗淡、闭合；巧舌如簧的嘴唇可以愚蠢地张开，口水决堤。严阵以待、正襟危坐的四肢可以弯曲、松弛、垂下、垮下、塌下、倒下。但耳朵不会失聪。白天要抓紧睡，以便对付危机四伏的夜晚。在黑暗抵达之前，先要再次检查财产是否健在、再次加固。然后每个人都按照自己精心设计的程序，将钱财放在贴身的某处，把贵重物品放在近身的某处，最后才把身体转向早已估量好的最安全的一面。在这方面人人都有一套秘方，一套隐匿财产的复杂操作。一切妥当，并不意味着可以高枕无忧了，恰恰相反，这是行动开始的信号。耳膜像猫一样溜进了黑暗中的车厢，在巨大的车轮摩擦声中辨识那些对“响”最忌讳的部分。这是一个非常累人的活计，“响”即导致紧张也导致瞌睡，它如果是瞬间的，人会惊而警觉；如果它是漫长的，无休无止的，就会催眠。那“猫”在黑暗的仓库里坚守了一两个小时之后，终于麻木，责任心被肉体的困顿击溃，如果真有“手”想动的话。那么现在正当其时。然而，大多数夜晚，百分之九十九点九的夜晚安然无事。上帝早就知道这一点，可他对不可言语的就保持沉默，因而害苦了人类，害得他经过三天三夜的提心吊胆之后，血压上升，形体消瘦，寿命缩短。其实他一开始就可以放心睡去，他睡得像回到母腹中一样也是安全的。正因为人类的顾虑太多、太依赖熟悉、越了如指掌越容易“时刻准备着”，放不下心。陌生也许是一种比熟悉更具有安全感的东西，因为陌生意味着偶然性、意味着流动、变化，也就意味着个体之间的互相尊重、承认、妥协，对游戏规则的建立和遵守。陌生没有等级，它既立足于个体的无法干涉的自在，也有赖于个体与个体间彼此的谅解。陌生是设防的、自卫的，而最终是不设防的。在陌生中人可以独处，可以自在，他自己掌握自己的档案，他可以以一种在熟悉中完全不同的面目出现。例如，他在故乡本来是人人厌恶的二狗，在陌生人中他可以变成宋江或林冲一流人物，而不必担心突然冒出一个老面孔来揭发：“别装佯了，你的底细我还不知道？你原先如何如何……”你一阵自卑就丧失了尝试新角色的勇气。而这种角色的转换很可能最终成为个人命运的新的可能性，成为事实。在熟悉中，这种可能性是永远不存在的。在陌生中，可以在众目睽睽之下干你从未干过的事。陌生是自由的、放松的、创造性的、未知的、没有规范和拘束的。当然，这一切都要你自己负责，这是陌生所要求的最基本的代价。其实在火车上真正的乐趣正是你可以在人群中独处。独处本来不易，在这个人口超编的、林泉幽谷已然不多的世界，你完全可以坚持一种与众不同的生活方式。如在钓台或茅庐，无视公认的常规、令人不快、令人嫉妒、令人不满但不侵犯他人的权利，让他有怒不敢发。你不必担心他日后找茬儿收拾你、整治你。到站了，拜拜！你扬长而去。但人们总是认为火车上是更需要彼此依靠的地方，一上车就想着关心、依靠、互助、团结。人们更希望的是熟悉，是人和人的联系的陈旧化，是彼此的放心。至于独处，那无异于在一个没有帮手的环境中四面树敌，是非常危险的。因此，敢于独处的人并不多。

又一个白天到来了，火车早已远离故土、乡音。现在，大地、天空、周围的人全是陌生的。睁开眼，第一眼先看自己的行李架上的八卦阵，坚固完好；再摸摸裤腰上的票子，妥帖安分。于是心情大好，于是彼此之间越看越顺眼，又发现谎言也确实为自己塑造了一个新的形象，倒比自己真正的档案更真实。干脆顺势为自己这个新形象加光添彩。谎言越发淋漓尽致、越发无羞无耻、妙趣横生以至炉火纯青。信任开始巩固，友谊开始产生，如果火车是开到西伯利亚去的，那么经过二三十天的相处，难免发生真正的韵事，或结为拜把兄弟。现在，30个角色已精简为相对清晰固定的6个，他们当然不是遥远故土档案袋中的那6个人，这是6个新人。如果故乡人知道这6个出远门的人在另一类人群中竟然是这般嘴脸、神态、性情、举止，一定会以为他们被上帝改造过了。但陌生仅仅是在这个小圈子中暂时地潜伏着，在更大的周围中，在未来的每一秒，陌生依然存在。只要你仍然置身在这个永远在流动、变化的空间中。在这儿，熟悉永远不可能战胜陌生，陌生是充满生命力的大河，熟悉只是一些暂时的漩涡。它总是刚刚成形，就又被新的陌生无情地卷走。

这趟火车的这6个人临时捏成一团的小组，在和平共处、相安无事的安定团结局面中混了500公里之后，这种关系突然被一个闯入者结束了。车过F省某站，上来了一个在传统麻衣相看来是“一脸凶相”的人物。F省在中国历史上是以激进著称的省，在火车抵达这个省之前，种种有关F省的谣传就已经在车厢里被大加渲染。据说就在最近该省还出了几桩命案。一路上大家都互相告诫：要过F省了，当心啊！此人在一片拥挤和混乱中挤进了卧铺车厢，一个黑煞煞的小个子男人，“神色自若地”从第一节包厢走到最后一节包厢，又折返回来，在那个6人党的包厢边的靠窗的折叠椅上一屁股坐了下去。

此人其实长得颇像鲁迅画过的阿Q，并且衣着破旧，要是在七八十年前，那么人们是不会去注意这样一张脸的，在当年这种面目往往是畏缩的、被侮辱与被损害的，它或许永远不会在卧铺车厢出现。可从现在的角度来看，这张脸却意味着某种反文化的、不守规则的、无产而又不能无视的、无赖的、铤而走险的状态。此人一副旁若无人的样子插在那里，谁也没上前对他进行盘问，按说盘问应该是理直气壮的，这是卧铺车厢，并且那个位子早已天经地义地属于这个包厢的6个人。大家彼此谦让，轮着坐。这是小包厢惟一一个可以独坐而不必与别人肌体接触的座位。按规定闲杂人员是不能随便进卧铺车厢来的，但无人盘问此人，因为不明此人底细，又处于无法把握的时空中。要是这儿是自家的四合院或本单位的走廊，那么对这种情况已不是盘问的问题，而是大声喝斥，要他老实交代了。本来嘛，既来之则安之，如果这6个人采取一种开放容纳、视陌生为日常的态度，对不速之客投以友善，设身处地地理解他，与他对话，那么剩下的旅途也许会仍然愉快，渐渐陈旧的话题或许会插入一段新鲜而生动的独白。但那6个人一个都不理他，都巴不得这陌生人赶快离去。而此人恰恰喜好当众独处，他对那6个人面部的不满视而不见，只管占了那个位子将头朝窗外一扭，欣赏大好河山去了。这个刚刚建立起来的“党”开始分化，和睦的家庭气氛渐渐僵硬，陌生又占据了内心。猜疑、揣测、戒备，企图把握此人的底细。他从何来，将会做什么，他是好人还是坏人等等。十万个为什么在6个人的脑筋里翻来滚去；分析、归纳、总结、归档，此人才在6个人的麻衣相中固定成6个。当然是大同小异，因为此人的外貌、举止都属于熟悉中的某一类。大家共同的结论是：要小心噢！并且有人还进一步怀疑在座的是否有他的同党。这是有道理的，要不然他为什么别的地方不坐，偏偏选中这儿呢。一个人老挂念着“要出事了”，旅途当然就变得漫长而乏味。大家不再关心大好河山，而是集中精力注意着那个人的一举一动，但出事的时候姗姗来迟，那人先是数小时一动不动，“他在盘算如何动手”。后来，他拿出一把水果刀摆弄。“要动了”。但摆弄了一阵，他却用这刀子削起了瓜。“到底想干什么?”之后，他抽烟、玩火柴盒、挖鼻孔、把鞋脱下来，光着脚丫，污染空气。忽然转过脸来，“凶光四射”，从6个人脸上一一扫过。于是那6人赶紧假装看地板、看手、看外面恍惚的风景。如此僵持了两个省的路程之后，那人忽然在列车即将进入的一个并不停车的小站到达之前猛地站起来，走掉了。“他上哪去？去叫同伙，去取凶器，他回来怎么办?”但他再也没有回来。这个“党”就这么惦念着，时刻准备着；信任再也没有恢复。其实上帝在天上可以作证，那个人不过是走错了车厢，他非常紧张，他试图道歉，但没有机会。这可怜的人虽然一直坐在那里，但他始终在指望会有人赶他走，这样他就会得到一个解释的机会，会轻松一些。这个善良的人本来准备为他的过失向那 6 个人贡献他自己种的、准备了这路上解渴的甜瓜。他后来不得不到别的车厢去，因为这里实在是太压抑了。此人走掉很久很久，人们确信他不可能再返回了，因为火车距终点站已经只有几公里了，于是大家才在松了一口气之后，打破沉默，开始发表对那人的感想。一致的看法是：“他不敢下手。”旅途已经抵达终点，城邑呼啸而来，陌生开始消散，离站台还有一万米的距离，大家已纷纷收拾东西，蜂拥向车厢口。如同一场逃难，弄得人心惶惶，惟恐落在最后。

到站了，人们普遍地处于松弛状态，何谓“故乡”，很多人有了更真切的感受。在汉语中，没有比这个更亲切的词了。人们心有余悸地再看一眼火车，那空荡荡的怪物，陌生得可怕。他们坚决地转过身，朝着有门、有户口、有熟识的人群、风景、建筑、有亲爱的老家、稳定、安全、闭了眼睛也不会摔跤的、永恒的故乡奔去。他现在惟一的念头就是到了家，要立即解开四肢，蒙头大睡，这个可怜的人啊，被陌生累坏了。

王鼎钧

王鼎钧（1925～），山东临沂人。散文家。散文集有《人生观察》、《情人眼》、《碎琉璃》、《左心房漩涡》等。

那　　树

那棵树立在那条路边上已经很久很久了。当那路还只是一条泥泞的小径时，它就立在那里；当路上驶过第一辆汽车之前，它就立在那里；当这一带只有稀稀落落几处老式平房时，它就立在那里。

那树有一点伛偻，露出老态，但是坚固稳定，树顶像刚炸开的焰火一样繁密。认识那棵树的人都说：有一年，台风连吹两天两夜，附近的树全被吹断，房屋也倒坍了不少，只有那棵树屹立不摇，而且据说，连一片树叶都没有掉下来。这真令人难以置信。可是，据说，当这一带还没有建造新公寓之前，陆上台风紧急警报声中，总有人到树干上漩涡形的洞里插一炷香呢。

那的确是一株坚固的大树，霉黑潮湿的皮层上，有隆起的筋和纵裂的纹，像生铁铸就的模样。几丈以外的泥土下，还看出有树根的伏脉。在夏天的太阳下挺着颈子急走的人，会像猎犬一样奔到树下，吸一口浓荫，仰脸看千掌千指托住阳光，看指缝间漏下来的碎汞。有时候，的确连树叶也完全静止。

于是鸟来了，鸟叫的时候，几丈外幼稚园里的孩子也在唱歌。

于是情侣止步，夜晚，树下有更黑的黑暗，于是那树，那沉默的树，暗中伸展它的根，加上它所能荫庇的土地，一公分一公分地向外。

但是，这世界上还有别的东西，别的东西伸延得更快，柏油一里一里铺过来，高压线一千码一千码架过来，公寓楼房一排一排挨过来。所有原来在地面上自然生长的东西都被铲除，被连根拔起。只有那树被一重又一重死鱼般的灰白色包围，连根须都被压路机辗进灰色之下，但树顶仍在雨后滴翠，经过速成的新建筑物衬托，绿得很深沉。公共汽车在树旁插下站牌，让下车的人好在树下从容撑伞。入夜，毛毛细雨比猫步还轻，跌进树叶里汇成敲响路面的点点滴滴，泄漏了秘密，很湿，也很诗。那树被工头和工务局里的科员端详过计算过无数次，任它依然绿着。

计程车像饥蝗拥来。“为什么这儿有一棵树呢?”一个司机喃喃。“而且是这么老这么大的树。”乘客也喃喃。在车轮扬起的滚滚黄尘里，在一片焦躁恼怒的喇叭声里，那一片清荫不再有用处。公共汽车站搬了，搬进候车亭。水果摊搬了，搬到行人能悠闲地停住的地方。幼稚园也要搬，看何处能属于孩子。只有那树屹立不动，连一片叶也不落下。那一蓬蓬叶子照旧绿，绿得很问题。

啊，啊，树是没有脚的。树是世袭的土著，是春泥的效死者。树离根根离土树即毁灭。它们的传统是引颈受戮，即使是神话作家也不曾说森林逃亡。连一片叶也不逃走，无论风力多大。任凭头上已飘过十万朵云，地上叠过二十万个脚印，任凭在那枝桠间跳远的鸟族已换了五十代子孙，任凭鸟的子孙已栖息每一座青山。当幼苗长出来，当上帝伸手施洗，上帝曾说：“你绿在这里，绿着生，绿着死，死复绿。”啊！所以那树，冒死掩覆已失去的土地，作徒劳无用的贡献，在星空下仰望上帝。

这天，一个喝醉了的驾驶者，以六十哩的速度，对准树干撞去。于是人死。于是交通专家宣判那树要偿命。于是这一天来了，电锯从树的踝骨咬下去，嚼碎，撒了一圈白森森的骨粉。那树仅仅在倒地时呻吟了一声。这次屠杀安排在深夜进行，为了不影响马路上的交通。夜很静，像树的祖先时代，星临万户，天象庄严，可是树没有说什么，上帝也没有。一切预定，一切先有默契，不在多言。与树为邻的一位老太太偏说她听见老树叹气，一声又一声，像严重的气喘病。伐树的工人什么也没听见，树缓缓倾斜时，他们只发现一件事：本来藏在叶底下的那盏路灯格外明亮，马路豁然开旷，像拓宽了几尺。

尸体的肢解和搬运连夜完成。早晨，行人只见地上有碎叶，叶上每一平方公分仍绿。绿世界的残存者已不复存，它果然绿着生，绿着死，缓缓的，路面染上旭辉，缓缓的，清道妇一路挥帚出现。她们戴着斗笠，包着手臂，是都市的寄生者，是树的亲戚。扫到树根，她们围着年轮站定，看那一圈又一圈的风雨图，估计根有多大，能分裂成多少斤木柴。一个人说：昨天早晨，她扫过这条街，树仍在，住在树干里的蚂蚁大搬家，由树根到马路对面，流成一条细细的黑河。她用作证的语气说，她从没有见过那么多蚂蚁，那一定是一个蚂蚁国。她甚至说，有几个蚂蚁像苍蝇一般大。她一面说，一面用扫帚划出大移民的路线，汽车的轮胎几次将队伍切成数段，但秩序毫不紊乱。对着几个睁大了眼睛的同伴，她表现了乡间女子特有的丰富见闻。老树是通灵的，它预知被伐，将自己的灾祸先告诉体内的寄生虫。于是小而坚韧的民族，决定远征，一如当初它们远征而来。每一个黑斗士在离巢后，先在树干上绕行一周，表示了依依不舍。这是那个乡下来的清道妇说的。这就是落幕了，她们来参加了树的葬礼。

两星期后，根被挖走了，为了割下这颗生满虬须的大头颅，刽子手贴近它做成陷阱，切断所有的动脉静脉。时间仍然是在夜间，这一夜无星无月，黑得像一块仙草冰。他们带利斧和美制的十字镐来，带工作灯来，人造的强光把举镐挥斧的影子投射在路面上，在公寓二楼的窗帘上，跳跃奔腾如巨无霸。汗水超过了预算数，有人怀疑已死未朽之木还能顽抗，在陷阱未填平之前，车辆改道，几个以违规为乐的摩托车骑士跌进去，抬进医院。不过这一切都过去了，现在，日月光华，周道如砥，已无人知道有过这么一棵树，更没有人知道几千条断根压在一层石子一层沥青又一层柏油下闷死。

金耀基

金耀基（1935～），浙江天台人。社会学家、散文家。散文集有《剑桥语丝》、《海德堡语丝》等。

是那片古趣的联想？

剑城的冬天真不好受，冰风冷雨，在浩阔无边的剑桥平野上，像一千匹野马呼啸而过。暴虐里还带些轻狂，古城的大街小巷，由宁静而变得冷寂了，偶尔看到二三行人，也都似灰暗中晃动的影子。学院把几个世纪的厚重的大门关得紧紧的，如一座座寺院。

剑桥的“堂”说：“这里冬天的气候是不顶令人合意的。”这是他们典型的“低姿态”的谈话艺术。讨厌得要死，却说“不顶令人合意”。王家学院的波罗克（R. Brooke）有“剑人鲜矣笑”的诗句。这我倒不觉得，但在秋光渐老之后，剑桥人的笑容就确很吝啬了。

对剑桥的冬天的原谅是在她一月的大雪之后。当妻与我倚凭在克莱亚桥雪栏上的刹那，我们把对隆冬的积怨一笔勾销。没有冬寒，哪能有这样的雪景？在满天飞絮的Backs（剑大七八个古老学院的后园），是一片皓皓然的洁白，一个学院连着一个学院，一片白接着另一片白。原来不敢想象还有比绿玉的绿更美的草坪，此刻却发现白雪之白更冷艳复绝！还有那一排排的枯树，那一座座孤冷的桥影，那冰河上不出声的一群群有点像鸳鸯的鸭子……这样冷艳的美是应该付出代价来欣赏的。而在难得一现的阳光下，残而未凋的柳丝更映射出千万条熠熠的金黄。那金黄似发，那雪白如肤……不错，梅柯克没有说假，“未见剑桥的雪景，没有人可说他看尽了剑桥的美”！有人喜欢剑桥的春，有人喜欢她的秋，也有人更钟意她的夏，但在初雪惊艳之后，不能不说剑桥是属于四季的。

“三月风，四月雨，五月春暖花盛开。”当地有人这么说。三月未尽，剑桥的早春就在风雨中翩翩然来临。风在树梢，风在河上，风在剑桥老师的袍袖，风在剑桥少女的裙裾，风不再冰冻，而只是一股凉意的流动。寒冬之后，谁又能不爱欢跃的春风？我记起歌德的“古典的美丽的死”。这位诗哲在临终的床前索笔，要写的便是歌颂大地在春风中的初醒！

剑桥的早春主色是绿的。那是新绿，是在严冬的灰色中挣扎出来的绿，在雪地的白色中冒露出来的绿。在绿的邀约下剑桥的古老学院这时徐徐地脱卸了寺院的灰寂，至于那条被柯立基（Coleridge）赞为“美丽的小溪”，徐志摩誉为“剑桥灵性所在”的剑河，这时早划破了冰封，载一船船少年男女的欢笑。剑河美则美矣，灵则灵矣，但她的美，她的灵也真亏垂柳青青，桥影扶疏和两岸一座座教堂、图书馆、方庭的伴衬。说真的，剑河是一条最幸福的小河！她两岸不止有赏不尽的自然美景，更有看不尽的历史文物。两岸的风光不是“点”的美，“线”的美，而是“面”的美。英伦七个世纪的文化都一一陈列在此，五百里的景物皆卷藏在这几里的方圆。在三四月交接的辰光，克莱亚学院小径上的满地蓝蕊，圣约翰学院溪边的黄色水仙，不等春暖就抢着绽放了，我不知那蓝蕊的名称，但那种蓝使我想起日月潭潭心的湖蓝，而那水仙的黄，则更应是陶渊明东篱下的菊黄了。惟早春的丽色，还数三一学院古树两旁的花径最绝。在五码阔、二百码长的花径里，万万千千的“番红花”，白色的、橘黄的、紫色的，杂色缤纷，无规律，又似有规律，像一匹展开的华贵的锦缎，但锦缎没有这样魅力，是人工的，但人工怎能有如此天趣？真的，像一位爱花人所说，这景色：“一见难忘，未见的，无由想象！”

剑桥的教育，最有作用的恐不在“言”教（它也不见得好过其他一流学府），导修制是在言教之外还有“身”教，向被视为剑桥的特色。这点是真，但也不可太过夸张，依我想，剑桥的“心”教也许才是真正的精华。心教是每个人对景物的孤寂中的晤对，是每个人对永恒的刹那间的捕捉。剑桥的伟大之子，不论是大诗人或大科学家，对宇宙人生都有那种晤对与捕捉。剑桥的教育家似乎特别重视一景一物的营造，在他们看来，教室、实验室固是教育的场所，但一石之摆置，一花的铺展，也都与“悟道”有关。在根本上，剑桥人相信人的真正成长必须来自自我的心灵的跃越。剑桥的教育，不像西洋油画，画得满满的，反倒像中国的文人画：有有笔之笔，有无笔之笔。真正的趣致，还在那片空白。空白可以咏诗，可以飞墨，可以任想象驰游，当然也可以就是一片无意义的白。剑桥不把三年的课程填得满满的，一年三学期，每学期只有九个星期，它是要学生有足够的时间去想，去涵泳，去自我寻觅。不错，有些纨袴子弟三年下来可以是真正一片空白，但也真有人把那片空白填上百口传诵的诗篇或开启自然之秘的新钥。在剑桥耽上一千零九十五天的莘莘学子，面对无尽景物，能够终年不思不想？毕丕士图书馆下的一缕月色，能不叫人沉思？牛顿居处窗外的苹果树，能不令人驻足凝视？而王家学院礼拜堂百千枝烛光中的唱诗，纵使你不信教，又何能了无心动？至于万紫千红的剑桥后园，若非木头石脑，也不能不识得是东风面了？

来剑桥已八个多月，但始终没有好好到大学以外的剑城看看。一个早春的日子，人类学者华德英女士来邀喝下午茶，并主张先“游车河”（坐汽车看风景也，她会说很好的广东话），我们自是“欣然同意”。剑桥除了剑大，她的规模与格调跟别的英国小城很相近。英国小城我曾去过几个，都蛮有味，但早春的小城风光却是来英后第一次会见。一路上，所见的尽是新醒的绿，初绽的花。有的是一街的枣红（很像樱花，但樱花要再过几星期才开），有的是一巷的杏白，更多是一园园的水仙。而我最喜欢的则是街街巷巷的佛塞西雅（连翘），黄得漂亮极了，黄的从树根到枝头，是彻上彻下妩媚的黄，原来它们还是爱花的英人从中国西南一带移植过来的，这使我对佛塞西雅除了感到美丽外，更增一分异域遇乡人的亲切与惊喜。

剑城的房屋、店铺，都是清淡的、古朴的，都是经过历史的风雨浸染的那种色调，这里没有高楼、没有巨厦、没有大烟囱。古旧，但不残破，而夹在枣红、杏白里则更显出一片春意中的典庄。它给你一种感觉，一种不陌生的感觉，一种“曾经来过”的感觉。“曾经来过”？是的，我确有些面熟，但我已记不起在哪里见过了。是杜工部诗中的锦官？是太白诗中的金陵？抑是王维乐府中的渭城？有些像，但又不像！但我何来这样的感觉？是佛塞西雅的联想？还是因剑城的那片古趣？

陶 然

陶然（1943～），原名涂乃贤，广东蕉岭人，生于印度尼西亚，现居香港。小说家、散文家。散文集有《回音壁》、《此情可待》、《月圆今宵》、《香港节拍》等。

别离的故事

一

那时是何等的青春年少。异国那四季如春的山城，是我出生的地方；离开它的前几天，我觉得我正在做一件大事。欢喜成天在我的眉间舞蹈，连走路，也轻飘飘地几乎要飞上天去了。

一天中午，妈妈带我上街，就在一家常去的面店，给我点了我最喜欢吃的饺子面汤。

“孩子，你离开家，最留恋的是什么？”看着我狼吞虎咽，妈妈忽然开口问道。

“我？”我一面吃，一面含糊地答道，“我留恋的是我的学校，我的同学们。”

“家呢？”妈妈的语调中微微有些失望，“你一点也不留恋吗？”

“家？”这个问题几乎从来没有在我的心中引起过注意，我怔了一下，才觉得有些愧意，连忙补充道，“家当然也留恋。”

妈妈大概听出这并不是我的真实想法，她轻轻地叹了一口气，便默然了。过了一会，她又抬起头来问我：“你离开的时候，会不会哭？”

“哭？”我哈哈地笑了起来，“男孩子，怎么可以哭！”

妈妈笑了一笑，但我觉得好像有点勉强。我不大明白，她实在是怎么想。

离去的那天上午，我仍在兴高采烈地向邻居道别。自己一边想着，午饭一吃，我便要出发，横过太平洋，远走高飞，留下惊异的他们，心中便觉得过瘾。刹那间，我便以为自己是引人瞩目的人物，一种莫名其妙的虚荣心便得到了相当程度的满足。

时间毫不留情地在我的身边滑走，这“最后的午餐”，一下就伸到我的面前，我突然觉得心沉了下去。全家围坐在一张桌子边，吃的是鸡粥。刚吃两口，妈妈突然掩面而去，我的眼泪一下涌了出来，但却拚命地忍着，只顾低头一口口把粥往嘴里塞。突然呛住了，我抬起头来，正想咳一下，却瞥见爸爸一边吃着，泪水却无声地流了一脸。

我怎样都抑制不住了，“哇”的一声，便冲向洗脸间，在那里没命地哭了起来。就在这时候，我才有些意识到，我这一去，就意味着永远不能再回头。但在这以前，不知为什么，我总有个错觉，以为这不过是一次远行，去了还会回来。

但，我就像只断线的风筝，永远也回不去了。

爸爸妈妈千里迢迢跑来探我的时候，已经是十五年以后的事情了。这一别，竟会如此长久，当初我怎么会想得到！

我只记得，那年，当我走向海关时，送行的人们被铁栅栏分隔在一百米以外。我提着手袋，一步挨着一步地走，并且频频地回过头去，往人丛中寻找爸爸妈妈的踪影。

我终于见到，爸爸和妈妈在那边挥舞着手。我的眼泪又涌了上来，我放下手袋，无力地举起手，招了一招，连再多看一眼也没有勇气，便回头顺着人群向前流去。等我想到再看他们一眼时，我的视野已经给建筑物挡住了。爸爸呢？妈妈呢？全都看不见了。

就这样，我便踏上人生的旅途。眼泪模糊了我的视线，心顿时好像给分隔成几片。

要知道，在那之前，我从来没有离开过父母的身边半步呀！

那时，我才十六岁。

二

一整夜，雪就下个不停。清早起来，映进眼帘的，是一片白茫茫的世界。我的心，也像外头的气温一样，冷到零下二三十度。

她为我送行，我们漫步在雪地上，一脚踩下去，雪就几乎涌到膝头上。阴霾的天空中，雪片仍在不断地飞旋着飘飘而下，轻灵灵的，密麻麻的。走了一大段路，彼此仍旧一言不发；大家都不知该说什么好，惟恐一句不恰当的话，会掘开暂时还隐藏在地下的伤感的泉源。

竟然到了火车站。竟然到了开车时间。

“这就走了？”她裹着蓝白方格头巾，隔着车窗，问我。

我点了点头，不吭声。我知道，只要一开口，我的泪水就会汹涌而来。

“还会来吧？”她又怯怯地问。

我又点了点头，尽管心中十分茫然，因为我知道我要走得很远很远。

火车猛然颤抖了一下。好像给铁锤敲了一下，我的心一缩，我看见她急遽地背转身去，两滴泪水似乎滴在我冰凉的心中。

在我的印象中，仿佛有一种朦胧的什么。然而大家从来没有承诺过什么，既无言，也未曾示意。

在大雪纷飞中，彼此心里都明白，这大约是最后一面了。而我不远千里，来到这边塞，原也只为说声“再见”。

三

由南向北，再由北到南。

但，路线已经不尽相同了。人的一次来回踱步，想要准确到一厘不差地回到原地，本来就不可能；何况人生的变化！那五千个日日夜夜，堆积在我的生命中，为脸上皱纹的出现，开了道路。

古都的最后一晚，流泻着令人留恋的柔意。我缓缓地在大街上走着，多少心头的浪花，又重新在记忆的长河中跳出。

在情感上，他是我的兄长；在事业上，他是我的师长。当我去告别时，他无言地笑着，拿出一堆刚蒸熟的螃蟹，招呼我一起吃下。

淡黄的灯光照了下来，院子里寂静一片。我们似乎没有很多话说，也许，该说的都已经说完了；也许，要说的也不知道应该怎么说。

“热爱生活，热爱人类，热爱书籍。”这是他对我的临别赠言，我一直记得一清二楚。它屡屡阻挡了偷懒和退却的想法，尽管历尽挫折，我总算还能够维持这份兴趣，直到今天。

今天经过码头，偶然见到小贩在那里摆卖螃蟹。我的心啊，不禁又飞到了那淡黄灯光下的屋子里，飞到五年半以前的那个沉默的晚上。

他留我住那古都的最后一晚，然而我不能，我还要回去收拾行装；因为，第二天一早，我便要南飞了。

他送我到大门口，缓缓说道："再见。"

我知道他是个很洒脱的人，加上多年来惯于走南闯北，他说再见便再见，绝不拖泥带水；但我却仍听得出"再见"声中的伤感味道。

我们就这样分手了。巷子里灯光暗淡，街边没有青青的杨柳，只有一棵棵梧桐树。那些秋风吹送下的叶子，相互拍打着，怅然地在微带寒意的夜空中，"哗啦啦"地响动。

黄河浪

黄河浪（1941～），福建长乐人。画家、诗人。诗集有《海外浪花》、《大地诗情》等。

故乡的榕树

住所左近的土坡上，有两棵苍老蓊郁的榕树，以广阔的绿阴遮蔽着地面。在铅灰色的水泥楼房之间，摇曳赏心悦目的青翠；在赤日炎炎的夏天，注一潭诱人的清凉。不知什么时候，榕树底下辟出一块小平地，建了儿童玩的滑梯和亭子，周围又种了蒲葵和许多花朵，居然成了一个小小的儿童世界。也许是对榕树有一份亲切的感情罢，我常在清晨或黄昏带小儿子到这里散步，或是坐在绿色的长椅上看孩子们嬉戏，自有种悠然自得的味道。

那天特别高兴，动了未泯的童心，我从榕树枝上摘下一片绿叶，卷制成一支小小的哨笛，放在口边，吹出单调而淳朴的哨音。小儿子欢跳着抢过去，使劲吹着，引得谁家的一只小黑狗循声跑来，摇动毛茸茸的尾巴，抬起乌溜溜的眼睛望他。他把哨音停下，小狗失望地跑开去；他再吹响，小狗又跑拢来……逗得小儿子嘻嘻笑，粉白的脸颊上泛起淡淡的红晕。

而我的心却像一只小鸟，从哨音里展翅飞出去，飞过迷蒙的烟水、苍茫的群山，停落在故乡熟悉的大榕树上。我仿佛又看到那高大魁梧的躯干，鬈曲飘拂的长须和浓得化不开的团团绿云；看到春天新长的嫩叶，迎着金黄的阳光，透明如片片碧玉，在袅袅的风中晃动如耳坠，摇落串串晶莹的露珠。

我怀念从故乡的后山流下来、流过榕树旁的清澈的小溪，溪水中彩色的鹅卵石，到溪畔洗衣和汲水的少女，在水面嘎嘎嘎地追逐欢笑的鸭子；我怀念榕树下洁白的石桥，桥头兀立的刻字的石碑，桥栏杆上被人抚摸光滑了的小石狮子。那汩汩的溪水流走了我童年的岁月，那古老的石桥镌刻着我深深的记忆，记忆里的故事有榕树的叶子一样多……

站在桥头的两棵老榕树，一棵直立，枝叶茂盛；另一棵却长成奇异的S形，苍虬多筋的树干斜伸向溪中，我们都称它为“驼背”。更特别的是它弯曲的这一段树心被烧空了，形成丈多长平放的凹槽，而它仍然顽强地活着，横过溪面，昂起头来，把浓密的枝叶伸向蓝天。小时候我们对这棵驼背榕树分外有感情，把它中空的那段凹槽当做一条“船”。几个伙伴爬上去，敲起小锣鼓，以竹竿当桨七上八落地划起来，明知这条“船”不会前进一步，还是认真地、起劲地划着。在儿时的梦里，它会顺着溪流把我们带到秧苗青青的田野上，绕过燃烧着的火红杜鹃的山坡，穿过飘着芬芳的小白花的橘树林，到大江大海里去，到很远很美丽的地方去……

有时我们会问：这棵驼背的老榕树为什么会被烧成这样呢？听老人说，很久很久以前，有一条大蛇藏在这树洞中，日久成精，想要升天；却因伤害人畜，犯了天条，触怒了玉皇大帝。于是有天夜里，乌云紧压着树梢，狂风摇撼着树枝，一个强烈的闪电像利剑般劈开树干，头上响起惊天动地的炸雷！榕树着火烧起来了，烧空了一段树干，烧死了那头蛇精，接着一阵瓢泼大雨把火浇熄了……这故事是村里最老的老人说的，他像老榕树一样垂着长长的胡子。我们相信他的年纪和榕树一样苍老，所以我们也相信他说的话。

不知在什么日子，我们还看到一些女人到这榕树头虔诚地烧一叠纸钱，点几炷香，她们怀着怎样的心愿来祈求榕树之神呢？我只记得有的小孩子面上长了皮癣，母亲就会把他带到这里，在榕树干上砍几刀，用渗流出来的乳白的液汁涂在患处，过些日子，那癣似乎也就慢慢地好了。而我最难忘的是，每当过年的时候，老祖母会叫我顺着那“驼背”爬到树上，折几枝四季常青的榕树枝，用来插在饭甑炊熟的米饭四周，祭祀祖先的神灵。那时候，慈爱的老祖母往往会蹑着缠得很小的“三寸金莲”，笃笃笃地走到石桥上，一边看着我爬树，一边唠唠叨叨地嘱咐我小心。而我虽然心里有点战战兢兢的，却总是装出毫不在乎的样子，把折到的树枝得意地朝着她挥舞。

使人留恋的还有铺在榕树头四周的长长的石板条，夏日里，那是农人们的“宝座”和“凉床”。每当中午，亚热带强烈的阳光令屋内如焚、土地冒烟，惟有这两棵高大的榕树撑开遮天巨伞，抗拒迫人的酷热，洒落一地阴凉，让晒得黝黑的农人们踏着发烫的石板路到这里透一口气。傍晚，人们在一天辛劳后，躺在用溪水冲洗过的石板上，享受习习的晚风，漫无边际地讲“三国”、说“水浒”，从远近奇闻谈到农作物的长势和收成……高兴时，还有人拉起胡琴，用粗犷的喉咙唱几段充满原野风味的小曲，在苦涩的日子里寻一点短暂的安慰和满足。

苍苍的榕树啊，用怎样的魔力把全村的人召集到膝下？不是动听的言语，也不是诱惑的微笑，只是默默地张开温柔的翅膀，在风雨中为他们遮挡，在炎热中给他们阴凉，以无限的爱心庇护着劳苦而纯朴的人们。

我深深怀念在榕树下度过的愉快的夏夜。有人卷一条被单，睡在光滑的石板上；有人搬几块床板，一头搁着长凳，一头就搁在桥栏杆上，铺一张草席躺下。我喜欢跟大人们一起挤在那里睡，仰望头上黑黝黝的榕树的影子，在神秘而恬静的气氛中，用心灵与天上微笑的星星交流。要是有月亮的夜晚，如水的月华给山野披上一层透明的轻纱，将一切都变得不很真实，似梦境，似仙境。在睡意朦胧中，有嫦娥驾一片白云悄悄飞过，有桂花的清香自榕树枝头轻轻洒下来。而桥下的流水静静地唱着甜蜜的摇篮曲，催人在夜风温馨的抚摸中慢慢沉入梦乡……有时早上醒来，清露润湿了头发，感到凉飕飕的寒意，才发觉枕头不见了，探头往桥下一看，原来是掉到溪里，吸饱了水，胀鼓鼓的，搁浅在乱石滩上……

那样的日子不会回来了。我仿佛刚刚从一场梦中醒转，身上还留有榕树叶隙漏下的清凉；但我确实知道，这一觉已睡过了三十年，而人也已离乡千里万里外了！故乡桥头苍老的榕树啊，也经历了多少风霜？听说那棵“驼背”，在一次台风猛烈的袭击中，挣扎着倒下去了，倒在山洪暴发的溪水里，倒在故乡亲爱的土地上，走完了自己生命的历程。幸好另一棵安然无恙，仍以它浓蔚的绿叶荫庇着乡人。而当年把驼背的树干当船划的小伙伴们，都已长成。有的像我一样，把生命的船划到遥远的异乡，却仍然怀念着故土的榕树么？有的还坐在树头的石板上，讲着那世世代代讲不完的传说么？但那像榕树一样垂着长长胡子的讲故事的老人已经去世了；过年时常叫我攀折榕树枝叶的老祖母也已离开人间许久了；只有桥栏杆上的小石狮子，还在听桥下的溪水滔滔流淌罢？

“爸爸，爸爸，再给我做几个哨笛。”不知什么时候，小儿子也摘了一把榕树叶子，递到我面前，于是我又一叶一叶卷起来给他吹，那忽高忽低、时远时近的哨音，弥漫成一片浓浓的乡愁，笼罩在我的周围。故乡的亲切的榕树啊，我是在你绿阴的怀抱中长大的，如果你有知觉，会知道我在这遥远的异乡怀念着你么？如果你有思想，你会像慈母一样，思念我这飘泊天涯的游子么？

故乡的榕树啊……

李 敖

李敖（1935～），山东潍县人。历史学家、杂文家。杂文集有《传统下的独白》、《上下古今谈》、《独白下的传统》、《冷眼看台湾》等。

吃人——动物吃人，人也吃人

你一定看过中国的一部小说《水浒传》，《水浒传》第二十六回是——

母夜叉孟州道卖人肉
武都头十字坡遇张青

这回里的“母夜叉”是指孙二娘，她开了一家黑店，“……盖些草屋，卖酒为生。实是只等客商过往，有那入眼的，便把些蒙汗药与他，吃了便死，将大块好肉切做黄牛肉卖，零碎小肉切馅子包馒头”。

在第二十六回里，你又可以看到宋江被强盗抓住后，强盗王矮虎大叫说：“孩儿们，快动手取下这牛子（指宋江）的心肝来，造三份醒酒酸辣汤来！”

在第四十二回里，你又可看到“黑旋风”李逵在杀掉“假黑旋风”李鬼以后，“三升米饭早熟了，只没菜蔬下饭。李逵盛饭来，吃了一回，看着自笑道：‘好痴汉！放着好肉在面前，却不会吃！拔出腰刀，便去李鬼腿上割下两块肉来，把些水洗净了，灶里抓些炭火来便烧，一面烧一面吃”。

这个吃人肉的李逵，早在《水浒传》第四十回里，就吃了人肉了：“只见黑旋风李逵跳起身来，说道：‘我与哥哥动手割这厮！我看他肥胖了，倒好烧吃！’晁盖道：‘说得是。’教——‘取把尖刀来，就讨盆炭火来，细细地割这厮，烧来下酒，与我贤弟消这怨气。’李逵拿起尖刀，看着黄文炳，笑道：‘你这厮在蔡九知府后堂且会说黄道黑，拨置害人，无中生有，撺掇他！今日你要快死，老爷却要你慢死！’便把尖刀先从腿上割起。拣好的，就当面炭火上炙来下酒。割一块，炙一块。无片时，割了黄文炳，李逵方才把刀割开胸膛，取出心肝，把来与众头领做醒酒汤。”

另一种等于吃人肉的，是用人肉来祭死人。如《水浒传》第二十五回，武松对他哥哥武大郎，“将两颗人头供养在灵前”；第六十七回“将史文恭剖腹剜心，享祭晁盖”等，都属这一类。

上面这些吃人肉的故事，有的原因是经济的（像卖人肉的孙二娘），有的是饥饿的（像吃李鬼的李逵），有的是嗜好的（像要吃宋江肉的王矮虎），有的是仇恨的（像以人头祭死人）。吃人肉的原因，各有不同，惟一相同的是：人不但吃动物的肉，还要吃人的肉；不但动物吃人，人也吃人。

吃人肉的事，经济的和饥饿的两种原因，本来很接近。以汉朝为例，单就《汉书》《后汉书》《资治通鉴》里，我们就可看到这些吓人的记录：

一、汉高祖二年（纪元前205）——“人相食，死者过半。”

二、汉高祖二年（纪元前205）六月——“关中大饥，……人相食。”

三、汉武帝建元三年（纪元前138）——“河水溢于平原，大饥，人相食。”

四、汉武帝建元六年（纪元前135）——“河南……父子相食。”

五、汉武帝鼎元三年（纪元前114）——“关东郡国十余，饥，人相食。”

六、汉元帝初元元年（纪元前48）——“关东郡国十一，大水，饥，或人相食。”

七、汉元帝初元二年（纪元前47）——“琅琊郡人相食。”

八、汉成帝永始二年（纪元前15）——“梁国平原郡……人相食。”

九、汉王莽天凤元年（纪元14）——“缘边大饥，人相食。”

一〇、汉王莽地皇三年（纪元22）——“关东。人相食。”

一一、汉王莽时——“北边及青徐地，人相食。”

一二、汉光武帝建武元年（纪元25）——“民饥饿，相食。”

一三、汉光武帝建武二年（纪元26）——“三辅大饥，人相食。”

一四、汉安帝永初二年（纪元108）——“州郡大饥，……人相食。”

一五、汉安帝永初三年（纪元 109）三月——“京师大饥，民相食。”

一六、汉安帝永初三年（纪元 109）十二月——“并凉二州大饥，人相食。”

一七、汉桓帝元嘉元年（纪元 151）——“任城梁国饥，民相食。”

一八、汉桓帝永寿元年（纪元 155）——“司隶冀州饥，人相食。”

一九、汉灵帝建宁三年（纪元 170）——“河内人妇食夫，河南人夫食妇。”

二〇、汉献帝兴平元年（纪元 194）——“人相食啖。”

二一、汉献帝建安二年（纪元 197）——“江淮间民相食。”

上面随手所举的例子，都是中国人吃人的历史。这些残忍现象的发生，主要的原因是荒年。还有一些人为的因素，最明显的，就是战争。

唐朝“安史之乱”，张巡、许远的部队，被安禄山的军队包围在睢阳。后来因为被包围得太久了，东西都吃光了，战马、老鼠、麻雀等等都吃光了。于是大家互相换小孩子来吃（不忍吃自己的，所以互换）。小孩子吃光了，张巡竟把他的姨太太杀掉，他对守城的军人说：“你们为国家拼命，好久没东西吃，可是你们仍旧忠贞。我自己的身体不能给你们吃，岂能可惜一个女人吗?”于是，从吃张巡的姨太太开始，大家又拼命吃女人。女人吃光了，又吃男人。全睢阳城一共有六万人，最后被安禄山攻破的时候，只剩下几百人了。(张巡这种杀亲人吃亲人的做法，当然很有问题。因为守城的目的是抵抗“没人性的”叛军。但是自己竟连老婆都吃掉，所谓人性，又在哪里?)

又如唐朝僖宗的时候（纪元 886），杨行密围住广陵城（现在的扬州），一围就是半年。城里的人都饿得吃不消了。军队公开抓人来卖，捆起来，像杀猪一样的杀了吃肉。这又是一个残忍的例子。

像这一类的例子，还多着呢！

唐朝昭宗天复二年（纪元 902），凤翔城被朱全忠所围，城里公开卖起人肉来。人肉的价钱不如狗肉，狗肉每斤五百钱，人肉每斤只一百钱。

宋朝高宗绍兴三年（纪元 1133），杭州也有吃人肉的场面，同时还有了称呼：瘦的男女叫“饶把火”，女孩子叫“下羹羊”，小朋友叫“和骨烂”，这些被吃的人，统一被称做“两脚羊”。

清朝仁宗嘉庆六年（纪元 1801），四川人罗思举的部队缺粮，于是开始吃俘虏，一共吃了三千五百多人！

上面最后一个例子是指吃敌人的肉。在历史上，这种情形也很多。春秋、战国时候，早就有这类事实。战国时候，中山君对于私通外国的臣子，就要吃他的肉，还要一个人独吞，不分给别人。

汉朝王莽被杀，几十个人抢着吃他。

梁朝侯景死了，身体也被老百姓分吃。侯景的参谋王伟，也被公开烹掉，再被老百姓分着吃了。

隋朝炀帝把叛臣斛斯政烹死，把肉分给百官吃。

隋朝关西地方的薛仁杲，恨庾立不肯投降，把庾立放在火上割掉，肉分给军人吃。（庾立是文学家庾信的儿子。）

隋朝的张金祢，本在河北作乱，被官兵抓住，把他绑在架子上，由他的仇人吃掉。

唐朝武则天时候，一个凶狠的官吏来俊臣被斩，他的仇人争着吃光他的肉。

唐朝玄宗时候，宰相杨国忠（娇滴滴的杨贵妃的哥哥）被军人杀掉，因为大家恨他，所以给吃掉了。

后晋时候，张彦泽被处死，老百姓抢着喝他的脑髓，又把他的肉吃光。

元朝世祖时候，一个叫阿合马的讨厌鬼被杀，当地军民，高兴极了，大家分他的肉，全部吃光。

明朝武宗时候的太监刘瑾（国剧中《法门寺》的主角），被杀的时候，老百姓恨他已极，竟花钱买他的肉来吃。

这些都是因仇恨而吃人肉的例子。

还有一种是嗜好性的，这些都是极残忍的坏蛋。例如唐朝的大盗朱粲，就是个吃人精。他专门烹吃小孩子，也吃女人。他竟说：“食之美者，宁过于人肉乎！”他的感觉是：天下最好吃的东西，就是人的肉！

还有一个吃人精，是五代时候的赵思绾。他最喜欢人肝，还喜欢用酒吞人胆。他迷信吃人胆可以使自己胆子大，他说：“吞此千枚，则胆无敌矣！”

这一类的吃人精，历史上还有很多很多。最残忍的是元朝时候的“淮右军”。这种军队最喜欢吃人。他们的吃法是把人捆在铁架子上生烤，有的用开水来烫熟。残忍的程度，真没法写出来。

除了上面各种吃人肉的情形外，另有一种特殊的例子，就是为了治病的理由。原来在中国的传统里，有一种迷信，叫做“割股救亲”，就是认为在一个人生病的时候，若想病好，非得吃病人自己亲人的肉不可。这种认为人肉可以治病的迷信，是唐朝开始的。唐朝有一个叫陈藏器的，写了一本医书叫《本草拾遗》，里头指出人肉可以治病。此后慢慢流传的结果，一般傻东东的小百姓也就真的相信起来。在爸爸妈妈公公婆婆生病的时候，就会有孝子孝媳们出来，用刀“割股”（割大腿上的肉），妄想用自己身上的肉，可以对亲人的病，有一点帮助。他们的用心是好的，可是却是蠢的。

历史上关于割股治病的事，举不胜举。宋朝就有朱云孙的太太刘氏，她的婆婆第一次生病的时候，由她的丈夫割股；第二次生病的时候，就由她自己割股了。在《宋史》里头，她是“孝妇”。

接着在元朝，也有这一类的例子。《元史》就记载着河南的秦氏姐妹，为了替爸爸治病，姐姐竟凿出自己的脑浆，妹妹也割下大腿的肉。脑浆是用来熬药，大腿肉是用来煮粥，你说这种行为蠢不蠢？

元朝还有割胁肉来为亲人治病的例子。割胁肉的人名叫胡伴侣，为了治爸爸的病，才这样做的。这种行为，还特别得到政府的奖励，你说这种政府蠢不蠢？（当时政府的奖励，除了荣誉奖以外，还给绢五匹，羊两头，田一顷。）

割股的行为，虽然动机是“孝”，但是跟中国传统的“孝”的观念比起来，却是冲突的。中国传统的“孝”的观念是：一个人的身体、头发、皮肤，都是爸爸妈妈传给他的，他不能也不敢毁了它们。这种行为的最有名代表人物是曾参（曾子）。曾子临死以前，还战战兢兢的把自己全身检查了一番，发现没短少什么，没毁坏什么，才觉得对得起自己的爸爸妈妈，才放心的死去。还有一个例子是三国时候的一个将军，传说他在作战时候，眼睛被一支箭射中了，他赶快一拔，眼珠子都被拔了出来。他当时大叫说：“身体是爸爸妈妈给的，不能丢掉，所以这颗眼珠子，我把它吃到肚里去!”说着，就吃下去了。

既然传统的“孝”的标准是不敢毁伤身体，“割股”的行为，当然是和这标准冲突的，所以这种行为，一方面可以说是“孝”，一方面又可说是“不孝”。于是政府的处境，便感到很困难。纪元 1270 年，元朝政府想出了一条法律，决定“今后遇有割股之人，虽不在禁限，亦不须旌赏”。这意思很明白，政府是决定既不阻止、也不奖励了。

到了明朝、清朝，也沿着元朝，订了很类似的法律，但是实行的并不彻底。政府有时候，还是要对这些愚蠢的孝子们“加恩准其旌表”，——政府还是忍不住要鼓励！

上面这种割股的例子，有的不仅限于为亲人治病，有的竟还有政治作用在内，因而间接影响了历史。春秋时候，晋文公在外面逃亡，他的大臣介之推，就割过大腿上的肉，给晋文公吃。另一个最富有政治作用的例子，是清朝的西太后。西太后就是慈禧太后，她虽是咸丰皇帝的老婆，但不是大老婆，大老婆是慈安太后。传说咸丰皇帝临死前，怕慈安被慈禧欺负，特别给慈安一个密令，内容说如果慈禧欺负人，就可以把她宰掉。咸丰皇帝死后，慈禧对慈安非常尊敬，目的就是要骗慈安，使慈安毁掉那个密令。有一天慈安病了，慈禧竟在胳膊上割下一块肉来熬药，送给慈安吃。慈安很感动，认为慈禧简直是她的亲姐妹，对亲姐妹，还要密令干嘛？决定把密令烧掉。谁想到慈安把密令一烧，慈禧再也不买她的账了，再也不听话了。后来传说慈安的暴毙，还是被慈禧下毒的。说来说去，这一切，都是当时吃人肉惹来的麻烦。

总之，吃人肉，不管是什么理由，都是一件荒唐的事情，真没想到这种荒唐的事情，竟在中国历史上，有着那么多血淋淋的记录。现在人唱《满江红》，唱到“壮志饥餐胡虏肉，笑谈渴饮匈奴血”，竟然洋洋自得，大概是传统老毛病的发作吧？不然的话，怎么这样莫名其妙？

洛 夫

洛夫（1928～），原名莫洛夫，湖南衡阳人。诗人、散文家。散文集有《一朵午荷》、《洛夫随笔》、《落叶在火中沉思》、《洛夫小品选》等。

一朵午荷

A

这是去夏九月间的旧事，我们为了荷花与爱情的关系，曾发生过一次温和的争辩。

“真正懂得欣赏荷的人，才真正懂得爱。”

“此话怎讲？”

“据说伟大的爱应该连对方的缺点也爱，完整的爱包括失恋在内。”

“话是这么说，可是这与欣赏荷有啥关系？”

“爱荷的人不但爱它花的娇美，叶的清香，枝的挺秀，也爱它夏天的喧哗，爱它秋季的寥落，甚至觉得连喂养它的那池污泥也污得有些道理。”

“花凋了呢？”

“爱它的翠叶田田。”

“叶残了呢？”

“听打在上面的雨声呀！”

“这种结论岂不太过罗曼蒂克。”

“你认为……？”

“欣赏别人的孤寂是一种罪恶。”

其实我和你都不是好辩的人，因此我们的结论大多空洞而可笑，但这次却为你这句淡然的轻责所慑服，临别时，我除了赧然一笑外，还能说些什么呢？

记得那是一个落着小雨的下午，午睡醒来，突然想到去历史博物馆参观一位朋友的画展。为了喜欢那份凉意，手里的伞一直未曾撑开，冷雨溜进颈子里，竟会引起一阵小小的惊喜。沿着南海路懒懒散散地走过去，噘起嘴唇想吹一曲口哨，第一个音符尚未成为完整的调子，一辆红色计程车侧身驰过，溅了我一裤脚的泥水。抵达国家画廊时，正在口袋里乱掏，你突然在我面前出现，并递过来一块雪白的手帕。老是喜欢做一些平淡而又惊人的事，我心想。但当时好像彼此都没有说什么，便沿着画廊墙壁一路看了过去。有一幅画设想与色彩都很特殊，经营得颇为大胆，整个气氛有梵高的粗暴，一大片红色，触目惊心，有抗议与呼救的双重暗示。我们围观了约有五分钟之久，两人似乎都想表示点意见，但在这种场合，我们通常是沉默的，因为只要任何一方开口，争端必起，容忍不但成了我们之间的美德，也是互相默认的一种胜利者的表示。

这时，室外的雨势越来越大，群马奔腾，众鼓齐擂，整个世界笼罩在一阵阵激越的杀伐声中，但极度的喧嚣中又有着出奇的静。画廊的观众不多，大都面色呆滞，无奈地搓着手在室内兜圈子。雨，终于小了，我们相偕跨进了面对植物园的阳台。

“快过来看！”你靠着玻璃窗失神地叫着。我挨过去向窗外一瞧，正如旧约《创世纪》第一章中所说：“神的灵运行在水面上，神说有光，便有了光。”我顿时为窗下一幅自然的奇景所感动，怔住。

窗下是一大片池荷，荷花多已凋谢，或者说多已雕塑成一个个结实的莲蓬。满池的青叶在雨中翻飞着，大者如鼓，小者如掌，雨粒劈头劈脸洒将下来，鼓声与掌声响成一片，节奏急迫而多变化，声势相当慑人。这种景象，徐志摩看了一定大呼过瘾，朱自清可能会吓得脸色发白；在荷塘边，在柔柔的月色下，他怎么样也无法联想起这种骚动。这时，一阵风吹来，全部的荷叶都朝一个方向翻了过去，犹如一群女子骤然同时撩起了裙子。我在想，朱自清看到会不会因而激起一阵腼腆的窃喜？

我们印象中的荷一向是青叶如盖，俗气一点说是亭亭玉立，之所以亭亭，是因为它有那一把瘦身的腰身，风中款摆，韵致绝佳。但在雨中，荷是一群仰着脸的动物，专注而矜持，显得格外英姿勃发，矫健中另有一种娇媚。雨落在它们的脸上，开始水珠沿着中心滴溜溜地转，渐渐凝聚成一个水晶球，越向叶子的边沿扩展，水晶球也越旋越大，瘦弱的枝杆似乎已支持不住水球的重负，由旋转而左摇右晃，惊险万分。我们的眼睛越睁越大，心跳加速，紧紧抓住窗棂的手掌沁出了汗水。猝然，要发生的终于发生了，荷身一侧，哗啦一声，整个叶面上的水球倾泻而下，紧接着荷枝弹身而起，又恢复了原有的挺拔和矜持，我们也随之嘘了一口气。我点燃一枝烟，深深吸了一口，然后缓缓吐出，一片浓烟刚好将脸上尚未褪尽的红晕掩住。

也许由于过度紧张，也许由于天气阴郁，这天下午我除了在思索你那句“欣赏别人的孤寂是一种罪恶”的话外，一直到画廊关门，挥手告别，我们再也没有说什么。

B

但我真正懂得荷，是在今年另一个秋末的下午。

十月的气温仍如江南的初夏，午后无风，更显得有点燠热。偶然想起该到植物园去走走，这次我是诚心去看荷的，心里有了准备，仍不免有些紧张，十来分钟的路程居然走出一掌的汗。跨进园门，首先找到那棵编号廿五的水杉，然后在旁边的石凳上坐憩一下，调整好呼吸后，再轻步向荷池走去。

噫！那些荷花呢？怎么又碰上花残季节，在等我的只剩下满池涌动的青叶，好大一拳的空虚向我袭来。花是没了，取代的只是几株枯干的莲蓬，黑黑瘦瘦，一副营养不良的身架，跟丰腴的荷叶对照之下，显得越发孤绝。这时突然想起我那首《众荷喧哗》中的诗句：

众荷喧哗
而你是挨我最近
最静，最最温柔的一朵
……
我向池心
轻轻扔过去一粒石子
你的脸

便哗然红了起来

其实，当时我还真不明白它的脸为什么会顿然红了起来，也记不起扔那粒石子究竟暗示什么，当然更记不起我曾对它说了些什么，总不会说：“你是君子，我很欣赏你那栉风沐雨，吃污泥而吐清香的高洁”之类的废话吧？人的心事往往是难以牢记的，勉强记住反而成了一种永久的负荷。现在它在何处，我不得而知，或下坠为烂泥，最最温柔的一朵。朋友，这不正足以说明我决不是只喜欢欣赏他人孤寂的那类人吗？

午后的园子很静，除了我别无游客。我找了一块石头坐了下来，呆呆地望着满池的青荷出神。众荷田田亭亭如故，但歌声已歇，盛况不再。两个月前，这里还是一片繁华与喧嚣，白昼与黄昏，池里与池外，到处拥挤不堪；现在静下来了，剩下我独自坐在这里，抽烟，扔石子，看池中自己的倒影碎了，又拼合起来，情势逆转，现在已轮到残荷来欣赏我的孤寂了。

想到这里，我竟有些赧然，甚至感到难堪起来。其实，孤寂也并不就是一种羞耻，当有人在欣赏我的孤寂时，我绝不会认为他有任何罪过。朋友，这点你不要跟我辩，兴衰无非都是生命过程中的一部分。今年花事已残，明年照样由根而茎而叶而花，仍然一大朵一大朵地呈现在我们面前，接受人的赞赏与攀折，它却毫无顾忌地一脚踩污泥，一掌擎蓝天，激红着脸大声唱着：“我是一朵盛开的莲。”唱完后不到几天，它又安静地退回到叶残花凋的自然运转过程中去接受另一次安排，等到第二年再来接唱。

扑扑尘土，站起身来，心口感到很闷，有点想吐，寂寞真是一种病吗？绕着荷池走了一圈后，舒服多了，绕第二圈时，突然发现眼前红影一闪而没。放眼四顾，仍只见青荷田田，什么也没有看到。是迷惘？是殷切期盼中产生的幻觉？不甘心，我又回来绕了半匝，然后蹲下身子搜寻，在重重叠叠的荷叶掩盖中，终于找到了一朵将谢而未谢，却已冷寂无声的红莲，我惊喜得手足无措起来，这不正是去夏那挨我最近，最静，最最温柔的一朵吗？

钟晓阳

钟晓阳（1963～），广东梅县人。小说家。散文集有《细谈》、《春在绿芜中》。

惜笛人语

教我笛子的老师姓叶，男的，碰见他真是我的运气，那一阵子遍阅报章广告，都没有合适的。一日无事，经过弥敦道的一家乐器行，附属的中乐班正在招生，便直闯进去报名。里面老师众多，依时间分配，也不知道自己归哪个，是吉是凶全看个人造化。

第一次上课，叶老师进来，拿什么敲我肩头一记，示意我跟他去，那一敲，定下了师生名分，从此耳聆听教的是我，青出于蓝则不在我了。

叶老师三十至三十五岁年纪，中等身材，长方形脸。

那次我在笛子的尾端吊了一只玉佛，橙红的穗子流苏款款，叶老师却说："很多人以为这两个穿绳孔是用来穿系饰物的，其实它们也有实际的用途……"

虽然他没有说明系饰物是错的，但我就觉得极不好意思，第二天去就把小玉佛解下来了。

大鼻子，大嘴盘。那张嘴，不知怎么有点向左边歪去，老是唇角裂裂的，永远带着点受伤的意思。然而他整个地是那样耐看，干净利落，衣服的色调温暖和谐。他讲话极文雅，一个字是一个字，不速不缓，吐音清晰，着力很轻，附于形则是摸上去厚厚软软的绒质，本身即是暖的。坐在叶老师对面，听他讲笛子的种种，觉得他一举手一投足都显出他为人的恬淡祥和。较之于有魄力有冲劲的年轻人，我更喜欢叶老师这种。前者无非是待开的朝花，时辰到了不是开的，是爆的，一蓬蓬爆得不亦乐乎，色彩浓浓的要染没周遭，急迫的要拥抱一切。像叶老师，是让岁月冲淡了的，为人的根柢已经很深厚，完全禁得起平淡的日子，连偶露的倦容亦是淡淡的，不与众物争持。

记得刚开始学笛子是秋天，学完出来一街的秋气高爽，空中炸着金金的炒栗香，我就一路笑着回家。

然而我竟不是学笛子的天才，认明真相后，我心里非常难过。我甚至不是庸才，而只是个蠢才。跟我学钢琴一样，我的节拍略差一筹，对音准的敏感度也不够，吹起来完全是感情用事。初学的阶段，用气不得其法，唇肌和喉部绷得过紧，胀得脸红脖子粗的，画成漫画是七窍喷烟，头顶冒气。通过了这一关，便是学吹高音。风门不得掌握，不是太松，便是太紧，紧得风门没有了，两唇磨擦，“扑吱扑”一声，擦出口水花，简直是嘴放屁。那一刻我难堪到极点，想夹着尾巴落荒而逃。叶老师只是轻蹙眉尖，笑一笑，觉得你不甚可救的样子。

有时候在家里吹得满意，信心十足的到叶老师那儿，一吹之下，功力只剩下一半，另一半惊吓得化掉了。笛音忽跌忽摔，忽得忽失，不成言语，觉得自己来自未开化的野蛮民族，单单会哼哼啊啊的叫痛。无论如何，那小小隔音室里的笛声到底日益清顺了。反过来吹从前的曲谱，居然得心应手，也有余裕多用点感情，真是万分高兴，然而这当儿却没机会学下去了。像我这种材料，无论怎么自行苦练，亦难有进境。我不知道叶老师是不是最好的老师，但若干年后，我说什么都要找他回来教我，我还要跟他学古筝呢。

一次在乐器行的橱窗看见一列相片，大概是宣传用的，内容是各老师在教导学生的情形。我详看了，仍旧觉得叶老师好。那是冬天，他穿一件浅灰绒外套，正在教十个女孩子拉二胡，亦是一般的稳定亲和。

又一次，上完了课，他叫我到隔壁书局买笛子教程。后来他想起有话忘了交代，到那书局找我，两人出来站在街上讲话，日正高张，他以手作檐，荫住了脸。离了那隔音室，我竟觉生疏。有时候正在上课，有人叩门找他，是他同事，和他熟络的闲话两句，我亦会认生。几回早到了，在室外稍候，上一个学生出来，和他道声再会，他也应了。我这才发觉我从来没跟他说再见，他也就不讲。一天，因时间有所更动，他打电话到我家，自称：“××琴行姓叶的。”就像我打电话到琴行去，说是：“我在你们那里学笛子的。”

在室内吹笛子，使人有英才错用之感。笛音撞墙碰壁，摔摔跌跌，如果他们都是活的，一定都变得焦头烂额。阳台上就不同，放生一般把笛音放出去，笛子的开明广阔尽皆出来了。晚街对面是熠熠灯火，市声沉淀，而笛韵嘹亮，仿佛是天籁，凡心一动落在红尘，从此生于民间长于民间，有风则更好，笛声自身是风，送到很远的地方，那里有人听到了，梦魂一惊，忽起辽远之思。日间也有日间的情调，望出去尽是密密沓沓的公寓洋房，马路上轿车一辆接一辆，遮阳伞像鲜艳夺目的花蘑菇，上坡的上坡，下坡的下坡，卖豆腐花的戴顶草帽叉着胖肚子一路吆喝上来，阳光把遮阳篷下的灰尘照得细细活活，吹吹笛子，有一种人生在世的感觉。雨天吹起来异常气闷，笛音锁在雨练中，承不了上文，启不了下文。可是笛子还是在山头或草原上吹，才最能领略它的春光明媚，春意剔透。

一曲“牧童短笛”，我最喜欢，叶老师以二胡替我伴奏。想想还是该由牧童来吹，牛背上一挫一荡，那样的悠闲，日出而出，日入而入，鸡鸣桑树颠，落霞赶炊烟，好像岁月也在那儿踱来踱去，老也不走。我是城市人，城市的悠闲是小型的，偶然得来的一小撮，设法要把它消磨得值得，有回味。连那心情也是焦急的，我在这里吹，老师在一旁拉，光阴匆匆地去了。

“小河淌水”，最是高亢婉转，河水汩汩不休，笛声去到最高点，河水急濑，像望眼欲穿的穿字。我觉得这“淌”字很好，使人想起眼泪，收一收又泛出来，收一收又泛出来。

“金蛇狂舞”节庆时吹，曲谱左上角标着“欢乐地”，委实离我的心境太远。中国的节庆，该有锣鼓铙钹，冬冬呛呛，热闹非凡，如今只有一管笛子，吹来吹去都好像曲终人散，愈吹心情愈寥落，锣停鼓息，一地烧完炮仗的暗红纸屑，可能都不是，是我不够活泼。

“弓舞”是太熟悉了，总误当做“将军令”，是十年前粤语武侠片的武打场面也拿来做配乐的，家常也能随口哼上一两句。因为这缘故，整首曲子哪里该打个突顿，哪里该抖擞激扬，皆知个透里透外。当初技巧不行做不到，后来略有些把握了，更加故友重逢，吹得兴兴头头，每次都像有一段盛事正要开场。

叶老师会演奏的管弦乐器至少有四种：笛子、洋琴、古筝、二胡。

箫笛比其他乐器与演奏者有更切身的关系，因为用的是气。声由气出，音由声出；不止精神，连整个身体都要投入。笛子音色清亮圆润，悠扬处绝伦无可匹比，凄伤之曲落到笛管中也带几分高扬，公然说与天下人知晓，让他们评一评，想一想，纵无结果也须得个分明恩怨。箫则是万般情绪诉与自己听，别人偷听亦可，固此一扇户牖，几家民房，可以是箫声徘徊地。箫声长而孔疏，我手小不宜吹，男孩吹比较好，但人必须有个深沉壮阔的背景。箫声有它聊斋的一面。因为音质上带点沙哽，总像浓雾喷喷的，老有缕缕白烟从箫嘴冒出来，不费劲的就送到很远。我听箫声又有空灵之感，像断崖上荡回来的回音，也可能就是笛声的回音，吹梦成今古。

洋琴也是男孩子的，我却不大懂。每逢叶老师替我用洋琴伴奏，我会非常激动，想着千万不可吹错，往往就错不可遏，把气氛破坏得内疚好半天，洋琴琤琤琮琮，纷纷繁繁，铿锵中轻盈可喜；许多东西要交代，但交代得有条不紊。它不是激烈干戈，也不是大喜大悲；它只是很讲理的，跟你从头道也行，跟你典故一一数也行。

古筝是女子的，人要素静，不可太丑，且要低眉垂睫，一派清简。女子弹筝像私语，三叠愁是她，夜思郎亦是她，一种凄婉处，万物皆沉静下来。其实我亦喜欢男子弹筝，但是人要清明素朴，琴心是对物对人，若过分顾及自己，又心存欲念，琴声便低浊了。

二胡无论如何是男子的，箫笛是情绪多于故事，二胡则是说不尽的故事，拉来拉去拉不完，想象中拉二胡的该是个长方形脸、瘦、穷——至少不能太富裕，穿一袭浅灰夹袍，在露冷的小天井里，老榕树下，满地清白的月光像碾碎的玉，夜阑人静了，想起往事，真是唉唉唉三声唏嘘，一段沧桑；巫山一别，为云为雨今不知了。只是整个心沉到很低，然而看得淡了，拉起来反而摧尽他人肝肠，自己纵有感触也无感动。

百般乐器，无论吹弹敲拨，皆不可有表演之心，此心一生，魔障即生，就算多精通也是不成大器的。

要总结的话，是要归回本题。惜笛人说惜笛话，有此两句："暗红尘霎时雪亮，热春光一阵冰凉。"

林文月

林文月（1933～），台湾彰化人。学者、散文家。散文集有《京都一年》、《遥远》、《午后书房》、《读中文系的人》等。

白发与脐带

害怕整理梳妆台的抽屉，大概是出于一种逃避心理。

在那些瓶瓶罐罐琐物杂陈的后段隐蔽处，有两样心爱的东西，每回见了，都令我十分心痛。

这些年以来，我已经深切体会，悲伤不只是抽象的心理感受，并且更是极具体实在的生理痛苦。那种感受会从懵懂不明的意识转变为十分明显的疼痛，直袭胸口。

我害怕面对那样的身心痛苦感受，所以不敢轻易清理这个抽屉。早晚打开抽屉的时候，总是让它停留在半开状态，最多也不超过三分之二，因为在那隐蔽的三分之一后段，藏着母亲遗留的白发，与曾经联系着母亲和在她胎内的我的脐带。

白发用一张淡色的信纸包着，脐带安放在一个素色小纸盒内。每回重见这两样东西，都不得不教我回忆那个悲伤的黄昏。

办完丧事后的黄昏，我们都回到母亲的卧室，凄楚地清理她的遗物。“但余平生物，举目情凄洏”。那个黄昏，夕阳冉冉，犹有些许燠热，但失去母亲的子女，心中只有一片冰寒。我们衔悲默默，分头清理，没有费多少时间就做完了工作。

唉，人的一生中所能拥有的身外物看似不少，其实真是有限。

白发与脐带，便是在那个黄昏觅得的。

五个素色纸盒，在一具用旧了的衣橱底层找到。母亲有五个子女，除了弟弟因避“上海事变”在东京出世外，我们四姊妹先后都在上海诞生。母亲生前并没有谈起过这件事。意外的发现，着实令我们讶异且感动。十几年之间，我们的家庭经历过多少次大迁移，由上海而东京，再由东京而上海，最后又自上海而台北。实在想不透，这许多年来的舟车转徙，母亲竟然完整地携带着分别安放的五条脐带！

我们各自辨认盒上褪色的钢笔字迹，小心翼翼分留下来。无需任何言语佐注，那五个纸盒本身就是“母爱”二字的最原始的诠释。

那一团白发，与一些梳具同放在梳妆台右上方的小抽屉里。母亲终身未曾剪发。记得她从前丰饶的黑发几乎与身高等长，随着岁月流逝，逐渐转白，也逐渐脱落变稀。她总是把梳栉之际脱落的发丝缠盘成团，兴致高的时候，偶尔也会用布缝制成实用而美观的插针头。

是我在那个小抽屉内发现母亲遗下的落发。那上面还残留着属于母亲的独特香泽。摩挲着，嗅闻着，想到母亲的躯体已遵嘱火化，而那团白发乃是她躯体仅留的部分，便有碎心的怀念与哀痛，眼泪遂纷纷落下，即将于次日返归异国居地的大妹看见，悲苦地央求分与她一些发丝。我便将那一团白发分成五份，让弟妹们带回去珍藏。心想：这样子，母亲就可以跟着她所疼爱的五个子女分散各地而无处不在了。

属于我的一绺白发与装着脐带的小纸盒，三年多来一直深藏在我自己卧室内梳妆台的抽屉里。

纸盒内垫着一些棉花。原先应该是纯白的棉花，如今已年久发黄。那一条枯干如草的脐带便弯弯地搁在棉花上面，较粗的一头还打了两个小小的结。

初时，我有点害怕，不敢正视它，也不敢去碰触它，但想到那是曾经将自己和母亲牢牢联系的东西，便有一种温暖亲热的感觉漾荡心上。我轻轻将它拾起，放在右手食指上端详。

多么奇妙啊，这一段萎缩成寸许长的细带，竟是生命的隧道，虽然经历了这么多年，甚至另一端已经烬灭了，它仍然完整地叙说着薪火传递的故事。我想象自己浑沌无知时安全地隐藏在母亲的胎内，与她的脉搏共同起伏，通过这条细带，一点一滴吮吸滋养与爱情。最温馨甜美，莫过于此。而当其决定性的刹那，母亲拼将全身的力量，以无比痛苦与快乐，把我推出体外。在她获悉一个健全的婴儿已诞生时，额上谅有晶莹的汗珠，眼中必有喜悦的泪光，嘴角恐怕还有骄傲的微笑吧。

自从产婆把脐带剪断打结之后，我便在形体上与母亲分离，开始独立生长。双亲赋与我们生命和躯体，而生活与命运却必须由我们自己去经营维护；虽则如此，母亲有生之年，始终无微弗至地翼护我，使我得以顺利生长成熟以迄于今。这一条有形的脐带所启示的正是她无限的爱情。

其实，脐带的剪断，甚至干落，并没有使我与母亲完全分离，因为随着年岁增加，我越长越像母亲。造化的美妙运作之一，是把父母的形貌气质移植在子女身上，使得生命的泉脉永流不竭。

二十岁那年夏天，我把披散于肩头的发丝拢合到颈后，去参加亲戚的宴会。几乎所有的长辈都异口同声惊叹，说我简直是母亲年少时的再现。我记得那时在羞赧的氛围中瞥见母亲满足的眼色。大概通过脐带，母亲所给予我的，不仅是滋养与爱情，另有她身上各种有形无形的相貌与脾性吧。

透过勤奋恒毅的长处，甚至急躁多虑的缺点，我时常在自己的言行举止中记忆母亲的往事细节；即使静坐镜前，从眼神、唇形，乃至无意间的手势，我也仿佛重见到母亲的影像。虽然她已经离我远去，能够在自己身上隐约追认一些痕迹，毋宁是足堪安慰的。

经过这样漫长的岁月，这许多痛苦的经验，我终于体悟《孝经》上所说的“身体发肤，受之父母，不敢毁伤”的道理；于今，我方始明了十余年前不慎灼伤自己肌肤时，母亲何以举声悲泣的原因。她一定是在我的身上看到她自己，我的疼痛乃遂直接移袭到她的身上了。我们的躯体原来是二而一的，然则母亲虽已离去，她的生命却仍然借着我的躯体延续下去，因此我若是珍惜自己，便是珍惜母亲，我若能发扬光大我生命的力量，便是发扬光大母亲生命的力量。

母亲那略泛金黄色的白发，不盈一握在我掌心。我用指尖细腻梳通，一如母亲晚年病中我为她沐浴时那样温柔，那样亲密，然后，重新用另一张素色的信纸包妥。

我彻底清理过梳妆台的抽屉，仍然将白发与脐带放回原处。现在，我不再逃避、害怕，也不再激越、伤悲了，我的心似乎有一种通过苦痛经验的澄明平静。

林清玄

林清玄（1953～），台湾高雄人。散文家。散文集有《迷路的云》、《白雪少年》、《金色印象》、《鸳鸯香炉》、《黄昏菩提》等。

光之四书

光之色

当塞尚把苹果画成蓝色以后，大家对颜色突然开始有了奇异的视野，更不要说马蒂斯蓝色的向日葵，毕加索鲜红色的人体，夏卡尔绿色的脸了。

艺术家们都在追求绝对的真实，其实这种绝对往往不是一种常态。

我是真正见过蓝色苹果的人。有一次去参加朋友的舞会，舞会不免有些水果点心，我发现就在我坐的位子旁边一个摆设得精美的果盘，中间有几只梨山的青苹果，苹果之上一个色纸包扎的蓝灯，一束光正好打在苹果上，那苹果的蓝色正是塞尚画布上的色泽。那种感动竟使我微微地颤抖起来，想到诗人里尔克称赞塞尚的画："是法国式的雅致与德国式的热情之平衡。"

设若有一个人，他从来没有见过苹果，那一刻，我指着那苹果说：苹果是蓝色的。他必然要相信不疑。

然后，灯光变了，是一支快速度的舞，七彩的光在屋内旋转，打在果盘上，所有的水果顿时成为七彩的斑点流动。我抬头看到舞会男女，每个人脸上的肤色隐去，都是霓虹灯一样，只是一些活动的碎点，像极了秀拉用细点的描绘。当刻，我不仅理解了马蒂斯、毕加索、夏卡尔种种，甚至看见了除去阳光以外的真实。

在阳光下，所有的事物自有它的颜色，当阳光隐去，在黑暗里，事物全失去了颜色。设若我们换了灯，同样是灯，灯泡与日光灯会使色泽不同，即使同是灯泡，百烛与十烛间相去甚巨，不要说是一枝蜡烛了。我们时常说在黑夜的月光与烛光下就有了气氛，那是我们多出一种想象的空间，少去了逼人的现实，即使在阳光艳照的天气，我们突然走进树林，枝叶掩映，点点丝丝，气氛仿佛滤过，就围绕了周边。什么才是气氛呢？因为不真实，才有气有氛，令人迷惑。或者说除去直接无情的真实，留下迂回间接的真实，那就是一般人口里的气氛了。

有一回在乡下，听到一位农夫说到现今社会风气的败坏，他说："都是电灯害的，电灯使人有了夜里的活动，而所有的坏事全是在黑暗里进行的。"想想，人在阳光的照耀下，到底还是保持着本色，黑暗里本色失去，一只苹果可以蓝，可以七彩，人还有什么不可为呢？

这样一想，阳光确实是无情，它让我们无所隐藏，它的无情在于它的无色，也在于它的永恒，又在于它的自然。不管人世有多少沧桑，阳光总不改变它的颜色，所以仿佛也不值得歌颂了。熟知中国文学的人应该发现，中国诗人词家少有写阳光下的心情，他们写到的阳光尽是日暮（天寒翠袖薄，日暮依修竹），尽是黄昏（月上柳梢头，人约黄昏后），尽是落日（大漠孤烟直，长河落日圆），尽是夕阳（去年天气旧亭台，夕阳西下几时回），尽是斜阳（斜阳外，寒鸦数点，流水绕孤村），尽是落照（家住苍烟落照间，丝毫尘事不相关）……阳光的无所不在，无地不照，反而只有离去时最后的照影，才能勾起艺术家诗人的灵感，想起来真是奇怪的事。

一朝唐诗、一代宋词，大部分是在月下、灯烛下进行，你说奇怪不奇怪？说起来就是气氛作怪，如果是日正当中，仿佛都与情思、离愁、国仇、家恨无缘，思念故人自然是在月夜空山才有气氛，怀忧边地也只有在清风明月里才能服人，即使饮酒作乐，不在有月的晚上，难道是在白天吗？其实天底下最大的痛苦不是在夜里，而是在大太阳下也令人战栗，只是没有气氛，无法描摹罢了。

有阳光的天色，是给人工作的，不是给人艺术的，不是给人联想和忧思的。有阳光的艺术不是诗人词家的，是画家的专利，中国一部艺术史大部分写着阳光，西方的艺术史也是亮灿照耀，到印象派的时候更是光影辉煌，只是现代艺术家似乎不满意这样，他们有意无意地改变光的颜色。抽象自不必说了，写实，也不要俗人都看得见的颜色，而要透过画家的眼睛，他们说这是"超脱"，这是"真实"，这是"爱怎么画就怎么画才是创作"。

我常说艺术家是上帝的错误设计，因为他们要在阳光的永恒下，另外做自己的永恒，以为这样就成为永恒的主宰。艺术背叛了阳光的原色，生活也是如此。我们的黑夜愈来愈长，我们的屋子越来越密，谁还在乎有没有阳光呢？现在我如果批评塞尚的蓝苹果，一定引来一阵乱棒，就像齐白石若画了蓝色的柿子也会挨骂一样；其实前后还不过是百年的时间，一百年，就让现代人相信没有阳光，日子一样自在；让现代人相信艺术家的真实胜过阳光的真实。

阳光本色的失落是现代人最可悲的一种，许多人不知道在阳光下，稻子可以绿成如何，天可以蓝到什么程度，玫瑰花可以红到透明，那是因为过去在阳光下工作的占人类的大部分，现在变成小部分了，即使是在有光的日子，推窗究竟看的是什么颜色呢？

我常在都市热闹的街路上散步，有时走过长长的一条路，找不到一根小草，有时一年看不到一只蝴蝶，这时我终于知道：我们心里的小草有时候是黑的，而在繁屋的每一面窗中，埋藏了无数苍白没有血色的蝴蝶。

光之香

我遇见一位年轻的农夫，在南方一个充满阳光的小镇。

那时是春末了，一期稻作刚刚收成，春日阳光的金线如雨倾盆地泼在温暖的土地上，牵牛花在篱笆上缠绵盛开，苦苓树上鸟雀追逐，竹林里的笋子正纷纷胀破土地。细心地想着植物突破土地，在阳光下成长的声音，真是人间里非常幸福的感觉。

农夫和我坐在稻埕旁边，稻子已经铺平张开在场上。由于阳光的照射，稻埕闪耀着金色的光泽，农夫的皮肤染了一种强悍的铜色。我在农夫家作客，刚刚是我们一起把谷包的稻子倒出来，用犁耙推平的，也不是推平，是推成小小山脉一般，一条棱线接着一条棱线，这样可以让山脉两边的稻谷同时接受阳光的照射，似乎几千年来就是这样晒谷子，因为等到阳光晒过，八爪耙把棱线推进原来的谷底，则稻谷翻身，原来埋在里面的谷子全翻到向阳的一面来——这样晒谷比平面有效而均衡，简直是一种阴阳的哲学了。

农夫用斗笠扇着脸上的汗珠，转过脸来对我说：“你深呼吸看看。”

我深深地吸了一口气，缓缓吐出。

他说：“你吸到什么没有？”

我吸到的是稻子的气味，有一点香。我说。

他开颜地笑了，说：“这不是稻子的气味，是阳光的香味。”

阳光的香味？我不解地望着他。

那年轻的农夫领着我走到稻埕中间，伸手抓起一把向阳一面的谷子，叫我用力地嗅，那时稻子成熟的香气整个扑进我的胸腔，然后，他抓起一把向阴的埋在内部的谷子让我嗅，却是没有香味了。这个实验我深深地吃惊，感觉到阳光的神奇，究竟为什么只有晒到阳光的谷子才有香味呢？年轻的农夫说他也不知道，是偶然在翻稻谷晒太阳时发现的，那时他还是大学学生，暑假偶尔帮忙农作，想象着都市里多彩多姿的生活，自从晒谷时发现了阳光的香味，竟使他下决心要留在家乡。我们坐在稻埕边，漫无边际地谈起阳光的香味来，然后我几乎闻到了幼时刚晒干的衣服上的味道，新晒的棉被、新晒的书画，光的香气就那样淡淡地从童年中流泄出来。自从有了烘干机，那种衣香就消失在记忆里，从未想过竟是阳光的关系。

农夫自有他的哲学，他说："你们都市人可不要小看阳光，有阳光的时候，空气的味道都是不同的。就说花香好了，你有没有分辨过阳光下的花与屋里的花，香气不同呢?"

我说："那夜来香、昙花香又作何解呢?"

他笑得更得意了："那是一种阴香，没有壮怀的。"

我便那样坐在稻埕边，一再地深呼吸，希望能细细品味阳光的香气，看我那样正经庄重，农夫说："其实不必深呼吸也可以闻到，只是你的嗅觉在都市里退化了。"

光之味

在澎湖访问的时候，我常在路边看渔民晒鱿鱼，发现晒鱿鱼有两种方式：一种是把鱿鱼放在水泥地上，隔一段时间就翻过身来。在没有水泥地的土地，为了怕蒸起的水汽，渔民把鱿鱼像旗子一样，一面面挂在架起的竹竿上——这种景观是在澎湖、兰屿随处可见的，有的台湾沿海也看得见。

有一次一位渔民请我吃饭，桌子上就有两盘鱿鱼，一盘是新鲜的刚从海里捕到的鱿鱼，一盘是阳光晒干以后，用水泡发，再拿来煮的。渔民告诉我，鱿鱼不同于其他的鱼，其他的鱼当然是新鲜最好，鱿鱼则非经过阳光烤炙，不会显出它的味道来。我仔细地吃起鱿鱼，发现新鲜虽脆，却不像晒干的那样有味、有劲，为什么这样，真是没什么道理。难道阳光真有那样大的力量吗?

渔民见我不信，捞起一碗鱼翅汤给我，说："你看这鱼翅好了，新鲜的鱼翅，卖不到什么价钱的，因为一点也不好吃，只有晒干的鱼翅才珍贵，因为香味百倍。"

为什么鱿鱼、鱼翅经过阳光曝晒以后会特别好吃呢？确是不可思议，其实不必说那么远，就是一只乌鱼子，干的乌鱼子价钱何止是新鲜乌鱼卵的十倍？

后来我在各地旅行的时候，特别留意这个问题，有一次在南投竹山吃东坡肉油焖笋尖，差一点没有吞下盘子。主人说那是今年的阳光特别好，晒出了最好吃的笋干，阳光差的时候，笋干也显不出它的美味，嫩笋虽自有它的鲜美，经过阳光，却完全不同了。

对鱿鱼、鱼翅、乌鱼子、笋干等等，阳光的功能不仅让它干燥、耐于久藏，也仿若穿透它，把气味凝聚起来，使它发散不同的味道。我们走入南货行里所闻到的干货聚集的味道，我们走进中药铺子扑鼻而来的草香药香，在从前，无一不是经由阳光的凝结。现在有毋需阳光的干燥方法，据说味道也不如从前了。一位老中医师向我描述从前"当归"的味道，说如今怎样熬炼也不如昔日，我没有吃过旧日当归，不知其味，但这样说，让我感觉现今的阳光也不像古时有味了。

不久前，我到一个产制茶叶的地方，茶农对我说，好天气采摘的茶叶与阴天采摘的，烘焙出来的茶就是不同，同是一株茶，春茶与冬茶也全然两样，则似乎一天与一天的阳光味觉不同，一季与一季的阳光更天差地别了，而它的先决条件，就是要具备一只敏感的舌头。不管在什么时代，总有一些人具备好的舌头能辨别阳光的壮烈与阴柔——阳光那时刻像是一碟精心调制的小菜，差一些些，在食家的口中已自有高下了。

这样想，使我悲哀，因为盘中的阳光之味在时代的进程中似乎日渐清淡起来。

光之触

八月的时候，我在埃及，沿着尼罗河自北向南，从开罗逆流而溯，一直往路克索、帝王谷、亚斯文诸地经过。那是埃及最热的天气，晒两天，就能让人换过一层皮肤。

由于埃及阳光可怕的热度，我特别留心到当地人的穿着，北非各地，夏天的衣着也是一袭长袍长袖的服装，甚至头脸全包扎起来。我问一位埃及人："为什么太阳这么大，你们不穿短袖的衣服，反而把全身包扎起来呢?"他的回答很妙："因为太阳实在太大，短袖长袖同样热，长袖反而可以保护皮肤。"

在埃及八天的旅行，我在亚斯文旅店洗浴时，发现皮肤一层一层地凋落，如同干去的黄叶。埃及经验使我真实感受到阳光的威力，它不只是烧炙着人，甚至是刺痛、鞭打、揉搓着人的肌肤，阳光热烘烘地把我推进一个不可回避的地方，每一秒的照射都能真实地感应。

后来到了希腊，在爱琴海滨，阳光也从埃及那种磅礴波澜里进入一个细致的形式，虽然同样强烈地包围着我们。海风一吹，阳光在四周汹涌，有浪大与浪小的时候，我感觉希腊的阳光像水一样推涌着，好像手指的按摩。

再来是意大利，阳光像极文艺复兴时代米开朗基罗的雕像，开朗、强壮，但给人一种美学的感应，那时阳光是轻拍着人的一双手，让我们面对艺术时真切的清醒着。

到了中欧诸国，阳光简直成为慈和温柔的怀抱，拥抱着我们。我感到相当的惊异，因为同是八月盛暑，阳光竟有着种种变化的触觉：或狂野、或壮朗、或温和、或柔腻，变化万千，加以欧洲空气的干燥，更触觉到阳光直接的照射。

那种触觉简直不只是肌肤的，也是心灵的，我想起中国的一个寓言：

有一个瞎子，从来没有见过太阳，有一天他问一个好眼睛的人："太阳是什么样子呢?"

那人告诉他："太阳的样子像个铜盘。"

瞎子敲了敲铜盘，记住了铜盘的声音，过了几天，他听见敲钟的声音，以为那就是太阳了。

后来又有一个好眼睛的人告诉他："太阳是会发光的，就像蜡烛一样。"

瞎子摸摸蜡烛，认出了蜡烛的形式。又过了几天，他摸到一支箫，以为这就是太阳了。

他一直无法搞清太阳是什么样子。

瞎子永远不能看见太阳的样子，自然是可悲的，但幸而瞎子同样能有阳光的触觉。寓言里只有手的触觉，而没有心灵的触觉，失去这种触觉，就是好眼睛的人，也不能真正知道太阳的。

冬天的时候，我坐在阳台上晒太阳，同一个下午的太阳，我们能感觉到每一刻的触觉都不一样，有时温暖得让人想脱去棉衫，有时一片云飘过，又冷得令人战栗。晒太阳的时候，我觉得阳光虽大，它却是活的，是宇宙大心灵的证明，我想只要真正地面对过阳光，人就不会觉得自己是神，是万物之主宰。

只要晒过太阳，也会知道，冬天里的阳光是向着我们，但走远了，夏天则又逼近，不管什么时刻，我们都触及了它的存在。

记得梭罗在华尔腾湖畔，清晨吸到新鲜空气，希望将那空气用瓶子装起，卖给那些迟起的人。我在晒太阳时则想，是不是有一种瓶子可以装满阳光，卖给那些没有晒过太阳的人呢?

每一天出门的时候，我们对阳光有没有触觉呢?如果没有，我们的感官能力正在消失，因为当一个人对阳光竟能无感，如果说他能对花鸟虫鱼、草木山河有观，都是自欺欺人的了。

心田上的百合花

在一个偏僻遥远的山谷里，有一个高达数千尺的断崖。不知道什么时候，断崖边上长出了一株小小的百合。

百合刚刚诞生的时候，长得和杂草一模一样。但是，它心里知道自己并不是一株野草。

它的内心深处，有一个内在的纯洁的念头："我是一株百合，不是一株野草。唯一能证明我是百合的办法，就是开出美丽的花朵。"有了这个念头，百合努力地吸收水分和阳光，深深地扎根，直直地挺着胸膛。终于，在一个春天的早晨，百合的顶部结出了第一个花苞。

百合的心里很高兴，附近的杂草却都不屑，它们在私底下嘲笑着百合："这家伙明明是一株草，偏偏说自己是一株花，还真以为自己是一株花，我看他顶上结的不是花苞，而是头上长瘤了。"公开的场合，它们讥笑百合："你不要做梦了，即使你真的是会开花，在这荒郊野外，你的价值还不是跟我们一样?”

偶尔也有飞过的蜂蝶鸟雀，它们也会劝百合不用那么努力开花：“在这断崖边上，纵然开出世界上最美的花，也不会有人来欣赏呀!”

百合说：“我要开花，是因为我知道自己有美丽的花；我要开花，是为了完成作为一株花的庄严使命；我要开花，是由于自己喜欢以花来证明自己的存在。不管有没有人欣赏，不管你们怎么看我，我都要开花!”

在野草和蜂蝶的鄙夷下，野百合努力地释放着内心的能量。有一天，它终于开花了，它那灵性的洁白和秀挺的风姿，成为断崖上最美丽的颜色。

这时候，野草与蜂蝶，再也不敢嘲笑它了。

百合花一朵朵地盛开着，它花上每天都有晶莹的水珠，野草们以为那是昨夜的露水，只有百合自己知道，那是极深沉的欢喜所结的泪滴。

年年春天，野百合努力地开花、结籽。它的种子随着风落在山谷、草原和悬崖边上，到处都开满洁白的野百合。

几十年后，远在千百里外的人，从城市、从乡村，千里迢迢赶来欣赏百合花。许多孩童跪下来，闻嗅百合花的芬芳；许多情侣互相拥抱，许下了“百年好合”的誓言；无数的人看到这从未有过的美，感动得落泪，触动内心那纯洁温柔的一角。

那里，被人们称为“百合谷地”。

不管别人怎么欣赏，满山的百合都谨记着第一株百合的教导：“我们要全心全意默默地开花。以花来证明自己的存在。”

可以预约的雪

东部的朋友来约我到阳明山往金山的阳金公路看秋天的芒花，说是在他生命的印象中，春天东部山谷的野百合与秋季阳金公路的菅芒花，是台湾最美丽的风景。

如今，东部山谷的野百合，因为山地的开发与环境的破坏已经不可再得，只剩下北台湾的菅芒花是惟一可以预约的美景。

他说："就像住在北国的人预约雪景一样，秋天的菅芒花是可以预约的雪呀！"

我答应了朋友的邀约，想到两年前我们也曾经在凉风初起的秋天，与一些朋友到阳明山看芒花。

经过了两年，芒花有如预约，又与我们来人间会面，可是同看芒花的人，因为因缘的变迁离散，早就面目全非了。

一个朋友远离乡土，去到下雪的国度安居。

一个朋友患了幻听，经常在耳边听到幼年的驼铃。

一个朋友竟被稀有的百步蛇咬到，在鬼门关来回走了三趟。

约我看芒花的朋友结束了二十年的婚姻，重过单身汉无拘无束的生活。

我呢！最慈爱的妈妈病故，经历了离婚再婚，又在 45 岁有了第二个孩子。

才短短的两年，如果我们转头一看，回顾四周，两年是足以让所有的人都天旋地转的时间了，即使过着最平凡安稳生活的人，也不可能两年里都没有因缘的离散呀！即使是最无感冷漠的心，也不可能在两年里没有哭笑和波涛呀！

在我们的生命里，到底变是正常的，或者不变是正常的？

那围绕在窗前的溪水，是每一个刹那都在变化的，即使看起来不动的青山，也是随着季节在流变的。我们在心灵深处明知道生命不可能不变，可是在生活中又习惯于安逸不变，这就造成了人生的困局。

我们谁不是在少年时代就渴望这样的人生：爱情圆满，维持恒久。事业成功，平步青云。父母康健，天伦永在。妻贤子孝，家庭和乐。兄弟朋友，义薄云天……这是对于生命"常"的向往，但是在岁月的拖磨，我们逐渐地看见隐藏在"常"的面具中，那闪烁不定的"变"的眼睛。我们仿佛纵身于大浪，虽然紧紧抱住生命的浮木，却一点也没有能力抵挡巨浪，随风波浮沉，也才逐渐了解到因缘的不可思议，生命的大部分都是不可预约的。

我们可以预约明年秋天山上的菅芒花开，但我们怎能预约菅芒花开时，我们的人生有什么变化呢？

我们也许可以预约得更远，例如来生的会面，但我们如何确知，在三生石上的，真是前世相约的精魂呢？

在我们的生命旅途，都曾有过开同学会的经验，也曾有过与十年二十年不见的朋友不期而遇的经验，当我们在两相凝望之时常会大为震惊，那是因为变化之大往往超过我们的预期。我每次在开同学会或与旧友重逢之后，心总会陷入一种可畏惧的茫然，我畏惧于生之流变巨大，也茫然于人之渺小无奈。

思绪随着茫然跌落，想着：如果能回到三十年前多好，生命没有考验，情爱没有风波，生活没有苦难，婚姻没有折磨，只有欢笑、狂歌、顾盼、舞踊。

可是我也随之转念，真能回到三十年前，又走到三十年，不也是一样的变化，一样的苦难吗？除非我们让时空停格，岁月定影，然而这是完全不可能的。

深深去认识生命里的“常”与“变”，并因而生起悯恕之心，对生命的恒常有祝福之念，对生命的变化有宽容之心。进而对自身因缘的变化不悔不忧，对别人因素的变化无怨无忧，这才是我们人生的课题吧！

当然，因缘的“常”不见得是好的，因缘的“变”也不全是坏的，春日温暖的风使野百合绽放，秋天萧飒的风使菅芒花展颜，同是时空流变中美丽的定影、动人的停格，只看站在山头的人能不能全心投入，懂不懂得欣赏了。

在岁月，我们走过了许多春夏秋冬；在人生，我们走过了许多冷暖炎凉，我总相信，在更深更广处，我们一定要维持着美好的心、欣赏的心，就像是春天想到百合、秋天想到芒花，永远保持着预约的希望。

尚未看到芒花的此时，想到车子在米色苍茫的山径蜿蜒而上，芒花与从前的记忆美丽相叠，我的心也随着山路而蜿蜒了。

龙应台

龙应台（1952～），1928年生，湖南衡山人。文学评论家、散文家。散文集有《野火集》、《人在欧洲》、《写给台湾的信》、《看世纪末向你走来》等。

中国人，你为什么不生气

在昨晚的电视新闻中，有人微笑着说：“你把检验不合格的厂商都揭露了，叫这些生意人怎么吃饭？”

我觉得恶心、觉得愤怒。但我生气的对象倒不是这位人士，而是台湾1800万懦弱自私的中国人。

我所不能了解的是：中国人，你为什么不生气？

包德甫的《苦海余生》英文原本中有一段他在台湾的经验：他看见一辆车子把小孩撞伤了，一脸的血。过路的人很多，却没有一个人停下来帮助受伤的小孩，或谴责肇事的人。我在美国读到这一段，曾经很肯定地跟朋友说：不可能！中国人以人情味自许，这种情况简直不可能！

回来一年了，我睁大眼睛，发觉包德甫所描述的不只可能，根本就是每天发生、随地可见的生活常态。在台湾，最容易生存的不是蟑螂，而是“坏人”，因为中国人怕事、自私，只要不杀到他床上去，他宁可闭着眼假寐。

我看见摊贩占据着你家的骑楼，在那儿烧火洗锅，使走廊垢上一层厚厚的油污，腐臭的菜叶塞在墙角。半夜里，吃客喝酒猜拳作乐，吵得鸡犬不宁。

你为什么不生气？你为什么不跟他说“滚蛋”！

哎呀！不敢呀！这些摊贩都是流氓，会动刀子的。

那么为什么不找警察呢？

警察跟摊贩相熟，报了也没有用；到时候若曝了光，那才真惹祸上门了。

所以呢！

所以忍呀！反正中国人讲忍耐！你耸耸肩、摇摇头！

在一个法治上轨道的国家里，人是有权利生气的。受折磨的你首先应该双手叉腰，很愤怒地对摊贩说：“请你滚蛋！”他们不走，就请警察来。若发觉警察与小贩有勾结——那更严重。这一团怒火应该往上烧，烧到警察肃清纪律为止，烧到摊贩离开你家为止。可是你什么都不做；畏缩地把门窗关上，耸耸肩、摇摇头！

我看见成百的人到淡水河畔去欣赏落日、去钓鱼。我也看见淡水河畔的住家整笼整笼地把恶臭的垃圾往河里倒，厕所的排泄管直接通到河底。河水一涨，污秽气直逼到呼吸里来。

爱河的人，你又为什么不生气？

你为什么没有勇气对那个丢汽水瓶的少年郎大声说："你敢丢，我就把你也丢进去？"你静静坐在那儿钓鱼（那已经布满癌细胞的鱼），想着今晚的鱼汤，假装没看见那个几百年都化解不了的汽水瓶。你为什么不丢掉鱼竿，站起来，告诉他你很生气？

我看见计程车穿来插去，最后停在右转线上，却没有右转的意思。一整列想右转的车子就停滞下来，造成大阻塞。你坐在方向盘前，叹口气，觉得无奈。

你为什么不生气？

哦！跟计程车可理论不得！报上说，司机都带着扁钻的。

问题不在于他带不带扁钻。问题在于你们这 20 个受他阻碍的人没有种推开车门，很果断地让他知道你们不齿他的行为，你们很愤怒！

经过郊区，我闻到刺鼻的化学品燃烧的味道。走近海滩，看见工厂的废料大股大股地流进海里，把海水染成一种奇异的颜色。湾里的小商人焚烧电缆，使湾里生出许多缺少脑子的婴儿。我们的下一代——眼睛明亮、嗓音稚嫩、脸颊透红的下一代，将在化学废料中学游泳，他们的血管里将流着我们连名字都说不出来的毒素——

你又为什么不生气呢？难道一定要等到你自己的手臂也温柔地捧着一个无脑婴儿，你再无言地对天哭泣？

西方人来台湾观光，他们的旅行社频频叮咛：绝对不能吃摊子上的东西，最好也少上餐厅；饮料最好喝瓶装的，但台湾本地出产的也别喝，他们的饮料不保险……

这是美丽宝岛的名誉，但是名誉还真是其次。最重要的是我们自己的健康、我们下一代的健康。100 位交大学生食物中毒——这真的只是一场笑话吗？中国人的命这么不值钱吗？好不容易总算有几个人生起气来，组织了一个消费者团体。现在却又有“站着茅坑不拉屎”的卫生署、为不知道什么人做说客的立法委员要扼杀这个还没做几桩事的组织。

你怎么能够不生气呢？你怎么还有良心躲在角落里做“沉默的大多数”？你以为你是好人，但是就因为你不生气、你忍耐、你退让，所以摊贩把你的家搞得像个破落大杂院，所以台北的交通一团乌烟瘴气，所以淡水河是条烂肠子；就是因为你不讲话、不骂人、不表示意见，所以你疼爱的娃娃每天吃着、喝着、呼吸着化学毒品，你还在梦想他大学毕业的那一天！你忘了，几年前在南部有许多孕妇，怀胎九月中，她们也闭着眼梦想孩子长大的那一天，却没想到吃了滴滴纯净的沙拉油，孩子生下来是瞎的、黑的！

不要以为你是大学教授，所以作研究比较重要；不要以为你是杀猪的，所以没有人会听你的话；也不要以为你是个学生，不够资格管社会的事。你今天不生气，不站出来说话，明天你——还有我、还有你我的下一代，就要成为沉默的牺牲者、受害人！如果你有种、有良心，你现在就去告诉你的公仆立法委员、告诉卫生署、告诉环保局：你受够了，你很生气！

你一定要很大声地说。

柏　杨

柏杨（1920～），原名郭立邦，河南辉县人。杂文家。杂文集有《玉雕集》、《圣人集》、《死不认错集》、《丑陋的中国人》等。

酱缸国医生和病人

话说，从前，有个“酱缸国”，酱缸国里每天最大的事就是辩论他们是不是酱缸国，而最热闹的事就是医生和病人的争执，结果当然是医生大败，大概情形是这样的——

病人：我下个月就要结婚了，大摆筵席，你可要赏光驾临，做我的上宾。我的病化验的结果如何？

医生：对不起，我恐怕要报告你一个坏消息，化验的结果就在这里，恐怕是三期肺病，第一个是咳嗽……

病人：怪了，你说我咳嗽，你刚才还不是咳嗽，为什么不是肺病？

医生：我的咳嗽跟你的不一样。

病人：有什么不一样？你有钱、有学问，上过大学堂，喝过亚马孙河的水，血统高人一等，是不是？

医生：不能这么说，还有半夜发烧……

病人：不能这么说，要怎么说才能称你的心、如你的意？半夜发烧，我家那个电扇，用到半夜能把手烫出泡，难道它也得了三期肺病！

医生（委屈解释）：吐血也是症候之一。

病人：我家隔壁是个牙医，去看牙的人都被他搞得吐血，难道他们也都得了三期肺病！

医生：那当然不是，而是综合起来……

病人：好吧，退一万步说，即令是肺病，又是七八期肺病，又有什么关系？值得你大呼小叫！外国人还不照样得肺病？为什么你单指着鼻子说我。我下个月结婚，谁不知道，难道你不说些鼓励的话，为什么要打击我？我跟你有什么怨？有什么仇？你要拆散我们？

医生：你误会了我的意思，我只是说……

病人：我一点也不误会，我一眼就看穿了你的肺腑，你幼年丧母，没有家庭温暖，中年又因强奸案和谋财害命，坐了大牢，对公平的法律制裁，充满了仇恨，所以看不得别人幸福，看不得国家民族享有荣耀。

医生：我们应该就事论事……

病人：我正是在就事论事，坦白告诉我，你当初杀人时，是怎么下得手的，何况那老太太又有恩于你。

医生（有点恐慌）：诊断书根据你血液、唾液的化验，我不是凭空说话。

病人：你当然不是凭空说话，就等于你当初的刀子，不会凭空插到那老太太胸膛上一样。你对进步爱国人士的侮辱已经够了，你一心一意恨你的同胞，说他们都得了三期肺病，你不觉得可耻？

医生：老哥，我只是爱你，希望你早日康复，才直言提醒，并没有恶意。

病人（冷笑兼咳嗽）：你是一个血淋淋的刽子手，有良心的爱国人士会联合起来，阻止你在“爱”的障眼法下，进行对祖国的谋杀。

医生：我根据的都是化验报告，像唾液，那是天竺国大学化验……

病人：崇洋媚外、崇洋媚外，你这个丧失民族自尊心的下流胚、贱骨头，我严肃地警告你，你要付出崇洋媚外的代价。

医生（胆大起来）：不要乱扯、不要躲避，不要用斗臭代替说理，我过去的事和主题有什么关系？我们的主题是“你有没有肺病？”

病人：看你这个“丑陋的中国人”模样，嗓门这么大，从你的历史背景，可看出你的恶毒心肠，怎么说没有关系？中国就坏在你们这种人手上，使外国人认为中国人全害了三期肺病，因而看不起我们，对你这种吃里扒外的头号汉奸，天理不容！锦衣卫（努力咳嗽），拿下！

当然不一定非锦衣卫拿下不可（柏杨先生就被拿下过一次），有时候是乱棒打出，有时候是口诛笔伐。

投奔中医记

高雄《民众日报》通令给一些爬格纸动物，要每人写一篇“我的生活”，写的话银子从丰，不写的话提头来。柏杨先生停笔数月之久，仍挡不住威迫利诱，写了一篇交卷，从副题上可看出内容之精彩，曰：“闭门思过，平心检讨。”初一瞧好像是学生在课堂上写给教习看的作文，再一瞧又好像是大哼秘书在有冷气的房间里写给小民看的训话训词。不过事实上我说的全是肺腑之言，盖我“思”的结果，是别人有“过”，“检”的结果．也是别人应“讨”也。我老人家集字典上所有美德名词于一身，却沦落到今天这种“为人所不牙”的地步，都是因为我这个人太好，而所有朋友都太坏之故。言之痛心，不说也罢，但各位读者老爷不可不知。

除了上面这个“闭门思过，平心检讨”的严正理由，柏老所以停笔数月之久，有些紧张大师以为我忽然销声匿迹，准是被人干了一帽，前往绿岛旧地重游。其实非也，而是御体有点违和。贵阁下读过《论语》乎？吾友孔丘先生泪汪汪曰：“斯人也，而有斯疾也。”那就是对柏杨先生说的。从圣人的痛哭流涕，可知敝御体违和的隆重程度。呜呼，柏老年纪虽迈，却一向健壮如牛。去年被摩托车撞了个仰面朝天，如换了个没啥学问的人，早就脑震荡兼见阎罗，我却悠悠魂还，顾盼自雄，正说明天生异禀，不同凡品。可是天祸中华，敝阁下眼睛却出了毛病，这毛病应追溯到五年之前。最初有点模糊，读书读报，一片鸦鸦乌。到了前年，更进一步，看字只看一半，要想看全，就得歪脖斜眼，丑态毕露。我就天天骂眼镜店无商不奸，如今欺负到俺糟老头身上来啦。可是，无论怎么配眼镜，换了一副又一副，总是如昔。柏杨夫人劝我到医院求治。一听要去医院，我就呼天抢地，抵死不从。盖目前的风俗习惯，流行死不认错，我的尊眼仍是七十年前的尊眼，想当年明察秋毫，五里外连一块钱都看得一清二楚，有啥可挑剔的？显然地错处在眼镜店，应依法严办，才是正确真理，怎能吃里扒外，私通番邦，疑心我有毛病也。折腾了一阵，又加上老妻力大无穷，仍不得不被押解前往。先去长庚医院，一位冷若冰霜的女医师左照右照；继去空军医院，一位热情如火的男医师把我的尊头放在架子上前敲后敲；又去找门庭若市，却脏兮兮兼乱糟糟的一位名医。结果是查了出来，异口同声宣布，我的尊眼血管破裂，瘀血堆积在眼球下半部，无法消失。这种贵恙，到了“第四级”就要举行全盲大典，我老人家已到了“第二级”，指日高升，快啦。

主要的现象是，用眼稍久，眼球就英勇地发胀，胀得简直要爆出来，而且痛，而且涩。医生老爷说，视神经已有若干细胞死亡。而视神经细胞，乃人体上最高贵的细胞（脚跟上的细胞算老几），死一个少一个。于是“斯人也，而有斯疾也”，乃到了百药罔效之境，医生老爷除了面谕多服维他命ABCDE外，别无他法。在德国的虞和芳女士，得到消息，她曾由德赴美，学过针炙（她虽是一个博士，却也是一个神童，十八般武艺，样样精通），求她美国的老师，介绍台北中医张齐贤大夫。看在老友分上，这次是自动自发前往求治的。一直到今天，我每天都在拼命猛吃张大夫散丸交加的中药，眼睛有点稳定得住的趋势，胀痛的情形稍轻；又给我煮之熏之的药。每天熏上一次两次，干涩的情形也稍轻。——不过两种稍轻，距政躬康泰，还有十万八千里。现在仍然是只看半个字，但歪脖斜目之后，也能支持十数分钟，看书看报虽然困难，写稿已无大碍，因稿纸上的格子较大，冒冒失失，总可填得进去。不过中药似乎太贵，动辄数千元，每次都心如刀割，与其破财，真不如瞎掉算啦。

吾友傅斯年先生在世时，一提起中医就七窍生烟，一些新派洋派，对中医更是摇头摆尾。一位朋友，被我借钱看病借急啦，有一次抓住我领口——武林高手的锁喉战术，吼曰：“老头，你下跪也没有用，一文不给。要看病，我陪你去找西医，费用我包。”于是立刻又被押解秦重华大夫处。秦大夫亲自把我送到他的一位眼科朋友处，检查结果，学名是“黄斑部变性”，据说只有何仙姑下凡，才有希望。该朋友悻悻地掏出银子，摔到地上，我就捡起来仍去继续投奔中医。敬告读者老爷，我现在的尊眼除了看书看报有点差劲外，对于其他，看啥都行。看电影，看电视，尤其是看女人。无不得心应手，而且开起汽车来，更为灵光（如有仁人君子送我汽车，只管送好啦，不要客气）。

自从盘古先生开天辟地，中国是世界上硕果仅存，唯一屹立迄今，文化最悠久的国度。传统文化中，一部分是僵固了的酱缸文化，另一部分则是优秀的活泼文化。总不能一竿子打落一船人，中医有它的至理在也，它唯一的缺点，是知其然而不知其所以然。中医只知道“麻黄”治咳嗽，但问到“麻黄”为啥能治咳嗽，就一律瞪眼。三〇年代，医学堂终于分析出来其中成分，提炼制成“麻黄素”，新派洋派才闭口结舌。

其实洋药在本质上也是知其然而不知其所以然的。“盘尼西林”可以消炎，问到为啥能消炎。回答是，甲菌干掉了乙菌焉。但问到为啥甲菌能干掉乙菌？为啥甲菌具有这种特质而丙菌却没有？同样地一律瞪眼。柏杨先生说这话，可不是报名参加了义和团，横眉怒目发高烧，而是说中医中药是中国传统文化中最优秀的弃儿，被丢在阴暗的角落，一面任它自生自灭，一面嫌恶它为啥不去上学堂呀。中医之所以没有经过的整理，大概是学医的中国同胞，都立竿见影地要挂招牌，马上赚钱，很少肯在不能马上赚钱的药理上下工夫，遂使弃儿一天比一天骨瘦如柴再熬个几十年，如果仍没人伸出援手，中国这一支优秀的文化结晶，恐怕要从地球上扫地出门，这不仅是中国的损失，也是人类文明的损失。

因为科学的落后，无论药理上或手术上，中医给西医提鞋都不配，再崇拜中医的朋友，恐怕不会请中医为他割盲肠。但如果是吞到尊肚的玩艺，至少中西医药并驾齐驱。尤其西药多半是矿物质的，凡矿物质的都容易引起副作用。中药大多数是植物质的就安全得多。至于古代圣贤豪杰，帝王将相，猛吃硫矿，以求长生不老，那属于贵族特权，跟我们升斗小民无关。

不科学是中医最严重的致命伤。有时候看见有些中医老爷，口中念念有词，不像是治病，倒像是一位巫师在做法场，真能使人跃跃然想动脚踢其屁股。但事实上中药有其潜在的科学结构和科学原理，只是我们还没有弄明白那结构和压理的真相。傅斯年先生因为家人被中医治死，以致恨中医入骨。可是被西医治歹的人更多。呜呼，凡是反对中医的朋友，包括傅斯年先生在内，几乎全都死在西医之手（除非老天保佑你，掉到河里淹死，或被汽车撞个魂归离恨天），却没有人反对西医。柏老就知道至少有一位洋大人对中医佩服得五体投地。提起此人，家喻户晓。乃美国前副总统洛克斐勒之父，第一任石油大王洛克斐勒之子，老洛克斐勒是也。老洛想当年害了眼疾，以他的银子，自不必像柏老一样发愁进当铺，可是再多的银子也治不好尊眼，走遍了英、法、德、奥。最后垂头丧气到了中国，中国朋友就用一种不值几文钱的草药灌之，本抱着死马当作活马医的的心理，料不到竟灌得他重见天日，使他对这个古老国度的医药，吓了一跳，就在北平建了一个迄今闻名世界的协和医院，专门研究中国医药。可惜的是，协和医院每天忙着看病，看病可以赚钱，而研究却是肉包子打狗。中国人何等聪明。岂肯把银子往无底洞里扔。看样子要想中国医药科学化，靠中国同胞恐怕不行，势必得靠洋大人。盖洋大人都呆而且傻，容易上当，才肯花钱干这种没有急功近利的勾当也。

董 桥

董桥（1942～），福建晋江人。编辑、散文家。散文集有《另外一种心情》、《这一代的事》、《跟中国的梦赛跑》、《乡愁的理念》等。

说品味

中国化学家张子高业余收藏古墨出名，藏品近千方，其中不少是明清墨中至宝，写过多篇考证古墨的文章，还同叶恭绰、张絅伯、尹润生三位藏墨家编写《四家藏墨图》。好墨讲究胶轻、烟细、杆熟，自然牵涉胶体化学的学问；张子高学化学，后来又专攻化学史，难怪他说："藏墨是我的爱好，也是我研究化学史的一个小方面。"职业和趣味竟如绿叶配牡丹，很难得。中国著名建筑学家梁思成也有这份福气，他主张研究中国古建筑必须重"见"，不能只靠看书看图，一生游历不少山川。《平郊建筑杂录》里提到他和夫人林徽音1923年在香山途中发现杏子口山沟南北两崖上的三座小小石佛龛，几块青石板经历了七百多年风霜，石雕的南宋风神依稀可辨，说是"虽然很小，却顶着一种超然的庄严，镶在碧澄澄的天空里，给辛苦的行人一种神秘的快感和美感"。建筑家有这样的领会，梁思成名之为"建筑意"。

"意"，不太容易言传，等于品味、癖好之微妙，总是孕含一点"趣"的神韵，属于纯主观的爱恶，玄虚不可方物，如声色之醉人，几乎不能理喻。英文里说 sensibility、说 taste 也一样，都算是对人对事对物的即兴反应，毫无公式系统可套。Susan Sontag 在 Notes on "Camp" 里指出"趣味"无"体"（system）亦无"物"（proofs）；"趣味"若竟能归为体系，附会实证，则"趣味"已非"趣味"，"趣味"凝固成"理念"（idea）矣。这正是袁宏道所谓"世人所难得者惟趣。趣如山上之色、水中之味、花中之光、女中之态，虽善说者不能下一语，惟会心者知之"。这是对的。但是，袁中郎笑人慕趣之名，求趣之似，辨说书画、涉猎古董以为清，寄意玄虚、脱迹尘纷以为远，说这些都是趣之皮毛，未免犯了知识势利的弊病。夫趣，得之自然者深，得之学问者浅，一心追求高级文化之神情旨趣，恐怕变得有身如桎，有心如棘，入理愈深，去趣愈远，终致身价太高而找不到市场出路。这一层 Susan Sontag 看得比较通透；她标举俗中求雅的享乐主义也是“高品味”，“有品味有修养的人从此得以开怀，不必日夜为杞忧所累。这是可以帮助消化的”。琴棋书画的最高境界讲究能收能放，与此同理。张岱好精舍、好美婢、好娈童、好鲜衣、好美食、好骏马、好华灯、好烟火、好梨园、好鼓吹、好古董、好花鸟，跟大学问家的心境虽然不同，但断非胸无丘壑、一俗到底，不然明朝亡后他又何苦入山著书？萧伯纳说凯撒有“知”（common sense）有“趣”（good taste），所以一生毫无发明（originality），更无道德勇气（moral courage）。萧翁此论当不得真；他只是在故意挖苦西方用其人的“趣味”判断其人的精神境界之标准。

品味跟精神境界当然分不开，可惜庸俗商业社会中把人的道德操守和文化修养都化成“交换价值”，视之如同“成品”，只认标签不认内涵，品味从此去“品”何止千里！梁启超向清华校长曹云祥推荐陈寅恪，曹问：“陈是哪一国博士?”梁答：“他不是博士，也不是硕士。”曹又问：“他有没有著作?”梁答：“也没有著作。”曹说：“既不是博士，又没有著作，这就难了！”梁大怒，说：“我梁某也没有博士学位，著作算是等身了，但总共还不如陈先生寥寥数百字有价值!”（事见黄延复著《陈寅恪事略》）由此可知梁任公学问、胸襟跟曹云祥不同：前者知趣，后者乏味；明乎此则会心微笑可也！

懂得看破功利社会怪现象而发出会心微笑的人，才能洞识“现代品味”的真谛，才可以在交换价值市场上立足且自得其趣。现代人看到不食周粟而饿死在首阳山的伯夷，实在应该发笑，不笑就真是铁石心肠了。在这样精致的按钮时代里，没有这一点品味的人注定寂寞。品无高下，要在一“巧”字耳！美国有个 Dan Hurley 专写一分钟小说，他有一篇小说的故事说一位汉子半生潦倒，事业屡试屡败，终于决心放弃追求成功，转而向世人袒露心中的失败意识，开设一家招牌叫“温啤酒坏食品”（warm Beer&Lousy Food）的馆子；岂料人人看了大为赞赏，都说他至情至性，天下一怪，馆子客似云来，汉子从此腾达了。说知趣，说品味，这个人算是正等正觉最上乘了：计穷虑迫、心机震撼之后灵机顿通，既不孤芳自赏，也不随波逐流，结果性情和生计都保住了。所谓“窗内人于窗纸上作字，吾于窗外观之，极佳”，他深谙此趣。

虽说“花不可以无蝶”、“石不可以无苔”，到底“居城市中，当以画幅当山水，以盆景当花圃”；现代人身在城中，心在城中，殊难培养层次太高深的文化品味；但是，培养求知的兴趣，多少可以摆脱心中的围城。知识可旧可新，可中可西，可真迹，可复制，不必偏持，也不一定都能化成力量，却大半可以增添生活情趣，减轻典章制度消磨出来的精神溃疡。张子高耽悦古墨，梁思成醉心山川，张石公酷爱繁华，说是求“知”求“趣”，实际上也流露出他们对人性的无限体贴。William Empson 谈“都邑野趣”（urban pastoral）也可作如是观。品味原是可以这样调节出来的。

中年是下午茶

一

中年最是尴尬。天没亮就睡不着的年龄。只会感慨不会感动的年龄。只有哀愁没有愤怒的年龄。中年是吻女人额头不是吻女人嘴唇的年龄；是用浓咖啡服食胃药的年龄。中年是下午茶：忘了童年的早餐吃的是稀饭还是馒头；青年的午餐那些冰糖元蹄葱爆羊肉都还没有消化掉；老年的晚餐会是清蒸石斑还是红烧豆腐也没主意；至于八十岁以后的宵夜就更渺茫了：一方饼干？一杯牛奶？总之这顿下午茶是搅一杯往事、切一块乡愁、榨几滴希望的下午。不是在伦敦夏蕙那么维多利亚的地方，也不是在成功大学对面冰室那么苏雪林的地方，更不是在北平琉璃厂那么闻一多的地方；是在没有艾略特、没有胡适之、没有周作人的香港。诗人庞德太天真了，竟说中年乐趣无穷，其中一乐是发现自己当年做得对，也发现自己比十七岁或者二十三岁那年的所思所为还要对。人已彻骨，天尚含糊；岂料诗人比天还含糊！中年是看不厌台静农的字看不上毕加索的画的年龄：“山郭春声听夜潮，片帆天际白云遥；东风未绿秦淮柳，残雪江山是六朝！”

二

中年是杂念越想越长、文章越写越短的年龄。可是纳波可夫在巴黎等着去美国的期间，每天彻夜躲在冲凉房里写书，不敢吵醒妻子和婴儿。陀斯妥耶夫斯基怀念圣彼得堡半夜里还冒出白光的蓝天，说是这种天色教人不容易也不需要上床，可以不断写稿。梭罗一生独居，写到笔下约翰·布朗快上吊的时候，竟夜夜失眠，枕头下压着纸笔，辗转反侧之余随时在黑暗中写稿。托玛斯·曼临终前在威尼斯天天破晓起床，冲冷水浴，在原稿前点上几枝蜡烛，埋头写作二三小时。亨利·詹姆斯日夜写稿，出名多产，跟名流墨客夜夜酬酢，半夜里回到家里还可以坐下来给朋友写十六页长的信。他们都是超人：杂念既多，文章也多。

中年是危险的年龄：不是脑子太忙、精子太闲；就是精子太忙、脑子太闲。中年是一次毫无期待心情的约会：你来了也好，最好你不来！中年的故事是那只扑空的精子的故事：那只精子日夜在精囊里跳跳蹦蹦锻炼身体，说是将来好抢先结成健康的胖娃娃；有一天，精囊里一阵滚热，千万只精子争先恐后往闸口奔过去，突然间，抢在前头的那只壮精子转身往回跑，大家莫名其妙问他干嘛不抢着去投胎？那只壮精子喘着气说："抢个屁！他在自渎！"

三

"数卷残书，半窗寒烛，冷落荒斋里。"这是中年。《晋书》本传里记阮咸，说"七月七日，北阮盛晒衣服，皆锦绮灿目。咸以竿挂大布犊鼻于庭。人或怪之。答曰：'未能免俗，聊复尔耳!"大家晒出来的衣服都那么漂亮，家贫没有多少衣服好晒的人，只好挂出了粗布短裤，算是不能免俗，姑且如此而已。

中年是"未能免俗，聊复尔耳"的年龄。

罗　兰

罗兰（1919～），原名靳佩芬，河北宁河人。散文家、小说家。散文集有《罗兰小语》、《罗兰散文》、《生命之歌》、《岁月沉沙》等。

钥　匙

自从有一天，和他因小事争吵，我一怒离家，回来时却发现忘带钥匙，又不肯按铃请他来为我开门，只得索性坐火车去高雄住了一夜。那以后，我对钥匙就十分小心。

在这个意义上来说，它是一种自尊的保障，独立的象征。代表着可以我行我素的自由，和不必求助于人的快乐。

我的钥匙好像就因为这种意义的追求，才逐渐多起来的。

除了自己住处大门、二门的钥匙，以及家中一切备而不用的钥匙之外，我有办公室抽屉和四个柜橱的钥匙，还有发音室的钥匙。另外我还有洛杉矶女儿住处的两套钥匙，和纽约朋友住处的钥匙。她们说："知道你这人喜欢随时高兴就跑来了，给你一套钥匙，我们不在家，你也可以进来。"

我还有儿子住处的钥匙。

钥匙因此不仅是一种自由，也是一种权利和别人对你的信任。

住旅馆，如果是两个人住一间，带钥匙的大半是我。即使对方偶然带走了，我会因为自己知道客房管理员手中还有一把钥匙而觉得安心和快乐——我不会因为对方带走了钥匙而束手无策。

钥匙是一种方法。如何找到这"方法"，好像是我一生都在搜集的经验与历练。

为了预防自己某天忘了带钥匙或丢了皮包，我多配了一些钥匙，放在办公室。必要时，我可以回办公室去拿，而不必麻烦锁匠或任何其他的人。办公室昼夜都有人在。我不怕任何时候会被关在办公室的门外——这另一套的钥匙给我的是一种左右逢源的保障。它是一项"寻找方法的方法"。

我信赖我的钥匙，而且对它们十分感谢，好像它们是黑夜中的一盏灯，寒夜里的一炉火，或一把挡雨的伞，一件御寒的大衣。它们是如此的简单、轻便、信实，而又可以由我自己掌握。

仿佛凡不能由我自己一个人来掌握的东西，都使我觉得不安全。不是我不信任别人，而是我不知自己肯不肯去烦劳或支配别人。我总觉得，要烦劳或支配别人的时候是很紧张的。虽然，我知道，那么多的人乐意对我付出关怀与帮助。

不说别人，电台的老工友，每当我进了办公室，还未坐定，他就用我留给他的钥匙帮我把抽屉打开了，而且总会问："又没带钥匙吧?"

我接受他的好意。在他面前，我永远可以不必说我带了钥匙。只有当他偶尔休假，或出去访友的时候，我才庆幸我不会真的没带钥匙，而可以很愉快地打开抽屉，取用我工作上绝对必需的唱片或录音带。这使我产生一种有备无患的快乐。

为了怕使未曾预料我真会从天而降的朋友或女儿大吃一惊，我还没有这样使用过她们善意交给我的钥匙。不过，我也曾想象，如果某一天，天寒地冻或风雨交加，迫使我不得不找个地方落脚的时候，忽然想起，附近就有她们某一个人的住处，而我正带着她们的钥匙，尽管她们已去上班，或者刚好出去度假，我也一样可以轻而易举，开门进入她们舒适的家，让我卸下满身风尘、一心倦意，安稳地蜷卧在沙发上入睡——这钥匙，对我来说，是一种可以安心的投奔。

天气冷了，外面滴滴沥沥地下着冬雨。从外面回来，躲进自己的家里，插上电暖炉，把那串小小的钥匙珍重地放回皮包内层有拉链的口袋，感觉上，我所拥有的一切都在这里了。于是，我忽然记起二十多年前的某一天，住处的邻居发生火警。慌乱中，一点也想不起该先抢救什么，敞着大门跑出来，却带着一把开大门的钥匙。我并不觉得自己反应错误，因为那是一种下意识"提纲挈领"的抢救——有钥匙，就可以让我拥有那个家。

女儿出国前夕，把她用的那把开大门的钥匙交给我。我推还给她，说："万一你什么时候回来，我不在家呢?"——钥匙，在这时，是一种无言的挽留。

当忍痛不得不把房子卖掉的时候，最后的割舍，是交出了那把使用了多年，感觉上犹有余温的钥匙，使我觉得那把交出去的钥匙上，像是缀满了珠钻，而它们却是我在这生途上奔波时的汗滴与泪滴。

陈幸蕙

陈幸蕙（1953～），湖北汉口人，生于台湾。散文家。散文集有《群树之歌》、《把爱还诸天地》、《被美撞了一下》、《法兰西巧克力的早晨》等。

时光，是我垂钓的清溪

芭蕉上人其实并不种芭蕉，他只是一个萧萧澹澹、突破物质主义、处处天机流露的素心之人罢了。

但他深爱芭蕉，深爱这种喜欢披翠展碧、邀雨成韵的植物，一叶才舒，一叶又生，卷卷轴轴皆发自深心，永远抽长不尽；那样缠绵致密、生生不已的情态，正象征着他对人世间和生命珍惜热爱的感情。

然而，在一个追求浮华与刺激的世代里，在一种混乱破碎的价值体系中，人的心灵总日趋狭窄壅塞，缺乏冷静思考、却只有无谓劳碌的生命里，也似乎永远充满着忙不完的粗工、假相的欢乐、虚张的坚强、芜杂的浪费，以及在这之后，所产生的种种陷落、痛苦、矛盾与疲倦的感觉。

“为什么，生活不能就是清醒的同义词呢？”这是早年，上人常在心底深思的问题。

而作为一个探索人生、追求清醒的人，他多么希望，每一个日子，都是岁月对人间所作的愉快邀请；每寸天地，都充满井然清新的秩序；而在那样的世界里，人对物质的倚赖和需求，降到一个较低的水平，一切人为的和自己铺设的陷阱都不复存在，无谓的形式、荒谬的习惯，也不再控制人的心灵；甚至，连闹钟都将消失，在所有阳光普照的清晨，人是由内心自然苏生的力量所唤醒，精神饱满，日新又新；生活本身，就是一件单纯美好，而且愈来愈接近真理的事。

那是上人所企慕、渴想不已的目标。

因此，也是三十岁那年，在长久的冥想与海雨天风式的自我激辩之后，一个新的意念，终于在他平静的心里，酝酿成形，水落石出；他遂决定要从以往那并非生活的生活中走出，以一种不同于世俗尺度的标准，去过简单素朴的生活，去顺应内心理性呼唤的声音，去开拓静观的人生，去完成他自己。

在上人的观念世界里，那样步入空门、结庐万山之间的抉择，不但不是可耻的自私与逃避，却反而是一种忠于人生的行径，是丈夫的作为。

因为，人选择安身立命的方式很多，成家立业，固是可敬的人生模式，但一个追求反身而诚的人，在反复深思之后，决定从内心的精神领域中，去提升自我、掌握自我、超越自我，并且，为了体现与贯彻如此的理念，毅然立下大愿，要从他所深心热爱的婆娑世界中，完全抽身退出，那不但需要一点超凡的胸怀与见识，更需要极坚强的意志、勇气与大魄力，才能圆满顺利、无怨无悔地实践完成。

对上人来说，那是艰难重大，但却也是自然必然的决定；是严肃真诚，但却也是浪漫动人的选择；情志既已有所安顿，自此，不曾落彩的生命，遂开始有了自己的颜色。

于是，在那云树环绕、山光怡悦人心的禅院，在那浩浩落落、四壁萧然的小屋里，上人空灵明净地度过了数十个清秋长夏。

读书、写字、静坐、沉思、专心持戒、钻研律藏，是上人每日例行的功课；即使偶尔披海青下山，云游各地，或随行脚因缘，驻锡在其他寺院，上人也必贯彻相同的生活内容，维持不变的生活步调，“造次必于是，颠沛必于是”。

而平居有暇，他则喜欢藉着一双手的劳动，藉着实实在在的工作，来获取自身生活的报酬。

“因为，身体的劳动，可以使人的心灵有所寄托。”这是上人的信念。

因此，在那静似泊岸之舟的小屋前后，上人开辟了好几方袖珍的菜畦，日日灌园，理除荒秽，亲自用手抚触泥土，并且以虔诚感激之心，去领受来自大地的食物。此外，他还学习着制作一些简单的日用器物，如剖瓠为瓢、刳木成杯、织湘帘、制竹榻、缀烟蓑、编雨笠等，甚至，连那遮风避雨的小屋，也是上人亲自动手完成的。

崇尚朴素的上人并且坚信——控制好逸恶劳、贪求享受的肉体，乃是控制精神意志的惟一途径，因而严守“过午不食”的清规，每日餐膳的内容，除了一碗白饭，便只是一缸粗盐煮豆、一盏清腌菜蔬、一碟新切的嫩姜，或一块自制的晶润的笋脯而已，从来不曾有过变化。他又不论风雨，每日必上下山各一回，以锻炼脚力，且效法晋僧慧远“不过虎溪”的做法，在每一个不外出云游的日子里，每逢下山，也绝不逾越谷底那碧荫四垂的老榕树一步。

藉着这样简单清苦、自我节制的生活，上人不断磨砺自己的意志力量，培养根本的智慧与和平，结果，透过最严格的自律，他反而获得最大的自由与舒畅。

“时光，是我垂钓的清溪。”上人曾如是说。

而就在那芳草芊绵、波光潋滟的盈盈水湄，上人终于拾得了清晰的云影天光，拾得了一整座丰富完足、圆融无憾的人生倒影。——生活就是清醒，那究竟是一种怎样的人生呢？

林幸谦

林幸谦（1963～），福建永春人，生于马来西亚，现居香港。学者、诗人、散文家。散文集有《狂欢与破碎》等。

繁华的图腾

童　话

岁月的风中充满骇人心酸的童话。我们的母亲，认得她所有十二个子女的历史和命运。在她心中，你是一个神话的终结；在我，你是盛开的凋花：淡金色的凋花，飘向丰收后的田野，郁寂而空旷。

一个有月亮的黄昏，我坐在落地长窗的栏杆旁，在楼上望见你走到一棵开着淡金色花朵的老榴莲树下。斜阳从雨林深处射来，布满孩童无法洞悉的一种瑕疵。母亲在盛花的老树下注意你。虽然相隔甚远，我还是看到了母亲脸上的金色泪水。满园，淡金色的榴莲花如落叶飘坠，颠狂如失控的梦幻，满园飞舞。

那些渐渐黯澹的田野，有如我们如今近于荒废的心情。骤起的微风，把荒野和微阳都吹入你的视野。黄昏，在你眼中片片破裂。山风从古老的傍晚吹来，从荒芜人烟的天边吹入你的童年，视野一片斑驳，仿佛，你洞悉了一种无法阅读的童话，一颗心，剥落的荒荒凉凉。凌厉之中，又有一份近于狂欢的欢愉，非语言所能表达。你如此生活在潜意识的世界里，丝毫不懂性与暴力的罪恶。

今天我才明白，你大概是怀着被人唾弃的忧伤去到林边。黄昏的田野如孤独的大海横卧大地，宇宙沉默，万星升起，万星下坠。你的童年，就在梦幻中浮动。直到斜阳消失，这人间，就孤零零只剩下你自己，连影子也消失无踪。

通常在黄昏过后，幽暗的天色有一种枯槁的凄美，我们坐在幽暗的橡树林边，发起呆来。你习惯把舌尖夹在嘴唇之间的角落，左右交换，微微韵律地一紧一松，发出哦哦细声，平淡之极，仿若仙人诵经，哀喜难分。

你如此想着你的心事，以平淡的声调倾诉了内心的实在状况，大概别有一番心情。你就这样嘲笑命运的造化，孤芳自赏。一声声，都传入母亲的耳里；天父有耳不闻，有眼无珠。

成年以后，你低哦的声调开始沙哑，静夜里听得人心惊胆跳。珍爱与遗弃、自由与囚禁、幻灭与重生，迂回曲折的心事逐一在潜意识层里暗自起伏蠕动。诗人格奥尔格在类似情境中期待着远古女神的降临，把遥远的梦想和奇迹推入深渊——“如此，在渊源深处一无所有……我于是哀伤地学会了弃绝：词语碎碎处，无物存有”。破碎中，你所拥有的，所剩无几。你或许会在繁华幻灭处，想起自身的身世，欲哭无泪。

然而，泪水不只一次从你智障的大脑流出扭曲的眼眶，不只一次偷探着人间的繁华瑰丽，沾湿了你原本璀璨的童话，涌入雨林深处，流到宇宙尽头，滚滚腾腾。你就在繁华幻灭的地方暗自痛哭，无可捉摸的欲望，在泪水中明明灭灭；连泪水，也是死去的泪。

如今追忆起来，仍不知你是如何度过你的童年。在一座充满花香的果园里，没有学校生活，没有任何朋友，没有人为你庆祝生日，连弟兄仿佛也不存在。广阔的稻田，群山和荒苍的原始雨林看着你成长，深知你的孤独。孤独本身就是你的人生，像群山林野一般地原始。

虽然命运注定你的盛年惨淡无华，你却未曾用任何方式遮掩你纯朴的窘态。人们对你人格上的歪曲，是他们自身的可耻。你就在他人忽视和歧视的眼光中，走过了苍白的童年，却一直没有走入人间。

年近三十，仍旧是破碎的童话，你还在人间之外；神与兽，都只是门外的过客。你伫立在你内心的庭院深处，拒绝了解生命的真相，因为你本身就是生命的一种真相；而所有的美梦和神话，都是极其肤浅的秘密。就算菩萨再生、佛陀临世，都无法更改你那被生命本体亵渎了的命运。

其实，我们的人生就是如此，童话一般，魔幻写实之极。

命运

命运，往往是偶然的，偶然地使你成为你，我成为我；否则，使我成为你，你成为我。

我们都没有编写自身命运和童话的权力，甚至连阅读他人悲伤的能力也没有。所有飘在空中的神灵、死在床上的人、落在荒野的狂雨，都与我们无关。

对你来说，这世界像一个匆匆的异客。一出生，你就拒绝了认识这位异客。你坐在莲花宝座上，自我放逐，三千大千世界，十方无量诸佛众鬼，都与你无关。你只是一个漠不关心的异客，不刻意悲壮，也不在乎寂寞。

早凋的花叶在暴雨中盘旋幡飞，你就在雨狂花飞的一个春天来到人间。和其他先知一样，出生只带给你非常短促的喜悦，或许没有。全世界对你的悲欢置之不理，还嘲笑你的自我中心，且为你取了不少人格歧视的别名：智障者、低能儿、弱智、白痴！然而你也只是一个不问世事的异客，过境不问俗。说明白点，你并不属于人间，一如灵魂不属于躯体。

很多时候，别人故意嘲笑你，笑你白痴，你总是眯起那双扭曲的凤眼对他们咧嘴而笑。你赤诚的笑容反讽了人们的鄙夷，你会向他们伸出手来，一求相握问候，从容地拍拍他们肩膀，用你的语言表示你的友善和气度。相对于你的人生态度，丑恶的社会和肮脏的文化在你面前只有自惭形秽。你不需要病态的人际关系，所有现代人的虚伪，你都不屑一顾。你如此在自己的潜意识中生活，无视于外在世界的丑恶与卑俗。这种人生态度，对我们凡人具有重大的启迪作用。说来连你自己也不自知。

你知道吗，你的人生是一种坦诚共认的诗体。你的单纯构成了人生的一种艺术形式，以独有的情感独白模式而成为一个艺术家。我只是借助你来启发自己，企图为你的人生勾勒一个模型，用象征去象征自己，用命运去解构命运。

但是，智力作为命运的图腾，象征了我们的繁华人生，决定了一生的兴衰荣辱。

宿命就是这样造就了一切的荒谬。从你出生以来，现实便一再以荒谬的形式呈现在你面前，正好反证了你近于纯稚无欲的内心世界。尽管无动于衷，你也还是纯真地嘻笑，纯真地哀哭。或许，就这样也好。

平常的日子，我们把自己囚禁在复杂曲折的心理结构中。雨水飘打着原始的山林、物化的世界，也打湿了我们的心情。我们都离不开梦幻般的命运，就如我们离不开疯狂的现实，而把人生视为荒唐的复写。

童年的写意，如今变成连续不断的追忆——渗揉着岁月的雨水和成长的泪水。骇人心酸的童话与寓言早已注定，无可挽回。夜里，你照常用沙哑的咽喉表白心事，咿咿哦哦，论述你的命运，歌中大概有你的梦幻与爱情。在自己含糊的吟哦中，大概你已预先知道了自己的结局。

神灵如星子升起，瞬间即逝。晚云年年飘来飘去，其中的心酸无人能懂。人生，历史，欲望，在寂静中自有喧哗华丽的故事。乌托邦的童话世界始终是一种神话，那些从小就被遗弃的人，就在教人心酸的命运中，想着人人皆知的心事。

我们的一生到底有多少说不尽的心事，谁也说不尽：随着朝生暮死的太阳放逐人间，自生自灭。而命运存在的意义，就是任我们自生、自灭。

寓　言

不可信赖的命运，截割了你的欢愉，蛮横地，盗取你深具寓意的一生。

金色大地，你是所有命运中匮乏的人。你的残缺就烙在你的脸上，一张智障的脸，说出了你异客的身世。一方面，像流泪的天使，另一方面则像无父无名的孤儿。虽然如此，你也有着极其美丽的幻象，就在你的笑声中生生不息，如一只瑰丽的蝶，或一首缥缈的古典诗。此蝶，带着庄子的梦幻话语，飞舞着惊人的讯息，双翅拍打着双翅，你仍然是你，满足于无知无欲的世界。那些宛如月光的幸福感，幽幽暗暗，对于你来说，原来就虚无一物。

幸福的岁月是失去的岁月。普鲁斯特在追忆他的逝水年华时曾感叹道：惟一真实的乐园是人们失去的乐园。说起来，我们都在寻找人生的乐园，事实上却是不断地丢失乐园：一幕幕的童年岁月，一幕幕的历史惨剧，流亡的人生，如元宵灯火涌列眼前。恍惚间失去了一切，失去了一生。

这一生，你是失去了一切。智障，令你失去所有繁华的图腾，说出你隶属异客的身份。这身份是精神层次上的一种孤绝。没有人愿意去了解你。所有人都为自己而活，活在某种神话之中，在某种程度上承受某种智障和盲目的处境，在即将永别的人间稍作停留，尽情纵欲。

幸福因而变成一种奢望，这正是我们摆脱不了现实，从而以此作为逃避的借口。我们都在匮乏中原谅了自己。到头来，裸露在各种不堪中，面对老来的残缺。

残缺不全的人生景观，恐怕就是我们最华丽的生命寓言，构成记忆中凄美欲绝的装饰品。

生命的寓言，毕竟无法粉饰，完整的归于完满，破碎的偿还残缺。你的痴呆，论说了空无一物的寓言。缤纷华丽中的心酸，只有你自己晓得，千种嘲讽与狂欢都仿佛无法言说。这即是人生的主题。

我们在各自的人生逻辑中走到中年，岁月站在天使的那一边，我们站在世俗的底层；可幸的是，我们还能够用平静的心情去对待命运与年华的递变。

青春年华是如此美好，对于你却只有讽刺的意味。身为一个智障者，没有人知道你有多少的愿望和憧憬；也只有你自己明白，你是如何面对你的梦想和现实的矛盾。如今，双十年华已经过去，我们各有自己的心事，宛如盛开盛凋的花：强烈、细致、深远。

三十年来，你活在自己的婆娑世界里，以自己的方式生活着。你的内宇应有独特的山川天地：没有科学、没有历史、文化、爱情和肉欲，只有莫名的寓言。也只有寓言世界能令你如痴如狂，语言和真理都显得虚假和肤浅。在神圣的痛苦中，你保持无求无欲的高贵品格，在寂寞中过着自得其乐的生活。这一点，你比谁都好。

你注定失去你的历史，失去自身的文化习俗，甚至说，你从来未曾拥有繁华人生。对于命运的安排，你没有任何怨言。你安然在残缺的寓言中扮演一位缺席者。出生以前，父母和天父对你所许下的华丽的生命寓言，终告崩解，你却没有一丝怨言。你安于成为一个历史的缺席者，以缺席作为一种纯真的反抗。

今天，世纪末的繁华堪称史无前例，却仍有千千万万流浪街头的孩子，病了就睡在街头，出卖纯洁的肉体，言说不出自身的心酸。醒来，忧伤就飘浮在地狱的边缘。好个太平盛世，竟成了腐败的母体。天父所遗弃的子女，在残缺不堪的命运中心酸地生活。繁华的盛世与他们无关，太阳死了，一切有光的物体都在自身的光芒中毁灭。盛花的森林，蔚蓝透明的大海，金黄色丰收的田园，都在神话般的梦中死去。

卑微的命运自有卑微的寓言，很多人到死都未曾走入人间，亦未走出地狱。空旷幽绝之间，人生彻底空洞。写到这里，反思的墨水在笔划间凝固，突然又思索起一些小时候的往事。那些不懂求生和求死的日子，真教人怀念。

贡　品

那些遥远的童年，快乐的珍贵来自于我们享有快乐的感觉而不自觉。那些食花的蜥蜴，采蜜的花鸟，成群飞舞的蜻蜓和蝴蝶，在我回到家乡的深夜里一再出现，满室飞舞，仿佛时光倒流，说出童年时候你想要说出的一些话。

大概你已忘了，从小，你就略懂人情事故，也学会了伪装。我们同睡在一张木床上长大，你已懂得隐藏心事，懂得掩饰你的寂寞。童年的时候，父兄离家在外，种满热带果树的花园，不久就野草丛生，季节一到，花香就从树上飘来。大片的凤仙花，大片的紫茉莉、美人蕉、胡姬和蝴蝶兰，一年四季点缀我们的日子。偶尔，你跟着我到水塘边，看我捉蜻蜓。我没有在游戏中预设你的角色，你便在翠竹旁坐下，炎热的阳光灿烂异常，满塘的荷花荷叶在微风中轻摇。我们的那口井，就在翠竹与荷塘之间，清澈见底的水面浮着几片落叶。黄昏的时候，我们裸身对着满塘荷花洗澡，清凉异常。毫无意识到，那竟是一生中难再的盛景。

随着年纪的增长，我们都胖了，你赤诚的脸也不复孩童时候的天真可爱，我们都变得更丑了。满塘的荷花和高耸的翠竹之间，坐着的不再是那口井，而是寂寞的你。你就坐在那里，仿若菩萨坐禅，荷花凋零；蝉声四起，在我游戏的时候，聒噪地安抚你这位寂寞的菩萨。

繁华径自岁月的彼端滑落，只给我们留下难以幻灭的、繁华幻象。

繁华俗世中，我曾力图遗弃这精心创造的世俗世界，却在懦弱和空虚中妥协了。相对于你，我的妥协构成了人格的脆弱和无情。若说你的人生空洞无华的话，那凡人的世界也只是多了一层繁华的表象，内在也许空无一物。

此刻我以自赎的心情写你。千种命运，万种繁华，你却只有一种不变的人生：生命只是一出虚伪的野台戏。命运已为我们做好安排，连选择自己的角色、性别、种族和起码的肉体，往往都没有机会。

从小，我们就要面对充满压抑的社会，想要逃脱被人支配的生活模式，往往都失败了。如今追忆起来，压抑感最轻微的日子，竟是支配性色彩最浓厚的童年时光。被大人支配摆布的童年，压迫感在我们对他们紧紧依赖的关系中得到了化解。人近中年，才发觉压抑的可怕竟是来自内心：压抑他人以求自己不被人压抑。

相对于压抑文明，你的世界应是纯洁无瑕的一种秩序，远离一切的压抑和语言。虽然如此，你还是备受压抑和失语的痛苦。一直以来，语言就是文明的主体；也正是语言把我们贬为一种贡品，去祭祀我们的人生。换句话说，失去思维和言说的能力，也就丧失一生的繁华。然而，你却借此回到单纯原始的世界，远离世俗的人间。这样的生活也足够珍惜的，就算拒绝了语言的反思，你也能活得真实透彻。

偶尔我打越洋电话回家，会请母亲唤你来听电话，我们的交谈不守语言文法，叽叽聒聒，你显得格外的兴奋。从某种心灵感应的角度来说，我们的对话就是一种心灵的交流。你知道我的心意，而我却没有十分的把握捉拿你的心情和梦想。在家里，你的生活还好吗？还常一个人在炎热无风的午后，在街上无聊的闲逛吗？阿狮，我很想你，你知道吗？

再华美的生命寓言，对你而言都是借来的；活着，你只有独自活着。人们的冷漠和歧视，大概已不再引起你的忧伤，而你也看惯了窃窃私语的人从你身边走过，毫不在乎世人的猥亵。或许，你比谁都更早看透了人生。群山花开在你残缺的童话里，人间的繁华化着满园飞絮，构成你生命的图腾：破碎或圆满，是好是坏，都是你一生的贡品。

林中英

林中英（1949～），原名汤梅笑，广东新会人。散文家、小说家。散文集有《人生大笑能几回》、《眼色朦胧》等。

女人情结

做个中性人

自从失去了被追求的权利后，性别意识于己已是日渐淡薄，以至有时会刹那间模糊。要不是要进入公共场所的洗手间的话，老记着自己的性别是没多大意思的。

渐渐行止言谈间减去些女儿气，本已经是不擅妩媚的了，此时更对妩媚绝望，若然能达到清俊，已属佳境。那些散发浓浓女人味的秋波流转、佯怒娇叱、含嗔带羞等等，尽管觉得很有可观之处，却好像不属于自己的东西。

并非刻意倾向男性化，完全的男子风格、男子气质是刻意模仿不成的，硬充更加非驴非马，只是向男士们借鉴一点东西，走向中性化。

中性化不强调自己的性别属性，男女特质都有一些，跟同性接触，是好姊妹；与男性打交道，被视作哥儿们中的一员，没有较多因性别不同带来的歧视、提防与顾忌，这时节才真是自由、潇洒呢。这理想境界在向往中。

女性天然的禀性、气质和风度本来就是美的东西，温婉、慈爱、柔和，是哺育人类世界的不可缺的元素。从女性特质中衍生出来的种种女儿态，为这个枯燥的世界增添斑斓的色彩。单看含羞答答这一种吧，脸泛红霞，低首默认，便觉风光无限。假如一个女性可以直面各种在当日令自己脸红、羞不可仰的环境场合，而且能够一笑置之，甚至以幽默来化解或进而反戈一击的，那么，不管你愿意不愿意，你的女儿气已减去四五分了。

放眼周围，中性化的女子是比从前多了，有的化在性格里，有的还化在外观上，穿西装、拿公事包，多了些雄赳赳的帅气。这是女子们参与社会工作、事务后促成的一场性别改造的革命。工作女性要应付各种各样的复杂刁钻紧急繁重以及竞争激烈的业务、难题，如水的温柔与忍让并不管用，必须以爽快麻利果断刚强沉着来应付。她们还学会坚持，还有分歧，少不免有一场争论；她们学会强攻进逼，去达到目标。不管她掉转身时是如何的柔，然而站在岗位上时，她会是一块铁，铁的身体，铁的意志。

做中性人并无不好，不夸饰和利用女性的特性，可能得不到异性的迁就与优待，得不到偷工减料的好处，但促使才智能力的培养和发挥。做中性人，对事物的观点既不女性主义也不男性主义，会比较持平。然则做中性人怎样拿捏得准，不出“偏差”？关键是学会做人而已，而且不滥用男子的刚，不全部丢弃女子的柔。

女性新人类

我提出做个“中性人”，那是在多年工作里总结出来的一种需要。做中性人会使自己处于有利的职业生活情境中。

中性人，你可以理解为衣饰打扮趋向男性化的人，然而我指的中性主要还是在气质上。

女性天生的生理特点，赋予其气质是娇柔、温婉、依赖、依恋，高度女性化便衍生出“婆婆妈妈”四个字。这种气质并不适合我的工作情境。将自己的性别色彩改造，来个雄性化吧，没有必要，而且这种改造其艰巨处等同于“灵魂深处闹革命”，有些与生俱来的东西不可以想连根拔起便拔起，遂在女性气质与男性气质的夹缝中，选了一个定点——中性。这种折衷主义值得推介，没有单一性的张扬，却是双性化的渗透，既吸收男性气质的优点，又不抹去女性的色彩。

至于渗透是成少败多，或者是属于驴马杂交，变了非驴非马，也不想去界说了，总之，男性气质中的坚强、果断和雄心壮志、豪情盛概，是我心仪仰慕的东西，拿来补贴补贴自己，减去一些自己性别的弱点，只会更有利立足于现社会中。

中性人的女性魅力虽不会荡然无存，但若然留恋的话，不免仍要伤逝，独立自信果敢的崛起，自然使柔媚、娇怯、让人爱怜的楚楚动人丰姿失色，这是以一换一的代价。但中性人是以女性的底色来吸附男性气质，使女性气质丰富、复杂起来，转化出一种清新、明快、刚健的风致来，成为中性魅力。

做中性人，应注重的是气质的修炼，并非处处向男性靠拢，模拟男性的行为模式。做中性人，自由度大，自我感觉良好，在不拘束于自己是个女性时便不会自我期望降低，会更好地掌握机遇，充满信心，施展能力。

中性人是女性的理想新人类。

说了一通中性人的优点，更不敢自夸是个中性人了。

眼色朦胧

在何家英的作品前，我贪婪地欣赏画幅里人物在遐想、凝思、期待中的宁静柔和的美态，尤其爱恋这一干少女的眼神。

这种眼神，朦朦胧胧的，像罩着一层淡淡的湿雾，带着点幽微神秘；然而，这种眼神不掺一丝杂质，又活像两泓秋水般纯净、清澈。在凝眸中，有些却分明又泛着隐隐的愁绪，也许是少女们连自己也说不清道不白的微郁；也许是欲爱却又无所寄托的烦恼；也许是一种相思，两处闲愁……

看到这种眼神，耳畔便响起了钢琴名曲《少女的祈祷》；少女心事，是婉妙的，不得说，惟有静默于神祇前作内心的独白吧。

这种眼神，要神思落进幽远的境地才会自然显现，在独自凭栏，独守窗儿，倚着树干仰首蓝天，坐在案前托腮凝睇，她们的眼光是没有焦点的，好像望得好远，却又落在很近。其实她们什么也没有看到，只是内视着属于自己的一片心田；甚或干脆空茫一片，什么也没有看，什么也没想。

这原是只应属于青春少女的眼神，在我的岁月流程里曾多么熟悉。

对这种神情现在有点陌生了，如今幽静的女子并不多，更多的女孩子示人以飞扬的神采、富于变化的鲜活的表情，她们目标彰明，眼神是自信的，挑战的，迷于五色的，诱惑的。早谈爱的女孩，眼神里则像灌了蜜，腻腻的，媚媚的，都不会是何家英笔下少女的眼神。

这种朦朦胧胧眼色，在大龄女人的眸子中不配出现，即使再出现也说不上动人了，一切遐想与沉思，凝眸的刹那是智慧高度的凝聚；“四十而不惑”，眼里闪射的是洞察世情的睿智之光，它锐利，穿透力强。她们的眼神里虽然偶尔有瞬间的憧憬，却不朦胧也非虚幻了。

摭拾何家英笔下少女的眼神，犹如摭拾自己青春行迹上遗落的碎片，在新的岁月现实中它无多少价值，但是它仍在远处闪光。

女人四十

女人四十，是个令人心惊肉跳的话题。

一脚跳离了鲜花盛放的三十年华，跨入四十境地，突然意识到从此便走上下半生的路。

回望，逝去的岁月压缩成若干个色彩斑斓的影像，在眼前历历如见。四十年只剩下这些画面？就这样便溜过了四十年？原来人生易老，到了四十这个门槛上才有摧心刻骨的体会。此中有更多的不甘心。

女人四十，既精明，又痴呆。不相信日子曾经过去，明明少女的心跳仍好像在激荡，深情的眼睛依然湿润地注视着，可是都成了遥遥旧事了。逝去的日子，是划下的一道闪电，你曾看见过，却无法证实。凝眸追寻时，虚虚实实，似幻似真，连自己都不相信自己了。

女人四十，陆陆续续多了一些“叔婆”、“妗婆”、“姨婆”之类的称谓，不管愿意不愿意，总得绽开慈祥的笑脸面对，颇有点“逆来顺受”。假如子女一不小心，三下五落二地让你做了岳母或家姑，你便得打起十二分精神来蔼然接受一声声的“嫲嫲”、“婆婆”，在惊魂未定中学习怎样回应得更有长者风范。女人四十，还做着父母眼中长不大的女儿，做着年青同事的“姐姐”，在多种角色之间游移，驾驭得头头是道，原来女人四十的可塑性有那么大。

女人四十，是一个成熟女人的初生，活得自有面目。她早已不相信“女人三十烂茶渣”这句曾视之为丧钟的说话，因为在“烂茶渣”之后的十年，她仍好好地活着。女人四十也不相信自己是一枝花。她有鲜花以外的自信。女人四十的聪颖，在于现实地、确切地认识了自己——是一枚果。你可以看到她宽容的一笑，触到温热的肝胆，她有坐看云起的淡然，也有宝剑出鞘的勇锐。女人四十，进可以攻，退可以守。

女人四十，喜呼唤旧友，不以酒为乐，不以食为乐，以谈为乐，一起作回忆的壮游，循着逶迤的足迹，捡拾零碎的一星一点，每一个发现，便是一次快乐的悲凉，如汽球脱手而去，尚能看到空中的黑点。

一双冷足

“到了冬天，无论如何，要抓住一个男人过寒冬。”这是香港女作家张小娴的妙句。

固然，它是戏言。如果一个男人，你只图他替你烘热被窝、温暖双足的话，何不购用电热毯、暖水袋，更有干净利索的温暖效果。不过张小娴此说亦道出了体温偏低、“冰肌玉骨”的女子在寒冷天气时的苦处与需要。

从小便是体温偏低的人，入秋已是“玉臂生寒”，及冬四肢顿成冰棍。在交际场合怕把手伸出来作友谊的一握，因为一触之下，常惹来螫着了一般的惊叫：噢，你的手很冷！跟着便是好意地劝进补品。可是猪羊狗猫蛇吃进肚里，热气只会升腾到嘴角化为疱疹二型或者口腔内膜的溃疡，而不会气贯双掌、直抵双足。小趾头一样冷得发麻。

独睡的时候，常思睡在一个温暖的被窝里真是无比幸福。一个温热的铺盖，让人坦然地舒展着四肢，放松了神经，融化了疲乏，很快便得到酣然一梦。在无法靠自力营造一个暖和的被窝时，却又偏不肯求助于暖水袋、电热毯，总以为这是年纪老大者以及病号们的行为，它一如擦驱风油般发放着一种衰老的讯息。只好一咬牙根掀被上床，在冰冷如雪洞的被筒内蜷缩打颤，颤得心头发紧，微微疼痛。睡着了，梦里仍悬记一双冰冷的脚掌，被窝的下截寒气森森，还有点发潮的黏腻；穿一双袜子，那冷凝的感觉仍传到心里，时为冷足睡眠不佳。

到了真的“抓”到一个男人过冬，任凭高天滚滚寒流急，身畔微微暖气吹。他接受了我这个人，连带我的一双冰足。“伸过来吧！”他叫我挨过去取暖，冷热相触，几乎“滋”一声地冒烟，令他觉得自己很伟大。

足仍然冷，至今却未添电热毯，反正他比我早睡下几个小时，早已经营出一个暖洋洋的被窝来了。当我裹挟一身寒气插足进被筒时，不经意的一碰，仍会冷醒酣梦中的人，只好自重，小心翼翼地分清楚河汉界，自设雷池，不想逾越。但他人在朦胧中仍是发着那句话：“伸过来吧！”

抓住一个男人过冬，开始他会不遗巨细地关切你的冷暖，你总会从一双冷足上体会到一片心意。可是以后呢？以后假如他嫌弃你的冷足的话，那么他嫌弃的已不仅仅是一双脚了。一双冷足，好让它来作为情感冷热的讯号灯吧。

沉甸甸的家

一位朋友到美术学院探友回来，对自己的现存环境产生了怀疑。

他的一位旧同学因为没有走上婚姻之途，在无挂牵、无羁绊之下，储够了一笔生活费，便以超龄学生的身份，毅然踏入学府，闯进艺术殿堂，实现自己的梦想。

朋友看过旧同学的作品，惊叹于对方的创作才华。他欣羡对方身处艺术的桃花源里，不理会尘土的炎凉寒暑，心无二用，盛载的全是对艺术的追求。

朋友蓦然惊察，倘若对方走的是一条普遍的人生路——结婚、生子，为了妻儿活得好，拼死拼活为生活费钻营，今天他还不是一个平平庸庸的人吗?原来，家庭是可以将人的潜质埋没的。朋友在反观自己之时，不无怏怏，对自己的选择有了重新的估计。

得要承认，无论婚姻是怎样的一种需要，它怎样温馨美好，但始终是需要两个人以一定量的自由去换取的，有等价交换，也有不等价的交换。组织了一个家庭，人虽走到大洋的彼岸，天空的另一头，沉甸甸的家仍装在自己的心房，心灵仍然得不到真真正正的充分自由。家庭已成了一切行动的主宰，婚姻的两个人不能超越它的权威，为了家的利益甚至作最大程度的牺牲。

这样，我们换来了两心的契合，换来了扶持的臂弯、可依靠的肩膀，换来了儿女缠扰的麻烦的欢乐的温馨，换来了希望的延续。

既然我们是平凡的人，当初选择了婚姻，就要在这条不归路上走下去，不要作“如果怎么怎么”的假设，这世上只有“如果”这两个字，原没有“如果”这回事；既然我们享受着家庭的温暖，也不好反过来又埋怨它是个甜蜜的罗网，束手束脚了。

有了家，就要历数家的好处。家催人成熟，变得踏实、有深度。家是人生的港湾，也是扬帆升火的新起点。负上了家而要扬帆，当然更要开大马力。这是必然的，这才是公平的代价。

刘 墉

刘墉（1949年～）号梦然，祖籍北京。著名画家、作家。散文集有《萤窗小语》、《点一盏心灯》、《迎向开阔的人生》等。

姜是老的辣

接到古先生的电话，小宋心跳到了一百二十下。

“这么大牌的制作主持人，居然会找到我。”小宋放下电话，兴奋地对老婆说，“还约我明天碰面，说要谈节目的事。”

小宋一夜没睡好，小宋的老婆也没睡好，一大早就起来为小宋烫衬衫，一边烫，一边问：“你猜，古先生是找你做什么节目呢？”

“不知道！可以确定是不会找我主持他的‘四海心声’。”

“四海心声”是古先生的成名节目，自己的制作班底，加上自己主持。起初人家看他一定弄不成，没想到一炮而红，愈红愈有大人物愿意上，收视率也愈高，使古先生不仅在电视界，连在政治界、学术界，也成了一号人物。靠着关系做生意，更愈做愈大。

想想，有谁会把自己的“成名之作”，交给别人呢？尤其是交给小宋。

当然了！小宋也是新秀，留美的硕士，又仪表堂堂、辩才无疑。大家都说他是“学者从秀”，前途无量的明日之星。

“如果古先生能提我一把，就棒了！”小宋出门时，在胸前画了个十字，又要老婆亲了一下，“希望你的吻，能带给我好运。”

小宋果然交了好运，一个想都不敢想的好运——古先生居然真的要把“四海心声”的主持棒，交给小宋。

“我的事情多，常在世界各地跑，偏偏节目每个礼拜都得录影。”古先生两只热手握着小宋冰凉的手，很诚恳地说，“想来想去，只有你这位青年才俊，够格来接，你考虑考虑。”

“哪里还要考虑？”小宋高声叫着，对电话那头的老婆喊，“我当场就接了。”小宋接手主持“四海心声”，真像是一声雷，震动了电视界，更震动了观众。大家议论纷纷：“小宋这么嫩，怎能接古先生的东西?”

“老古把自己打下来的江山，交给小宋，太冒险了!”

“不是小宋这样的旷世才子，又有谁接得了?放眼今天，能主持，又有学校背景的，能有几人?”

节目播出了，小宋果然主持得可圈可点。虽然有些看惯古先生的人，一时不能习惯，隔些时也就成了。

问题是，隔了好些时，节目不但收视率没提高，反而下降了，小宋四处请求，广告商就是不跟。

“老弟！这可是我的‘老招牌’，你要加油啊!”古先生常鼓励小宋，只是，说归说，连古先生的制作班底，也愈来愈没劲。而且听说都去搞另一个新节目了。

“四海心声”在古先生打响招牌十年之后，终于因为收视率太差，广告又太少而宣告结束。

小宋伤心极了，觉得愧对古先生重托。

“没关系！没关系!”古先生拍着小宋，“连你这样的人才，都做不下去，也就没话说了。不怪你！不怪你!”

隔不久，又传出了雷声。

古先生再度出马，开辟一个比“四海心声”更精彩的节目，而且亲自主持。

退出的广告，一下子全回来了。

古先生的班底，居然在短短两个星期当中，已经制作了好几集，还存了许多精彩的“点子”!

新节目又一炮而红。

还是古先生的魅力惊人。只是年轻的才子小宋，砸了“四海心声”那么有名的节目，成为票房毒药，短时间很难再爬起来了。

(想一想)

看完这个故事，你有什么感想?

古先生是很不简单，居然把他的成名节目，交给小宋。小宋也硬是在众目睽睽之下，把节目做垮了。

只是很奇怪，古先生的老招牌砸了，似乎没伤害到古先生，反证明古先生的魅力，使他更红了。

再想想，那个做了十年的“四海心声”，似乎也真是太老，该换新东西了。

说到这儿，相信你已经找到了答案。

古先生的成名作、老招牌，怎么能在他自己的手下砸掉，那是多明显的失败啊！可是节目又该更新了，怎么办？

于是“卡位”的计谋产生。把这个已经没救的位子让给小宋吧！他做成功了，那是我古先生的节目，在我铺路下，做成功的。

做失败了，只怪他能力不足。这么老的招牌，居然到他手上就垮了，可见还是我古先生行，还是换我来吧！

年轻人！记住！

这世界上处处有古先生，看来把最好的东西交给你，令你感激涕零。但是，你也要想想，凭什么他要给你？你是真年轻干练，足当重任吗？抑或你只是个替死鬼？

不要忘了！尤其在你最得意的时候，切记：天下没有白吃的午餐！

笨蜻蜓抱着自己的尾巴啃，还以为抓到了一只大肥虫。

沉淀的爱情

有个学生写了一首俳句式的短诗，只有两句：

“使用前请摇一摇，沉淀的爱情！”

“妙极了！”我说，“但什么是沉淀的爱情？又怎样摇一摇呢？”

“爱得太久，疲了，倦怠了，不论朋友或夫妻，爱情都会沉淀！”学生说，“沉淀的爱情上面都是水，淡而无味，必须常常振动一下，才能有味道。譬如送他一个惊喜的礼物，穿着一件特殊的睡衣，甚至……甚至跟他说有个小男生在追他老婆，叫他小心，别忘了自己老婆还是非常吸引人的。总之，不要让婚姻成为一种习惯，常给那睡着了的婚姻一点刺激，就算是摇一摇！”

她的道理固然不错，但我觉得沉到水底，上面淡而无味的爱，倒也别有一种滋味，好比浓茶有浓茶的美，淡茶有淡茶的妙。

《菜根谭》里说得好“酞肥辛甘非真味，真味只是淡；神奇卓异非至人，至人只是常。”这虽不是讲婚姻，但那真味只是淡，却也堪玩味。

我发现许多婚后不久出问题的夫妻，不见得是因为生活变得太淡，而是婚前味道太浓。譬如婚前热恋期，总是出外旅游、夜总会嬉戏，一下子结婚静下来，餐馆成了厨房、风景胜地改为公寓阳台、蝴蝶鸳鸯成了食谱账单，生活由热滚滚，一下子成为温吞吞，自然容易出问题。

反倒是那些婚前就由热恋“跌入”现实的男女，能慢慢将飞驰的爱情逐步减速，由求其“快”，到求其“长”，成家之后比较幸福。

有位朋友热恋多年，突然跑来对我说：“我终于决定娶她了。”

“难道以前这么多年，你都没想娶她？”

“问题是她也没想嫁给我啊！”

“那你怎知道她现在愿意嫁了呢？”

“因为我们前两天逛夜市的时候，看到一个很漂亮的瓶子，她喜欢极了，我就说要买了送她。照以前她一定会跳起来搂着我的脖子打转，这一回居然瞄瞄价钱，说太贵了，以后再谈。表示她开始往远处想，这远处，不就是结婚吗？所以送玫瑰花的爱情，不一定长久；‘种’玫瑰花的爱情，才是真的！”

还有一朋友说：

“我现在跟女朋友进入了新的境界。过去我们上餐馆，别人一看就知道是情侣，现在则会认为是夫妻！”

经我追问，原来因为他现在跟女朋友对面而坐，不再是喁喁私语，而成为“女朋友看菜单，他看报纸”。

这使我想起梁实秋先生，在《雅舍小品》续集里“沉默”那篇文章里写的，有位朋友去看他，以嘴边绽着微笑，当做见面行礼。二人默对，不交一语，梁教授递过香烟，对方便一支一支地抽。又献上茶，也便一口一口地呷，左右顾盼，意态萧然。等到茶尽三碗，烟罄半听，主人并未欠伸，客人兴起告辞，梁教授誉之为“六朝人的风度”。

这也令我想起王维在“山中与裴秀才迪书”，写他去看老朋友，正巧朋友在读经，也就不打扰，径自往山里走了。那种老远跑去，却又能以“意到已足”，而淡然离开的境界，不是“平淡人妙”吗？

还记得古诗中有句“我醉欲眠卿且去，明朝有意抱琴来”。诗人在与朋友一起赏花饮酒时醉了，便径自去睡，叫朋友：“你要是有意思，明天再抱着琴来玩!”也是在淡远中，显示一种挚情。

当然这种淡，不能是无礼，而应该是具有深厚情谊，默然会心，而不拘小节的率性。如同那坐在餐馆看报的朋友，他的女伴如果能不觉得自己被冷落，反觉得那只是率真，则未尝不是另一种境界。

名作家琦君女士曾说，她跟另一半常难得有说话的机会，只好在桌上留字条，我乍听觉得不可思议，但见琦君好文章不断，渐渐领悟夫妻相处的另一妙处：

“Give him or her a break！Leave a space between each other！在彼此之间留一点空间，让大家保留一点自己，而不必成天腻在一块。”

热恋中的朋友，一定不会同意我的看法。

因为平淡入妙的境界，没有十几二十年的工夫，是达不到的!

李银河

李银河（1952～），北京人，学者。著、译有《中国的性爱与婚姻》、《中国婚姻家庭及变迁》、《性社会学》等。

对爱情的渴望

有些男性似乎不会使用“爱”的语言——在他们大脑的字库中没有存储“爱”这个字，一位结婚多年的女性说：“他从没说过他爱我，我逼他说这个字，他怎么也说不出，只是说，我对你好不好看行动嘛。哪儿有那么多爱情，就是互相关心嘛。他平常总是沉默寡言的。”

男女表达感情的方式或许是有点不同的。另一位女性也谈到她爱人很少对她说“爱”这个字：“一说到这个，他就说，爱不爱看行动就行了。”

不少女性抱怨丈夫婚后感情发生变化：“我们刚接触时感情很好，他很主动，几乎每天都给我写一封信。结婚以后他变化特别大，用他自己的话说，他要‘从奴隶到将军’了。”

一位在婚后还常常感到感情饥渴的女性这样谈到她的丈夫：“他是工人家庭出身。婚后我们有很长时间两地分居。他倒是经常打电话给我，可电话里他总是干瘪瘪的。让我老觉得我们的关系中差点什么。可他觉得对我已经很好了。我总觉得对他在精神上没有依恋。他脑子里好像就没有感情这根弦似的。我每次一谈这个，他就觉得我可笑。在生活上他对我倒真是特别好。他总说：你还追求什么？有吃有喝，我又把你照顾得那么好，你还要什么？可我就是接受不了他这说法。”

不少女性认为，自己比男性更看重浪漫的情调：“他总说我像个高中生，可我觉得他怎么那么没有情调。过去我们过生日都要造点气氛，现在他生日都不过了，他觉得这些情调都没有必要了。他对气氛情调要求这么低，这一点很让我失望。他老说我是高中生，长不大，对我不耐烦。”

有位女性抱怨说：“我觉得他是块石头，我的感情好像穿不透他似的。他说过，我们不在一起时，他从不想我。有时出差分开两三个月，他就觉得自由了，像小鸟飞出笼子一般，没有思念过我。”

“我的真情流露老得不到应有的回应。举个例子，结婚生小孩以后，有一段我特别不讲究穿戴，我想节约点钱，心想，结了婚的人还打扮什么，我这都是为家为孩子省，可他就嫌我穿得难看；我看到一种好吃的，比较贵，我知道他喜欢，就给他买回家，可他不但不领情，还嫌我买贵了；过中秋节他出差，我要给他带点月饼，让他路上吃了也是一点安慰，可他就是不愿带。我悄悄给他带上几块，结果还落下埋怨，他说，我说不带不带你非要带，我都送人了！我喜欢美的东西，有一次买了一幅壁挂，满心以为他会喜欢，结果他说，你买的什么狗屁！有时我觉得简直像一种精神摧残似的。”

“我和他谈恋爱那段时间常常憧憬将来有个小家，书架上放些古董，煮一壶茶，我们看书聊天，特别浪漫，当然还要有个孩子。”

一位离婚女性说：“我要找的男人是，真爱到相当的份上，能调动起我全部的女性才行。我感到，现在我在爱情里处于一种上升的趋势，我不知道我的下一个对象是什么样的人。我过去觉得我爱不上第一流的男人，是因为我不是个第一流的女人，可我最近结束的一次恋爱对象就是个第一流的男人，他是个典型的一流男子汉。”

“我过去对刘晓庆并没有什么特别好的印象，可有次看了她一篇文章，改变了看法。她在那文章里说，作为一个女人我生活里什么也没有，感情上是零。我看完特同情她。她是痴情的。我觉得人不管男女，只要是痴情的，就是可爱的。”

“我的男朋友是个见异思迁的人，他使我感到，没有永恒的东西。我原来想追求真善美和永恒，可他却让我感到一切美好的东西都只存在于瞬间。”

“‘爱’这个字的意义人和人的理解不一样。有人轻易不说爱，一说爱就很重要；有人说爱，意思仅仅是说，我不想 fuck（操）别人想 fuck 你。”

苏格拉底曾提出这样一个问题：什么是爱？并以狄欧提玛这位爱的导师的话作答：“它既非不朽之物，也非必朽之物，而是界于这两者之间……它是一个伟大的精灵，而正像所有的精灵一样，它是神明与凡夫之间的一个中介。”（转引自罗洛梅，第 104 页）由于研究过同性恋，我开始对这样一个问题不能释怀：一对一的异性感情到底是怎样产生的，它是自然的吗？一男一女爱得死去活来，究竟凭的是一种什么样的心理动力机制？有没有人为的成份？有没有故意的成份？有没有不自然的成份？为什么不是一男两女、两女一男、多男多女、甚至是同性相爱？要想回答这类问题，决不是仅靠社会学研究能办到的，它需要心理学甚至生物学领域的研究探讨。这也是同性恋者对学界研究同性恋成因耿耿于怀的原因所在——为什么只有同性恋的成因值得研究，异性恋的成因就不值得研究呢？我想，异性恋的成因绝对是一个值得研究的问题，绝非“天生如此”一句话所能囊括的。我可以想到的表现在我们社会中的异性感情至少有这样一些成因：生理上的相互吸引；心理上的相互吸引；生育后代的愿望；社会行为规范的影响；影视文学作品中所充斥的浪漫爱情故事的影响，等等。

从调查的结果看，在感情方面，人们不仅有异性恋倾向与同性恋倾向之分，还有爱的能力的强弱之分，对爱的追求的执着与随遇而安之分。得到了爱的固然感到幸福（其中会不会有自欺欺人的成份?)；得不到爱的女人有的还在苦苦寻觅，有的已经不再奢望。也许很多人可以满足于结伴过日子，也许心理学研究的结果最终表明，“爱”这种感觉不过是一种错觉而已；但的确有人经历过被称作“爱”的这样一种心理过程，有爱和没爱的界限在她们心中像黑和白一样分明。无论如何，“爱”是一种非常奇妙的感觉，在我看来，它不论发生在什么样的人之间（无论是同性异性、年老年轻、婚内婚外、两人还是多人)，都是美好的，都是一种不可多得因而值得珍视也是值得尊重的人类体验。虽然当事人有时不得不为了其他的价值牺牲爱，就像《廊桥遗梦》里的女主人公为了家庭价值牺牲爱那样，爱本身是没有罪的。如果一桩爱情发生了，它就是发生了，它不仅不应当因为任何原因受责备，而且从审美的角度来看，它肯定是美的。

感情与婚姻的关系

在感情与婚姻的关系上，女性大体可以被分为两类，一类享受着有爱的婚姻，或决心要追求有爱的婚姻，否则宁肯不要婚姻；另一类则由于种种原因已经接受了无爱的婚姻。

向往有爱的婚姻

一位高级知识分子的女儿因爱情嫁给了一位家在农村的青年，她说："我在选择对象的问题上没有一点世俗的痕迹。我虽然希望门第适当，但这不是必须的。我有好几次机会可以出去（因婚姻关系出国），我都放弃了。没有感情基础的婚姻我绝不考虑。"

一位同丈夫关系不好的女性说："人的一生中如果能和一个自己喜欢的人在一起是个天大的幸福。这种情况很少见。剩下的人就只好是共同生活。你喜欢的人，人家不一定喜欢你。一辈子没碰上这样的人会感到很寂寞。除了那些有非凡创造力的人，比如说一个大音乐家。人的一生缺了这个，对精神上是个重大的损失。所以我觉得只有一个小百分数的人会十分幸福，大多数不会幸福。事情不会那么巧的，你喜欢他，他也正好喜欢你。与其和不爱的人结婚，还不如单身。如果我还没有孩子，就可能选择独身生活。"

"如果人仅仅为了找个男人结婚那也容易。三条腿的蛤蟆不好找，两条腿的男人好找。但那样太无聊，人还是要有感情。"

从一位女性对血缘关系和婚姻关系的对比中可以看出她对婚姻与感情关系的看法："我是个独生子女，除了父母就是他了。相比之下，我觉得血缘关系更近，因为婚姻如果没了感情就什么都没有了。"

一位因与丈夫无感情而离婚的女性说："我们不光在有形的事情上有差异，尤其感到一种精神上的寂寞。我虽然没有遇到两心相印的爱情，但对爱情的看法很浪漫。我心中向往的爱情是罗米欧与朱丽叶、贾宝玉与林黛玉、安娜与沃伦斯基那样的爱情。在这种事上，我和丈夫就聊不到一起。"

但是，也有人把爱情和婚姻对立起来，就像人们常说的，"婚姻是爱情的坟墓"，一位同许多人有过短暂性关系的知识女性表达了类似的看法，她说："婚姻这种形式破坏感情和爱情。"

另一位女性谈到，她的情人在感情与婚姻关系上的观点也是把二者分开的，但她对这种观点持批判态度："他是丧偶的人，我和他好了好几年，他觉得我是他认识的女孩里最有才气的一个。他从来不把爱情和婚姻放在一起。他把婚姻当作筹码，后来他和一个外国的女人结了婚。"

因为尚未找到爱情，所以仍然独身

一些女性是因为追求爱情不果而独身的。对于性格比较敏感的人来说，对爱情的追求尤其艰难，成功的希望尤其渺茫。一位参加单身者活动的女性这样说："单身俱乐部里有离婚的，也有未婚的。有人去那里目的性很强，到那儿就是为了这个，没有意思；一点儿没目的也不行。有的人表面上可以，深入一了解就不行了。我不能凑合，想凑合也凑合不了，不能容忍。社会上的人总觉得我们是挑来挑去挑花了眼，其实对我们这些人来说，要就是在一起损害对方，要就不在一起。我大学毕业时 24 岁，机会不少，可没碰上合适的。我觉得百分之八九十的家庭都是凑合的。我的素质使我不愿意与周围的想法同流合污。"她还说："我也许一辈子独身；也许到老了找个老伴；也许 40 岁以后不管好不好随便凑合一个，那就是我对婚姻放弃希望的时候。"

一位离婚后多年过单身生活的女性说："我不习惯介绍这种方式。我觉得两人感情非得到你离不开我我离不开你，才能结婚。我认为一定要谈恋爱才能结婚。爱情的梦没做成就不行。有一次我这样和表哥说了，他大惑不解地看着我说：你都多大岁数了，还是十几岁的小姑娘呀!"

有的女性表示，完全不能接受没有感情的婚姻："有人给我介绍过一个日籍华人，那人太老，又是外国籍，我不愿意。正好我去日本访问，和他见了面，他对我特别好，可我一见面就没相中那个人。他一搂我我就一躲。请客吃饭时他给我夹菜，他筷子碰过的菜我都不想吃，我怎么和他作夫妻呀。他提出要把我和孩子都接去日本，我自己心里也使劲说服自己，那时我都老大不小的了，结婚机会少，社会上又是出国热，我拒绝了他，别人都不理解我。可我不爱他，怎么能和他作夫妻呢?"

一位正在为再婚找目标的女人说："我也找过，可是已经不像初婚时那么纯洁了，只是因为爱对方才结婚；现在总要把经济条件提在前面，什么有没有房子呀，有没有孩子呀，觉得特别没意思。我不想让自己再受到伤害，可也不想独身一辈子。这是可遇不可求的，走到哪儿算哪儿吧。"

一位经过一次轰轰烈烈的恋爱但终未成婚的女性说："我家兄弟姐妹几个除了小弟的女友是经人介绍的之外，别人都是自己认识的，这可能是受父母的影响，他们就是自己认识的。所以我也不喜欢介绍这种方式。我接受不了这种方式。我不缺朋友，去看电影去玩都不会找不到伴。但是我怀疑自己还能不能碰上志同道和的人。那么好的关系都坏了，我担心不会再有当时那样的激情了。”

一位单身女性在谈到介绍这种方式时说：“总有一种机械的感觉。机会太多了也烦得很，觉得没劲，所有的人都看不上。自己并不觉得非找不可，可好像不得不找，压力很大，只好当任务完成。”

无爱的婚姻

在被访问的女性中，有一位已婚但并未找到爱情的女性。每个人的一生都是一个不同的故事，有的故事的基调是快乐；有的是痛苦；有的是轻松；有的是沉重；有的轰轰烈烈，大起大伏，像惊涛骇浪；有的平凡恬静，像潺潺溪水。她的故事虽然平凡，但在我看来却是我访问到的人生经历中最为惨烈的一个。它的惨烈因其平静的外表而愈显其烈度。它的基本情节就是一个很优秀的女人和一个很优秀的男人，他们虽然结了婚，而且已经共同生活了大半辈子，却不能彼此相爱。诚然，夫妻无感情的婚姻成千上万。这个婚姻的惨烈之处在于当事人都拥有敏感的心灵，在他们心中，有爱与无爱这两种状况的界限过于清楚鲜明。如果他们能够像那成千上万无爱婚姻的夫妻们那样稍微鲁钝一些，他们的经历的惨烈程度就会降低很多。下面就是她的叙述：

“我现在和他的关系好多了。过去他爱我，我就是激动不起来。当时我没有经验，是我最好的女友帮我下的决心。我喜欢在事业上能够令我崇拜的人，结果他却崇拜我。当初他如果不是那样拜倒在我的脚下，显示出一点能耐、一点厉害给我看，可能还好些。那时，他拼命问我：爱我吗？爱我吗？我说爱，我能说不爱吗？可我实际上不爱他。我这辈子不是没喜欢过人，但这种感情对他没有过。常常是我不经意的一句话，就能使他伤心好半天。我努力培养感情，但没培养起来。他爱我的时候，嫉妒得要命。我要会见什么朋友，只要是个男的，他就伤心。有一次，有个我不认识的大学同学路过我住的城市，约我去办点事。我根本不知道他是个男的。可他就猜出他是男的来了。我出去的那天，他一个人对着月亮伤心。我回来告诉他去见的人是个男的，他说我早知道是个男的，接着就使劲审问我。他那时爱我爱得发疯，可我就是不能爱起他来。后来他的心终于凉了。当时我还不太敢想像，不能接受这个现实。我后来才发现他的心真的凉了。他冷下来之后有一次对我说，这辈子没有一件让他感到幸福愉快的回忆。他把一直珍藏的我过去给他写的信全烧了。他对我说：我对你的责怪是不对的。爱是不由自主的。有也不能责怪，没有也不能责怪。从此他再也没责怪过我，没问过我。他有好多高尚品质。我现在有点离不开他了。我现在由衷地感谢别人给我做的决定。因为人除了性的要求外，还有事业的要求。我现在知道在生活上照顾他。现在他对我来说，就是一个生活伴侣。他对我的需要也就是需要个女人而已，不是需要我这个人。”

一位在多年的婚姻中一直没有找到过爱而只在婚外恋中享受过真爱的离婚女性对婚姻与感情关系的看法很独特，一方面，她坚持追求浪漫爱情并把这一点当作婚姻必要条件，而且认为这样很不现实；另一方面，她又十分向往现实的夫妻关系，赋予婚姻极高的价值，她说：“我也知道我做的梦不现实，可我一直还在做着罗曼蒂克的梦。我这么大年龄了，一天夫妻美满的生活都没享受过。”

一位正准备离婚的女性说：“我觉得天底下的婚姻不该是这样的，我们两个人基本上没话，一晚上说不了五六句话。感情特别淡的时候，我看见他就觉得不高兴。我嫌弃起他来，他沾过的那一半床我从来都不动，他的衣物我也不动，他沾过的东西我都不想碰。我从不给他洗衣服。”

一位离婚女性回忆当初结婚的情景：“我们俩中间没有爱，根本就没有爱，只是出于环境压力，包括家里人的压力。他们总是用那种特别担忧焦虑的眼光看我，老说学历越高越不好找这类话。我失恋的经历又一直像阴影笼罩我，于是就答应和他结婚了。”

“我结婚是因为社会的压力，不是由于感情。”

“我希望稳定的婚姻生活，但是有一个前提：稳定不能成为负担。如果每天一下班就和这一个男人在一起，从现在就能看到生命的尽头，没什么意思。但是好像人人都认为应该是这样的。”

有的女性将自己的婚姻做推己及人的联想，得到极其悲观的看法，一位婚姻不幸福的女性这样说：“我觉得别的夫妻也都是这样，我不相信有好的。我看大多数的婚姻都不幸福，幸福的只占10%，也许是1%。因为我和别人一样，所以也没有什么太不好的。”

有一位离婚女性，当初结婚时，她的身份是干部，知识分子家庭出身；

她丈夫是个工人，公公是解放后住过监狱的资本家。她说："现在我才懂得门当户对的道理，结婚时我没想那么多，也没有看不起他的感觉。现在回想起来只是觉得从一开始俩人对事情的看法就不一样，很别扭。他这个人老喜欢天下大乱，一有个什么运动就特别活跃，可我老是想到大自然里去，享受大自然的美；他食不厌精，我以为营养有了就行了；我的专业是美术，可是我一画画他就急，两个人处处不对劲，想的都不是一码事。我觉得这个男人太可恶了，我把时间都给了他，结果落得一个离婚。我一直得不到爱，觉得人还不如动物呢。鸽子都知道不在窝里拉屎，比人都仁义。人恶起来真不得了。"

一位再婚后又离婚的女性承认自己当初并不是因为感情而结婚的："我和他是经人介绍认识的。我有一个孩子，他带着两个孩子。我们俩能结婚有两个原因，第一个是因为他是离婚的，原来有过夫妻生活，突然中断了，很想从心理到生理上和人有个沟通；第二个原因是我也有点自私心理——他是个英语老师，我觉得找他对自己孩子的教育有好处。另外觉得两人还能谈得来，就同意和他结婚了。"

有些女人由于心软而组织了不幸的婚姻："婚前有两次我曲曲折折地表达过'算了'，每次他都特痛苦，我第二次表达这意思时，他写了一封血书，上面还画了一颗心，把我吓坏了。我当时的'条件'很差，自己在农村，父母都有问题，他一直没变过心，别人有给他介绍的，他也都拒绝了。从那封血书之后，我就死心踏地跟他好了。后来我上大学，他又等了我好几年，我更没理由不跟他结婚了。所以一毕业我们就结婚了。我结婚特别简单，心情也非常淡漠。他的单位、家庭都让人羡慕，但从感情上却非常淡。"

"我是 22 岁谈的恋爱，特别没劲。他比我大五六岁，是一个熟人介绍，个子高高的，长得很帅。有一阵他天天来我家。他特别愿意，我那时懵懵懂懂的，觉得就来往来往吧。要是搁到现在，我就知道了，有兴趣就是有兴趣，没兴趣就是没兴趣。他这人特别不爱说话，我们在一块儿没兴趣。"

有的女人只是出于同情答应嫁给对方，往往导致婚后不和离异，一位离婚女性这样回忆了自己的婚姻："那时我们处得很好，只觉得合得来，可一点都没往感情那儿想。那年他要去当兵，走前他跟我说了这个意思，我一听就说不行不行，我觉得自己还是个小孩，对这种事觉得下流。后来几天他眼睛红红肿肿的，见了面也不理我。我看他这副样子，感到很同情，就答应了他。

后来他就去当兵，我去送他时，把小说里看的送郎当兵的感情模仿了一遍。我们通信时，也不懂什么是爱情，只是各写各的经历，看了以后只是感到很平静，没有什么幸福甜蜜和冲动的感觉。我觉得自己只是进入了一个角色，也觉得自己就该进入这个角色。”

有关感情与婚姻的关系，有一项前苏联的调查称，越是因为爱情而结合的婚姻越不幸福。该调查发现，在15000名调查对象中，有70－80％是因爱情而结合的；15－20％是因为人人都结婚才结婚的；3－10％是因个人利益而结婚的。进一步的调查发现，因爱情而结合的人婚后百分之百感到不幸福；因人人如此而结婚的人中幸福者占十之四五；因利益而结合的人中十个幸福对七个不幸福。作者从而得出结论说：因爱情而结合并不能保证婚后幸福。这个调查似乎是为“婚姻是爱情的坟墓”一说做了注解。可以想到的解释是，爱情的浪漫色彩同婚姻的世俗气味发生了矛盾。据此说来，人们是应当向往和追求有爱的婚姻，还是应当安于无爱的婚姻呢？那种追求还能够是有结果的吗？从调查的情况看，的确有人得到了有爱的婚姻，这也是事实。另据笔者一项关于北京市婚姻质量的调查，大约有近半数的北京居民宣称“自己非常爱配偶”，“配偶非常爱自己”，因此，对现有的婚姻“非常满意”。我想，无论人们对感情与婚姻的关系的印象有多么悲观（以为大多数人的婚姻都不幸福），无论追求有爱的婚姻有多么困难，它始终都是人们心向往之的目标，而且实际的情况也许并不像人们想像的那样悲观。

毕淑敏

毕淑敏（1952～），原籍山东，生于新疆伊宁，著名作家。著有《昆仑殇》、《红处方》、《血玲珑》、《握紧你的右手》及《毕淑敏文集》等。

婚姻鞋

婚姻是一双鞋。

先有了脚，然后才有了鞋。幼小的时候光着脚在地上走，感觉沙的温热，草的润凉，那种无拘无束的洒脱与快乐，一生中将我们从梦中反复唤醒。

走的路远了，便有了跋涉的痛苦。在炎热的漠地被炙得像驼鸟一般奔跑，在深陷的沼泽被水蛭蜇出肿痛……

人生是一条无涯的路，于是人们创造了鞋。

穿鞋是为了赶路，但路上的千难万险，有时尚不如鞋中的一粒砂石，令人感到难言的苦痛。

鞋，就成了文明人类祖祖辈辈流传的话题。

鞋可由各式各样的原料制成。最简陋的是一朵新鲜的芭蕉叶，最昂贵的是仙女留给灰姑娘的那只水晶鞋。

无论什么鞋，最重要的是合脚；不论什么样的姻缘，最美妙的是和谐。

切莫只贪图鞋的昂贵，而委屈了自己的脚。别人看到的是鞋，自己感受到的是脚。脚比鞋重要，这是一条真理。许许多多的人却常常忘记。

我做过许多年医生，常给年轻的女孩子包脚。锋利的鞋帮将她们的脚踝砍得鲜血淋淋。粘上雪白的纱布，套好光洁的丝袜，她们袅袅地走了。但我知道，当翩翩起舞之时，也许会有人冷不防地抽搐嘴角，那是因为她的鞋。

看到过祖母的鞋，没有看到过祖母的脚。她从不让我们看她的脚，好像那是一件秽物。脚驮着我们站立行走。脚是无辜的，脚是功臣。丑恶的是那鞋，那是一副刑具，一套铸造畸形残害天性的模型。

每当我看到包办而蒙昧的婚姻，就想到了祖母的三寸金莲。

幼时我有一双美丽的红皮鞋，但鞋窝里潜伏着一只夹脚趾的虫。每当我不愿穿红皮鞋时，大人们总把手伸进去胡乱一探，然后说："多么好的鞋，快穿上吧！"为了不穿这双鞋，我进行了一个孩子所能爆发的最激烈的反抗。我始终不明白：一双鞋好不好，为什么不是穿鞋的人具有最后的否决权?！

旁的人不要说三道四，假如你没有经历过那种婚姻。

滑冰要穿冰鞋，雪地要穿雪靴。下雨要穿雨鞋，旅游要有运动鞋。大千世界，有无数种可供我们挑选的鞋，脚却只有一双。朋友，你可要慎重！

少时参加运动会，临赛的前一天，老师突然给我提来一双桔红色带钉跑鞋，祝愿我在田径比赛中如虎添翼。我褪下平日训练的白网鞋，穿上像桔皮一样柔软的跑鞋，心中的自信也突然溜掉了。鞋钉将跑道锲出一溜齿痕，我觉得自己的脚被人换成了蹄子。我说我不穿跑鞋，所有的人都说我太傻。发令枪响了，我穿着跑鞋跑完全程。当我习惯性地挺起前胸，去冲撞冲刺线的时候，那根线早已像绶带似的悬挂在别人的胸前。

桔红色的跑鞋无罪，该负责任的是那些劝说我的人。世上有很多很好的鞋，但要看适不适合你的脚。在这里，所有的经验之谈都无济于事，你只需在半夜时分，倾听你脚的感觉。

看到那位赤着脚参加世界田径大赛的南非女子的风采，我报以会心一笑：没有鞋也一样能破世界纪录！脚会长，鞋却不变。于是鞋与脚，就成为一对永恒的矛盾。鞋与脚的力量，究竟谁的更大些？我想是脚。只见有磨穿了的鞋，没见有磨薄了的脚。鞋要束缚脚的时候，脚趾就把鞋面挑开一个洞，到外面去凉快。

脚终有不长的时候，那就是我们开始成熟的年龄。认真地选择一种适宜自己的鞋吧！一只脚是男人，一只脚是女人，鞋把他们联结为相似而又绝不相同的一双。从此，世人在人生的旅途上，看到的就不再是脚印，而是鞋印了。

削足适履是一种愚人的残酷，郑人买履是一种智者的迂腐；步履维艰时，鞋与脚要精诚团结；平步青云时切不要将鞋儿抛弃……

当然，脚比鞋贵重。当鞋确实伤害了脚，我们不妨赤脚赶路！

成千上万的丈夫

有成千上万的男人，可以成为我们的丈夫。

这句话，从一位当律师的女友嘴中，一字一顿地吐出时，坐在对面的我，几乎从椅子滑到地上。

别那么大惊小怪的。这话也可以反过来对男人说，有成千上万的女人，可以成为你们的妻子。你知道我不是指人尽可夫的意思。教养和职业，都使我不会说出这类傻话。我是针对文学家常常在作品中鼓吹的那种“惟一”，才这样标新立异。女友侃侃而谈。

没有惟一。惟一是骗人的。你往周围看看，什么是惟一？太阳吗？宇宙有无数只太阳，比它大的，比它亮的，恒河沙数。钻石吗？也许有一天我们会飞到一颗钻石组成的星球，连旱冰场都是钻石铺的。那种清澈透明的石块，原子结构很简单，更容易复制了。指纹吗？指纹也有相同的，虽说从理论上讲，几十亿上百亿人当中，才有这种可能性。好在我们找丈夫不是找罪犯，不必如此精确。世上的很多事情，过度精确，必然有害。伴侣基本是一个模糊数学问题，该马虎的时候一定要马虎。

有一句名言很害人，叫做：每一片绿叶都不相同。我相信在科学家的电子显微镜下，叶子间会有大区别，楚河汉界。但在一般人眼中，它们的确很相似。非要把基本相同的事物，看得大不相同，是神经过敏故弄玄虚。在森林里，如果戴上显微镜片，去看高大的乔木，除了满眼惨绿，头晕目眩，无法掌握树林的全貌。只得无功而返，也许还会迷失方向，连回家的路都找不到了。

婚姻是一般人的普通问题，不要人为地把它搞复杂。合适作你丈夫的人，绝非前无古人后无来者的异数。就像我们是早已存在的普通，那些普通的男人，也已安稳地在地球上生活很多年了。我们不单单是一个人，更是一种类型，就像喜欢吃饺子的人，多半也热爱包子和馅饼。科学早就证明，洋葱和胡萝卜脾气相投，一定会成为好朋友。大豆和蓖麻天生和平共处。玫瑰花和百合种在一处，彼此都花朵繁茂，枝叶青翠。但甘蓝和芹菜相克，彼此势不两立，丁香和水仙花更是水火不相容。郁金香干脆会致毋忘草于死地……如果你是玫瑰，只要清醒地坚定地寻找到百合种属中的一朵，你就基本获得了幸福。

当然了，某一类人的绝对数目虽然不少，但地球很大，人又都在走来走去，我们能否在特定的时辰，遭遇到特定的适宜伴侣，也并不是太乐观的事。

相信惟一，你就注定在茫茫人海东跌西撞寻寻觅觅，如同一叶扁舟想捕获一匹不知潜在何处的鳟鱼，等待你的是无数焦渴的黎明和失眠的月夜。

抱着拥有惟一的愿望不放，常常使女人生出组装男友和丈夫的念头。相貌是非常重要的筹码，自然列在前茅。再加上这一个学历高，那个家庭好，另一个脾气柔雅，还一个事业有成……女人恨不能将男人分解，剁下各自最优异的部分，由女人纤纤素手用以上零件，粘合成一个完美的新男人，该是多么美妙！

只可惜宇宙浩茫，到哪里寻找这胶水！

这种表面美好的幻想核心，是一团虚妄的灰雾在作祟。婚姻中自然天成的惟一佳侣，几乎是不存在的。许多婚礼上，我们以为天造地设的婚姻，夭折得如同闪电。真正的金婚银婚，多是历久弥新的磨合与默契。

女人不要把一生的幸福，寄托在婚前对男性千锤百炼的挑拣中，以为选择就是一切。对了就万事大吉，错了就一败涂地。选择只是一次决定的机会，当然对了比错了好。但正确的选择只是良好的开端，即使航向对头，我们依然还会遭遇风暴。淡水没了，船橹漂走，风帆折了……种种危难如同暗礁，潜伏航道，随时可能颠覆小船。选择错了，不过是输了第一局。开局不利，当然令人懊恼，然而赛季还长，你可整装待发，蓄芳来年。只要赢得最终胜利，终是好棋手。

在我们人生旅途中，不得不常常进入出售败绩的商场。那里不由分说地把用华丽外衣包装的痛苦，强售给我们。这沉重惨痛的包袱，使人沮丧。于是出了店门，很多人动用遗忘之手，以最快速度把痛苦丢弃了。这是情绪的自我保护，无可厚非。但很可怜，买椟还珠，得不偿失。付出的是生命的金币，收获的只是垃圾。如果我们能够忍受住心灵的煎熬，细致地打开一层层包装，就会在痛苦的核心里，找到失败随机赠送的珍贵礼品——千金难买的经验和感悟。

如果执著地相信惟一，在苦苦寻找之后一无所获，或是得而复失，懊恼不已，你就拿到了一本储蓄痛苦的零存整取存单，随时都有些进账可以添到收入一栏里记载了。当它积攒到一笔相当大的数目，在某个枯寂的晚上，一股脑挤提出来，或许可以置你于死地。

即使选择非常幸运地与“惟一”靠的很近，也不可放任自流。“惟一”不是终生的平安保险单，而是需要养护需要滋润需要施肥需要精心呵护的鲜活生物。没有比婚姻这种小动物，更需要营养和清洁的维生素了。就像没有永远的敌人一样，也没有永远的爱人。爱人每一天都随新的太阳一同升起，越是情调丰富的爱情，越是易馊，好比鲜美的肉汤如果不天天烧开，便很快滋生杂菌以至腐败。

不要相信惟一。世上没有惟一的行当，只要勤劳敬业，有千千万万的职业适宜我们经营。世上没有惟一的恩人，只要善待他人，就有温暖的手在危难时接应。世上没有惟一的机遇，只要做好准备，希望就会顽强地闪光。世上没有惟一只能成为你的妻子或丈夫的人，只要有自知之明，找到相宜你的类型，天长日久真诚相爱，就会体验相伴的幸福。

女友讲完了，沉思袅袅地笼罩着我们。我说，你的很多话让我茅塞顿开。但是……

但是……什么呢？直说好了。女友是个爽快人。

我说，是否因为工作和爱人都不是你的惟一，所以才这般决绝？不管你怎样说，我依然相信世界上存在着“惟一”这种概率。如同玉石，并不能因为我们自己不曾拥有，就否认它的宝贵。

女友笑了，说，一种概率若是稀少到近乎零的地步，我们何必抓住苦苦不放？世上有多少婚姻的苦难，是因追求缥缈的“惟一”而发生啊！对我们普通的男人和女人来说，抵制惟一，也许是通往快乐的小径。

素面朝天

素面朝天。

我在白纸上郑重写下这个题目，夫走过来说，你是要将一碗白皮面，对着天空吗？

我说有一位虢国夫人，就是杨贵妃的姐姐，她自恃美丽，见了唐明皇也不化妆，所以叫……

夫笑了，说，我知道。可是你并不美丽。

是的，我不美丽。但素面朝天并不是美丽女人的专利，而是所有女人都可以选择的一种生存方式。

看着我们周围。每一棵树、每一叶草、每一朵花，都不化妆，面对骄阳、面对暴雨、面对风雪，它们都本色而自然。它们会衰老和凋零，但衰老和凋零也是一种真实。作为万物灵长的人类，为何要将自己隐藏在脂粉和油彩的后面？

见过一位化过妆的女友洗面，红的水黑的水蜿蜒而下，仿佛洪水冲刷过水土流失的山峦。那个真实的她，像在蛋壳里窒息得过久的鸡雏，渐渐苏醒过来。我觉得这个眉目清晰的女人，才是我真正的朋友。片刻前被颜色包裹的那个形象，是一个虚伪的陌生人。

脸，是我们与生俱来的证件。我的父母凭着它辨认出一脉血缘的延续；我的丈夫，凭着它在茫茫人海中将我找寻；我的儿子，凭着它第一次铭记住了自己的母亲……每张脸，都是一本生命的图谱。连脸都不愿公开的人，便像捏着一份涂改过的证件，有了太多的秘密。所有的秘密都是有重量的。背着化过妆的脸走路的女人，更多了劳累，多了忧虑。

化妆可以使人年轻，无数广告喋喋不休地告诫我们。我认识的一位女郎，盛妆出行，艳丽得如同一组霓虹灯。一次半夜里我为她传一个电话，门开的一瞬间，我惊愕不止。惨亮的灯光下，她枯黄憔悴如同一册古老的线装书。“我不能不化妆。”她后来告诉我。“化妆如同吸烟，是有瘾的，我已经没有勇气面对不化妆的我。化妆最先是为了欺人，之后就成了自欺。我真羡慕你啊！”从此我对她充满同情。

我们都会衰老。我镇定地注视着我的年纪，犹如眺望远方一幅渐渐逼近的白帆。为什么要掩饰这个现实呢？掩饰不单是徒劳，首先是一种软弱。自信并不与年龄成反比，就像自信并不与美丽成正比，勇气不是储存在脸庞里，而是掌握在自己手中。化妆品不过是一些高分子的化合物、一些水果的汁液和一些动物的油脂，它们同人类的自信与果敢实在是不相干的东西。犹如大厦需要钢筋铁骨来支撑，而决非几根华而不实的竹竿。

常常觉得化了妆的女人犯了买椟还珠的错误。请看我的眼睛！浓墨色勒的眼线在说；但栅栏似的假睫毛圈住的眼波，却暗淡犹疑。请注意我的口唇！樱桃红的唇膏在呼吁；但轮廓鲜明的唇内吐出的话语，却肤浅苍白……化妆以醒目的色彩强调以致强迫人们注意的部位，却往往是最软弱的所在。

磨砺内心比油饰外表要难得多，犹如水晶与玻璃的区别。

不拥有美丽的女人，并非也不拥有自信。美丽是一种天赋，自信却像树苗一样，可以播种可以培植可以蔚然成林可以直到地老天荒。

我相信不化妆的微笑更纯洁而美好，我相信不化妆的目光更坦率而真诚，我相信不化妆的女人更有勇气直面人生。

假若不是为了工作，假若不是出于礼仪，我这一生，将永不化妆。

精神的三间小屋

面对那句——人的心灵，应该比大地、海洋和天空都更为博大的名言，自惭自秽。我们难以拥有那样雄浑的襟怀，不知累积至那种广袤，需如何积攒每一粒泥土，每一朵浪花，每一朵云霓？

甚至那句恨不能人人皆知的中国古话——宰相肚里能撑船，也让我们在敬仰之余，不知所措。也许因为我们不过是小小的草民，即便怀有效仿的渴望。也终是可望而不可及，便以位卑宽宥了自己。

两句关于人的心灵的描述，不约而同地使用了空间的概念。人的肢体活动，需要空间。人的心灵活动，也需要空间。那容心之所，该有怎样的面积和布置？

人们常常说，安居才能乐业。如今的城里人一见面，就问，你是住两居室还是三居室啊？……喔，两居室窄巴点，三居室虽说也不富余，也算小康了。

身体活动的空间是可以计量的，心灵活动的疆域，是否也有个基本达标的数值？

有一颗大心，才盛得下喜怒，输得出力量。于是，宜选月冷风清竹木潇潇之处，为自己的精神修建三间小屋。

第一间，盛着我们的爱和恨。对父母的尊爱，对伴侣的情爱，对子女的疼爱，对朋友的关爱，对万物的慈爱，对生命的珍爱……对丑恶的仇恨，对污浊的厌烦，对虚伪的憎恶，对卑劣的蔑视……这些复杂对立的情感，林林总总，会将这间小屋挤得满满，间不容发。你的一生，经历过的所有悲欢离合喜怒哀乐。仿佛以木石制作的古老乐器，铺陈在精神小屋的几案上，一任岁月飘逝，在某一个金戈铁血之夜，它们会无师自通，与天地呼应，铮铮作响。假若爱比恨多，小屋就光明温暖，像一座金色池塘，有红色的鲤鱼游弋，那是你的大福气。假如恨比爱多，小屋就阴风惨惨，厉鬼出没，你的精神悲戚压抑，形销骨立。如果想重温祥和，就得净手焚香，洒扫庭院。销毁你的精神垃圾，重塑你的精神天花板，让一束圣洁的阳光，从天窗洒入。

无论一生遭受多少困厄欺诈，请依然相信人类的光明大于暗影。哪怕是只多一个百分点呢，也是希望永恒在前。所以，在布置我们的精神空间时，给爱留下足够的容量。

第二间小屋，盛放我们的事业。

一个人从 25 岁开始做工，直到 60 岁退休，他要在工作岗位上度过整整 35 年的时光。按一日工作 8 小时，一周工作 5 天，每年就要为你的职业付出 2000 个小时。倘若一直干到退休，那就是 70000 个小时。在这个庞大的数字面前，相信大多数人都会始于惊骇终于沉思。假如你所从事的工作，是你的爱好，这 70000 个小时，将是怎样快活和充满创意的时光！假如你不喜欢它，漫长的 70000 个小时，足以让花容磨损日月无光，每一天都如同穿着淋湿的衬衣，针芒在身。

我不晓得一下子就找对了行业的人，能占多大比例？从大多数人谈到工作时乏味麻木的表情推算。估计这样的幸运儿不多。不要轻觑了事业对精神的濡养或反之的腐蚀作用，它以深远的力度和广度，挟持着我们的精神，以成为它麾下持久的人质。

适合你的事业，白桦林不靠天赐，主要靠自我寻找。这不但因为相宜的事业，并非像雨后的菌子一样，俯拾即是，而且因为我们对自身的认识，也是抽丝剥茧，需要水落石出的流程。你很难预知，将在 18 岁还是 40 岁甚至更沧桑的时分，才真正触摸到倾心的爱好。当我们太年轻的时候，因为尚无法真正独立，受种种条件的制约，那附着在事业外壳上的金钱地位，或是其他显赫的光环，也许会灼晃了我们的眼睛。当我们有了足够的定力，将事业之外的赘生物一一剥除，露出它单纯可爱的本质时，可能已耗费半生。然费时弥久，精神的小屋，也定需住进你所爱好的事业。否则，鸠占鹊巢，李代桃僵，那屋内必是鸡飞狗跳，不得安宁。

我们的事业，是我们的田野。我们背负着它，播种着，耕耘着，收获着，欣喜地走向生命的远方。规划自己的事业生涯，使事业和人生，呈现缤纷和谐相得益彰的局面，是第二间精神小屋坚固优雅的要诀。

第三间，安放我们自身。

这好像是一个怪异的说法。我们自己的精神住所，不住着自己，又住着谁呢？

可它又确是我们常常犯下的重大失误——在我们的小屋里，住着所有我们认识的人，唯独没有我们自己。我们把自己的头脑，变成他人思想汽车驰骋的高速公路，却不给自己的思维，留下一条细细的羊肠小道。我们把自己的头脑，变成搜罗最新信息网络八面来风的集装箱，却不给自己的发现，留下一个小小的储藏盒。我们说出的话，无论声音多么嘹亮，都是别的喉咙嘟囔过的。我们发表的意见，无论多么周全，都是别的手指圈画过的。我们把世界万物保管得好好，偏偏弄丢了开启自己的钥匙。在自己独居的房屋里，找不到自己曾经生存的证据。

如果真是那样，我们的精神小屋，不必等待地震和潮汐，在微风中就悄无声息地坍塌了。它纸糊的墙壁化为灰烬，白雪的顶棚变作泥泞，露水的地面成了沼泽，江米纸的窗棂破裂，露出惨淡而真实的世界。你的精神，孤独地在风雨中飘零。

三间小屋，说大不大，说小不小。非常世界，建立精神的栖息地，是智慧生灵的义务。每人都有如此的权利。我们可以不美丽，但我们健康。我们可以不伟大，但我们庄严。我们可以不完满，但我们努力。我们可以不永恒，但我们真诚。

当我们把自己的精神小屋建筑得美观结实、储物丰富之后，不妨扩大疆域，增修新舍，矗立我们的精神大厦，开拓我们的精神旷野。因为，精神的宇宙，是如此地辽阔啊。

周国平

周国平（1945～），上海人，著名学者、作家。著有《偶像的黄昏》、《人与永恒》、《爱与孤独》等。

男人眼中的女人

一

女人是男人的永恒话题。

男人不论雅俗智愚，聚在一起谈得投机时，话题往往落到女人身上。由谈不谈女人，大致可以判断出聚谈者的亲密程度。男人很少谈男人。女人谈女人却不少于谈男人，当然，她们更投机的话题是时装。

有两种男人最爱谈女人：女性蔑视者和女性崇拜者。两者的共同点是欲望强烈。历来关于女人的最精彩的话都是从他们口中说出的。那种对女性持公允折中立场的人说不出什么精彩的话，女人也不爱听，她们很容易听出公允折中背后的欲望乏弱。

二

古希腊名妓弗里妮被控犯有不敬神之罪，审判时，律师解开她的内衣，法官们看见她的美丽的胸脯，便宣告她无罪。

这个著名的例子只能证明希腊人爱美，不能证明他们爱女人。

相反，希腊人往往把女人视为灾祸。在荷马史诗中，海伦私奔导致了长达十年的特洛伊战争。按照赫西俄德的神话故事，宙斯把女人潘多拉赐给男人乃是为了惩罪和降灾。阿耳戈的英雄伊阿宋祈愿人类有别的方法生育，使男人得以摆脱女人的祝害。爱非斯诗人希波纳克斯生一首诗里刻毒地写道：女人只能带给男人两天快活，“第一天是娶她时，第二天是葬她时。”

倘若希腊男人不是对女人充满了欲望，并且惊恐于这欲望，女人如何成其为灾祸呢？

不过，希腊男人能为女人拿起武器，也能为女人放下武器。在阿里斯托芬的一个剧本中，雅典女人讨厌丈夫们与斯巴达人战火不断，一致拒绝同房，并且说服斯巴达女人照办，结果奇迹般地平息了战争。

我们的老祖宗也把女人说成是祸水，区别在于，女人使希腊人亢奋，大动干戈，却使我们的殷纣王、唐明皇们萎靡，国破家亡。其中的缘由，想必不该是女人素质不同罢。

三

孔子说："唯女子与小人为难养也，近之则不孙，远之则怨。"

这话对女人不公平。"近之则不孙"几乎是人际关系的一个规律，太近了，没有距离，谁都会被惯成或逼成小人，彼此不逊起来，不独女人如此。所以，两性交往，不论是恋爱、结婚还是某种亲密的友谊，都以保持适当距离为好。

君子远小人是容易的，要怨就让他去怨。男人远女人就难了，孔子心里明白："吾未见好德如好色者也。"既不能近之，又不能远之，男人的处境何其尴尬。那么，孔子的话是否反映了男人的尴尬，却归罪于女人？

"为什么女人和小人难对付？女人受感情支配，小人受利益支配，都不守游戏规则。"一个肯反省的女人对我如是说。大度之言，不可埋没，录此备考。

四

女性蔑视者只把女人当作欲望的对象。他们或者如叔本华，终身不恋爱不结婚，但光顾妓院，或者如拜伦、莫泊桑，一生中风流韵事不断，但决不真正堕入情网。

叔本华说："女性的美只存在于男人的性欲冲动之中。"他要男人不被性欲蒙蔽，能禁欲就更好。

拜伦简直是一副帝王派头："我喜欢土耳其对女人的做法：拍一下手，'把她们带进来！'又拍一下手，'把她们带出去！'"女人只为供他泄欲而存在。

女人好像不在乎男人蔑视她，否则拜伦、莫泊桑身边就不会美女如云了。虚荣心（或曰纯洁的心灵）使她仰慕男人的成功（或曰才华），本能又使她期待男人性欲的旺盛。一个好色的才子使她获得双重的满足，于是对她就有了双重的吸引力。

但好色者未必蔑视女性。有一个意大利登徒子如此说：“女人是一本书，她们时常有一张引人的扉页。但是，如果你想享受，必须揭开来仔细读下去。”他对赐他以享受的女人至少怀着欣赏和感激之情。

女性蔑视者往往是悲观主义者，他的肉体和灵魂是分裂的，肉体需要女人，灵魂却已离弃尘世，无家可归。由于他只带着肉体去女人那里，所以在女人那里也只看到肉体。对于他，女人是供他的肉体堕落的地狱。女性崇拜者则是理想主义者，他透过升华的欲望看女人，在女人身上找到尘世的天国。对于一般男人来说，女人就是尘世和家园。凡不爱女人的男人，必定也不爱人生。

只用色情眼光看女人，近于无耻。但身为男人，看女人的眼光就不可能完全不含色情。我想不出在滤尽色情的中性男人眼里，女人该是什么样子。

五

“你去女人那里吗？别忘了你的鞭子！”——《查拉图斯特拉如是说》中的这句恶毒的话，使尼采成了有史以来最臭名昭著的女性蔑视者，世世代代的女人都不能原谅他。

然而，在该书的“老妇与少妇”一节里，这句话并非出自代表尼采的查拉图斯特拉之口，而是出自一个老妇之口，这老妇如此向查氏传授对付少妇的诀窍。

是衰老者嫉妒青春，还是过来人的经验之谈？

这句话的含义是清楚的：女人贱。在同一节里，尼采确实又说：“男人骨子里坏，女人骨子里贱。”但所谓坏，是想要女人，所谓贱，是想被男人要，似也符合事实。

尼彩自己到女人那里去时，带的不是鞭子，而是“致命的羞怯”，乃至于谈不成恋爱，只好独身。

代表尼采的查拉图斯特拉是如何谈女人的呢？

“当女人爱时，男人当知畏惧：因为这时她牺牲一切，别的一切她都认为毫无价值。”

尼采知道女人爱得热烈和认真。

“女人心中的一切都是一个谜，谜底叫做怀孕。男人对于女人是一种手段，目的总在孩子。”

尼采知道母性是女人最深的天性。

他还说：真正的男人是战士和孩子，作为战士，他渴求冒险；作为孩子，他渴求游戏。因此他喜欢女人，犹如喜欢一种“最危险的玩物”。

把女人当作玩物，不是十足的蔑视吗？可是，尼采显然不是只指肉欲，更多是指与女人恋爱的精神乐趣，男人从中获得了冒险欲和游戏欲的双重满足。

人们常把叔本华和尼采并列为蔑视女人的典型。其实，和叔本华相比，尼采是更懂得女人的。如果说他也蔑视女人，他在蔑视中仍带着爱慕和向往。叔本华根本不可能恋爱，尼采能，可惜的是运气不好。

六

有一回，几个朋友在一起谈女人，托尔斯泰静听良久，突然说：“等我一只脚踏进坟墓时，再说出关于女人的真话，说完立即跳进棺材里，砰一声把盖碰上。来捉我吧！”据在场的高尔基说，当时他的眼光又调皮，又可怕，使大家沉默了好一会儿。

还有一回，有个德国人编一本名家谈婚姻的书，向萧伯纳约稿，萧回信说：“凡人在其太太未死时，没有能老实说出他对婚姻的意见的。”这是俏皮话，但俏皮中有真实，包括萧伯纳本人的真实。

一个要自己临终前说，一个要太太去世后说，可见说出的决不是什么好话了。

不过，其间又有区别。自己临终前说，说出的多半是得罪一切女性的冒天下大不韪之言。太太去世后说，说出的必定是不利于太太的非礼的话了。有趣的是，托尔斯泰年轻时极放荡，一个放荡男人不能让天下女子知道他对女人的真实想法；萧伯纳一生恪守规矩，一个规矩丈夫不能让太太知道他对婚姻的老实意见。那么，一个男人要对女性保有美好的感想，他的生活是否应该在放荡与规矩之间，不能太放荡，也不该太规矩呢？

七

亚里士多德把女性定义为残缺不全的性别，这个谬见流传甚久，但在生理学发展的近代，是愈来愈不能成立了。近代的女性蔑视者便转而断言女人在精神上发育不全，只停留在感情阶段，未上升到理性阶段，所以显得幼稚、浅薄、愚蠢。叔本华不必提了，连济慈这位英年早逝的诗人也不屑地说："我觉得女人都像小孩，我宁愿给她们每人一颗糖果，也不愿把时间花在她们身上。"

然而，正是同样的特质，却被另一些男人视为珍宝。如席勒所说，女人最大的魅力就在于天性纯正。一个女人愈是赋有活泼的直觉，未受污染的感性，就愈具女性智慧的魅力。

理性决非衡量智慧的唯一尺度，依我看也不是最高尺度。叔本华引沙弗茨伯利的话说："女人仅为男性的弱点和愚蠢而存在，却和男人的理性毫无关系。"照他们的意思，莫非要女人也具备发达的逻辑思维，可以来和男人讨论复杂的哲学问题，才算得上聪明？我可没有这么蠢！真遇见这样热衷于抽象推理的女人，我是要躲开的。我同意瓦莱里订的标准："聪明女子是这样一种女性，和她在一起时，你想要多蠢就可以多蠢。"我去女人那里，是为了让自己的理性休息，可以随心所欲地蠢一下，放心从她的感性获得享受和启发。一个不能使男人感到轻松的女人，即使她是聪明的，至少她做得很蠢。

女人比男人更属于大地。一个男人若终身未受女人熏陶，他的灵魂便是一颗飘荡天外的孤魂。惠特曼很懂得这个道理，所以他对女人说："你们是肉体的大门，你们也是灵魂的大门。"当然，这大门是通向人间而不是通向虚无缥缈的天国的。

八

男人常常责备女人虚荣。女人的确虚荣，她爱打扮，讲排场，喜欢当沙龙女主人。叔本华为此瞧不起女人。他承认男人也有男人的虚荣，不过，在他看来，女人是低级虚荣，只注重美貌、虚饰、浮华等物质方面，男人是高级虚荣，倾心于知识、才华、勇气等精神方面。反正是男优女劣。

同一个现象，到了英国作家托马斯·萨斯笔下，却是替女人叫屈了：“男人们多么讨厌妻子购买衣服和零星饰物时的长久等待；而女人们又多么讨厌丈夫购买名声和荣誉时的无尽等待——这种等待往往耗费了她们大半生的光阴！”

男人和女人，各有各的虚荣。世上也有一心想出名的女人，许多男人也很关心自己的外表。不过，一般而论，男人更渴望名声，炫耀权力，女人更追求美貌，炫耀服饰，似乎正应了叔本华的话，其间有精神和物质的高下之分。但是，换个角度看，这岂不恰好表明女人的虚荣仅是表面的，男人的虚荣却是实质性的？女人的虚荣不过是一条裙子，一个发型，一场舞会，她对待整个人生并不虚荣，在家庭、儿女、婚丧等大事上抱着相当实际的态度。男人虚荣起来可不得了，他要征服世界，扬名四海，流芳百世，为此不惜牺牲掉一生的好光阴。

当然，男人和女人的虚荣又不是彼此孤立的，他们实际上在互相鼓励。男人以娶美女为荣，女人以嫁名流为荣，各自的虚荣助长了对方的虚荣。如果没有异性的目光注视着，女人们就不会这么醉心于时装，男人们追求名声的劲头也要大减了。

虚荣难免，有一点无妨，还可以给人生增添色彩，但要适可而止。为了让一个心爱的女人高兴，我将努力去争取成功。然而，假如我失败了，或者我看穿了名声的虚妄而自甘淡泊，她仍然理解我，她在我眼中就更加可敬了。男人和女人之间，毕竟有比名声或美貌更本质更长久的东西存在着。

九

莎士比亚借哈姆雷特之口叹道：“软弱，你的名字是女人！”他是指女人经不住诱惑。女人误解了这话，每每顾影自怜起来，愈发觉得自己弱不禁风，不堪一击。可是，我们看到女人在多数场合比男人更能适应环境，更经得住灾难的打击。这倒不是说女人比男人刚强，毋宁说，女人柔弱，但柔者有韧性，男人刚强，但刚者易摧折。大自然是公正的，不教某一性别占尽风流，它又是巧妙的，处处让男女两性互补。

在男人眼里，女人的一点儿软弱时常显得楚楚动人。有人说俏皮话：“当女人的美眸被泪水蒙住时，看不清楚的是男人。”一个女人向伏尔泰透露同性的秘密：“女人在用软弱武装自己时最强大。”但是，不能说女人的软弱都是装出来的，她不过是巧妙地利用了自己固有的软弱罢了。女人的软弱，说到底，就是渴望有人爱她，她比男人更不能忍受孤独。对于这一点儿软弱，男人倒是乐意成全。但是，超乎此，软弱到不肯自立的地步，多数男人是要逃跑的。

如果说男人喜欢女人弱中有强，那么，女人则喜欢男人强中有弱。女人本能地受强有力的男子吸引，但她并不希望这男子在她面前永远强有力。一个窝囊废的软弱是可厌的，一个男子汉的软弱却是可爱的。正像罗曼·罗兰所说：“在女人眼里，男人的力遭摧折是特别令人感动的。”她最骄傲的事情是亲手包扎她所崇拜的英雄的伤口，亲自抚慰她所爱的强者的弱点。这时候，不但她的虚荣和软弱，而且她的优点——她的母性本能，也得到了满足。母性是女人天性中最坚韧的力量，这种力量一旦被唤醒，世上就没有她承受不了的苦难。

宽松的婚姻

一

关于婚姻是否违背人的天性的争论永远不会有一个结果，因为世上没有比所谓人的天性更加矛盾的东西了。每人最好对自己提出一个具体得多的问题：你更想要什么？如果是安宁，你就结婚；如果是自由，你就独身。

自由和安宁能否两全其美呢？有人设计了一个方案，名曰开放的婚姻。然而，婚姻无非就是给自由设置一道门栏，在实际生活中，它也许关得严，也许关不严，但好歹得有。没有这道门栏，完全开放，就不成其为婚姻了。婚姻本质上不可能承认当事人有越出门栏的自由，必然把婚外恋和婚外性关系视作犯规行为。当然，犯规未必导致婚姻破裂，但几乎肯定会破坏安宁。迄今为止，我还不曾见到哪怕一个开放的婚姻试验成功的例子。

开放的婚姻相比，宽松的婚姻或许是一个较为可行的方案。所谓宽松，就是善于调节距离，两个人不要捆得太紧太死，以便为爱情留出自由呼吸的空间。它仅仅着眼于门栏之内的自由，其中包括独处的自由，关起门来写信写日记的自由，和异性正常交往的自由，偶尔调调情的自由，等等。至于门栏之外的自由，它很明智地保持沉默。知道这不是自己能力管辖的事情。

二

要亲密，但不要无间。人与人之间必须有一定的距离，相爱的人也不例外。婚姻之所以容易终成悲剧，就因为它在客观使得这个必要的距离难以保持。一旦没有了距离，分寸感便丧失。随之丧失的是美感、自由感、彼此的宽容和尊重，最后是爱情。

结婚是一个信号，表明两个人如胶似漆仿佛融成了一体的热恋有它的极限，然后就要降温，适当拉开距离，重新成为两个独立的人，携起手来走人生的路。然而，人们往往误解了这个信号，反而以为结了婚更是一体了，结果纠纷不断。

孔子说："唯女子与小人为难养也，近之则不孙，远之则怨。"这话对女子不公平。其实，"近之则不孙"几乎是一个规律，并非只有女子如此。太近无君子，谁都可能被惯成或逼成不逊无礼的小人。

三

有一种观念认为，相爱的夫妇间必须绝对忠诚，对各自的行为乃至思想不得有丝毫隐瞒，否则便亵渎了纯洁的爱和神圣的婚姻。

一个人在有了足够的阅历后便会知道，这是一种多么幼稚的观念。

问题在于，即使是极深笃的爱缘，或者说，正因为是极深笃的爱缘，乃至于白头偕老，共度人生，那么，在这漫长岁月中，各人怎么可能、又怎么应该没有自己的若干小秘密呢？

爱情史上不乏忠贞的典范，但是，后人发掘的材料往往证实，在这类佳话与事实之间多半有着不小的出入。依我看，只有爱情本身是真实的，那么，即使当事人有一些不愿为人知悉甚至不愿为自己的爱人知悉的隐秘细节，也完全无损于这种真实性。我无法设想，两个富有个性的活生生的人之间的天长日久的情感生活，会是一条没有任何暗流或支流、永远不起波澜的平坦河流。倘这样，那肯定不是大自然中的河流，而只是人工修筑的水渠，倒反见其不真实了。

当然，爱侣之间应该有基本的诚实和相当的透明度。但是，万事都有个限度。水至清无鱼。苛求绝对诚实反而会酿成不信任的氛围，甚至逼出欺骗和伪善。一种健全的爱侣关系的前提是互相尊重，包括尊重对方的隐私权。这种尊重一方面基于爱和信任，另一方面基于对人性弱点的宽容。羞于追问相爱者难以启齿的小隐秘，乃是爱情中的自尊和教养。

也许有人会问：宽容会不会助长人性弱点的恶性发展，乃至毁坏爱的基础呢？我的回答是：凡是会被信任和宽容毁坏的，猜疑和苛求也决计挽救不了，那就让该毁掉的毁掉吧。说到底，会被信任和宽容毁坏的爱情本来就是脆弱的，相反，猜疑和苛求却可能毁坏最坚固的爱情。我们冒前一种险，却避免了后一种更坏的前途，毕竟是值得的。

四

喜新厌旧乃人之常情，但人情还有更深邃的一面，便是恋故怀旧。一个人不可能永远年轻，终有一天会发现，人生最值得珍惜的乃是那种历尽沧桑始终不渝的伴侣之情。在持久和谐的婚姻生活中，两个人的生命已经你中有我，我中有你，血肉相连一般地生长在一起了。共同拥有的无数细小珍贵的回忆犹如一份无价之宝，一份仅仅属于他们两人无法转让他人也无法传之子孙的奇特财产。说到底，你和谁共有这一份财产，你也就和谁共有了今生今世的命运。与之相比，最浪漫的风流韵事也只成了过眼烟云。

爱情不风流

有一个字，内心严肃的人最不容易说出口，有时是因为它太假，有时是因为它太真。

爱情不风流，爱情是两性之间最严肃的一件事。

调情是轻松的，爱情是沉重的。风流韵事不过是躯体的游戏，至多还是感情的游戏。可是，当真的爱情来临时，灵魂因恐惧和狂喜而战栗了。

爱情不风流，因为它是灵魂的事。真正的爱情是灵魂与灵魂的相遇，肉体的亲昵仅是它的结果。不管持续时间是长是短，这样的相遇极其庄严，双方的灵魂必深受震撼。相反，在风流韵事中，灵魂并不真正在场，一点儿小感情只是肉欲的作料。

爱情不风流，因为它极认真。正因为此，爱情始终面临着失败的危险，如果失败又会留下很深的创伤。这创伤甚至可能终身不愈。热恋者把自己全身心投入对方并被对方充满，一旦爱情结束，就往往有一种被掏空的感觉。风流韵事却无所谓真正的成功或失败，投入甚少，所以退出也甚易。

爱情不风流，因为它其实是很谦卑的。“爱就是奉献”——如果除去这句话可能具有的说教意味，便的确是真理，准确地揭示了爱这种情感的本质。爱是一种奉献的激情，爱一个人，就会遏制不住地想为她（他）做些什么，想使她快乐，而且是绝对不求回报的。爱者的快乐就在这奉献之中，在他所创造的被爱者的快乐之中。最明显的例子是父母对幼仔的爱，推而广之，一切真爱均应如此。可以用这个标准去衡量男女之恋中真爱所占的比重，剩下的就只是情欲罢了。

爱情不风流，因为它需要一份格外的细致。爱是一种了解的渴望，爱一个人，就会不由自主地想了解她（他）的一切，把她（他）所经历和感受的一切当作最珍贵的财富接受过来，精心保护。如果你和一个异性发生了很亲密的关系，但你并没有这种了解的渴望，那么，我敢断定你并不爱她，你们之间只是又一段风流姻缘罢了。

爱情不风流，因为它虽甜犹苦，使人销魂也令人断肠，同时是天堂和地狱。正如纪伯伦所说——

“爱虽给你加冠，它也要把你钉在十字架上。它虽栽培你，它也刈剪你。”

“它虽升到你的最高处，抚惜你在日中颤动的枝叶。它也要降到你的根下，摇动你的根柢的一切关节，使之归土。”

所以，内心不严肃的人，内心太严肃而又被这严肃吓住的人，自私的人，懦弱的人，玩世不恭的人，饱经风霜的人，在爱情面前纷纷逃跑了。

所以，在这人际关系日趋功利化、表面化的时代，真正的爱情似乎越来越稀少了。有人愤激地问我：“这年头，你可听说某某恋爱了，某某又失恋了?”我一想，果然少了，甚至带有浪漫色彩的风流韵事也不多见了。在两性交往中，人们好像是越来越讲究实际，也越来越潇洒了。

也许现代人真是活得太累了，所以不愿再给自己加上爱情的重负，而宁愿把两性关系保留为一个轻松娱乐的园地。也许现代人真是看得太透了，所以不愿再徒劳地经受爱情的折磨，而宁愿不动感情地面对异性世界。然而，逃避爱情不是现代人精神生活空虚的一个征兆吗?爱情原是灵肉两方面的相悦，而在普遍的物欲躁动中，人们尚且无暇关注自己的灵魂，又怎能怀着珍爱的情意去发现和欣赏另一颗灵魂呢?

可是，尽管真正的爱情确实可能让人付出撕心裂肺的代价，却也会使人得到刻骨铭心的收获。逃避爱情的代价更大。就像一万部艳情小说也不能填补《红楼梦》的残缺一样，一万件风流韵事也不能填补爱情的空白。如果男人和女人之间不再信任和关心彼此的灵魂，肉体徒然亲近，灵魂终是陌生，他们就真正成了大地上无家可归的孤魂了。如果亚当和夏娃互相不再有真情甚至不再指望真情，他们才是真正被逐出了伊甸园。

爱情不风流，因为风流不过尔尔，爱情无价。

面对苦难四题

一　面对苦难

人生在世，免不了要遭受苦难。所谓苦难，是指那种造成了巨大痛苦的事件和境遇。它包括个人不能抗拒的天灾人祸，例如遭遇乱世或灾荒，患危及生命的重病乃至绝症，挚爱的亲人死亡；也包括个人在社会生活中的重大挫折，例如失恋，婚姻破裂，事业失败。有些人即使在这两方面运气都好，未尝吃大苦，却也无法避免那个一切人迟早要承受的苦难——死亡。因此，如何面对苦难，便是摆在每个人面前的重大人生课题。

我们总是想，今天如此，明天也会如此，生活将照常进行下去。

然而，事实上迟早会有意外事件发生，打断我们业已习惯的生活，总有一天我们的列车会突然翻出轨道。

“天有不测风云”——不测风云乃天之本性，“人有旦夕祸福”——旦夕祸福是无所不包的人生的题中应有之义，任何人不可心存侥幸，把自己独独看做例外。

人生在世，总会遭受不同程度的苦难，世上并无绝对的幸运儿。所以，不论谁想从苦难中获得启迪，该是不愁缺乏必要的机会和材料的。世态炎凉，好运不过尔尔。那种一交好运就得意忘形的浅薄者，我很怀疑苦难能否使他们变得深刻一些。

我一向声称一个人无须历尽苦难就可以体悟人生的悲凉，现在我知道，苦难者的体悟毕竟是有着完全不同的分量的。

幸福的反面是灾祸，而非痛苦。痛苦中可以交织着幸福，但灾祸绝无幸福可言。另一方面，痛苦的解除未必就是幸福，也可能是无聊。可是，当我们从一个灾祸中脱身出来的时候，我们差不多是幸福的了。

“大难不死，必有后福。”其实，“大难不死”即福，何须乎后福？

二 苦难的价值

人们往往把苦难看做人生中纯粹消极的、应该完全否定的东西。当然，苦难不同于主动的冒险，冒险有一种挑战的快感，而我们忍受苦难总是迫不得已的。但是，作为人生的消极面的苦难，它在人生中的意义也是完全消极的吗？

苦难与幸福是相反的东西，但它们有一个共同之处，就是都直接和灵魂有关，并且都牵涉到对生命意义的评价。在通常情况下，我们的灵魂是沉睡着的，一旦我们感到幸福或遭到苦难时，它便醒来了。如果说幸福是灵魂的巨大愉悦，这愉悦源自对生命的美好意义的强烈感受，那么，苦难之为苦难，正在于它撼动了生命的根基，打击了人对生命意义的信心，因而使灵魂陷入了巨大痛苦。生命意义仅是灵魂的对象，对它无论是肯定还是怀疑、否定，只要是真切的，就必定是灵魂在出场。外部的事件再悲惨，如果它没有震撼灵魂，仅仅成为一个精神事件，就称不上是苦难。一种东西能够把灵魂震醒，使之处于虽然痛苦却富有生机的紧张状态，应当说必具有某种精神价值。

快感和痛感是肉体感觉，快乐和痛苦是心理现象，而幸福和苦难则仅仅属于灵魂。幸福是灵魂的叹息和歌唱，苦难是灵魂的呻吟和抗议，在两者中凸现的是对生命意义的或正或负的强烈体验。

幸福是生命意义得到实现的鲜明感觉。一个人在苦难中也可以感觉到生命意义的实现乃至最高的实现，因此苦难与幸福未必是互相排斥的。但是，在更多的情况下，人们在苦难中感觉到的却是生命意义的受挫。我相信，即使是这样，只要没有被苦难彻底击败，苦难仍会深化一个人对于生命意义的认识。

痛苦和欢乐是生命力的自我享受。最可悲的是生命力乏弱，既无欢乐，也无痛苦。

多数时候，我们是生活在外部世界里。我们忙于琐碎的日常生活，忙于工作、交际和娱乐，难得有时间想一想自己，也难得有时间想一想人生。可是，当我们遭到厄运时，我们忙碌的身子停了下来。厄运打断了我们所习惯的生活，同时也提供了一个机会，迫使我们与外界事物拉开了一个距离，回到了自己。只要我们善于利用这个机会，肯于思考，就会对人生获得一种新眼光。古罗马哲学家认为逆境启迪智慧，佛教把对苦难的认识看做觉悟的起点，都自有其深刻之处。人生固有悲剧的一面，对之视而不见未免肤浅。当然，我们要注意不因此而看破红尘。我相信，一个历尽坎坷而仍然热爱人生的人，他胸中一定藏着许多从痛苦中提炼的珍宝。

至于说以温馨为一种人生理想，就更加小家子气了。人生中有顺境，也有困境和逆境。困境和逆境当然一点儿也不温馨，却是人生最真实的组成部分，往往促人奋斗，也引人彻悟。我无意赞美形形色色的英雄、圣徒、冒险家和苦行僧，可是，如果否认了苦难的价值，就不复有壮丽的人生了。

领悟悲剧也须有深刻的心灵，人生的险难关头最能检验一个人的灵魂深浅。有的人一生接连遭到不幸，却未尝体验过真正的悲剧情感；相反，表面上一帆风顺的人也可能经历巨大的内心悲剧。

欢乐与欢乐不同，痛苦与痛苦不同，其间的区别远远超过欢乐与痛苦的不同。

对于一个视人生感受为最宝贵财富的人来说，欢乐和痛苦都是收入，他的账本上没有支出。这种人尽管敏感，却有很强的生命力，因为在他眼里，现实生活中的祸福得失已经降为次要的东西，命运的打击因心灵的收获而得到了补偿。陀思妥耶夫斯基在赌场上输掉的，却在他描写赌徒心理的小说中极其辉煌地赢了回来。

对于沉溺于眼前琐屑享受的人，不足与言真正的欢乐。对于沉溺于眼前琐屑烦恼的人，不足与言真正的痛苦。

我相信人有素质的差异。苦难可以激发生机，也可以扼杀生机；可以磨炼意志，也可以摧垮意志；可以启迪智慧，也可以蒙蔽智慧；可以高扬人格，也可以贬抑人格——全看受苦者的素质如何。素质大致规定了一个人承受苦难的限度，在此限度内，苦难的锤炼或可助人成材，超出此则会把人击碎。

这个限度对幸运同样适用。素质好的人既能承受大苦难，也能承受大幸运，素质差的人则可能兼毁于两者。

痛苦是性格的催化剂，它使强者更强，弱者更弱，暴者更暴，柔者更柔，智者更智，愚者更愚。

三　以尊严的方式承受苦难

苦难是人格的试金石，面对苦难的态度最能表明一个人是否具有内在的尊严。譬如失恋，只要失恋者真心爱那个弃他而去的人，他就不可能不感到极大的痛苦。但是，同为失恋，有的人因此自暴自弃，委靡不振，有的人为之反目为仇，甚至行凶报复，有的人则怀着自尊和对他人感情的尊重，默默地忍受痛苦，其间便有人格上的巨大差异。当然，每个人的人格并非一成不变的，他对痛苦的态度本身也在铸造着他的人格。不论遭受怎样的苦难，只要他始终警觉着他拥有采取何种态度的自由，并勉励自己以一种坚忍高贵的态度承受苦难，他就比任何时候都更加有效地提高着自己的人格。

凡苦难都具有不可挽回的性质。不过，在多数情况下，这只是指不可挽回地丧失了某种重要的价值，但同时人生中毕竟还存在着别的一些价值，它们鼓舞着受苦者承受眼前的苦难。譬如说，一个失恋者即使已经对爱情根本失望，他仍然会为了事业或为了爱他的亲人活下去。但是，世上有一种苦难，不但本身不可挽回，而且意味着其余一切价值的毁灭，因而不可能从别的方面汲取承受它的勇气。在这种绝望的境遇中，如果说承受苦难仍有意义，那么，这意义几乎惟一地就在于承受苦难的方式本身了。弗兰克说得好：以尊严的方式承受苦难，这是一项实实在在的内在成就，因为它证明了人在任何时候都拥有不可剥夺的精神自由。事实上，我们每个人都终归要面对一种没有任何前途的苦难，那就是死亡。而以尊严的方式承受死亡，的确是我们精神生活的最后一项伟大成就。

以尊严的方式承受苦难，这种方式本身就是人生的一项巨大成就，因为它所显示的不只是一种个人品质，而且是整个人性的高贵和尊严。这证明了这种尊严比任何苦难更有力，是世间任何力量都不能将它剥夺的。正是由于这个原因，在人类历史上，伟大的受难者如同伟大的创造者一样受到世世代代的敬仰。

知道痛苦的价值的人，不会轻易向别人泄露和展示自己的痛苦，哪怕是最亲近的人。

喜欢谈论痛苦的往往是不识愁滋味的少年，而饱尝人间苦难的老年贝多芬却唱起了欢乐颂。

面对社会悲剧，理想、信念、正义感、崇高感支撑着我们，我们相信自己在精神上无比地优越于那迫害乃至毁灭我们的恶势力，因此我们可以含笑受难，慷慨赴死。我们是舞台上的英雄，哪怕眼前这个剧场里的观众全都浑浑噩噩，是非颠倒，我们仍有勇气把戏演下去，演给我们心目中绝对清醒公正的观众看，我们称这观众为历史、上帝或良心。

可是，面对自然悲剧，我们有什么呢？这里没有舞台，只有空漠无际的苍穹。我们不是英雄，只是朝生暮死的众生。任何人间理想都抚慰不了生老病死的悲哀，在天灾人祸面前也谈不上什么正义感。当史前人类遭受大洪水的灭顶之灾时，当庞贝城居民被维苏威火山的岩浆吞没时，他们能有什么慰藉呢？地震、海啸、车祸，空难、瘟疫、绝症……大自然的恶势力轻而易举地把我们或我们的亲人毁灭。我们面对的是没有灵魂的敌手，因而不能以精神的优越自慰，却愈发感到了生命的卑微。没有上帝来拯救我们，因为这灾难正是上帝亲手降下的。我们愤怒，但无处泄愤；我们冤屈，但永无申冤之日；我们反抗，但我们的反抗孤立无助，注定失败。

然而我们未必就因此倒下。也许，没有浪漫气息的悲剧是我们最本质的悲剧，不具英雄色彩的勇气是我们最真实的勇气。在无可告慰的绝望中，我们咬牙挺住。我们挺立在那里，没有观众，没有证人，也没有期待，没有援军。我们不倒下，仅仅是因为我们不肯让自己倒下。我们以此维护了人的最高的也是最后的尊严——人在大自然（＝神＝虚无）面前的尊严。

面对无可逃避的厄运和死亡，绝望的人在失去一切慰藉之后，总还有一个慰藉，便是在勇敢承受命运时的尊严感。由于降灾于我们的不是任何人间的势力，而是大自然本身，因此，在我们的勇敢中体现出的乃是人的最高尊严——人在神面前的尊严。

人生中不可挽回的事太多。既然活着，还得朝前走。经历过巨大苦难的人有权利证明，创造幸福和承受苦难属于同一种能力。没有被苦难压倒，这不是耻辱，而是光荣。

佛的智慧把爱当做痛苦的根源而加以弃绝，扼杀生命的意志。我的智慧把痛苦当做爱的必然结果而加以接受，化为生命的财富。

任何智慧都不能使我免于痛苦，我只愿有一种智慧足以使我不毁于痛苦。

人们爱你，疼你，但是一旦你患了绝症，注定要死，人们也就渐渐习惯了，终于理智地等待着那个日子的来临。

然而，否则又能怎样呢？望着四周依然欢快生活着的人们，我对自己说：

人类个体之间痛苦的不相通也许正是人类总体仍然快乐的前提。那么，一个人的灾难对于亲近和不亲近的人们的生活几乎不发生任何影响，这就对了。

幸运者对别人的不幸或者同情，或者隔膜。但是，比两者更强烈的也许是侥幸：幸亏遭灾的不是我！

不幸者对别人的幸运或者羡慕，或者冷淡。但是，比两者更强烈的也许是委屈：为何遭灾的偏是我！

对于别人的痛苦，我们的同情一开始可能相当活跃，但一旦痛苦持续下去，同情就会消退。我们在这方面的耐心远远不如对于别人的罪恶的耐心。一个我们不得不忍受的别人的罪恶仿佛是命运，一个我们不得不忍受的别人的痛苦却几乎是罪恶了。

我并非存心刻薄，而是想从中引出一个很实在的结论：当你遭受巨大痛苦时，你要自爱，懂得自己忍受，尽量不用你的痛苦去搅扰别人。

在多数情况下，同情伤害了痛苦者的自尊。如果他是强者，你把他当弱者来同情，是一种伤害；如果他是弱者，你的同情只会使他更不求自强，也是一种伤害。

不幸者需要同伴。当我们独自受难时，我们会感到不能忍受命运的不公正甚于不能忍受苦难的命运本身。相反，受难者人数的增加仿佛减轻了不公正的程度。我们对于个别人死于非命总是惋叹良久，对于成批杀人的战争却往往无动于衷。仔细分析起来，同病相怜的实质未必是不幸者的彼此同情，而更是不幸者各以他人的不幸为自己的安慰，亦即幸灾乐祸。这当然是愚蠢的。不过，无可告慰的不幸者有权得到安慰，哪怕是愚蠢的安慰。

如同肉体的痛苦一样，精神的痛苦也是无法分担的。别人的关爱至多只能转移你对痛苦的注意力，却不能改变痛苦的实质。甚至在一场共同承受的苦难中，每人也必须独自承担自己的那一份痛苦，这痛苦并不因为有一个难友而有所减轻。

四 不美化苦难

痛苦使人深刻，但是，如果生活中没有欢乐，深刻就容易走向冷酷。未经欢乐滋润的心灵太硬，它缺乏爱和宽容。

一个人只要真正领略了平常苦难中的绝望，他就会明白，一切美化苦难的言辞是多么浮夸，一切炫耀苦难的姿态是多么做作。

不要对我说：苦难净化心灵，悲剧使人崇高。默默之中，苦难磨钝了多少敏感的心灵，悲剧毁灭了多少失意的英雄。何必用舞台上的绘声绘色，来掩盖生活中的无声无息！

浪漫主义在痛苦中发现了美感，于是为了美感而寻找痛苦，夸大痛苦，甚至伪造痛苦。然而，假的痛苦有千百种语言，真的痛苦却没有语言。

人天生是软弱的，惟其软弱而犹能承担起苦难，才显出人的尊严。

我厌恶那种号称铁石心肠的强者，蔑视他们一路旗开得胜的骄横，只有以软弱的天性勇敢地承受着寻常苦难的人们，才是我的兄弟姐妹。

我们不是英雄。做英雄是轻松的，因为他有净化和升华；做英雄又是沉重的，因为他要演戏。我们只是忍受着人间寻常苦难的普通人。

张鸣善《普天乐》："风雨儿怎当？风雨儿定当。风雨儿难当！"这三句话说出了人们对于苦难的感受的三个阶段：事前不敢想像，到时必须忍受，过后不堪回首。

一个经历过巨大灾难的人就好像一座经历过地震的城市，虽然在废墟上可以建立新的房屋和生活，但内心有一些东西已经永远地沉落了。

许多时候人需要遗忘，有时候人还需要装作已经遗忘——我当然是指对自己，而不只是对别人。

我相信我有足够的勇气面对生活中已经发生的一切，我甚至敢于深入到悲剧的核心，在纯粹的荒谬之中停留，但我的生活并不会因此出现奇迹般的变化。人们常常期望一个经历了重大苦难的人生活得与众不同，人们认为他应该比别人有更积极或者更超脱的人生境界；然而，实际上，只要我活下去，我就仍旧只能是芸芸众生中的一员，我依然会被卷入世俗生活的旋涡。生命中那些最深刻的体验必定也是最无奈的，它们缺乏世俗的对应物，因而不可避免地会被日常生活的潮流淹没。当然，淹没并不等于不存在了，它们仍然存在于日常生活所触及不到的深处，成为每一个人既无法面对也无法逃避的心灵暗流。

我的确相信，每一个人的心灵中都有这样的暗流，无论你怎样逃避，它们都依然存在，无论你怎样面对，它们都不会浮现到生活的表面上来。当生活中的小挫折彼此争夺意义之时，大苦难永远藏在找不到意义的沉默的深渊里。认识到生命中的这种无奈，我看自己、看别人的眼光便宽容多了，不会再被喧闹的表面现象所迷惑。

莫 言

莫言（1956年～），原名管谟业，山东高密人，著名作家。主要作品有：《檀香刑》、《生死疲劳》、《红高粱家族》、《透明的红萝卜》、《丰乳肥臀》等。

陪考一日

7月6日晚，带着书、衣服、药品、食物等诸多在这三天里有可能用得着的东西，搭出租车去赶考。我们很运气，女儿的考场排在本校，而且提前在校内培训中心定了一个有空调的房间，这样既是熟悉的环境，又免除了来回奔波之苦。信佛的妻子说：这是佛祖的保佑啊！我也说，是的，这是佛祖的保佑。坐在出租车上。看到车牌照上的号码尾数是575，心中暗喜，也许就能考575分，那样上个重点大学就没有问题了。车在路口等灯时，侧目一看旁边的车，车牌的尾数是268，心里顿时沉重起来。如果考268分那就糟透了。赶快看后边的车牌尾数，是629，心中大喜，但转念一想，女儿极不喜欢理科而学了理科，二模只模了540分，怎么可能考629？能考575就是天大的喜事了。

车过了三环路，看到一些学生和家长背包提篮地向几家为高考学生开了特价房间的大饭店拥去。虽说是特价，但每天还是要400元，而我们租的房间只要120元。在这样的时刻，钱是小事，关键的是这些大饭店距考场还有一段搭车不值得步行又嫌远的尴尬距离，而我们的房间距考场只有一百米！我心中蛮是感动，为了这好运气。

安顿好行李后，女儿马上伏案复习语文，说是“临阵磨枪，不快也光”。我劝她看看电视，或者到校园里转转，她不肯。一直复习到深夜十一点，在我的反复劝说下，才熄灯上床。上了床也睡不着，一会儿说忘了《墙头马上》是谁的作品，一会儿又问高尔基到底是俄国作家还是苏联作家。我索性装睡不搭她的话，心中暗暗盘算，要不要给她吃安定片。不给她吃怕折腾一夜不睡，给她吃又怕影响了脑子。终于听到她打起了轻微的鼾，不敢开灯看表，估计已是零点多了。

凌晨，窗外的杨树上，成群的麻雀齐声噪叫，然后便是喜鹊喳喳地大叫。我生怕鸟叫声把她吵醒，但她已经醒了。看看表，才四点多钟。这孩子平时特别贪睡，别说几声鸟叫，就是在她耳边放鞭炮也惊不醒，常常是她妈搬着她的脖子把她搬起来，一松手，她随即躺下又睡过去了，但现在几声鸟叫就把她惊醒了。拉开窗帘，看到外边天已大亮，麻雀不叫了，喜鹊还在叫。我心中欢喜，因为喜鹊叫是个好兆头。女儿洗了一把脸又开始复习，我知道劝也没用，干脆就不说什么了。离考试还有四个半小时，我很担心到上考场时她已经很疲倦了，心中十分着急。

早饭就在学校食堂里吃，这个平时胃口很好的孩子此时一点胃口也没有。饭后，劝她在校园里转转，刚转了几分钟，她说还有许多问题没有搞清楚，然后又匆匆上楼去复习。从七点开始，她就一趟趟地跑卫生间。我想起了我的奶奶。当年闹日本的时候，一听说日本鬼子来了，我奶奶就往厕所跑。解放后许多年了，我们恶作剧，大喊一声：鬼子来了！我奶奶马上就脸色苍白，提着裤子就往厕所跑去。唉，这高考竟然像日本鬼子一样可怕了。

终于熬到了八点二十分，学校里的大喇叭开始广播考生须知。我送女儿去考场，看到从培训中心到考场的路上拉起了一条红线，家长只许送到线外。女儿过了线，去向她学校的带队老师报到。

八点三十分，考生开始入场。我远远地看到穿着红裙子的女儿随着成群的考生涌进大楼。终于消失了。距离正式开考还有一段时间，但方才还熙熙攘攘的校园内已经安静了下来，杨树上的蝉鸣变得格外刺耳。一位穿着黄军裤的家长仰脸望望，说：北京啥时候有了这玩意儿？另一位戴眼镜的家长说：应该让学校把它们赶走。又有人说：没那么悬乎，考起来他们什么也听不到的。正说着蝉的事，看到一个手提着考试袋的小胖子大摇大摆地走了过来。人们几乎是一起看表，发现离开考还有不到十分钟了。几个带队的老师迎着那小胖子跑过来，好像是责怪他来得太晚了。但那小胖子抬腕看看表，依然是不慌不忙地、大摇大摆地向考场走。家长们都被这个小子从容不迫的气度所折服。有的说，这孩子，如果不是个最好的学生，就是一个最坏的学生。穿黄裤子的家长说，不管是好学生还是坏学生，他的心理素质绝对好，这样的孩子长大了可以当军队的指挥官。大家正议论着，就听到从学校大门外传来一阵低声的喧哗。于是都把身体探过红线，歪头往大门口望去，只见两个汉子架着一个身体瘦弱的男生，急急忙忙地跑了进来。那男生的腿就像没了骨头似的在地上拖拉着，脖子歪到一边，似乎支撑不了脑袋的重量。一个中年妇女——显然是母亲——紧跟在男孩的身后，手里拿着考试袋。还有毛巾药品之类的东西，一边小跑着，一边抬起胳膊擦着脸上的汗水与泪水。一群老师从考试大楼里跑出来，把男孩从那两个男人手里接应过去，那位母亲也被拦挡在考试大楼之外。红线外的我们，一个个都很感慨很同情的样子，有的叹气，有的低声咕哝着什么。我的觉悟不高，心中有对这个带病参加考试的男生的同情，但更多的是暗自庆幸，不管怎么说，我的女儿已经平平安安地坐在考场里。现在已经拿起笔来开始答题了吧。

考试正式地开始了，蝉声使校园里显得格外安静。我们这些住在培训中心的幸运家长，站在树阴里，看到那些聚集在大门外强烈阳光里的家长们，心中又是一番感慨。因为我们事先知道了培训中心对外营业的消息，因为我们花了每天 120 元钱，我们就可以站在树阴里看着那些站在烈日下的与我们身份一样的人，可见世界上的事情，绝对的公平是不存在的，譬如这高考，本身也存在着很多不公平，但它比当年的推荐工农兵大学生是公平得多了。对广大的老百姓的孩子来说，高考是最好的方式，任何不经过考试的方式，譬如保送，譬如推荐，譬如各种加分，都存在着暗箱操作的可能性。

有的家长回房间里去了，但大多数的家长还站在那里说话，话题飘忽不定，一会儿说天气，说北京成了非洲了，成了印度了，一会儿又说当年的高考是如何地随便，不像现在的如临大敌。学校的保安过来干涉，让家长们不要在校园内说话，家长们很顺从地散开了。

将近十一点半时，家长们都把着红线，眼巴巴地望着考试大楼。大喇叭响起来，说时间到了，请考生们立即停止书写，把卷子整理好放在桌子上。女儿的年级主任跑过来，兴奋地对我说：莫先生，有一道 18 分的题与我们海淀区二模卷子上的题几乎一样！家长们也随着兴奋起来。一位不知是哪个学校的带队老师说：行了，明年海淀区的教参书又要大卖了。

学生们从大楼里拥出来。我发现了女儿，远远地看到她走得很昂扬，心中感到有了一点底。看清了她脸上的笑意，心中更加欣慰。迎住她，听她说：感觉好极了，一进考场就感到心中十分宁静，作文写得很好，题目是“天上一轮绿月亮”。

下午考化学，散场时，大多数孩子都是喜笑颜开，都说今年的化学题出得比较容易，女儿自觉考得也不错。第一天大获全胜，赶快打电话往家报告喜讯。晚饭后，女儿开始复习数学，直至十一点。临睡前，她突然说：爸爸，下午的化学考卷上，有一道题，说“原未溶解……”我审题时，以为卷子印错，在“原未”的“未”字上用铅笔写了一个“来”字，忘记擦去了。我说这有什么关系？她突然紧张起来。说监考老师说，不许在卷子上做任何记号，做了记号的就当作弊卷处理，得零分。我说你这算什么记号？如果这也算记号，那作文题目是不是也算记号？另外，即便算记号，你知道谁来判你的卷子？她听不进我的话，心情越来越坏，说，我完了，化学要得零分了。我说，我说了你不信，你可以打电话问问你的老师，听听她怎么说。她给老师打通了电话，一边诉说一边哭。老师也说没有事。但她还是不放心。无奈，我又给山东老家在中学当校长的大哥打电话，让他劝说。总算是不哭了，但心中还是放不下，说我们是在安慰她。我说：退一万步说，他们把我们的卷子当成了作弊卷，给了零分，我们一定要上诉，跟他们打官司。爸爸认识不少报社的人，可以借助媒体的力量，把官司打赢……

凌晨一点钟，女儿心事重重地睡着了。我躺在床上，暗暗地祷告着：佛祖保佑，让孩子一觉睡到八点，但愿她把化学卷子的事忘记，全身心地投入到明天的考试中去。明天上午考数学，下午物理，这两项都是她的弱项……

陈　村

陈村（1954年～），原名杨遗华，上海人，著名作家。主要作品有《陈村文集》，中短篇小说集《少男少女，一共七个》、《蓝旗》、《屋顶上的脚步》，短文集《今夜的孤独》、《弯人自述》、《小说老子》、《百年留守》、《四十胡说》、《古典的人》、《杨家有女》，随笔《五根日记》等。

弯人自述

三十七年前的今天，本人来到这个世界——四肢活跃，身材魁梧，声音洪亮，食欲旺盛。这样的小子人见人爱，想必立刻收到许多即兴的评论。我记不清了，自已当时是否沾沾自喜。要是当时就知道，时过三十余年，自已将成为一名把握曲线美的“弯人”，婴儿的我是否还会得意地晃动着那个大头？

母亲爱听旧戏，戏中有句唱词：“官人好比天上月。”我说“弯人好比天上月”。自然，不是元宵中秋般的圆月。仿佛是一次月全食，地球的暗影袭来，蚕呀么蚕食得紧，后来，只剩得一个月牙儿——那就是我。齐白石笔下的虾，嬉戏浅水，一伸一收，在收的那一刻定格——那就是我。西方一位名叫丘比特的爱神，背着一对小白翅，飞来飞去发人情思，手中所持的那张可爱的神弓——那就是我。天上的彩虹，地上的河曲——那就是我。

出于自爱，我通常只以较为美丽的事物自比。这样，自已弯起来的同时，仿佛也占有了永恒、壮阔、鲜活、精灵之气。我鼓励读者有这样的误会。

俗话说：弯人不是一天造成的。说得真是对极了！有道是百炼成弯，有道是拳不离手曲不离口弯不离身。只要功夫深，直汉弯成弓。我们的黄河，不就是这样形成的，东弯西弯，弯成了万里黄河。

弯了之后，第一个好处是和任何人都有了永恒的话题，而且从来不必备课。比如他问：“你这腰，好像扭了？”我就答。问的词不是“扭了”就是“伤了”、“不得劲了”、“不方便”。接下来一定是“怎么不去看看？”我答些世情再答些科学。几问几答之后，俨然成了熟人。而且，提问的总是学生。如果学生不提问，我就自问自答——我当教师时经常这样，所有的教师都这样。

我的病真是生对了，不是那种难言之隐，要去请教电线杆上的“香港老军医”。这种病在任何场合说起来都是很雅的。脊椎是堂堂正正的骨头，不像有些组织通往不三不四的地方。这个病的全称是“强直性脊柱炎”。强而直，本也不是坏词，比起“肿毒”一类词好听得多。

此病的又一个好处是生得醒目。除了我女儿尚以为当父亲是要弯一弯的，其余的人都一目了然。有些病要靠病人自己去宣传，比如胃疼、脚癣、早搏。就说胃疼，一直等到疼得弯下腰，人们才会关切。其实，人们是被弯腰的姿势唤起了同情。而我总是弯着腰，胃还偏偏不疼。可见，生病要生得巧。

与我共同生活的人总是一再被人们提醒，要好好照顾我。面对这种人道主义的关心，他们除了说“这是应该的，我已这么做了”，还能有什么别的回答呢？家庭生活中，不聪明的人总是要逞强，以势压人或以理服人。我反其道而行，公开地明白地称弱。老子曰：“知其雄，守其雌，为天下溪。为天下溪，恒德不离。恒德不离，复归于婴儿。”老子阐述过“柔弱胜刚强”的哲学。从一滴水看太阳，老子确实很伟大。

其实我也很伟大。

我的身上无时无刻不产生哲学。

我的病，据说是由于免疫系统信号错乱，将自身当作入侵者来攻击。这才是真正的自相矛盾。可怜我的亲爱的脊椎骨，一个个被自己攻无不克的攻击力干掉了。这应验了那句老话：堡垒总是从内部攻破的。更可怜的是医学界，至今未能抓获人体内的叛徒。叛徒像电脑病毒一样潜伏着，很可怕。

尽管没当成老子，我还有另一次伟大的机会，当一名中国的卡夫卡。

没人知道我面对《变形记》是何等的沮丧。我就是那个格里高尔·萨姆沙，我就是那只无可奈何的甲虫，是我而不是卡夫卡的脊背背叛了自己。我拥有当一只甲虫的全部感觉。可惜我生得太晚了。假如我要创作，只能创作动画片，像《忍者神龟》一样的卡通，爬过来爬过去。

是不是想试试？

既弯之，则安之。

如果有意识地寻找，像找男子汉一样用点力气，弯其实是一种境界。

还是老子在说：“曲则全。枉则正，洼则盈，敝则新，少则得，多则惑。”

弯更是一种审美趣味。

赵州桥是立体的一例，高高拱起，占了天时，青史留名。九曲桥是平面的另一例，水平摇曳，尽了地利，游人如云。现代人提倡亲爱自然，粗粗一想，凡自然的造物，没见过笔直的一根。遥想人类当年，四肢趴地，长背向天，臀圆颅方，天然生趣，何直之有？平而致曲，直而后弯，大到天体，小到心术，莫不如此。这么一想，实在不必妄自菲薄。人生难得一回弯呢。

话虽这么说，初弯之时，心里尚且想不开。一次大病，长久卧床，亏得家人照顾医生用心，慢慢好转，试着下床。心想从此可以站起来，不免高兴。谁知站着总是别扭，去镜前照照，站是站了，站得较弯，一点潇洒全无。

在去医院的路上，看着直来直去的路人，心中好生羡慕。触景生情，闷闷不乐。挂完专科门诊的号，去候诊室排队，忽然发现一部分人已经先弯起来了。真是一个好消息！心中的郁闷一扫而空。

记得有个笑话，说有个口吃的人问别人现现在几几点钟。那人不答。再问再不答。口吃者以为他是聋哑人，就不问了，走了。他走，那人“唉”了一声。一旁有人问，刚才为什么不回答。他说：“历历史的经经验值得注注意。”他也口吃，过去回答口吃者，被认为是取笑对方，挨了耳光。历史的经验确实值得注意。我不和与我同病者一起前进，以免被看成半只书名号。更不与之站在街头聊天，否则像阿 Q 和小 D，影子在墙上映出一道虹。那时，是否要来个新的笔名——半虹？

过去看老头爱背着手踱步，心里不解，以为是要摆摆派头。现在才知，人一弯过去，重心就向前了，要做出一个天鹅之死的姿势来平衡。我从不站着抱女儿，而是背她。她像起重机的压铁，帮着我省力。像我这样的人，实在应该去打篮球，始终是努力向前的模样，教练一定喜欢。假如我勤快一些，坚持散步，一定能致富，因为地上的钱无疑是我首先发现。

还是回到医院。过去，我见到医生总有说不出的自卑感，我像一名“可以教育好的子女”等候盘查。如今我再也教育不好啦，神色就有点不逊。医生照例还是很神气。我敲敲自己的骨头，意思是“你会看吗?”他当然不会。他要是会看此病早就出大名发大财不会坐在这里。然后我就报几个药名，由他来抄方子。这样。上医院的感觉好多了。

我当然是个与众不同之人，所以，从不染指奇装异服。本人就是奇装异服，只此一件，永不磨损。一个人如果弯起来的话，的确十分耀眼。想当明星而四处碰壁者，不妨一学。虽然没人在床头挂自己的尊容，虽然不被抢着握手，请去电视上做如泣如诉的广告，明星效果还是有一点的。本人只要上街，自信必有人观赏，所以从不在服装发式上费心，天长日久，更不计较并不计算什么“回头率”。何况，回头看我的人。目光中是绝对没有邪念的。

有一次我赶火车去外地，身背结结实实的一个包，腰间引出一副耳机。途中换公共汽车三辆，经过隧道时将耳机戴上，听听这洞中可有无线电波。车是出奇地空，好几位乘客在看我。见我对视，忙将视线低下去。过了一会又看。我实在是被看惯了，心里非常坦然。下了汽车，阔步通过大厅、候车室、月台，等到在自己铺位上坐下，才发现身上那条关系到文明的拉链不曾关闭。好生凉快。

要是换一个人，会有我的空城计的气魄么？

还是在汽车上。

我怕坐公共汽车。人一弯，占的体积就大。自从成为弯人，才知道上海的乘客们是如何地丝丝入扣。他们容不得我的奢侈，一波一波地要将我弄直。要是真的能直，我早就直着走上来了，还用得着费大家的力吗？

接着就是怕站在姑娘的身后，尤其是梳一根马尾巴的那种姑娘。姑娘稍不满意就摇头晃脑，将马尾巴甩东甩西地赶着苍蝇。本人的整根脊柱像那泰山顶上一青松，无法避让，只好以手隔面，似乎害羞。姑娘常常并不因此而饶人，总是将眼睛白过来，白得快时简直就是浪里白条。然而，我还是一青松。我常在心里对她讲：你说呀，说呀。她一说我就能解释，化马尾为垂柳，柳浪闻莺，人间天堂。可是，汽车上的战斗往往是无声片，撇撇嘴白白眼就结束了。为此，我尽可能不乘公共汽车。让无名的姑娘生气，于心不安。

此外还有难堪。在车上，一对恋人相视轻语。我身后的大力士一使劲，就出现了一个第三者。我的头伸在两位之间。我充耳不闻，你们尽可以说下去。你们可以将我看成一根石柱，卢沟桥上的那种，柱头刻着个石狮。你们说下去。我决无打搅你们的心肠。我与石狮的差别只在于我会出汗，汗狮。有时，也真的有人说下去，多半是小伙子，他已深入目中无人的境界。说到不聪明的地方，我很想代他说。我是小说家，一向很会说。可是我必须沉默。人们不回避石狮，就因为它沉默。

依然是公共汽车。汽车是个出故事的地方。等到有一天，我们大家都有了自备汽车，我们会想念那段过去的坏时光吗？在车上，曾有人给我让座，我也给别人让座。但是，相濡以沫，不如相忘于江湖。

无论社会发展到什么时代，我总会记得公共汽车上的一则故事。

那是白天。我上车后站在一个身材高大的男子之后。车不算太挤，没到只用一只脚站的地步。后来就有点挤了，我贴向高大的男子。忽然发现他抱着一个婴儿，婴儿伏在他胸前睡着似的。我高举双手撑住扶手，不叫自己挤了他。大家都不容易是不是。在拥挤的车中，总嫌车开得太慢。

不知过了多少时间，婴儿慢慢抬起头，脸对着我。我看见一双只有婴儿才有的大眼睛，眼圈涂有眼影。她的目光有点迷惘，像在看我，又像没看。我和她面对面，相距不过半尺。心里一惊，停了停，才想到闭目念佛。过了一会，我睁开眼，她正抬着头，眼神依然迷惘。她的男友的右手拢着她。我从不跳舞，没有如此近地与陌生异性对视的经验。面对美丽的脸庞，只好再闭上眼睛。车停站，赶紧躲开，要不然真会打架的。为这样美丽的姑娘打架十分值得，可惜我又打不过人家。

我总是很谦逊地低头弯腰。人要是仰着头，很有点目中无人的神气。而低头像沉思也像反省。要是早生一二十年，我这种人是要挨斗的。我预先培养成这般姿势，斗起来也许少吃点亏。风度其实是不重要的，谦恭才更被人们赏识。这个道理，日本人最懂。但是我不笑，连微笑也不。男人总在微笑，看起来有点不正经。而我是最正派的，从不回头看侧身而过的美人。回头率爱好者见了我只好昏过去，本人永不回头。

而且，本人既不点头也不摇头。好像旧时的皇上，批一句“知道了”，不必再问。

在大学，我免修体育。谈恋爱，我从不将腿走得贼慢，还一溜小跑。去登记身份证，工作人员难以确定我的身高。本人只论身长不论身高。早上高一些，晚上矮一点，最后只好折中算了。爬山是我所爱，我常常走不动楼梯，病得猖狂时拉着扶手像拔河一样将自己拔上去。但我却能爬山，见到山就精神了，拄一支杖勤勤恳恳地爬。等我登上山顶，就想：山，我是弯着爬上来的。山应该羞愧。本人在爱的战线上一向成绩平平，就想，弯着尚且如此，一旦直起来是何等潇洒何等魅力，只怕会忙不过来！于是罢了，就弯着吧。

当然也有苦处。晚上睡觉，侧身要一个枕头，平卧要两个枕头。初睡要两个枕头，睡醒只要一个半。弄得枕头很忙。我曾起用空气枕头，可升可降，非常快活。可惜用不久就告了乏，吹气放气常要操作，吹气吹得肺气肿，放气时声音不雅。于是君子不取。

还有一苦是难以想象的。

电影上，情人接吻，两个脑袋如中国的纸扇一开一合，煞是好看。有心想学学不来，只好不变应万变，永远的中正式。好在这样的幸福时刻不多，也就免得常常伤感。

我最大的心病是死后。

只要不是被腰斩，我死起来就有点麻烦。如果也开追悼会，召来亲朋好友恩人仇人，一个个沉痛得肃穆。没想到我来也，躺在车上被推将出来，上身欠起，面带微笑，两颊扑着红粉，是个和众人打招呼的样子，这岂不是闹鬼么？要是吓死个把人，我的罪孽就深重了，地狱因此要加到十九层。

一个人活不好倒也罢了，要是死也死得折腾，没意思了。一个人活着出点风头也罢了，安息之时却像要坐起来，这个风头出得太大了。

为此，心有不安。

不知为什么，我在梦中经常奔跑、跳跃。我常常当上足球运动员，脚下功夫当然杰出，头球也十分了得。醒来之后，不知身在何处。

医生从来嘱咐我睡硬板床，我偏买来软床。我有自己的理论，如能在软床上睡平已是本事，然后可以论硬板。初学围棋，得了几个手筋，便找九段高手搦战，岂不是找死？

去年因眼睛住了一月医院。不能看书，就操练起来。在那张较硬的床上撤去枕头装死。很久，忽然砰地一声，全身一震，一节骨头打开了。这对我犹如一声春雷。站起来看看，人直了许多，几乎能冒充含着胸的直人。我将双手抱在胸前，较为得意，盘算着出院后给广有读者的晚报写篇短文，题目也想好，叫做《调戏骨头》。

后来我出了医院，可以看书写字了，却没为晚报动笔。我又回到了自己的软床，操心谋生而不是操心骨头。要是没有饭吃，调戏得笔直的自己不是还会弯下腰来吗？

我的那篇流产的短文有个漂亮的结束。它的最后一句是：

我想做一个正直的人。

张抗抗

张抗抗（1950～），浙江杭州人，著名作家。著有短篇小说集《夏》，中篇小说集《北极光》，长篇小说《情爱画廊》，散文集《橄榄》、《地球人对话》等。

无法抚慰的岁月

老三届人不喜欢说“我”，总是说“我们”、“我们”的。因为那个时代没有“我”，而只有“我们”，我们缺少个性而崇仰集体精神。这种老三届人固有的群体意识，既是长期高度集权的国家遗留的文化心理，也在无意中泄露了我们这代人，时至今日所陷的孤独境地。

既然是“我们”，那么我们的过失甚至罪孽，都让“我们”一起来承担吧。

我们这一代人曾经历的苦难，已被我们反复倾诉和宣泄；我们这一代人内心的伤痛和愤懑，已激起了世人广泛的关注；我们这代人对于历史和社会的质问，已一次次公诸于众。然而，临近20世纪末，我们这一代人，是不是能够低头回首，审视我们自身，也对我们自己说几句真话了呢？

不要再用“知识青年”这样自欺欺人的词语了罢。能不能平心静气地扪心自问：我们这一代中的大多数人，可曾真正拥有过文化和知识？

如果我们敢于正视自己，我们应当承认：老三届这代人中，高中生的比例只占很少一小部分，大多数是初中文化程度，而文革前的初中教材，过分强调意识形态的灌输，在文化结构上，具有极大的缺陷。我们知识积淀最“厚”、烙印最深的那部分，并非人类优秀的经典文化，而是“阶级斗争”、“知识无用”等教条主义；是红宝书的语录，是“样板戏的歌词”，是大串联中抄写的大批判文章。有人说这一代人是喝“狼奶”长大的，还应加上泡饭和咸菜，蛋白质含量太低。我们的大部分知识，都是在文革结束后，依靠顽强的自学，支离破碎地拼凑起来的。所以也可以说，这是严重贫血的一代人。

不要再仅仅说我们这一代人是文革的牺牲品，是政治的殉葬物。不要忘记文革中抄家破坏文物的红卫兵是这一代人，不要忘记文革中打死老师的革命小将是这一代人，不要忘记疯狂地鼓吹并推行血统论的也是这一代人。红卫兵的法西斯暴行和血淋淋的犯罪事实，已是昨天的噩梦，但有多少人真诚地忏悔过，用心灵去追问我们当年为什么受骗上当，为什么如此愚昧无知？

老三届是曾受极左意识形态毒害最深的一代，然而许多老三届人至今不敢正视自己曾入的歧途，而把所有的责任都推给了时代去承担，便轻易地将自己解脱。就像二次世界大战结束以后，有的人永远无法原谅自己，并用后半生的善行去赎罪和赔付；但也有的人，只是怪罪于领袖的鼓噪使他们暂时失去了理性。

不要再仅仅说我们这代人曾无私奉献、改天换地；不要仅仅说我们那个年代的人与人之间，是多么真诚和纯洁。如果你真诚，你应当承认在那个年代里，我们老三届人中也充满了出卖和告密：为了入党升学招工提干，为了那极其有限的名额，为了渺茫的前途，我们被人伤害也伤害别人，那所谓的纯真掺杂了多少虚伪和丑陋。我们一腔热血战天斗地，为那些美好而可笑的宏伟目标，大肆砍树烧荒打猎，那时候我们义无反顾地破坏着自然环境，却面不改色心不跳。还有多少在我们的严厉批斗和打击下，而丧失了生路的“落后分子”和“地富反坏右”分子……

不要再仅仅说我们这一代人吃苦耐劳、克己奉公，是中国各个社会阶层中的支柱力量，是“最优秀的一代”了罢。尽管老三届中涌现出许多人才，从车间主任到厂长到经理到学者到市长，各界都能幸会我们的同学和“战友”。但在老三届中，从事高科技、高级经贸活动的人才和高级管理人员，比例极小。那是一个人才的断层，是老三届难以攀登的高峰。这一代人几乎都未能熟练地掌握一门外语，本人即是一例。大多数人都只能从事普通的熟练劳动，成为这个社会金字塔的底座，至今已面临着下岗和退休。

由于共和国17年教育和文革十年的经历局限，我们这一代人正在不知不觉地退出社会，离社会的主动脉越来越远。我们的知识结构和意识形态，在本质上同市场经济难以相容；我们已经习惯了计划经济的思想模式，适应了“大锅饭”的劳动报酬和生活方式，于是同今天的自由竞争原则，产生了剧烈的抵触和冲突。我们即将或已经被有知识有文化的一代年轻人，从头顶上无情跨越，正在一天天陷入被淘汰的尴尬处境。我们是一只蚕蛹，被困于黑暗中，但我们已经无力咬破茧子，我们失落我们抱怨而我们却又无可奈何，因而我们的痛苦是双重的。

所以，不要再仅仅说我们这一代是“最后的理想主义者”，我们已担负不起这样崇高而光荣的使命，那只是一顶虚妄的桂冠。我们曾经有过的革命理想，早就崩溃坍塌了，可惜那仅仅是出于对个人前途和命运的绝望，而不是对于世界的整体认识。自从我们失去信仰，便从此变成了一个迫不得已的现实主义者。

事实上，我们这一代中的大多数人，在这颠沛流离、动荡不定的几十年间，当务之急是吃饭是工作是住房是病痛是养育子女是伺奉父母，我们始终在为生存而拼搏，我们早已丧失了选择职业和爱好的自由、机会和能力。“理想”成为一种遥不可及的幻影，所谓的“精神”寄托，只能寄托于我们的子女……

说什么“青春无悔”——一个人、一代人所牺牲和浪费的整整一生的时间和生命，竟然能用如此空洞而虚假的豪言壮语，强颜欢笑地一笔抹去么？

这才真是属于我们这一代人的悲哀。

老三届的老三届化，这代人固执的“老三届情结”，是近年来深深困扰着我的一种忧虑。我写下这些也许触痛老三届人伤痕的话语，正是因为许多人尚在违心地用“无怨无悔”的结语，逃避对自身的清理与整合。我唯愿我们这代人能走出老三届的阴影，在“五十而知天命”的人生中年，融入改革进步的大潮，从容地迈向 21 世纪。

我们还能为社会做些什么？我们怎样才能对得起剩下的岁月？

我们不再是“我们”，我们将是每一个独立的个体。

我将与老三届一生同行。